周本淳 著

周本淳集

第三卷

离骚浅释
诗词蒙语
蹇斋诗录
怎样学好语文

人民文学出版社

目　录

离骚浅释

凡例……………………………………………………… 3
一、解题……………………………………………………… 5
二、注释……………………………………………………… 11
三、简析……………………………………………………… 57

诗词蒙语

自序……………………………………………………… 65
一、唇吻调利　任其自然……………………………… 66
　　——"三言两语"谈平仄
二、童蒙诵习　白首求工……………………………… 74
　　——对偶和律诗
三、抒情遣语　各有攸宜……………………………… 88
　　——作诗和填词
四、六字常语一字难……………………………………… 95
　　——谈练字
五、短章重字巧安排……………………………………… 108

——诗词里的重字

六、实虚互见　对照生辉 …………………… 116
　　　——数字在诗词中的应用

七、多识名物　细析比兴 …………………… 127
　　　——草木禽鱼问题

八、辨其虚实　发其内涵 …………………… 141
　　　——时地问题

九、提纲挈领　包孕无穷 …………………… 153
　　　——谈题引

一〇、短章促节　不主故常 ………………… 168
　　　——谈短篇诗词的结构

一一、注意整体　解剖局部 ………………… 174
　　　——聚讼问题例析

一二、刚柔互济　相反相成 ………………… 184
　　　——含蓄与痛快

一三、融会前作　翻出新意 ………………… 193
　　　——承袭与变化

一四、着盐于水　以旧为新 ………………… 202
　　　——谈用典

一五、情立其本　理广其趣 ………………… 215
　　　——情与理

一六、增益见闻　别有会心 ………………… 228
　　　——谈博识

一七、言尽象中　义隐语外 ………………… 242
　　　——遮与表

一八、境因情而生成　情借境而深化 ……… 247

2

　　　　——梦与诗
一九、同源异派　相辅相成 …………………… *254*
　　　　——画与诗
二〇、共酿有味之诗　不放无的之矢 ………… *260*
　　　　——新诗与旧诗

寒斋诗录

　自序 ……………………………………………… *267*
　诗
　　辛巳除夜 …………………………………… *269*
　　诗心 ………………………………………… *269*
　　秋晨即事 …………………………………… *269*
　　采荠 ………………………………………… *269*
　　雨登桃林山 ………………………………… *270*
　　春晴过山村看花 …………………………… *270*
　　春望 ………………………………………… *270*
　　觉师见示次韵湛翁之什依韵敬酬 ………… *270*
　　月夜 ………………………………………… *271*
　　雨登后山 …………………………………… *271*
　　移居 ………………………………………… *271*
　　寄大兄 ……………………………………… *271*
　　夏孟晚行 …………………………………… *271*
　　晚晴 ………………………………………… *271*
　　奔山 ………………………………………… *272*
　　送述孙之成都 ……………………………… *272*
　　寄大兄 ……………………………………… *272*

3

送小舟学士之湄潭次愿师韵……………………………272
癸未中秋前二日采桂不获得菌………………………272
癸未中秋赋得陇月向人圆得圆字……………………272
感秋……………………………………………………273
癸未霜降雨游水口寺…………………………………273
喜晴……………………………………………………273
即事……………………………………………………273
诗怀……………………………………………………273
癸未十月二十三日夜苦寒思亲次日社集分韵得醒字…274
癸未十一月初九始晴王君务兰来言明岁倭将尽于
　是同舍哗然多议还乡后事作五诗以志喜…………274
癸未十一月十一日登小龙山放歌……………………275
癸未十一月二十四日念三生辰书怀…………………275
癸未至日刘四尚经宅作…………………………………276
盐村分韵得刀字………………………………………276
癸未祀灶日作…………………………………………277
早春放晴过桃溪寺……………………………………277
枕上……………………………………………………277
春日杂诗………………………………………………277
春晴江畔闲步…………………………………………278
家冀见示新诗次韵奉酬………………………………278
夜坐简家冀用行字韵…………………………………278
咸斋和余夜坐之什仍以原韵酬之……………………278
戏效贾浪仙体简咸斋用行字韵………………………278
记梦 并序………………………………………………278
窗前樱花盛开而色白感赋……………………………279

4

甲申上巳游大觉寺得小松数株感赋……… 279
夜坐……… 279
寒食夜对月……… 280
喜宋大祚胤游湄潭谒洪自明丈归赋此兼呈自明丈…… 280
甲申四月四日宴王维彬兄宅作……… 280
月夜怀小舟学士……… 280
送家冀入蜀用行字韵……… 280
雨夜有怀朝玉表弟保山军次……… 281
博生尚经竹亭务兰诸子同过夜谈……… 281
敬题愿师为祚胤兄画江山烟霭图……… 281
东郊……… 281
甲申夏五赠山樵兄乞愿师墨竹……… 281
伯鹰前辈惠寄法书赋谢……… 282
溪畔……… 282
金顶山观云有感……… 282
哦诗……… 282
晚色……… 282
寄怀醒仁学士……… 283
有寄……… 283
甲申中秋以尝闻此宵月万里同阴晴分韵得宵字
　兼简醒仁云安……… 283
敬题愿师风木慈乌图卷……… 283
戏赠……… 283
哀黄羽仪先生……… 283
感事……… 284
甲申九日赠务兰兼怀卜大……… 284

5

寄家冀学士合川	284
书菫斋诗后	284
无题四首	285
春山	285
匆匆	285
湄潭杂诗	285
闻希魔被歼	286
端午	287
漫书	287
端阳留别杨生德威	287
述和久无书	287
大井	287
题玄武湖泛舟照	288
杭州杂诗十首忆五	288
赠陈公重寅	288
元夕杨继增君招饮感赋	288
晦日过山樵小酌	289
春感呈愿师乞画	289
七一书怀	289
雨花台感赋	289
百花齐放百家争鸣有感	290
无端	290
题扇	290
自嘲	290
送次女内蒙插队	290
寄怀大兄伯萍坦桑尼亚	290

哀三女小华	291
奉役淮城老友季廉方兄偕孙君过访并惠长篇未遑	
次韵率寄一律借申鄙怀兼为故人一笑之资	291
何用	291
寄怀小舟学士	292
廉方兄见和且有淮城之约	292
伯康止戈再和	292
止戈黄山归来邂逅淮城清言竟日闻伯康兄将	
有南归之庆	292
感事寄止戈久山	292
送幼子参军	293
惊闻总理逝世	293
漫成	293
呈林散老	293
至日马德潜乡兄留饮知与亡弟莫逆	294
总理逝世周年天降瑞雪敬赋二律	294
感事	294
七月廿二日喜讯终来再次前韵	294
意犹未尽再赋一章	294
次北山韵代简	295
次久山韵	295
北山老友惠诗次韵奉酬	295
代简寄北山	295
高考阅卷有感	295
止戈调回南京诗以送之	296
止戈见和且有绿柳居之约再次前韵	296

7

送民儿林女赴南京师院 …………………… 296
敬题林散老江上诗存 ……………………… 296
明孝寄示与字韵诗次韵奉酬兼简李挺先 … 296
遂翁为余友治印赋谢 ……………………… 296
读诗刊有感寄白桦同志 …………………… 297
代淮阴地委呈李一氓同志请写回忆录 …… 297
感事 ………………………………………… 297
哭方之二首 并序 …………………………… 297
画竹 ………………………………………… 298
感事 ………………………………………… 298
寄止戈茗叟金陵 …………………………… 298
浩劫十韵 …………………………………… 298
有感 ………………………………………… 299
郭在贻教授惠书知同出驾吾师之门赋此代简
　兼怀本师 ………………………………… 299
观天云山传奇口占 ………………………… 299
中共十二大开幕口号 ……………………… 300
与守义兄陶然亭酣饮 ……………………… 300
有感 ………………………………………… 300
范熊熊愤正气不张而蹈海 ………………… 300
次韵林生若题画见赠 ……………………… 300
林从龙见示汤阴岳王庙诗次韵奉酬 ……… 300
闻陈登科报告有感 ………………………… 301
花甲自述 …………………………………… 301
喜读永璋兄一炉诗稿因忆姑苏联床之雅率题短句
　兼呈闲堂前辈 …………………………… *301*

8

谋身	301
湖南师院为祚胤兄主持论文答辩留别	302
兰州留别齐治平吴忠匡教授	302
连云港避暑即事呈诸老	302
水帘洞次白匋丈韵	302
次千帆先生韵	302
负手	303
梦中作	303
闻大兄伯萍将离扎伊尔任喜赋代简	303
集美瞻仰陈嘉庚先生故居	303
六届人大闭幕喜读公报适得溇斋先生惠诗 并新著感赋代简	303
戏题当代赤壁诗词	304
亳县感兴	304
皖行杂咏	304
呈万云老有序	305
一炉诗老见和亳县感兴原韵奉酬	306
次韵一炉见赠	306
胸中	306
赠离休老同志	306
鲁迅先生百岁诞辰	306
述和六十生辰余于役湖湘寄诗为寿	307
癸亥深秋周易讨论会留题岳麓书院	307
岳麓诗社约集海内名贤论诗余以事冗不克趋 赴陪座末赋此遥寄	307
黄河感兴并序	307

9

寄林生若 ……………………………………………	308
闽行杂咏并序 ………………………………………	308
西游杂诗并序 ………………………………………	310
马宇清兄嫂赴美晤其元昆赠别 ……………………	315
教师节感赋 …………………………………………	315
敬次彦威师韵兼呈季龙师 …………………………	315
季特丈八五大庆适值从教六十五周年爰缀俚句	
借申遐祝 ………………………………………	315
天柱山三首 …………………………………………	316
寿江上师九十 ………………………………………	316
妇病行 ………………………………………………	316
感事二首并序 ………………………………………	317
题淮海集二首 ………………………………………	318
漳汕道中远望群峰极奇而询之车中竟无知山名者	
漫成一绝 ………………………………………	318
赠林家英教授八二年兰州之会交臂失之 …………	318
马白教授招饮纵谈文革时事 ………………………	318
永锴弟别三十年今执教汕大共叙遭遇 ……………	318
漳州木绵庵贾似道殒命之所贾有悦生随钞语多可	
采好话说尽坏事做绝千古权奸如出一辙因题二	
十八字 …………………………………………	319
从教四十一周年感赋 ………………………………	319
芦沟桥抗日五十周年感赋兼怀台湾亲旧 …………	319
北行杂咏并序 ………………………………………	319
病院即事 ……………………………………………	321
病中得本濂大兄手书并诗怅触旧游感慨系之次	

10

韵奉酬	*321*
戊辰除夕	*322*
欲赴武夷诗会忽为事阻怅然赋寄	*322*
厦门即事	*322*
游鼓山	*322*
漫成	*323*
寄务兰美洲	*323*
重游五岛公园 并序	*323*
题横县秦少游纪念馆	*323*
小园	*323*
挽李绶章同志	*324*
雨中敬悼胡耀邦同志	*324*
追悼大会感赋	*324*
文场	*324*
七事感赋	*324*
精英十二韵	*325*
电视节目弹指一挥间观后	*325*
春节团拜	*325*
次本濂大兄韵	*325*
题画马图	*325*
盐城自然保护区观丹顶鹤并参观林场	*326*
寄日本今鹰真教授渠为小儿博士导师	*326*
喜见长征三号火箭发射亚洲商业卫星	*326*
黔游杂诗 并序	*326*
游织金洞 并序	*328*
即事	*330*

教师节听薛守琴发言有感赋赠……330
亚运开幕复值国庆中秋感赋……330
夜间忽梦文革时事……331
院中黄菊盛开……331
客有告余香港某报将余十年前所作札记攫为创获者…331
士风……331
蠡园吊彭大将军幽居……331
中共成立七十周年……332
西川杂诗……332
采石燃犀亭……333
浙游杂诗……333
晋祠圣母殿女伎彩塑……336
厦门国际唐代文学研究会台湾阮廷瑜教授出示与
　家君述教授唱和七律并序……336
石翁大字……337
寿潘力生成应求伉俪八十……337
闻女排失利赋赠……337
感事……337
次韵兴中见寄……338
敬悼王气中先生……338
喜得俊德消息……338
泪落……339
九月十一日书事……339
报载古月一毛不拔……339
闻京华欲选名犬……339
晓庄师范招小学实验班收费三万元普通职工

二十年工薪也感赋 ················· *339*
北京牡丹厂庆不请歌星而捐十八万元于希望
　　工程喜赋 ····················· *339*
戏题鱼乐图 ······················· *340*
青岛杂诗 ························· *340*
读政协报贫县富车感愤 ············· *341*
七二周岁感怀 ····················· *341*
京黔杂诗 ························· *341*
悼久山 并序 ······················· *344*
挽咸斋宋祚胤兄 ··················· *345*
哀陈北溪 ························· *346*
苏州采珠即事 ····················· *346*
国旗颂 为庆祝国庆四十五周年作 ····· *347*
温州江心屿 ······················· *347*
莫愁湖观海棠有怀吴白匋丈 ········· *347*
洛阳国际汉诗吟诗节及牡丹花会即事二首 ··· *347*
泗洪红楼梦学会成立 ··············· *347*
即事 ····························· *347*
书种瓜轩诗后寄邵川 ··············· *348*
七五初度 ························· *348*
观深圳驻港部队检阅有感 ··········· *348*
春日偶成 ························· *348*
扶桑吟草 并序 ····················· *349*
次韵中山荣造见寄 ················· *351*
抒怀寄孝敬叔 ····················· *351*
一九九七年六月三十日午夜口占 ····· *351*

13

次韵懒牛自嘲 …… 352
代宋季文赠朱镕基 …… 352
平桥即事 …… 352
谭嗣同变法殉难百年祭 …… 352
小院即事 …… 352
改革开放二十年 …… 352
卜九谟八十寿 …… 353
北京即事三题 …… 353
奉化三题 …… 354
戏题懒牛吟草续集 …… 354
喜迎澳门回归 …… 354
寿徐老九十 并序 …… 355

词

忆江南（虫语沸） …… 356
满庭芳（云弄残寒） …… 356
踏莎行（素月初圆） …… 356
蝶恋花（何事闲庭连月雨） …… 357
清平乐（乡愁织柳） …… 357
满庭芳（倦柳揉烟） …… 357
壶中天（闲阶凝伫） …… 357
鹧鸪天（憔悴难堪别思侵） …… 358
满庭芳（冰蕊藏春） …… 358
踏莎行（才得闲来） …… 358
玉楼春（沉沉断角吹清晓） …… 358
临江仙（束发从师钦姓字） …… 359
踏莎行（白日悠悠） …… 359

临江仙（满眼高楼车似水） …… 359
临江仙（二十八年常入梦） …… 359
临江仙（避寇从师犹昨日） …… 360
鹧鸪天（谁道人间行路难） …… 360
临江仙（一举十觞真不醉） …… 360
临江仙（一曲新词惊旧梦） …… 360
临江仙（读罢鱼笺温旧梦） …… 361
沁园春（一手遮天） …… 361
临江仙（久服涉江诗思好） …… 361
踏莎行（乍暖还寒） …… 361
乳燕飞（世法真如幻） …… 362
满庭芳（八五春秋） …… 362
临江仙（湘水黔山曾负笈） …… 362
鹧鸪天（尘海茫茫困算沙） …… 363
浪淘沙（廿载喜相从） …… 363
临江仙（莫问临江何日了） …… 363
踏莎行（城旦新黔） …… 363
踏莎行（松雪书工） …… 364
踏莎行（恍似昨天） …… 364
蝶恋花（细数人生谁得似） …… 364
蝶恋花（十五年间多积愫） …… 364
踏莎行有序（敝屣功名） …… 365
水调歌头（五十年间事） …… 365
临江仙（双柳高情难数说） …… 365
临江仙（放筏泸溪同水厄） …… 366

曲
 仙吕一半儿 ·················· *367*
联语
 敬挽本师王驾吾先生 ··············· *368*
 代人挽战友 ···················· *368*
 挽叶恒足同志 ··················· *368*
 挽季特丈 ······················ *368*
 朱慕萍烈士牺牲四十周年 ············ *369*
 贺文廿苏旸嘉礼 ·················· *369*
 杜甫祠堂 ······················ *369*
 盐城宋曹蔬坪故居 ················ *369*
 南京乌龙潭公园太虚幻境 ············ *369*

怎样学好语文

 第一章 为什么要学好语文 ············ *373*
  一、语文指的是什么 ·············· *373*
  二、为什么要学习语言 ············· *374*
  三、为什么要学习文学 ············· *378*
  四、学好语文并不是太难的 ·········· *380*
 第二章 怎样学好语文 ··············· *382*
  怎样上好课 ···················· *382*
  学习汉语课应该注意什么 ··········· *385*
   一、语音方面 ·················· *385*
   二、词汇方面 ·················· *389*
   三、语法方面 ·················· *393*
   四、修辞方面 ·················· *395*

五、文字方面 …………………………………… 397
　　六、标点方面 …………………………………… 399
　学好文学课应该注意什么 ………………………… 401
　　一、现代文学方面 ……………………………… 401
　　二、古典文学方面 ……………………………… 408
　　三、文学理论和文学史的基本知识方面 ……… 410
　第三章　课本以外的语文学习活动 ……………… 413
　　一、参加各种课外活动 ………………………… 413
　　二、课外阅读 …………………………………… 415
　　三、练习和作文 ………………………………… 417
　结束语 ……………………………………………… 422

短文一束

　艺高人更高——忆恩师林散之 …………………… 427
　王驾吾教授 ………………………………………… 435
　母亲 ………………………………………………… 438
　晚年忆旧 …………………………………………… 441
　浙大学习生活之回忆 ……………………………… 455
　我的治学经验(六篇) ……………………………… 458
　自传 ………………………………………………… 466

信札一束 ……………………………………………… 471

17

离骚浅释

凡例

一、凡确定原字为假借者,即用括号将本字注于假借字之后,读时即可照括号中字读,如"孰求美而释女(汝)"。

二、通假字多,是读古代作品一大麻烦。汉字简化方案中有同音替代一项,等于增加一批通假字,易生葛藤。为省事起见,本稿正文一律不用同音替代之新简化字。其偏旁简化可省书写之劳,酌予采用。

三、《离骚》原文异文颇多,凡一本有他本无而又不能确定为衍文的,一律在该字之外加上"[ ]",以示区别,如"[不]抚壮而弃秽兮"可读可略,各人自便。

四、异文用小字注于原字旁,如"皇览揆余初度兮",读时只依正文。

五、如确定为衍文衍句者,即加"☐"以别之,如"五子用失乎家巷(哄)"。曰黄昏以为期兮,羌中道而改路。读时即可略去。

六、本稿为了便利初学,一般不广列异文,仅以姜亮夫先生《屈原赋校注》、闻一多先生《楚辞校补》为主要参考。凡近人所改之字于旧本无左证而又必须涉及时,则在注解中提出,而不列

3

入正文。

七、为了便于初学,本稿采取分小节注释的办法。小节的划分以意义为主,但兼顾韵脚。原文两句一韵,两韵一组,虽意可两属,亦不分逮两小节(不用王夫之《楚辞通释》之例),目的在便于诵读。

八、本稿原为课堂讲授之用,初意不在博采众说,而仅思择善而从。凡属近人创见,必标明姓氏,不敢略美。其偶有一得之愚,则加"淳按"以别之。有受他人启发而引伸者亦一并注出。

九、本稿注释一律采用语体,凡译述旧注众所皆知者,则不标明作者,以免累赘。

一〇、《离骚》草木类皆托喻,既有专书分疏(如吴仁杰《离骚草木疏》之类),此稿原为初学说法,仅辨香臭美恶,取足了解作者修辞命意而已,不复详加辨析。

一一、作品中提到神话传说、历史故事等只注文意,并尽可能指明出处,盖不详加叙述。

一、解题

《离骚》为我国古代文学史上第一篇有主名之长诗,屈原乃第一位以文学名世之作者。二千年来,人所公认。惟廖季平先生《六译馆丛书·楚辞讲义》独持异议,以为《离骚》乃秦始皇博士所为《仙真人诗》。此实廖先生晚年好怪之一端,不足置辨。

屈原事迹及为《离骚》之缘由,司马迁之《史记·屈原贾生列传》言之甚悉,当以为探讨之根据,其言曰:

> 屈原者名平,楚之同姓也。为楚怀王左徒。博闻强志,明于治乱,娴于辞令。入则与王图议国事,以出号令;出则接遇宾客,应对诸侯;王甚任之。上官大夫与之同列,争宠,而心害其能。怀王使屈平造为宪令,屈平属草,稿未定,上官大夫见而欲夺之,屈平不与。因谗之曰:"王使屈平为令,众莫不知。每一令出,平伐其功曰,以为非我莫能为也。"王怒而疏屈平。屈平嫉王听之不聪也,谗谄之蔽明也,邪曲之害公也,方正之不容也,故忧愁幽思而作《离骚》。离骚者,犹离忧也,夫天者,人之本也,父母者,人之始也。人穷则反本,故劳苦倦极,未尝不呼天也;疾痛惨怛,未尝不呼父母也。屈平正道直行,竭忠尽智,以事其君,谗

人间之，可谓穷矣，信而见疑，忠而被谤，能无怨乎？屈平之作《离骚》，盖自怨生也。

史迁曾博极群书，而又漫游各地，"南游江淮，上会稽，探禹穴，窥九疑，浮于沅湘"，从陕西直至江浙沅湘，了解流风馀俗。其上距屈原之时不过一二百年，故老相传，广搜博访，此处所言，当为屈原史料之忠实记录，而实后人研究屈原及其创作之第一手资料。约略言之，有三点至堪注意：一为屈原之政治简历。屈原曾为楚怀王之"左徒"，参预内政外交之机务，极受信任。按"左徒"之官，不见于《汉书·百官公卿表》，仅《史记·楚世家》记楚顷襄王二十七年"使左徒侍太子于秦"，及三十六年"考烈王以左徒为令尹，封以吴，号春申君"。令尹为楚之最高官职，而左徒可为令尹，虽曰先侍太子有恩信，其职位非卑，盖可想见，故能参预机务。其后怀王信谗，屈原被疏，按之刘向《新序·节士第七》可相印证，《新序》之言曰：

屈原者名平，楚之同姓大夫。有博通之知，清洁之行，怀王用之。秦欲吞灭诸侯，并兼天下，屈原为楚东使于齐，以结强党。秦国患之，使张仪之楚，货楚贵臣上官大夫、靳尚之属。上及令尹子兰、司马子椒，内赂夫人郑袖，共谮屈原。屈原遂放于外，乃作《离骚》。

刘向之说，与史迁大同而小异。刘向意在借屈原以悟主，非若史公传屈原以书愤，故小有抵牾，当以《史记》为依据。然两者言屈原始见信而终见疏则无二致。

二为《离骚》产生之背景，乃自怨而生。所怨者何？则王之昏庸信谗以疏远忠良也。证之本传及《新序》之说，则谗言之由，内有宠姬郑袖，外有秦谍张仪，中有上官大夫靳尚以至令尹、司马诸权贵。司马迁借为屈原立传而扩大其意义,反映贤良正直与奸邪谄佞之争,为有国有家者之殷鉴。史迁明言《离骚》作于怀王见疏之后,而《新序》云:"屈原遂放于外,乃作《离骚》。"后人泥于此说。遂谓《离骚》作于晚年,作于顷襄之世。实则若取《九章·涉江》之时地相对勘,则非放后之作较然甚明。《涉江》虽短篇,大旨与《离骚》相表里,而时地则殊,以地言,《涉江》写于既放之后,故鄂渚、沅湘、枉陼、辰阳,皆为实地。《离骚》作于未放之前,玄圃、阆风、扶桑、赤水,纯为假想。以时言,《离骚》"老冉冉其将至兮",为未然之词,《涉江》"年既老而不衰",则为已然之词。前后判然。至"放逐著《离骚》"之说,则有大名小名之别,说详后。

三为《离骚》一名之含义。史迁但云"离骚者犹离忧也"。以骚为忧,为楚之方言。《国语·楚语》伍举曾有"德义不行,则迩者骚离而远者距违"之语。韦昭注:"骚,愁也。"以骚为忧愁之义,汉人无异词。而于离则有二解。班固读离为罹,云:"离,犹遭也,骚,忧也,明己遭忧作辞也。"《离骚》有"进不入以离尤兮"即此义。简言之,离骚二字为动宾结构。而王逸则云:"离,别也,骚,愁也。"则此二字为偏正结构,意为离别之忧。《山鬼》"思公子兮徒离忧",可为注脚。其后,或者据伍举"骚离"之语及杨雄有《畔牢愁》之篇,以离牢一声之转,释离骚为牢骚,则二字为并列关系。而廖季平先生以离骚即离绝世俗。以骚为逍遥之合音,用以自圆其仙真人诗之说,实可置之不论不议之列。(钱锺书先生《管锥篇》以离绝忧愁释之,似与廖说有渊源)。刘永济先生《屈赋通笺离骚解题》从戴震《屈原赋注》之说:

戴震屈原赋音义曰:"离犹隔也,骚者动扰有声之谓,盖遭忧放逐,幽忧而有言,故以离骚名篇。"其说会通诸家,证以《尔雅》最称周洽,今所当从。

今日言楚辞诸家,各执一词,或主遭忧,或言离愁,或持牢骚说,此皆于汉有征,并较戴说为近古。然持此非彼,窃所未安。谨案:昔人解易,一名而有三义:变易、不易、易简,传为通谈。细绎史公全文,离骚一名,不妨统遭忧、离愁、牢骚之三义:自怨而生,所发者为牢骚;怨自何来,则遭逸见疏,亦即遭忧作辞之说;战国士风,朝秦暮楚,楚材晋用,习以为常。原才士见斥,本可去之他国,而楚为宗国,原为世臣,义难轻别。忧之核心则为欲别而不忍别、不能别,此又可为离别之忧做注脚。三义相辅相成,即戴说亦可统之于内,愈见题目内涵之深广,正不必是一而非二也。

《离骚》一名,含义有大小之别,小名则专指此篇,史公传之所云是也。大名则通指屈原之全部作品。《史记·自序》所谓"屈原放逐著《离骚》",《报任安书》所谓"屈原放逐,乃赋《离骚》"皆指全部作品而言,非史公自相龃龉也。《汉书·艺文志》:"屈原赋二十五篇",韩愈《感春》四首之二:"屈原离骚二十五,不肯铺啜糟与醨。"亦即以首篇《离骚》之名概其全部。宋陈说之谓"惟屈原所传则曰《离骚》,后人效而继之则曰《楚辞》",并非盲瞽之说。唐初欧阳询等编之《艺文类聚》引屈原著作皆称《离骚》,如卷九《水部下·壑》:"《离骚》曰:'降望大壑'"实为《远游》之文。卷四十四《乐部四·苟篪》:"《离骚》曰:'萧锺兮瑶篪',实为《九歌·东君》之文。卷九十七《灵异部下·魂魄》引《招魂》则曰《招魂》,又引《离骚》曰:"望孟夏之短夜兮,何晦明之若岁!惟郢路之修远兮,魂一夕而九逝。"实为《九章·抽思》，此则唐人以《离骚》为大名之证也。

更征之于古，刘勰《文心雕龙·辨骚》即包屈赋之全部，昭明《文选》以骚为体，亦统多篇。《文心雕龙·物色》："骚述秋兰，绿叶紫茎。"以《九歌·少司命》为《骚》。《世说新语·排调》："王子猷诣谢公，谢曰：云何七言诗？子猷承问答曰：'昂昂若千里之驹，泛泛若水中之凫。'"刘孝标注："出《离骚》。"此又可证《离骚》之名包《卜居》也。

郭璞注《楚辞》，其书已佚，然散见于《尔雅注》及《山海经注》，尚可见其以《离骚》统屈作之迹。《尔雅·释天》："暴雨谓之涑"，郭注："今江东人呼夏月暴雨为涑。《离骚》曰：'令飘雨兮先驱，使涑雨兮洒尘，'是也。"实出《九歌·大司命》。《山海经·西山经》："黄帝乃取峚山之玉荣。"郭注："谓玉华也，《离骚》曰：'怀琬琰之华英。'又曰：'登昆仑兮食玉英。'"则分别为《远游》及《涉江》。《北山经》："其兽多兕、牦牛。"郭注："或作㹇牛，㹇牛见《离骚·天问》，所未详。"《中山经》："帝之二女居之。"郭注："天帝之二女而处江为神，即《列仙传》江妃二女也。《离骚·九歌》所谓湘夫人称帝子者是也。"可见郭璞明将《天问》、《九歌》、《九章》统属之《离骚》。此说当为汉师所传而非自我作古，无怪朱熹《楚辞集注》于屈原各篇统加《离骚》之目，如《离骚·九章第二》、《离骚·天问第三》等，见宋端平本，较然著明。盖古人著书常有以首篇统全书之例也。

明乎《离骚》有大名、小名之辨，则《离骚》专篇依本传作于怀王见疏之时，而非顷襄放逐之世，殆可论定矣。

黄伯思《东观馀论·翼骚序》云："屈宋诸赋皆书楚语，作楚声，纪楚地，名楚物，故可谓之楚辞。"所谓楚声者即"兮"字，《诗经》里偶有出现。《论语》楚狂之歌有"凤兮凤兮"之句,《孟子·离娄上》记"沧浪孺子之歌曰:'沧浪之水清兮,可以濯我缨;沧浪之水浊兮,可以濯吾足。'"已为短调楚歌。刘向《说苑》记载楚康王时(前559—前545)一首《越人歌》:

> 今夕何夕兮,搴舟中流。
> 今日何日兮,得与王子同舟。
> 蒙羞被好兮,不訾诟耻。
> 心几烦而不绝兮,得知王子。
> 山有木兮木有枝,心悦君兮君不知。

此则屈子以前楚歌已有此调,屈子借此曲以写愤懑,扩而充之,遂成千古传诵之《离骚》。

二、注释

帝高阳之苗裔兮[一]，朕皇考曰伯庸[二]。摄提贞于孟陬兮，惟庚寅吾以降[三]。皇览揆余[于]初度兮，肇锡余以嘉名[四]：名余曰正则兮，字余曰灵均[五]。

注：

〔一〕 旧说高阳是古代帝王颛顼的号。颛顼的子孙熊绎是周成王的臣子，封为楚子。到周幽王时，熊绎的子孙熊通自封为武王。熊通有一个儿子叫瑕，受封于屈邑，就以屈为氏（古代氏是由姓派生出来的，一个姓可以分出许多个氏，熊和屈都是氏，他们原姓芈）。屈原就是屈瑕的后代。"苗裔"指后代，也可单用一个字，因为苗是草的茎叶，裔是衣服的边子，引申为远代子孙的称呼。"兮"是语气词，像现代的"啊"，古代也读为"阿"。

〔二〕 古代人都可称为"朕"，秦始皇才把"朕"垄断为天子自称的代词，后世沿而不变。"皇考"旧说是父亲（古书及器物上有例证）。伯庸是名或是字（儿子不能直称父名）。王闿运《楚辞释》说皇考是太祖；闻一多《离骚解诂》根据刘向《九叹》"伊伯庸之末胄兮，谅皇直之屈原"的材料，说皇考是先祖；王泗原《离骚语文疏解》进一步说伯庸是屈原的祖先中对楚国有过大功的人，因为古代祭祀举祖先的名字时，必定举那些有功业的人。王、闻两说亦能言之成理，与旧说可并存。姜亮夫主皇考为父之说并引礼"子生三月，父亲命之"为证。然男子既冠始有字。"字余"二字难以证明。

〔三〕 旧说太岁在寅叫"摄提格","摄提"就是摄提格,"贞于"就是"正当在";"孟陬"就是正月,"庚寅"指日子(古代纪日都是用干支的),"降"是降生,合起来就是说在寅年正月庚寅日降生。另有人说,"摄提"是岁星,"摄提贞于孟陬"只说明岁星正指着正月时,那末根本未说哪一年生的。

〔四〕 "览"或"鉴"都是观察,"揆"是揆度即衡量。"锡"通"赐"。旧说"皇"指父亲,"初度"就是初生,"肇"是开始。两句话合起来是说父亲在初生时来看我,给起了个好名字。闻一多根据刘向《九叹》谓皇指皇考的庙,"肇"就是"兆",是说在祖庙里卜卦取的名字。王泗原说"皇"就是楚王,"初度"是"初冠"(古代男子二十岁行冠礼,才有字),"嘉名"包括名和字。淳按:闻、王两说均能持之有故,旧说初度为初生,肇为始,于情理难通,不能说"才生下来才给我起了名字"。(后世有人把"初度"就当生日来用,甚至有用"览揆"代替生日的。)

〔五〕 这两句的"名"和"字"都是动词。屈原名平字原(古代名和字的意义要相关,高平曰原,所以名平字原)。旧说"正则"隐射平(公正的法则),"灵均"隐射原(美好的平地)。明朝都穆《听雨纪谈》以为正则、灵均是屈原的小名、小字。

淳按:这一小节是屈原自叙自己的家世、生辰和名字,后人都据此以考定屈原生辰和事迹等。实际上,它的主要作用是引起下文而不在具体说出生年月日名字等,屈原叙述自己和楚王一姓,王逸所谓"思深而义厚",林云铭《楚辞灯》说:"颛顼后,与楚同姓,为世官。便有宗国不可去之义。"应该是前两句最主要的精神,拿现在的术语说就是屈原在表明自己和楚国有血肉的关系。这样一方面看出自己对楚国的感情,另一方面又反衬楚王对宗臣的刻薄,吐出自己的愤懑。他叙述自己的生辰的特殊,为的是表明自己的不甘同流合污的精神。王闿运说:"将言己性与人异,托言己生与人异。"王夫之《楚辞通释》说:"以上序所自出,及生旦名字以自表著,言己与楚同姓,情不可离,得天之令辰,命不可褻,受父之鉴锡,名不可辱也。"应该是最主要的。又因为《离骚》全篇多用比喻,属词隐语特别多(《战国策·楚策》就有楚王好隐的记载,好隐和信巫在习俗上是有关联的),所以生旦、名字都未直说,这样全篇情词才更谐和。王夫之所谓"隐其名而取其义以属辞,赋体然也",应该是比较通达的看法(后来汉赋用子虚乌有等假托之习,盖源于此)。在这里推定屈原的生辰、家世等等,窃以为有似刻舟求剑,"可怜无补费精神"。因为"摄提"、"皇考"争执不下,则家世生辰的推测完全落空。又按:"均"(en)和"名"(ing)古今都不在一个韵部,有些音韵学家转了几个弯说为同部,实际古代既无韵书,《诗经》、《楚辞》地域之别,即今日江淮地区尚且"en""eng"相混,何况屈原时代?意楚语当时必同韵也。

纷吾既有此内美兮,又重之以修能态〔一〕。扈江离(蓠)与辟芷兮,纫秋兰以为佩〔二〕。汩余若将不及兮,恐年岁将不吾与〔三〕。朝搴阰之木兰兮,夕揽[中]洲之宿莽〔四〕。

注:

〔一〕 "纷"是句首助辞,有多的意味。"内美"讲德行,"修(同修,有长和美两个意思)能"指外面的才能。"重"是加的意思,两句说既有内心的美德,又加上远大的才能。一说"能"当依另外一本作"态"字,"修态"指外表的装饰,引起下面几句,义较长。

〔二〕 "扈"是楚地的方言,意思是"披"或"带"。"江蓠"是地上的香草。"辟芷"有两种解释,一种是看成名词,是幽僻的白芷(香草的一种);一种是把辟当作动词,王夫之解为"辟绩",闻一多说成用酒浸过再收藏起来。"纫"当动词用,就是搓成单股绳子。这两句是用被服香草来比喻自己的德能。

〔三〕 这两句是说自己积极努力的心情。"汩"是水流疾的样子,楚南方言疾行曰汩,是说自己珍惜时间,生怕光阴虚度(被年岁所抛弃)。

〔四〕 淳按:这两句又是用采摘香草来比喻自己积极努力孜孜不倦。"朝"、"夕"对举,"阰"、"洲"对举(阰,楚国方言,"大阜曰阰",即大土岗子)。"木兰"、"宿莽"(楚人呼经冬不死的草为宿莽)也是对举(一为香木,一为香草),比喻自己勤劳不息,集中了各种德性和才能。("搴"和"揽"都是采取的意思。)明末刘永澄《离骚经纂注》说:"'朝搴'、'夕揽',唯曰不足之意,取其与己合德也,搴必木兰,揽必宿莽,取其至死不变。"可参考。

这一小节的意思在说明自己修养有素,正是下面忠诚服务的主观条件。

日月忽其不淹兮,春与秋其代序。惟草木之零落兮,恐美人之迟暮〔一〕。[不]抚壮而弃秽兮,何不改[乎]此度[也]?乘骐骥以驰骋兮,来吾导夫先路[也]〔二〕。

注:

〔一〕 "忽"是疾速的意思,"淹"是久留的意思。"美人"比国君,即楚怀王。纪昀说"美人,以谓盛壮之年",为屈原自比,但与下文无联系,不如旧说为长。王夫之说:"春秋代序,喻国之盛则有衰;草木零落,喻楚承积强之后……"代序犹言代谢。刘永澄说:"草木零落,寻常事耳,何必思惟,若曰树犹如此,人何以堪耳。忧己曰恐年岁之不吾与,忧君曰'恐美人之迟暮',爱君如己也。"

〔二〕 "壮"指壮年,抚壮弃秽就是趁着壮年把不好的东西一齐去掉。闻一多训壮为美盛,说"抚壮与弃秽相偶为文",也可通。"此度"就是指的"不抚壮……"这两句,所以有"不"字义长。"来"作语词或来去之来均可通。

这一小节表现自己对楚王的忠诚。前面四句说光阴迅速怕楚王老大徒悲;后面四句说希望楚王奋发改行,自己愿意遵王在大道上奔驰。王夫之说:"以上言己所必谏之故,以国势之将危也。"这是可以信从的。

昔三后之纯粹兮,固众芳之所在。杂申椒与菌桂兮,岂惟纫夫蕙茝〔一〕?彼尧舜之耿介兮,既遵道而得路;何桀纣之猖披兮,夫唯捷径以窘步〔二〕？惟[夫]党人之偷乐兮,路幽昧以险隘。岂余身之惮殃兮？恐皇舆之败绩〔三〕。

注：

〔一〕 "后"就是君,"三后"是指禹、汤、文武(父子俩合算一个,也有只算文或武的)。戴震《屈原赋注》说指楚国的三个贤王,恐不可从。申椒、菌桂都是有些辣味的香木,蕙、茝是两种香草。林云铭说："椒桂带辣气,以其香犹用之,不但用纯香之蕙茝而已。喻逆耳之言亦能用也。"刘永澄说："言杂用众贤以致治,非专任一二人也。"淳按：从"岂惟……"的口气来看,是有用意的,刘、林两说可从。这里举出古代贤王能广用贤才,并能听逆耳之言,和楚王恰成对照。

〔二〕 这里用走路做比喻,拿古代的圣君和昏君做对比。"耿介"指光明正大,"猖披"旧注是"衣不带之貌",引申为狂放不循正道。也有说"披"借为"诐",偏邪的意思,也可通。"捷径"就是小路,和大道恰好相反。

〔三〕 "党人"指那些谗害屈原的小人如上官大夫、靳尚等。"路"是动词,"幽昧"：黑暗,"险隘"：狭窄难走。这两句是说那些党人贪图逸乐,尽走那种昏暗危险的小路。"败绩"指翻车。

这一小节是接着上一小节叙述自己"违众强谏之情"(王夫之语)。不是为自己的利害而是怕怀王的败亡。后面八句都是拿走路做比喻的。戴震说："道之盛,举尧舜,失道举桀纣,以明党人乱政危国也。君之疏己由党人,故先及之。"在这小节里看出屈原对这批小人的痛恨。

忽奔走以先后兮,及前王之踵武〔一〕。荃不察余之中_忠情兮,反信谗而齌_齐怒〔二〕。余固知謇謇_{蹇蹇}之为患兮,忍而不能捨(舍)[也]。指九天以为正兮,夫唯灵修之故[也]〔三〕。曰黄昏以为期兮,羌中道而改路。初既与余成言兮,后悔遁而有佗_他。余既不难[夫]离别兮,伤灵修之数化〔四〕。

15

注：

〔一〕 这两句是承上面"皇舆"说的。"奔走先后"是指在车子前后扶持着，"踵武"意思是说接续着前王（上文的三王和尧舜）的踪迹。这是比喻，意思是要使楚王的政绩赶上古代的圣君。

〔二〕 "荃"是香草比喻国君，即怀王。"齌怒"就是疾怒，大怒。这两句是说怀王不了解自己而听信谗言。刘永澄说："自'日月忽其'至'骞步'，原自述其中情，而下以'不揆余之中情'点之。"可从。

〔三〕 "謇"或作"蹇"，是忠贞的样子。"正"就是证人，"灵修"也指君王。王泗原说"灵修"就是"精爽"或"心神"，似不可从。这两句表现自己的一片忠心。虽然明知进忠言是取祸之由，也绝不舍弃。自己的忠心可以叫苍天作证，只是为了君王（古代的爱国志士把忠君和爱国看作一回事，所以这里表明对君主的忠诚也就是对楚国的热爱）。

〔四〕 "成言"就是现代汉语里说的"约好了"。"遁"指逃遁（拿走路做比），就是又翻悔了。后面两句还是表明自己的痛苦完全是为楚君的反复无常（"数化"）而起，绝不是为了自己的去职被疏。

这一小节是承上一节叙述自己受谗被疏的由来和自己忠贞不二的心情。先师胡小石先生说："《离骚》辞采以类相从"，这对理解《离骚》结构非常重要。这几节都是用道路做比喻的。

余既滋兰之九畹兮，又树蕙之百亩。畦留夷与揭车兮，杂杜衡（蘅）与芳芷。冀枝叶之峻茂兮，愿竢时乎吾将刈〔一〕。虽萎绝其亦何伤兮，哀众芳之芜秽〔二〕。

注：

〔一〕 "兰"、"蕙"、留夷、揭车、杜衡和芳芷都是香草，"畦"这里用作动词。"冀"是希望，"竢"是等待，"时"指香草成熟可以收割之时。这几句是追述自己过去培养贤才，希望待时为国效忠（用杂植香草做比喻）。屈原做过三闾大夫，专门掌管教化公族子弟一职，可能是隐射这段经历。"九畹"，"畹"有十二亩、二十亩、三十亩三说，这里"九畹"、"百亩"极言其

16

多,不必指实。

〔二〕"萎绝":旧注均指枯萎死亡。闻一多读"萎"为"馁",说:"馁绝,屈子自谓,不种百谷而莳众芳,故有馁绝之虞。"淳按:闻说在这里可通,但《九章·思美人》里说"佩缤纷以缭转兮,遂萎绝而离异。"萎绝似仍以解为枯死为妥。这两句上一句指自己为培植人才而尽瘁以死也不在乎。下一句说现在却"众芳芜秽"(比喻人才变节),这是异常可悲的。近人有将这两句都当做指所育人才,似不可从。

这一小节是感伤自己所培育的人才也因为自己的见疏而随俗改变了。林云铭说:"以上叙己之见疏不足惜,但正士皆丧气,无有与君为美政者,所关非小耳。"王夫之说:"在己之萎绝何伤,而群贤坐绌……"大体是正确的。

众皆竞进以而贪婪兮,凭不厌乎求索[一]。羌内恕己以量人兮,各兴心而嫉妒[二]?忽驰骛以追逐兮,非余心之所急。老冉冉其将至兮,恐修名之不立[三]。朝饮木兰之坠露兮,夕餐秋菊之落英[四]。苟余情其信姱以练要兮,长顑颔亦何伤[五]!

注:

〔一〕"众"指那批贵族官僚,也就是前面所说的"党人"。"竞进"指争着向上爬。"贪婪":爱财曰贪,爱食曰婪,就是贪得无厌的意思。"凭"是楚的方言,满的意思。"厌",饱也,就是满足。合起来是说那些人贪得无厌,就像吃得饱饱的仍然在到处搜求食物。

〔二〕"羌"是楚方言,摆在句首,有疑问的意味。可译为"为什么"或"怎样"(王泗原说)。"恕己量人"就是用自己的心理去揣测别人(以小人之心,度君子之腹),以为别人也跟他争食,于是就都生(兴)了嫉妒之心。这两句是揭露官僚们的贪污和堕落。

〔三〕"忽"是疾,驰骛是奔驰,但含有贬义,不是一般的驰骋或奔驰,这里指不正当的追求(有时又指无目的地乱跑)。"冉冉"是慢慢地前进的状态,有渐渐的意思。这四句是表明自己的态度,自己不愿意同流合污,追求财货地位,而只怕美名不传于后世(也就是孔子说的"君子疾没世而名不称焉"的意思)。

〔四〕 这两句是从饮食来表现自己的高洁。"坠露":姜亮夫以为欲坠之露即薄露,可从。菊花不落,于是有人引《尔雅》把"落"当始字讲。淳按:落英和坠露对举,同时上面是"夕餐",所以仍训堕落之落。因为屈原意在比喻,不是真正写植物。

〔五〕 "苟":犹今言"只要",闻一多说为假设连词。"信姱",真正美好。"练要":林云铭说是"精所修而约所守",可从。这个"要"等于"要道",就是我们今天说的人生的真正意义。"顑颔"就是吃不饱而面黄肌瘦的样子。这两句是接着上文饮坠露餐落英说只要自己的内心是真正的美好,懂得了人生的真正意义,那末长期挨饿(坠露落英当然吃不饱)也没有关系,表现出强烈的追求真理的精神。胡先生说这里是以食为喻,与上文道路同,甚当。

这一小节用饮食做比喻,揭露那些自私自利的官僚们的贪饕无耻,表现自己清高自持,守道不阿的精神。

擥木根以结茝兮,贯薜荔之落蕊。矫菌桂以纫蕙兮,索胡绳之纚纚〔一〕。謇吾法夫前修兮,非世俗之所服〔二〕。虽不周于今之人兮,愿依彭咸之遗则〔三〕。

注:

〔一〕 "薜荔"、"胡绳"都是香草。"擥":取;"结":用绳系上。"落蕊":这里可以讲为始开的花。贯(穿)、矫(举)、纫、索(搓成绳子)四个字都是动词。"纚纚",索子很好看(胡绳搓成的绳子花叶很整齐)的样子。王泗原说"擥为楚方言","擥木根"就是"拿根木头",意亦勉强可通。这四句是用服饰之美来比喻自己志行的高洁(王夫之说:"以木根蘦茝,以大绳穿薜荔,束缚桂蕙,喻君子之受摧残也。"与下文"服"字意义不相连属,不可从)。

〔二〕 "謇":旧说为难,或忠贞,近人有谓在句首只是楚方言的语词。

18

王泗原说作"竟"讲,有终究的意思。"前修"即前贤,"服"指服佩。这两句是接着上面四句用服饰做比喻,说明自己效法前贤,而世俗则不能像自己一样修身洁行。

〔三〕 "周"就是合。"彭咸":旧说指殷代投水而死的贤臣。《九章》里有几处提到彭咸,如"望三五以为像兮,指彭咸以为仪"(《抽思》)。"夫何彭咸之造思兮,暨志介而不忘"。"孰能思而不隐兮,昭彭咸之所闻"(《悲回风》),都无水死之义。所以,王闿运说:"彭,老彭;咸,巫咸,殷臣,传道德者。盖先居夔巫,芈熊受其道居其地……故原屡称焉。"林庚在《彭咸是谁》一文里也反对旧说而指出:"一、彭咸、彭铿、老彭仅即为一人之讹传。二、他与楚的祖先高阳氏有密切的关系。"淳按:王、林二说并可参考,屈原在这里只是说要学习彭咸的榜样,和前面说的"法夫前修"同意,不该谈到投水。全篇中实际均无自杀的消息,故旧说不可信。但彭咸疑当为一人。

这一小节是进一步申明自己坚持正义不甘随俗从流的精神。

长太息以掩涕兮,哀民生之多艰〔一〕。余虽好修姱以鞿羁兮,謇朝谇而夕替〔二〕。既替余以蕙纕兮,又申之[以]揽茝〔三〕。亦余心之所善兮,虽九死其犹未悔〔四〕。

注:

〔一〕 "太息"就是叹息。"民生多艰",一般指人民生活的困难,这里看出屈原对人民生活的关怀(王闿运以民生为人性,"艰":险[王夫之早有此说]。那么这两句为叹息人性的险恶,和前面斥责党人的话一样。下文还有"民生各有所乐兮,余独好修以为常。""民生"解为人性意较顺通)。

〔二〕 "鞿"是马嘴里的缰绳,"羁"是马的络头,在这里都用作动词,有"约束"的意思。"谇"是进谏,"替"是废替,"虽":从王念孙读为唯。淳按:这两句总起来说只是用美德来约束自己,不做一点坏事,(但是)早上进谏,晚上就被废替了,表现出正人君子不容于朝的情况。这样语意本甚

19

明顺,不必改字曲说("替"与"艰"古韵可通,"艰"籀文作囏,从喜得声,故可与"替"叶。戴震读如姬,也不必从周密《齐东野语》改为"哀民生之多艰兮,长太息以掩涕"。王泗原有辨证)。

〔三〕 淳按:这两句是说自己所以获罪,只是因为"好修"。"既……又"连接,是说既以蕙纕(香囊或香的佩带)为罪来废弃我,又把"揽茝"的罪名加上去("申"是重,也就有加上的意思)。"以蕙纕"、"以揽茝"都是介词结构,作为"替余"、"申之"后置的"状语"。

〔四〕 "九死"和后人讲"万死"一样,是强调的说法,不能把数字看死了。这两句接着上面表明坚持真理以身殉道的精神,比"长顑颔"又进一层。

这一小节说明自己因正义而获罪死而无悔的决心。

怨灵修之浩荡兮,终不察夫民心。众女嫉余之蛾眉兮,谣诼谓余以善淫〔一〕。固时俗之工巧兮,偭规矩而改错(措)。背绳墨以追曲兮,竞周容以为度〔二〕。忳郁邑悒余侘傺兮,吾独穷困乎此时也。宁溘死以流亡兮,余不忍为此态[也]〔三〕。

注:

〔一〕 "浩荡"和荒唐、浑沌、昏蠠等是同声同义。"民心"指那些小人的嫉妒之心。这个"民"也就是下面的"众女",指那些小人。"蛾眉"是形容女子的美貌"形若蚕蛾眉"(刘师培说蛾眉即娥媌是美好,但《诗经·硕人》说"螓首蛾眉",首眉对举,仍以旧解为是)。"谣诼"就是造谣中伤的话。这四句是说君主昏愦,众人嫉妒,使自己忠而被谤(用美貌做比)。

〔二〕 按:四句话总起来揭露当时的官僚集团投机取巧来持禄保宠而不守法度的情形,和他自己恰成对照。所以下文就又讲到自己的孤独和忧伤。开头的"固"字说出这种风气由来已久,自己也早已知道,才更加重下文决不同流合污的力量。刘永济、闻一多改"固"为何,反而削弱了原文语意,不可从。

〔三〕 "忳"、"郁邑(悒)"都是表示忧伤,《离骚》经常有这种句法。"侘傺":失志貌。这个句子有两个谓语,"余"是主语,不必训"余"为"而"。"溘死"就是死亡("溘"一个字解为奄息,就是死,又有速的意味)。"以"是"与",是说宁愿死或者流放,也不能跟上面讲的那些人一样("此态"指"固时俗之工巧兮"四句所揭露的)。

这一小节重申上一小节里所表现的坚持正义死而无悔的决心,揭露官僚集团的诈伪偷合、法纪荡然的情况,也批评了楚怀王的昏庸信谗。

鸷鸟之不群兮,自前世而固然。何方圜圆之能周兮,夫孰异道而相安〔一〕。屈心而抑志兮,忍尤而攘诟〔二〕。伏清白以死直兮,固前圣之所厚〔三〕!

注:

〔一〕 这四句说明志士不能与流俗协调是自古而然的。"鸷鸟"自喻,方圆不能周合,异道不能相安,都是比喻邪正不并立,冰炭不同炉。

〔二〕 "攘"依朱骏声说含忍也,屈心,抑志,忍尤,攘诟,是重说加重。淳按:此两句为屈原自写心理活动作为问题(就是我这样做好吗?)。下面两句再回到正面意见上。

〔三〕 闻一多读"伏"为"服",可从。"服清白以死直"就是坚持自己的节操,直道而死。这是以前的圣人所赞许的。"厚"这里作动词用,如厚此薄彼之厚,有看重的意思。这两句和"愿依彭咸之遗则"用意相同。

这一小节也是重申自己死而无悔的决心。前面六句是为后面两句加重力量的,这种利害自己想之又想,然而终之以不变,才更看出坚持正义不顾利害的精神。

悔相道之不察兮,延伫乎吾将反(返)。回朕车以复路兮,及行迷之未远〔一〕。步余马于兰皋兮,驰椒丘且焉止息〔二〕。进不入以离(罹)尤兮,退将[复]修吾初服[三]。制芰荷以为衣兮,集芙蓉以为裳[四]。不吾知其亦已兮,苟余情其信芳[五]。

注:

〔一〕 "相"读去声,是动词。"相道"犹言"选择道路。"延伫":长久地站着。这四句仍然拿走路做比喻,表现一种隐退的思想,懊悔当时仕进错了,趁现在回到未仕以前还不算太迟。就像几百年后陶渊明在《归去来辞》里说的"实迷途之未远,觉今是而昨非"一样。刘永澄说:"既云'虽九死其犹未悔',兹何以悔。未悔者,至死不变之心;悔者,不可则止之义。"说较圆通。

〔二〕 "步":动词,"步余马于兰皋":等于说让我的马在"兰皋"走。"焉"即"于此",在这里。"兰皋":长满兰草的"皋"(湖泽的旁边),"椒丘":长椒木的小山。这两句接着上面四句仍然以走路为比,说是回到山林湖泽之间逍遥自在。"兰皋""椒丘"说明虽然退隐,但"仍在众芳之地"(林云铭语),表明"好修"的性格是不变的。

〔三〕 "进"指"仕进","退"指"退隐","初服"指未仕以前的服装(这是比喻的说法,等于说回到以前的生活)。这两句承上面明确说出退隐的打算("进""退"和上文以走路比是相连的)。这种退又是无可奈何的,进既获罪(离尤),只有退了。

〔四〕 "芙蓉"在汉以前都是指荷花。"芰荷":荷是莲叶,芰是菱类,三角四角叫芰,两角叫菱(见吴其濬《植物名实图考》),这儿指菱叶。这两句承上面"初服"来,用衣服的芳香美丽,比喻德行的高洁。

〔五〕 "苟"可译为"只要",闻一多说为假设连词,说这两句因押韵而倒装,亦可通。这里表示只要自己内心是真正纯洁美好的,那末别人不理解我("不吾知"主要是指怀王不理解他而听信谗言,当然也包括所有执政者在内,和最后"国无人莫我知兮"相应)也就算了。

这一小节是说只要自己"内省不疚",进既离尤,不如退隐,表现受谗见疏之后的思想活动。

高余冠之岌岌兮,长余佩之陆离〔一〕。芳与泽其杂糅兮,唯昭质其犹未亏〔二〕。忽反顾以游目兮,将往观乎四荒〔三〕。佩缤纷其繁饰兮,芳菲菲其弥章〔四〕。民生各有所乐兮,余独好修以为常〔五〕。虽体解吾犹未变兮,岂余心之可惩〔六〕。

注:

〔一〕 "高"、"长"这里都做及物动词用。"岌岌":高绝。"陆离":与"岌岌"结构相同,在这里是长貌(今天惯用的"光怪陆离"的"陆离"参差众盛"的意思)。

〔二〕 "泽":王夫之说:"垢腻也。"王闿运说是"醳也"(指人身上的汗臭或东西腐臭的味道)。姜亮夫以为泽大写作臭,疑《离骚》作臭误为臭。郭沫若、王泗原等也都拿"芳"和"泽"当做对立的东西看。"杂糅"就是混杂在一起。《思美人》云:"芳与泽其杂糅兮,羌芳华自中出。"《惜往日》云:"芳与泽其杂糅兮,孰申旦而别之?"三处合起来看,当做对立的东西,义较允当。旧说"泽"指佩玉的光泽,"芳"指上文衣服的香气。这句还是像前面一样拿服饰来比喻自己德行的美好。"唯昭质其犹未亏"是对前面"进不入以离尤"来说的,就是今天自己完美的人格(昭质)仍然没有丝毫亏损。语气较平,不如新说有力。

〔三〕 "反顾":指着自己;"游目":指着远方;"四荒":指四方边远之地。这两句是说看自己的装饰,想想外面远大的天地,就萌发了一种远游的心理,这就引起后面上下四方去求女的一大段(林云铭说)。屈原是一个热情的人,上面刚讲到退隐,这里又想到用世。朱熹说:"言己虽回车反顾,而犹未能顿忘此世,故复反顾而将往观乎四方绝远之国",是正确的。

〔四〕 淳按:这两句是承上面"反顾"来的("反顾"一方面承上面"冠""佩"等,一方面启下)。"缤纷":盛貌;"芳菲菲"就是"香气勃勃"(菲菲和勃勃在古代是同声字);"弥章":更外显者。这两句还是用服饰来衬托德行。

〔五〕 "好修"是总结上面一段比喻的。说明自己不同流俗,只是以"好修"为立身的标准("常"是常道)。"常"和"惩"在古代是押韵的,郭沫

23

若从姚鼐等的意见,改"常"为"恒"(以为汉人避文帝的讳),可参考。

〔六〕 "体解"指身体被肢解(封建社会里最残酷的刑罚,把人的四肢都砍掉再杀头,也有用五牛分尸、车裂的)。"惩"有惩创、惩艾(艾是止意)、恐惧等意思。《九歌·国殇》里说"首身离兮心不惩","心不惩"就是心不改悔的意思。这两句话就是说即使碎尸万段我也决不改变,难道我的好修的本心还会因恐吓而悔改吗?这里表现出极为强烈的坚贞不屈的斗争精神。"体解"比"九死"的说法又进一步。刘永澄说:"祸弥酷,志弥坚,原真铁石心哉!"可参考。

这一小节和前面一节合在一起,写出自己受谗以后的心理活动,最后仍然归到好修之性决不动摇(戴震把这两小节合为一段说:"设为退隐之思,言事君虽不得,而好修不变,亦以申前章")。

* * *

淳按:这以上可以标成本文的第一部分,作者用直述和比喻两种方式交杂起来叙述了自己的身世、经历、自己正直的个性、受谗的原因和受谗以后的思想活动等,一方面揭露了当时楚国官僚贵族的贪婪竞进兴心嫉妒的无耻行径和楚王的昏庸误国,另一方面表现自己坚持正义决不屈服的精神。是屈原这种精神更加洞烛了当时官僚集团的无耻,也是那种黑暗的现实更加锻炼了屈原的意志,更加表现出这种"出污泥而不染"的高洁心怀和"首身离兮心不惩"的斗争精神。

女嬃之婵媛媛兮,申申其詈骂予余〔一〕,曰:"鲧婞直以亡(忘)身兮,终然殀乎羽[山]之野〔二〕。女(汝)何博謇謇而好修兮,纷独有此姱节〔三〕?薋菉葹以盈室兮,判独离而不服〔四〕。"众不可户说兮,孰云察余之中情〔五〕?世并举而好朋兮,夫何茕独而不予听〔六〕?

注:

〔一〕 "女嬃":王逸注"屈原姊也",郑玄说"屈原妹名女嬃"。许慎《说文》:"嬃,女字也……贾侍中(逵)说楚人谓姊为嬃。"总之,"女嬃"是屈原的亲姊妹。王闿运说："妾之长称嫛,盖以喻臣之长,上官令尹之属,阳与原为同志者。"迂曲难通。朱熹据《易·归妹》"归妹以娣",以女嬃为贱妾,姜亮夫从其说。郭沫若"疑(女嬃)是屈原之侍女"。王泗原进一步为之求证,均不可从。因侍女断无骂屈原之理,我们不能忘掉那是男尊女卑的社会。"婵媛":胡先生引《方言》"凡怒而噎嚱,南楚江湘之间谓之婵咺",说"婵媛即婵咺,凡从爱从宣之字多互假"。闻一多说同,谓即喘息之意,当从手作"挥援"。淳按:二说可从。王泗原解为"牵挂"义亦可通。有人解为婵娟(美好的意思),不可从。"申申":王逸注:"重也"。林云铭说:"詈非一次,所詈亦非一词,故下有'不予听'句。""申申"就像今天说反反复复或翻来复去地讲个不休。洪兴祖《补注》说:"申申:和舒之貌,女嬃詈原,有亲亲之意焉",恐不可从。

〔二〕"鲧":他书多作鲧是夏禹王的父亲。"婞直"就是刚直。"亡身":依闻一多读为忘身,就是"不以身之阽危而变其节。王闿运说是"忘身勤死"。《惜诵》里说"行婞直而不豫,鲧功用而不就",意同。"殀"本来是早死。旧说尧叫鲧治洪水,鲧坚持自己的意见不服从尧的命令,于是尧乃"殛(杀死)之羽山,死于中野"。闻一多说殀当为夭,意为天运,鲧被阻遏在羽山,不准回到中原,也就是流放在羽山,后来就老死在外面。《天问》说鲧"永遏在羽山"就是这个意思。可从。两句合起来是说鲧那样刚直不顾利害,终于被流放在羽山之野,意思是要屈原记取这个教训。

〔三〕"博謇":旧注当成两个词说是广博和忠直好谏,闻一多谓当依一本作"博謇",是"安舒有节度"的样子。淳按:依旧注与鲧之婞直关系较密;依闻说和下面两句能呼应。今依旧注,闻说可参考(王夫之说"博"是过其辐量,"博謇"就是"过謇"。意思很连贯,但"博"的解释,根据不足,故不从)。"姱节":旧注指美好的节操。闻一多、姜亮夫等依朱骏声说是"夸饰",表示"盛饰"的意思。淳按:闻、姜之说和下面的比喻相应,可从。两句联系上下是责备屈原不能"和光同尘",要他以刚直取祸为戒。

〔四〕旧说"薋"是蒺藜,"菉"是王刍,"葹"是枲耳,三者都是恶草。"盈室"就是充塞房屋。淳按:三种恶草充塞房屋,比喻当时的士大夫都不讲道德(和前面"众皆竞进以贪婪兮"相同),也有读"薋"为"积"的,当作动词,是堆积之意。语法结构较顺,可从。"薋菉葹以盈室"有人说是比喻坏人充塞朝廷,连下句看似乎难通。"判":旧注是"别"的意思,是下面"独离"的"状语"。有人释为"抛弃",语法难通,当从旧说。"服"是佩服之服。意思是说,大家都要(薋)菉葹等恶草,你一个人为什么要与众不同不肯佩服呢(这是用服饰做比喻,等于说举世皆浊何必独清?众人皆醉何必独醒)?

〔五〕"户说":挨家挨户去说服。"余":旧注亦指屈原,但未得其解。王泗原说是"佘"("尔")的错字,但没有根据。姜亮夫、郭沫若说是复数,指我们(女媭和屈原),可从。"中情":犹现在说"内心"或"真正的思想、感想、心理"。这是说群众既不能挨户去说服,那末谁能真正了解我们的内心呢?

〔六〕"朋"指朋党。"夫":发语词。"茕独"就是孤独。"不予听"就是不听予(古汉语否定式时,宾语提在动词前面,和前面"不吾知"结构相同)。两句是说既然当世的人都欢喜结成朋党,你为什么特立独行而不听我(这里"予"就是余,是女媭自称)的劝告呢?

淳按:这一节是女媭用鲧婞直而死来劝屈原记取教训不妨稍自贬损,和那些奸邪小人"和光同尘"。这里一方面显出屈原的坚贞不屈(尽管一个人都不了解自己,但自己仍然坚持不变),一方面也进一步写出孤独无告的痛苦(不但当时那些人不同情自己,连姊姊也不赞成自己的主张),那末只有诉之于古人诉之于天上了。这就成为从第一部分的现实的叙述到后面驰骋幻想的一个过渡。林云铭说:"已上借女媭詈己之言,见得举世皆妇人见识。没处置辩,没处容身,为下文折中前圣,见帝求女张本。此无聊之极也。"这几句话除了"见得举世皆妇人见识"有语病外,其他部分还是有他独到之见的。

依前圣以之节中兮,喟凭心而历兹[一]。济沅湘以南征兮,就重华而陈词[二]。

注：

〔一〕"节中"：依林云铭说即"折中"，今人也写作"折衷"。"喟"：叹息的声音。"凭"就是"愤懑"。"凭心"就像今天俗话说"气馁了"、"一肚子闷气"等。"兹"：旧注都说是"此"，"历兹"就是遭遇祸事。业师张汝舟先生说："兹"是"年"（《吕氏春秋》："今兹美禾，来兹美麦。"高诱注："兹，年也。""历兹"就是历年）。淳按：师说是也。这两句合起来是说，自己依着前圣的法度行事，但这些年来心里却受够了闷气，所以下面才只有向重华去倾诉。旧说有解"凭心"犹上文"法夫前修"的信念，也可通。

〔二〕"济"就是过水。"征"：往，"南征"：往南方走。"重华"就是虞舜。相传舜死在苍梧之野。这两句以下都是想象的话。就是说人世间没有人了解，只有渡过沅湘往南方走，一直到（"就"这里是动词，到……那儿）重华那儿去诉说。

这四句是承接上面来的，同时领起下面的控诉。

启《九辩》与《九歌》兮，夏康娱以自纵。不顾难以图后兮，五子用乎家巷（哄）[一]。羿淫游以佚畋兮，又好射夫封狐。固乱流其鲜终兮，浞又贪夫厥家[二]。浇身被服强圉兮，纵欲而不忍。日康娱而以自忘兮，厥首用夫颠陨[三]。夏桀之常违兮，乃遂焉而逢殃[四]。后辛之菹醢兮，殷宗用而不长[五]。

注：

〔一〕"启"是禹的儿子，相传他从天上把《九辩》和《九歌》两种乐曲偷了下来。旧注把"夏康"连读当作启的儿子太康。戴震指出"康娱"当做一个词（本篇三见），"康娱自纵"就是说尽量享乐放纵。"夏"指夏朝。王泗原说"夏"就是"大"，也就是大大地娱乐，也通。也有以"夏"为"下"，说是从天上下来尽量娱乐。"五子"：旧说指太康的五个儿子，失掉地位（家巷作为京都宫城的代称，所谓宫中永巷）。段玉裁指出"五子"就是启的儿子武观（详见段玉裁《古文尚书撰异》和孙诒让《墨子间诂·非乐上》）。"家巷"依王念孙读为"家哄"，也就是指"内讧"。这几句总起来是说，夏启失德,纵情娱乐,不肯顾念国家,结果他的儿子就发起内乱(后来启只好叫他的臣子彭寿领兵去讨平武观的叛乱)。

〔二〕 "羿":古代善射的人都名羿。这里指的夏代的羿,是有穷后。他夺取了启的儿子太康的王位。羿过分沉溺于游荡("淫"就是过分地欢喜……譬如给酒迷住了,就叫"淫于酒"),欢喜田猎(畋、田都是指田猎)。封狐是大狐。闻一多说原文该是封猪(古书里经常说封豕长蛇)。"乱流鲜终"是说不守法度很少(鲜)会有好结果。"浞",就是寒浞,是羿的臣子,杀了羿而强占了羿的妻子("家",就是指妻室。"厥"是"其"),后来生了浇(奡)。这几句是说羿不遵正道,又被寒浞灭了。

〔三〕 "被服"即披服,引申为居处其中,也就是说以此自恃(乡前辈王瑜璋先生说)。"强圉"即"强御",指用武力。闻一多《离骚解诂》说"浇"就是鳌(即大龟),古代传说中人物往往和禽兽不分,"被服强圉"即身披坚甲。说较迂曲,故不可从。"不忍":指没有节制。"颠陨":指掉下来。这几句是说浇依仗自己的力量而贪图佚乐,结果脑袋又掉下来了(浇被少康派人杀死)。

以上这些传说均见《春秋左氏传》襄公四年"魏绛谏伐戎"。

〔四〕 "夏桀"是夏代最后一个亡国之君。"常违":指经常违背正道。"遂":一般解为连词,如今天的"因而""因此"等。或解为动词"照这样……"("焉"可解为语词)。龚景瀚《离骚笺》曰:"遂,《玉篇》安也。遂焉者任其性而不改,亦纵欲之意。"淳按:龚说平易可从。这两句是说夏桀因常违正道而遭殃。

〔五〕 "辛"是纣的名字(后辛就是纣王)。"菹醢":在这里作动词用,就是把人剁成肉酱。据说纣曾经杀了比干,醢了梅伯等。这两句说商纣残暴,殷朝的宗祀因而("用"就是"因")断绝。

姚鼐说这十六句都是讲"失道君之致祸"。

汤禹俨严而祗敬兮,周论道而莫差。举贤[才]而授能兮,循绳墨而不颇〔一〕。

注：

〔一〕 这四句是说"得道君之致福"（姚鼐语，均为马其昶《屈原微》所引）。"俨"是"畏"，也就是小心谨慎。"祗敬"就是恭恭敬敬（古人讲的"敬"相当于今天说的认真尽力不敢马虎随便）。"差"是"过"。"颇"的本义是"头偏"，引申为偏邪、偏差。总起来说历代贤王都是遵循正道任用贤能，才能得到福，和上面十六句正好是对照的（"授能"的"授"，王泗原亦解为推举，可参考）。举周就包括文武，林云铭说"举贤"句指"用人之当"，"循绳墨"句指"守法之公"。

皇天无私阿兮，览民德焉错（措）辅〔一〕。夫维圣哲以茂行兮，苟得用此下土〔二〕。瞻前而顾后兮，相观民之计极：夫孰非义而可用兮？孰非善而可服〔三〕？

注：

〔一〕 "私阿"：相当于今天口语里的"偏心"袒护，"无私阿"就是说大公无私。"错辅"就是设置辅佐的人才。这里的民是指人君（对天而言，人君也是民）。这两句是说皇天是大公无私的，它总是看着人君的德行来给他辅佐的人才（意思是好的人君就给他好的辅佐；品德坏的，就给他一些坏人）。王泗原说民是人民，德是心，辅是君，意思是皇天察民心所向而替他们置君。可以参考。

〔二〕 "圣哲"和"茂行"对举，前者指内心的明智，后者指德行的美好。"以"和"与"意近。"用"：依闻一多说同"享"。两句是说只有明智而有盛德的人，乃（"苟"，乃也）能享有天下（下土是对上文皇天说的）。

〔三〕 "瞻"和"顾"都是动词。朱熹说："前谓往昔之是非，后谓将来之成败。"拿现代术语来说，就是总结过去人成败的经验教训。"相观"是一个意思，本来是看，这里可解为考察。"计极"二字解说纷纭。依蒋骥《山带阁注楚辞》的意见，"计"指谋虑，"极"是标准。这两句是说上下古今观察老百姓谋虑的标准（相当于今天说老百姓的心理趋向，老百姓欢喜什么样的人）。"服"和"用"的意思一样。这两句是申述上面"民之计

29

极",舍"义"、"善"之外,更无可为。蒋骥认为两句重说是强调。

　　这八句是屈原就舜以后三代的失道之君和有道之君的不同结果(前二十句所写的)做出的结论,也就是他向舜陈辞的主要精神。归结到"善"和"义"是用人治世的唯一标准。也就是证明自己过去所坚持的意见的正确。旧注下面四句或八句也当做"陈辞"的内容。今从刘梦鹏《屈子章句》的意见,所陈之辞至此为止。

阽余身而危死[节]兮,览余初其犹未悔[一]。不量凿而正枘兮,固前修以菹醢[二]。曾(增)歔欷余郁邑兮,哀朕时之不当[三]。揽茹蕙以掩涕兮,沾余襟之浪浪[四]。

　　注:

　　〔一〕 "阽"是临危的意思(《汉书》注说是近边欲坠之意)。这里是使动式,"阽余身"就是"使余身阽危"。"危死"就是几乎死掉(蒋骥说)。这两句是说即使让我的生命临危而几死,回顾我原来的好修的主张("初"就是指过去的一切)也不懊悔。这也是表明坚持正义的决心,和前面"虽九死其犹未悔"同意。

　　〔二〕 "凿"指木器上的"孔","枘"指插到孔里的柄。量凿正枘,就是根据孔的形状和大小来削柄以便吻合(比喻随世从流)。古代那些正直的人不肯这样做,所以被残杀了(这里有引古人自比的意思)。以上四句一般也作为陈辞内容。刘梦鹏说是"因陈辞而自念其如此"。淳按:作为屈原的思想活动来看,较曲折有味,可从。

　　〔三〕 "曾"就是"累"(屡次),"歔欷"指悲泣气咽而抽息的声音。"郁邑"指内心的忧愁。这个句子的主语是"余","歔欷郁邑"都是谓语。歔欷郁邑是因为下一句"哀朕时之不当"。"当"是"值"(逢着)。这句话等于后世说的"生不逢时"(朱熹说:"哀时不当者,自哀也,生不当举贤之时,而值之世也")。

　　〔四〕 "茹"是柔嫩的意思,"掩涕"是指泪水。"沾"是弄湿了,"浪浪"是流泪很多的样子,就像后人说的泣下沾巾。这两句表现屈原的痛楚,越诉越悲,以致泣下"浪浪"。

　　这八句是叙述"就重华而陈辞"时自己的思念和伤感,再一次揭露时世的昏暗,重申自己九死不悔的决心。

＊　　＊　　＊　　＊　　＊

　　以上几节合起来又是一大段,钱澄之《庄屈合诂》说:"始因姊言而自疑,至是益自信,信非余之过,乃朕时之不当也。然予何以遂当此时乎,固不禁其哀感而泣涕矣。"吴汝纶说:"以上因女媭之言就正于舜,言得道则兴,失道则亡,从古如此,故不敢阿谀以绊身。"淳按:两说均较扼要。这一段"就重华而陈辞"虽是想象而不是实事,但所陈之辞却是历史治乱兴亡的总结而毫无幻想色彩。这是从上面现实的叙述过渡到下面幻想的驰骋。上天下地的幻想正反映出作者在现实社会中的孤独无告,正是第一大段现实的遭遇的另一形式的反映,所以这一段所反映的精神和第一大段仍然是一样的。它揭露了当时的黑暗,埋怨楚王的昏庸,流露出自己孤独无告的痛苦,特别强调自己忠贞不二、死而无悔的精神。

　　跪敷衽以陈辞兮,耿吾既得此中正[一]。驷玉虬以桀鹥兮,溘埃风余上征[二]。

　　注:

　　〔一〕　这两句是结束上面一大段的。"衽"是衣的前襟。"敷"就是"铺"。这一句是说跪在铺开来的衣襟上陈述。"耿"是明,就是说自己明明知道自己的行为是合于中正之道的。

　　〔二〕　这两句是引起下面大段幻想的,"驷"本来是驾车的四匹马,这里作动词用,"驷玉虬",就是叫玉虬做驷("虬"是没有角的龙)。"鹥"是凤凰一类的鸟。"溘"是掩或依的意思,也就是驾着(风)。("溘"也有解为奄忽的,就是快。)闻一多从王夫之之说,以为"埃当为挨",就是等风起来才上天(淳按:大风必扬起尘埃,依亦可通。《庄子·逍遥游》里的"野马"、"尘埃"之说亦可引来解"埃风"),可备参考。"驷玉虬以乘鹥"当然是想象之辞,但也有比喻自己正直的意思,就像前面香草的作用一样。

朝发轫于苍梧兮,夕余至乎县圃[一]。欲少留此灵琐璅兮,日忽忽其将暮[二]。吾令羲和弭节兮,望崦嵫而勿迫[三]。路曼曼漫漫其修远兮,吾将上下而求索[四]。

注:

〔一〕 "轫"是古代在停车时塞住车轮的一块木头,车子要走时就拿掉,"发轫"就意味着出发。"苍梧"是舜死的地方,这是承上面"就重华而陈辞"来的,所以说早上从苍梧出发,晚上到了县圃(神话中昆仑山中间的神仙之国)。

〔二〕 "灵琐":旧注指君门(琐是门,因为古代帝王的宫门上刻镂着青锁的花纹;灵指君)。姜亮夫以为就是玄圃之门,闻一多谓琐作璅,假借为"薮","灵薮"就是上文的玄圃。两句是说想在这儿多留一会,但太阳已将落山了。

〔三〕 "羲和"是神话中的"日御"(为太阳神赶车的)。"弭节"就是"按节徐步"(拿现代术语来说就是放慢速度),或解"弭"为停止,"节"是策,就是停止鞭马前进,意也可通。"崦嵫"是神话中太阳所入的山名。两句是叫羲和不要让太阳迫近崦嵫,好使自己有点时间去上下追求。

〔四〕 "曼曼"是修远的样子,等于今天说的"长路漫漫",张惠言说:"上谓君,下谓臣,帝阍不开,伤怀王也;高丘无女仿椒兰也。"稍嫌执滞,但可参考。这里着重表现作者一种急迫追求的精神。

淳按:这一小节是从第一大段"将往观乎四荒"和上一段"吾将上下而求索"来的。"济沅湘以南征兮",是想象中的南行,这儿是想象中的西行。这虽然全是幻想,但是也表现出一种急迫的苦闷的心情。林云铭:"虽曰寓言,然抢地呼天之情,已不胜其危急矣。"方苞说:"县圃灵薮,皆喻君所,自明依于君侧之故,非有他也,念日之将暮,仍冀辅君及时以图治平。"从第一大段恐美人之迟暮"和后面"闺中既以邃远兮,哲王又不寤"来看,方说可从。

饮余马于咸池兮,总余辔乎扶桑〔一〕。折若木以拂日兮,聊须臾逍遥以相羊〔二〕。

注:

〔一〕"咸池":神话中的池子,太阳出来在这里洗澡。"扶桑":神话中的大桑树,太阳出来时擦着它的枝子过去。两句是说到东方让马在咸池里饮水,把缰绳结("总"就是结的意思)在扶桑上。姜亮夫以为扶桑宜为地名,不可通。

〔二〕"荒木"也是神话中的树,是生在太阳落的地方(一说是生在南海之内、黑水之间)。"折若木以拂日":是说折取若木的枝子来拂扫太阳不让它落下去(和上面"令羲和弭节"的意思相同,多争取一些时间)。"须臾":隋僧道骞说:"须臾者,谓待卜日也。"(见饶宗颐《楚辞书录·外编》)。就是说姑且在这徘徊("相羊":依蒋骥说同徜徉,就是徘徊的意思),等待一个好日子上天去。

淳按:这四句进一步写出求索的辛苦和急迫,上面才到太阳落的地方,这里又到太阳出的地方,表示没昼没夜地东西南北地奔跑求索,要达到理想。

前望舒使先驱兮,后飞廉使奔属〔一〕。鸾皇凰为余先戒兮,雷师告余我以未具〔二〕。吾令凤鸟飞腾兮,[又]继之以日夜〔三〕。飘风屯其相离兮,帅云霓而来御〔四〕。纷总总其离合兮,斑班陆离其上下〔五〕。吾令帝阍开关兮,倚阊阖而望予〔六〕。时暧暧其将罢疲兮,结幽兰而延伫〔七〕。世溷浊而不分兮,好蔽美而嫉妒〔八〕。

注:

〔一〕"望舒":替月亮赶车的神。"飞廉":风神。"前""后"是状语提前,就是使望舒在前面先驱,使飞廉在后面奔属("奔属"的"属"是连续的意思,就是跟在后面跑。也有把"属"解为嘱咐的,就是让飞廉在后面告诉别人,恐不可从)。

33

〔二〕"鸾皇":一般解为两种鸟,"鸾"是凤的辅佐,"皇"是雌凤。或解为一种鸟,也有解为凤凰的,这样和下面凤鸟飞腾意思重复,故不可从。总之鸾鸟应是比凤低一级的。"戒"是动词,作"警戒"和"告诫"都可以通。"雷师"就是雷神。"未具"就是没有准备好。已经有望舒、飞廉、鸾皇,但雷师仍然说准备不够,这里表现出上天之艰难,准备之辛苦。

〔三〕"凤"是百鸟之王,这两句是由上面"雷师告余以未具"引出来的。雷师说鸾"先戒"还不够,所以这里又叫凤鸟亲行(用蒋骥说),夜以继日。以上表现出一种急迫的情绪。望舒、飞廉、鸾皇、雷师、凤鸟都是正面的"形象"。

〔四〕"飘风"、"云霓":旧说是比喻小人的,可从。旧说"屯"是聚,"离"是散,这是旋风(飘风)忽聚忽散。"帅":动词,率领。旋风过处又出现了"云霓"(霓就是蜺,雌的虹)。"御":旧注都解为迎迓。淳按:"离"当解为附丽。"飘风屯其相离兮"句法和"老冉冉其将至兮"一样,"冉冉"是"至"的状语,"屯"是"离"的状语。这句是说飘风聚集在一起。"御"当依马其昶说同御(淳按:《诗·邶风·谷风》:"我有旨蓄,亦以御冬。"《毛传》:"御,禦也。""宴尔新婚,以我御穷。"一本即作"禦"。可见古书"御"可借为"禦")。两句合起来,就是说飘风聚到一起又带领着云霓来抵御我(也就是阻挡我使我不能顺利上天),飘风云霓正是比喻那些党人。

〔五〕"纷总总"就像今天说的"乱纷纷"(总总,旧说聚貌),这里是"离合"的状语。"斑":乱貌,"陆离":分散也(蒋骥解"斑"为行列,恐不可从)。"斑陆离"和"纷总总"意思差不多,也是"上下"的状语("斑陆离"是从色彩的杂乱说的)。这两句是描摹飘风云霓来御的状态,表现出那些坏蛋的张牙舞爪的神情。郭沫若译文以这两句表现自己队伍的情况,恐不可从。

〔六〕"阍":守门人,"帝阍"就是天帝的守门人。"阊阖"是天门。旧注上一句是说自己叫天帝的守门人开门,下一句是说天帝的守门人靠着天门望着我,意思是不肯开门让我上见天帝。马其昶以"令"字直贯下句,说我叫帝阍开门在门边守着我来,下面两句才说久等不开。淳按:马说较曲,可参考。也有以"望予"就是"予望",是说让自己在天门边望望,下面几句即所望见的故国的混乱。亦可参考。

〔七〕 "暧暧"是昏暗的状态(是"将罢"的状语)。"罢"是终了的意思(旧读疲,是"极"的意思)。"将罢"是说天要黑了。蒋骥说"意不欲前",较迂曲。"幽兰"是比喻自己的美德和忠心,想送给上帝,现在却被拒在门外。"延伫":久立等待(前面有"延伫乎吾将反")。闻一多以为"结兰"就是结佩以寄意,根据司马相如《大人赋》"排阊阖而入帝宫兮,载玉女而与之归",说这里不是指求天帝的失意,而是指求玉女(和下面求女之说联起来看)。淳按:闻说甚新颖,但就全段寓意来看,不如旧说明白。

〔八〕 这两句是这一小节的总结,表现出不但人事如此,天上也如此,王逸说:"言时君乱臣贪,不别善恶,好蔽美德而嫉妒忠信也。"这和上面"众皆竞进以贪婪兮","怨灵修之浩荡兮"等节意思一样。林云铭说:"欲求知于天上,初来时,异样急切,既到后,何等悲凉。因思天帝之溷浊不分,与世无异,不得不舍之而他求也。"

淳按:这一小节总的是用上见天帝之失意来比喻自己千方百计想使怀王觉悟终于失败。望舒、飞廉、鸾皇、雷师、凤鸟等都是比喻自己千方百计想使怀王觉悟(梅曾亮已有此说),而终究被飘风、云霓和帝阍阻住了。方苞说:"以上云云,皆自喻遭逢见疏,陈志无路"。梅曾亮说:"以上言君之不可求而归罪于左右之蔽障,此以下言求所以通君侧之人。"两说并可从。

朝吾将济于白水兮,登阆风而缧马〔一〕。忽反顾以流涕兮,哀高丘之无女〔二〕。溘吾游此春宫兮,折琼枝以继佩〔三〕。及荣华之未落兮,相下女之可诒贻〔四〕。

注:

〔一〕 "白水"是昆仑山流出来的一条神水。"朝"是从上一小节"时暧暧其将罢兮"来的,上一小节讲日暮,这里接着讲第二天早晨。"阆风"是昆仑山上的一座神山。"缧":同"继",本来是名词,系犬马的缰绳,这里

35

用为动词,就是拴住马。

〔二〕"高丘":旧注是楚国的山名,闻一多疑即"巫山之高丘",而从五臣文选注说"女"即神女。也有解高丘为阆风上面的山。淳按:从"忽反顾"的语气来看,高丘应指楚山。这两句流露出对国内无贤人的伤感。

〔三〕"溘"是奄忽(快)的意思,是"游"的状语。"春宫":神话中东帝的宫殿(从昆仑阆风忽又到东帝之宫,和前面从县圃到咸池意思一样)。"琼枝":玉树的枝子。"继佩"就是"续佩"(使佩更美更长,前面有"佩缤纷其繁饰兮"的话,所以这里说"折琼枝以继佩")。

〔四〕"相":动词,看(这里有观察寻找的意味)。"下女":依闻一多说指下文宓妃、简狄及二姚等,对天上说,故谓之下女(有人解释为神女的侍女,恐不可从)。"诒"是给。"荣华未落":比喻年岁还未衰老(和前面"及余饰之方壮兮"意同)。

这几句也是表现屈原急于寻求贤士同志的心情。"高丘无女"是哀在上位无贤臣;"下女可诒"是喻贤人隐在下位(钱杲之《离骚集传》之说)。李光地说:"高丘无女,则高位者无人矣;下女可诒,犹望其有处于下位而被进用者。"

吾令丰隆乘云兮,求宓妃之所在〔一〕。解佩纕以结言兮,吾令蹇修以为理〔二〕。纷总总其离合兮,忽纬繣其难迁〔三〕。夕归次于穷石兮,朝濯发乎洧盘〔四〕。保厥美以骄傲兮,日康娱以淫游〔五〕。虽信美而无礼兮,来违弃而改求〔六〕。

注:

〔一〕"丰隆"是云神(有的古书上说是雷神),"宓妃":传说中的美女,说是宓牺氏的女儿,在洛水淹死了,就成了洛神。

〔二〕"结言"的"结"和"约"意同。两句是说解下佩纕(带或囊)叫蹇修为理(理就是使者,姜亮夫以为楚方言媒人为理,郭沫若以为是提婚人),去和宓妃订约。闻一多说"结言"就是用佩纕以寄意,也可通。朱季海《楚辞解故》根据《后汉书·崔骃传》记崔所著有《婚礼结言》,指为婚礼,"问名之词",较诸说为有据。"蹇修"一词解说纷纭:旧说是宓妃氏的臣子,朱熹以为是下女能做媒的人,戴震说是"媒之美称,蹇蹇而修治不阿曲也"。章太炎先生根据《尔雅·释乐》里"徒鼓钟谓之修,徒鼓磬谓之蹇"的话,说以蹇修为理就是"以声乐为使"。闻一多说当作謇修,表示口吃的人。淳按:宓妃、蹇修并为寓言,仍从旧说为人名。

〔三〕 "纷总总"是离合的状语,这里表示她的态度迷离恍惚乍合乍离令人不可捉摸。"纬繣"字本作"违懫",乖剌也(《广雅》),就是乖违的意思。这两句是说宓妃原来表现得乍合乍离,忽然又完全拒绝("难迁"就是难于改变,指宓妃的态度而言)。朱季海引《诗·卫风·氓》"以尔车来,以我贿迁",以为指结婚,难迁即不肯结合,亦可通。

〔四〕 "次"是动词(住在那儿过了两夜以上就叫作次那儿。一宿叫作宿,两宿叫作信,过信叫作次)。"穷石":传说中的地名,在张掖。《左传》里说是后羿迁都的地方。"洧盘"是传说中从崦嵫山流出的一条水名。淳按:这两句是承上面来的,说宓妃的态度难以改变,连住处也是飘忽不定的,晚上在这儿,早上又到了那儿。对人濯发,就是骄傲的表现。郭沫若以为这两句是说宓妃与后羿通淫,可参考。

〔五〕 "淫"也有游的意思,"淫游"当一个词看待。这是承上面穷石、洧盘来的。说她仗着("保"本来是"保有"的意思,这里有依仗的意味)她的美貌就骄傲起来,天天享乐游荡,这样就引出下面"无礼"的结论。

〔六〕 这是求宓妃的总结,说明这个人不可求,她不合自己的理想。

淳按:这一小节是承上面求女来的,说明所求不合,主要在说举世溷浊无一知己(和后面芳草萧艾的说法及"国无人莫我知"联起来看),表现自己的苦闷。林云铭说是"明刺郑袖",恐失之穿凿。

览[相]观于四极兮,周流[乎]天余乃下[一]。望瑶台之偃蹇兮,见有娀之佚女[二]。吾令鸩为媒兮,鸩告余以不好。雄鸠之鸣逝兮,余犹恶其佻巧[三]。心犹豫而狐疑兮,欲自适而不可[四]。凤皇既受诒兮,恐高辛之先我[五]。

注：

〔一〕 "览相观"：是三个意思相同的动词迭用，在古代是有的，《诗经》、《左传》里都有"仪式刑"连用的（朱骏声说"览相观三迭字犹《诗》之仪式型"）。王泗原以为"天"是"夫"之讹，"乎"字衍，第二句该是"周流天余乃下"，意思就是周流四极。淳按：上文"吾令丰隆……"等并未说自去，这里才说自天而下，当以旧本为是。王说勇于改字，不可轻信。这两句继上面宓妃不可求之后说又在天上周流纵观四方，才确定求女的目标，下面求女。

〔二〕 "瑶台"：神话中神仙的居所，也有说是用美玉装饰的高台。"偃蹇"：高的状态。"佚女"是美女。"有娀"是传说中的民族名。有娀氏的女儿名叫简狄，是帝喾（即高辛）的妃子，生契（殷人的祖先）。《吕氏春秋》说："有娀氏有美女，为之高台而饮食之"，瑶台就是指的高台。

〔三〕 上句说望见了这个理想的美女，这四句是说找不到理想的媒人。"鸩"是毒鸟（王泗原说不是有毒的那一种，是吃一种害虫"蜚"的那一种，可参考）。叫鸩为媒，鸩谎说那个女子不好。"雄鸠"（有说即鸣鸠，就是布谷鸟）自告奋勇地叫着飞去，我又讨厌它多言而无信（佻巧，就是轻佻，巧诈）。"鸩"和"鸠"都比喻那些挑拨离间的小人。"鸠"本来是有名的拙鸟，何焯说："拙如鸠者，犹恶其巧言，佞人之多也。"这四句是有这种含意的。刘永澄说鸩是"阴贼之小人，工于潛毁，既有离间之言"，鸠代表佻巧小人，"工于唯诺，亦有可憎之态"，说颇有味。

〔四〕 "犹豫"、"狐疑"都是比喻拿不定注意（旧说：犹是小狗，它能豫先等人；狐性多疑。这两词组的结构一样，前一个名词做后一个动词的状语。也有人说犹豫、狐疑都是连绵字，和犹夷、夷犹、迟疑等相同）。这两句是承上面来的，鸩鸠既不可靠，想自己去又不能去，所以心里很费踌躇（古代婚事必须由第三者提方合乎礼节）。

〔五〕 这两句依旧注是说好容易找到凤鸟做媒（凤皇受诒是说受自己的委托），但恐怕又被高辛（帝喾）占了先（终于失了时机没求成）。闻一多和郭沫若都认为凤鸟受高辛之诒，因而断定"凤皇"就是别的传说中的"玄鸟",可参考。马其昶说:"高辛氏有孝贤之人而高阳之后无有,此伤怀王时之多谗佞也。"颇有见地,可参考。

这一小节是说求简狄又失败,暗示时世溷浊,谗佞充斥。

欲远集进而无所止兮,聊浮游以逍遥〔一〕。及少康之未家兮,留有虞之二姚〔二〕。理弱而媒拙兮,恐导言之不固〔三〕。世时溷浊而嫉贤兮,好蔽美善而称恶〔四〕。

注:

〔一〕 这是承上面求有娀之女不成来的。第一句表现出彷徨无依的苦闷,第二句是勉强排遣的说法,是说想再到远方去而没处可以依止(王逸以"之"释"止",说没处可去),只有姑且浮游逍遥来排遣了,对于一个急于用世的人来说,浮游逍遥来消磨时光实际是非常痛苦的事。钱杲之说:"凤皇未有所止,姑且翱翔自得,不急于媒",和下面两句联不起来,不可从。

〔二〕 "少康"是夏王相的儿子,传说寒浞叫儿子浇杀了相,相的妻子有孕在身逃到有仍,生了少康,后来浇又要杀少康,少康跑到有虞氏那儿。有虞氏把两个女儿嫁给他(姚是有虞氏的姓)。后来,少康终于灭了浇,复兴了夏朝,少康便成了历史传说中第一个中兴之主(事见《春秋左氏传》襄公四年"魏绛谏伐戎"和襄公元年的有关记载。参看前面"启《九辩》与《九歌》兮"节)。"家":这里作动词指成家(娶妻)。这两句承上面来,说趁着少康还未娶妻,还可以去求二姚。

〔三〕 "理"和"媒"是指去说亲的人。"导言":依闻一多说意思就是说亲的话。理弱媒拙,所以就怕说亲的话不会牢靠(这是含蓄地说出这一次又没有成功)。

〔四〕 这两句是承上面屡次追求处处碰壁,所以感叹时世溷浊嫉贤,引出下面几句结论来(这种情绪在第一部分里已经说得很充分)。蔽美称恶可以解为对一个人来说就是隐人之善扬人之恶。王逸说"蔽忠正之士而举邪恶之人",也可通。

这几句是说求二姚又不成,归结到时世溷浊,引起正面的议论。

闺中既[以]邃远兮,哲王又不寤[一]。怀朕情而不发兮,余焉能忍[而]与此终古[二]?

注:

〔一〕"闺中"承上面求女来说的。"邃远"就是深远,两句是说理想的美女(指贤士)既不可求;而楚王又不觉悟("闺中":旧注指君所居之宫殿。"闺中邃远"和后世说的君门九重相同,意亦可通,但不如两方为长。屈复以闺中指郑袖,更为穿凿,不可从)。

〔二〕"朕情"指屈原上面所陈述的忠贞之情。"发":旧注说是"发用",或释为发抒、发泄均可通。依下文看,旧注为长。"终古"就是"永古",指未来的漫长的时日(如现在说的"长此下去")。

这几句是总结以上几节的话,贤女既不可求,君王又不觉悟,自己的满怀忠情又不能发用(或无法发泄),这样的情况怎么能忍受得了呢(永远忍受下去呢)? 从幻想比喻而发展为正面控诉了。

＊　＊　＊　＊　＊

这以上几节又合成一大段,开始就是大胆的幻想,驷虬、乘鹥,溘埃风,发苍梧,叩天门,求贤女,打破了一切空间时间的限制,一会儿西,一会儿东;一会儿天上,一会儿地下;一会儿与高辛争婚,一会儿思少康未娶。幻想的驰骋可以说是自由极了。但在前面两段里倾诉出的作者的现实的痛苦却是这些幻想的灵魂。所以上下四荒,一无所得,仍然归结到"世溷浊而嫉贤……哲王又不寤"。这和前面说的"怨灵修之浩荡","世并举而好朋"等是完全一致的。通过这种大胆的幻想和描写,把当时时世的溷浊、作者的痛苦等写得格外淋漓尽致。在全篇结构上说,这一段又为下面问卜求神做了准备。

林云铭说:"以上叙举世无知之后,才有'往观四荒'之说;及上下求索,皆与世之溷浊无异,竟无一知我类我者,则君必不能冀其一悟,俗必不能冀其一改可知矣。此身所寄,少不得要决之于卜,定之于巫。虽滔滔汩

40

洎无数层折，弄成这一大段，看来却是下文'灵氛'、'巫咸'二段引子。"淳按：林说除最后两句稍有语病外，大体是正确的。蒋骥也说："遍观天下，伥伥无之（伥伥是指不知道向哪儿去的状态）。反观宗国，惛惛靡极。是女媭之言，有时而信，而中正之旨，未可尽凭。不得不决之于卜矣。"

淳按：本段"求女"几节的描写，极为生动，但"女媭"的喻意说解纷歧。有说以女比君，有说比贤臣，有说比与自己志同道合的人，也有说因为怀王内惑于郑袖，无女，求女之说是影射郑袖之事的（林云铭首创此说，屈复《楚辞新注》加以具体发挥，近人也有采用的）。几说都能持之有故，言之成理，可资参考。然合观全篇，都有窒碍。我以为在这一段里求见天帝是比见君，求女指为国求贤（与己志同道合者和"贤"是一致的），问卜灵氛之后，求女才指求君（求君远逝的思想是灵氛说的），前后当分别看待。未知当否？

索藑茅以筳篿^{挺尊}兮，命灵氛为余占之^{〔一〕}。曰："两美其必合兮，孰信修而慕之^{〔二〕}？思九州之博大兮，岂唯^惟是其有女^{〔三〕}？"曰："勉远逝而无狐疑兮，孰求美而释女（汝）？何所独无芳草兮，尔何怀乎故宇^{宇〔四〕}？"世时幽昧以眩曜兮，孰云察余之善_美恶^{〔五〕}？民好恶其不同兮，惟此党人其独异^{〔六〕}：户服艾以盈要兮，谓幽兰其不可佩^{〔七〕}。览察草木其犹未得兮，岂珵美之能当^{〔八〕}？苏粪^{稣粪}壤以充帏兮，谓申椒其不芳^{〔九〕}！

注：

〔一〕"藑茅"是占筮用的灵草。旧注以"筳"为小折竹，"篿"为动词（楚人结草折竹以卜叫篿）。从语法结构上看不好训，"筳篿"当为一个词，淳疑是卜筮用的小折竹。"以"犹"与"，就是找来这两样东西去请灵氛（古代善于占卜的人，可能是屈原假设的一个人名）占卦（闻一多以为古代占卜不会草竹并用。淳疑此处找来两样东西意思在表示作者求占心情的急切和对这件事的重视，不一定拘泥于古代的卜筮方法）。闻一多以为

41

"筳篿"当为"莛尊",就是"结草以卜"的动作,两句就是说自己找蓍茅来筮,然后请灵氛占其吉凶(古代有自己筮,然后请神巫占其吉凶的,灵氛是神巫)。义较旧注为长,可参考。

〔二〕 戴震以为这四句是屈原"命占之辞"(就是拿这些话去问吉凶),请灵氛"卜其往有遇否",意思也说得通,但不如旧注作为灵氛告屈原的话更能表现屈原的心情。"两美必合"就像后人说的英雄识英雄,好汉惜好汉似的,是灵氛为屈原打主意的大前提。屈原是一"美",那末找到另外一"美"就"必合"(所以第二句接着说哪一个真美["孰信修"],你就去找哪一个)。"而慕之"的"之"就是代这个句子的"孰信修"的"孰"。这是一句正面告诉的话。旧注以为反问语气,以"之"代表屈原,于是扞格难通。郭沫若把"慕"拆为"莫心",闻一多改为"莫念"。如作反问语气,则闻说亦可参考,然于古无征。王闿运说:"访问信修者,而往慕事之。"今从王说("占"和"慕"不叶韵的问题,可从王泗原"占"是"贞"的或体说,古楚地方言"贞"与"慕"相叶)。同时《楚辞》中也有以两"之"为韵的。

〔三〕 "女"就是上文的"美"(指信修的人),对屈原来说,就是指的能任用屈原的贤明的君主。这两句是接着前面的话怂恿屈原去他国,不必眷眷于楚。

〔四〕 这里"曰"的主语仍然是灵氛。古书中常有同是一个人的话也并非自问自答而中间又用"曰"字的例子(俞樾《古书疑义举例》里举了好多)。淳按:古汉语中不用第三者的代词做主语,同时主语又经常省略,凡是表现一个人说话中间有了停顿再接着讲下去的时候(相当于今天"停了一下,他又说"的情况),就出现了这种再用"曰"字的辞例。重用这一个"曰"字就可省去一些叙述,简洁而生动地使读者想象出谈话时的情态。就这几句来说,屈原本来去求占,根本未想到远逝他国,听了灵氛说"思九州之博大兮,岂唯是其有女"的话,一定非常吃惊,露出一脸惊疑的神色。灵氛见到这种情况就不等屈原说话又继续加以怂恿:"勉力远去,不要再迟疑了,哪一个寻求贤才的人会不要你呢?(司马迁在《屈原传》后的评论也说:"以彼其材游诸侯,何国不容?"钱澄之以为和灵氛这两句话一样。)

哪个地方没有一些好人(芳草比喻一些忠信的人),你又何必舍不得这所"旧宅"呢(旧宅比喻祖国)?这四句进一步鼓励屈原到外国去。前两句是说去必有合(前面"两美其必合兮"的具体化),后两句是说楚国不必怀念。"宅"今本多作"宇",依照《敦煌唐写本隋僧道骞楚辞音残卷》(以下简称《骞音》),作"宅"为是。

〔五〕 这两句表示屈原对灵氛话的怀疑。"幽昧"是说黑暗,"眩曜"是说"惑乱"(眼光迷乱的神态),总起来是说时世这样混浊,哪一个真正知道我的好坏呢?因而怀疑灵氛的说法("眩曜"有解为"炫耀"的,屈复说:"幽昧谓昏暗于内,眩曜谓伪饰于外"。意思是说这些人既愚昧昏瞆而又自鸣得意,当然就不能真正知道我的美恶了。意亦可通)。

〔六〕 "民"指一般人,一般人的好恶是有些不同,但这些党人却跟人完全不一样。(蒋骥说:"然其好恶,容或不齐,未有如楚人之举国相似独异于世也。")吴汝纶读"其不同兮"之"其"如"岂",把上一句作为反语看,"民好恶岂不同",就是说"人情相同",只有党人特别,较旧注为顺。

〔七〕 "艾":恶草。"服"就是"佩"(动词)。"要"就是"腰"字。这两句接着上面用佩用草木的态度,说明党人奸恶之独异(是非颠倒,黑白不分)。

〔八〕 "瑾":旧说指美玉,说"观众草尚不能别其香臭,岂当知玉之美恶乎?"淳按:《骞音》说:"郭本(指郭璞本)乃作程字",当以郭璞本作"程"为正。"程",动词,就是品评的意思。"览察草木"和"程美"对举,"得"和"当"意同。两句是承上面"艾兰"的比喻来的,说连草木的香臭都分不清楚,难道评论人的美丑还能得当吗?

〔九〕 "苏"就是"稣",索取的意思。"帏"是香囊。这两句是进一步说明党人好恶的独异。把粪壤用来装香囊,反而说真正香的申椒不香,比不分艾、兰更为严重。这十句表现出屈原一种游移不定进退两难的心情。前两句是说举世幽昧眩曜,去也未必有成;后八句是说楚国党人黑白颠倒,自己也不能呆下去(这八句前两句总说,后六句就是具体说明党人好恶的独异,六句之间又是一步深一步的。"兰"、"艾"还都是草木,"申

椒"、"粪壤"又比兰、艾差别更大。闻一多将九、十两句和七、八两句互调，不可从）

这一节通过灵氛的占词和屈原听了以后的怀疑不定的心情，进一步表现出屈原内心的痛苦和他不忍去国的心情（上节已经说"余焉能忍与此终古"了，这里又听到别人鼓励他远行的话，而仍然不忍即去，正是这种眷念宗国的情绪）。屈复说："此节灵氛之占，言当远逝，三闾念举世幽昧，去既不可，党人独异，住又不可。总写狐疑，以起下巫咸之文也"（姚鼐认为这一节全是灵氛的话。也有以为后面十句是屈原回答灵氛的话，均不如作为屈原听了以后的思想活动来得有味）。

欲从灵氛之吉占兮，心犹豫而狐疑。巫咸将夕降兮，怀椒糈而要之〔一〕。百神翳其备降兮，九疑缤其并迎迓〔二〕。皇剡剡其扬灵兮，告余以吉故〔三〕。

注：

〔一〕 "巫咸"是古代神巫的名字。"巫"是职业，"咸"是名字（这种例子多得很，如医和、祝鮀、卜徒父、匠石、庖丁等）。"降"是从天上下来。"椒"、"糈"都是给神歆享的。"椒"是降神的香物，"糈"是供神吃的精米。"要"：相当于今天的"要求"。"之"代巫咸。这四句是总结上一小节来的。前两句说明对巫咸的话将信将疑，后两句再决之于巫咸（淳疑巫咸是借用古代的神巫的名字，降是降神，两句是说听说巫咸晚上降神，就怀揣着降神用的椒、糈去请巫咸叩问吉凶）。

〔二〕 "九疑"指九嶷山的山神。"翳"是"遮蔽"的意思，做"降"的状语，是说百神遮天盖日地降下来了。"缤"是"纷纷"的意思，是"迎"的状语。就是说九嶷山的山神纷纷迎上去（迎天神）。淳按：这两句的结构和前面"老冉冉其将至兮"和"飘风屯其相离兮"相同。淳疑这两句是巫咸向屈原夸耀所降之神的众多，后面说的话才更能使屈原信服。"迎"和"故"韵部不叶。戴震改"迎"为"迓"，读"遇"。王泗原以为"迎"当为"迓"，今从戴说。

〔三〕"皇":旧说是皇天(即指上面的百神),或读"皇"为"光"(王泗原),读"皇"为"煌","皇剡剡"即光闪闪或明煌煌地。"扬灵":意同后世的"显灵"。淳按:如旧说"皇"是主语,"剡剡"是"扬"的状语,均可通。淳疑晚夕降神或烧火(意同以前的燔祭),火光闪闪地,巫即指为神灵显圣。"吉故"是从上面"吉占"来的,灵氛告诉屈原吉占,巫咸再进一步告诉"吉"的原故(灵氛说"两美必合",巫咸接着举出大量历史事实来证实远去他国一定会有所遇,这就是"吉故")。依旧说"告"的主语是"皇"(事实上是巫咸假借的名义)。依新说主语是上面的"百神"和"九疑"(实际上也是巫咸)。

这几句是从问占灵氛到求巫咸以决疑,先提巫咸也认为灵氛的话是对的。下面再说巫咸说的具体的话。

曰:"勉升降以上下兮,求榘矩䂨之所同〔一〕。汤、禹严俨而求合兮,挚皋繇陶而能调〔二〕。苟中情其好修兮,〔又〕何必用夫行媒〔三〕?说操筑于傅岩兮,武丁用而不疑〔四〕。吕望之鼓刀兮,遭周文而得举〔五〕。宁戚之讴歌兮,齐桓闻以该辅〔六〕。及年岁之未晏兮,时亦犹其而未央。恐鹈鴂鸠之先鸣兮,使夫百草为之不芳〔七〕。

注:

〔一〕"升降上下"都是动词,依蒋骥说和上面讲的"上下求索"意思差不多。旧谓上求明君,下求贤臣,意亦可通。"榘"是"曲尺","䂨"是量长短的工具,引申为法度之意。"求榘䂨之所同":意思是求那些跟我抱有同样理想的君主。这两句是总的勉励屈原远出求君的话。

〔二〕"挚"就是成汤的名臣伊尹之名。"皋繇"或作"皋陶",本来是舜的士师(狱官),禹即位以后叫他总管政治。"俨"即严肃认真的意思。"求合"就是求志同道合的。两句是说汤和禹认真严肃地去寻求贤才,伊尹和皋繇就能和他们调合("调"和"合"同意)。这是申述灵氛所说"孰求美而释女"的话来勉励屈原远行将必有所遇。

〔三〕 这两句是承上启下的。上面两句是说君王之求贤,后面几句是说臣之遇君。这两句即引起下文。只要内心真正是"好修"的,就不必找媒人介绍也必有所合(这和前一段"理弱而媒拙"的叹息是有关联的)。

〔四〕 "说"是傅说,古书里传说傅说原来是个奴隶,拿(操)着木板在傅岩给人家筑墙。武丁(殷高宗)知道他是贤人,因而重用他,以傅为氏叫傅说(《书序》、《孟子》、《史记》都记载过这件事)。

〔五〕 "吕望"就是姜尚,传说他在朝歌(纣的都城)卖肉("鼓刀"就是动刀,意谓当屠户)。周文王看出他是贤人,重用了他(《战国策》、《淮南子》等书也提到这件事)。

〔六〕 "宁戚":春秋时卫国人,原来很不得意,赶着牛车到齐国去做生意,停在齐国东门外。他看到齐桓公要从这儿过,就在喂牛的时候敲着牛角来唱歌。(相传歌辞是:"南山灿,白石烂。生不逢尧与舜禅,短褐单衣才至骭。从昏饭牛薄夜半,长夜漫漫何时旦?")齐桓公知道他不是一个平凡的人,就召他做大夫(《吕氏春秋》、《淮南子》、《说苑》都有记载)。"该":旧说是"备"。"辅"是"辅佐"(名词),就是作为大夫,准备进一步重用(王泗原解"该"为"其",作为兼格做"以"的宾语,做"辅"的主语,以"辅"为动词,太迂曲,不如旧注简明。)

〔四〕〔五〕〔六〕 都是〔三〕的具体例证,说明不要行媒也能有合。

〔七〕 "晏"是晚(迟的意思),"年岁未晏"等于说人还未老,下句说时节也不迟。"犹其":依闻一多说当为"其犹"("其犹未"三字连文,本篇屡见)。"央":旧说是"尽"或"久";戴震训为"中"(也就是半中间的意思)可从。"鹈鴂":有说是"鹖",又叫"伯劳",夏至就叫,表示阳气盛(象征小人当道);或说秋分叫,叫则草枯。也有人说鹈鴂就是子规,春分叫,花就要落了。这四句是在警告屈原快走,现在还不迟,如果鹈鴂一鸣,百草不芳就晚了(鹈鴂鸣是比喻)。

这一节是巫咸极力怂恿屈原远行的话,可分三层:开头两句总体应该勉力求合;中间杂举君臣遇合的事来证明去必有合;最后警告他赶快走,不然可能更坏（鹈鴂先鸣百草不芳，比喻谗言得逞，正士将蒙其祸）。蒋骥说："上节已知楚不可为，而犹以前此上天下地，无媒作合，故尚狐疑，而巫咸盛言好修作合之易，无俟于媒，又惕以行之稍迟，患害将及，以劝其速往。盖视灵氛语加迫矣。"

何琼佩之偃蹇兮，众薆然而蔽之，惟此党人之不谅亮兮，恐嫉妒而折之〔一〕。

注：

〔一〕 这四句是屈原听了上面的劝告后的心理活动。"偃蹇"：众盛貌，蒋骥说有高倨之意，可从。"琼佩"是从上文"折琼枝以继佩"来的，这里用来自比。"薆然"是"蔽"的状语，"之"：代词，是"蔽"的宾语。听了巫咸的话屈原想到，为什么他们都要遮蔽我琼佩的偃蹇？进而又想这些党人是最不讲信义的（"谅"是信的意思，也就是正直）。恐怕不但要遮蔽它，而且要折毁它。这样一想就确实觉得非走不可了。下面一些话就是从这里引申的。

附注：从"曰：勉升降以上下兮"到这里为止，是《离骚》里诸说纷歧最甚的部分，除本文所说以外，还有这样几种意见，姑录于下，以供参考。

一、这段话是谁说的：

(1)《骞音》以为是灵氛说的。

(2)其馀人都以为主要是巫咸（即百神的代表）说的。

二、巫咸说了多少句：

(1)洪兴祖《补注》以为巫咸只说了头两句，从"汤禹严而求合兮"以下都是屈原说的。

(2)戴震以为说了十二句至"齐桓闻以该辅"。

(3)朱熹以为说了十六句（今从之）。

(4)屈复以为说了二十句到"恐嫉妒而折之"，梅曾亮也如此，郭沫若译文亦然。

(5)姚鼐以为说了四十八句一直到最后"周流观乎上下"。

三、巫咸这些话的主旨：

（1）认为是申述灵氛的话叫屈原远去，本文采此说。

（2）梅曾亮说："灵氛劝其去，巫咸则欲其留而求合。勉升降二句求合之大旨也"（梅以下面二十八句是屈原答巫咸之辞，说不能留的道理）。游国恩《楚辞论文集》里也以为劝屈原不走。

时缤纷其以变易兮，又何可以淹留？兰芷变而不芳兮，荃蕙化而为茅[一]。何昔日之芳草兮，今直为此萧艾[也]？岂其有他故兮？莫好修之害[也][二]。余以兰为可恃兮，羌无实而容长。委厥美以从俗兮，苟得列乎众芳[三]。椒专佞以慢慆兮，樧又欲充夫佩帏。既干进而务入兮，又何芳之能祗[四]？固时俗之从流兮，又孰能无变化？览椒兰其若兹兮，又况揭车与江离（蓠）[五]？

注：

[一]"缤纷"：又多又乱的状态，这里是"变易"的状语，就像纷纷一样。"淹"：久也。"茅"是贱草。这四句总的说明时世的混浊，决不可以久留。承上面怕党人暗害的四句更进一步，说明不但党人坏，连一些本来很好的人也变了（这和下面的若干句都是申述第一部分"哀众芳之芜秽"的）。

[二]"萧"、"艾"都是臭草。这四句是承接上面说明这些香草（好人）变质的原因，只在不能"好修以为常"。这里表现出无限惋惜的情绪。

[三]"兰"旧说指楚怀王的小儿子令尹子兰，恐不足信。这里只是用为比喻，申述上面芳草萧艾的话。"无实容长"就是指徒有外表，没有真才实德（马其昶说："长，多也，谓容饰多而无实德"）。"委"：从来都说为"弃"。这两句闻一多说为倒文以叶韵，"谓苟得厕身于众芳之列，则不惜委弃其美质以从彼流俗也"。淳按：训"委"为"委弃"，骤看语意甚连贯，然细绎之，上下文理很成问题。既弃其美质以从流俗，怎么还要厕身于众

48

芳之列呢？"委"当训为"委积之委"（经典常见）。"委厥美以从俗"就是"积厥美以从俗"，是说学了多年却是为了从俗（等于后来说那一切东西作为希世取宠的资本）。"苟得列乎众芳"，是气急的反话，意思说它还能列在众芳之中吗？"苟"训为"乃"。

〔四〕"椒"：旧说指楚大夫子椒，亦不可从。"佞"是指奸巧会说，谄媚上级。"慢慆"是傲慢，自高自大。"专佞"是椒对上的态度；"慢慆"是对同列和下级的态度。两者又是相联系的。兰椒可能影射高级别的本来还有才能的官僚。"樧"是"茱萸"的一种，像椒而一点不香。这里指那些既无能力却又想爬上高位的人（"充夫佩帏"是说想装在香囊里，比喻占据要津）。"祗"：旧解为"敬"，说既然一味钻营（干进务入，"干"是干求），又怎么能敬守自己的芳香呢？王引之解"祗"为"振"，说"不能自振起其芬芳"，意较旧注为长。

〔五〕"从流"：等于今天说的"随波逐流"。"时俗从流"，就像今天说的时代潮流、大势所趋等。"揭车"、"江蓠"是比椒兰香味差一点的香草。这四句表面上是宽恕这些香草的变质（说既然是潮流如此，哪一个又能不随着变化呢？椒兰尚且如此〔随俗变化〕，又何况那些更差的揭车和江蓠矣）。实际上更进一步揭露了时世的黑暗，看到积重难反无可奈何。

这一小节着重从芳草的变化写出时世的黑暗，好人没处立足，表明自己非远走不可。钱澄之说："初以变易归之于时，既以干进责众芳……又为众芳宽一步，言时俗如此香不能不变化也。词愈宽，志愈伤矣。宽揭车与江蓠，所以益深椒兰之慨；宽椒兰，所以益励己志之坚。"蒋骥说："好修之士，前为人所疾者，今且与之俱化，则党人之构祸日亟也。盖鹈鴂之鸣已久，而百草之不芳，亦以甚矣。巫咸劝驾之词，固已甚迫；而深观世变，更有迫于巫咸所言者，于是行计决矣。

惟兹佩之其可贵兮，委厥美而历兹〔一〕。芳菲菲而其难亏兮，芬至今犹未沫〔二〕。和调度以自娱兮，聊浮游而求女。及余饰之方壮兮，周流观乎上下〔三〕。

注：

〔一〕"兹佩"：指上文"何琼佩之偃蹇兮"的"琼佩"（也是自喻）。"委厥美而历兹"：旧注说"委"，弃也。上面"委厥美以从俗"，是自弃其美，这里是指怀王的"见弃"（洪兴祖说）。"历兹"：旧注说是逢此咎。颇为迂曲。或以为"委"是"秉"（古或写为"委"）的错字，说是抱持之意。淳按："委"当训"委积之委"，"兹"当训为"年"。两句是说此佩之所以可贵，是因为它是多年积的"美"（联系前面"扈江蓠"……、"折琼枝"……等处来看，就像说"修养有素"）。

〔二〕"亏"是"亏损"、"亏歇"，"沫"是"已"（"芬未已"就是香气未消失）。淳按：这两句是具体说明"兹佩之可贵"的。两句意思基本相同，是为了强调才拆开来相互补足的（这和前面"昭质未亏"的说法意思一样）。

〔三〕"和调度"：三字解释纷歧很多。王逸说："和调己之行度"，就是以"和调"当动词（"调"读平声），"度"作宾语（五臣释为法度）。朱熹以"调"读去声，他说：调：犹今人言格调之调，度：法度也，言我和此调度以自娱。"就是以"和"为动词，"调度"为宾语。钱杲之《离骚集传》说："调度犹程序也；和，适中也。"蒋骥说："调：格调；度：器度。"从朱熹、钱杲之到蒋骥都是将"调度"当作抽象名词，作"和"的宾语。钱澄之说："调度指玉音之玱然，有调有度也。古者佩玉进则俛之，退则扬之，然后玉声锵鸣和者鸣之中节也"，认为调度指玉声的节奏。似较旧注为好，因为上文说的是"琼佩"。"和调度"依钱澄之说可补充"可贵"的意思。可贵不但有香味，而且有节奏。这又可以暗示行动，节奏是走路时发生的，所以又引起下文。"自娱"可以看成包括上面的两句在内。"聊"字表现出一种不得已的心情，意谓只好这样到处去浮游了。"壮"是指"饰壮"（"饰"是总括前面的服饰而言）。这一句是直接对前面"芳菲菲"两句说的。

这几句和上一小节对照，说明时世是如此黑暗，不能淹留；又想到"余饰方壮"，还可以及时远逝，好像非从灵芬之说不可了。但屈原对灵氛、巫咸之言，仍然是有些怀疑，他一方面终究不忍离开祖国，去为异姓服务；何况远行也未必有所合。另一方面,楚国也绝对不能呆下去,年岁也不容许再蹉跎,所以只得跑去看看。这几句就表达出这种无可奈何的心情。钱澄之说得好:"'自娱'谓自适其志,言足自乐也。浮游求女,随其所遇,不似向者之汲汲于所求也。向者志在求女,而浮游皆属有心;此则志在浮游,而求女听诸无意。及年之未晏,饰之方壮,犹可以周流上下,盖欲从灵氛远逝之占也。"

* * * * *

淳按:从"索藑茅以筳篿兮"起到这里又是一大段。这一段通过问卜求神的叙述,进一步说明当时社会的黑暗,表现出自己欲留不能、欲去不忍的心情。灵氛、巫咸尽量怂恿他远去他国,必有所遇合。而屈原始则怀疑,继则不得已准备聊且浮游,从另一方面表现出作者对祖国的怀恋(这样黑暗的社会不容许再呆下去,又舍不得立即离开;巫咸说去必有所遇,而屈原即使打算走,也只说聊且浮游,不是汲汲到外国去找出路。这不也反映出强烈的爱国情绪吗)。这一段的表现方法基本上是现实的叙述(求神问卜虽杂有幻想,但所说所想,仍是以现实生活中可能有的形式来比的。这和"就重华而陈辞"一节相同),只有在最后一句才过渡到下面的幻想中的远游。

灵氛既告余以吉占兮,历吉日乎吾将行[一]。**折琼枝以为羞兮,精琼爢以为粻**[二]。**为余驾飞龙兮,杂瑶象以为车**[三]。**何离心之可同兮?吾将远逝以自疏**[四]。

注:

〔一〕 上面说的是灵氛、巫咸,这里只说灵氛。因为灵氛告他吉占,巫咸只是申述这个吉占(告余以吉故),所以这里单举灵氛就能概括巫咸了(说巫咸劝屈原不走的人,可能是从这里引起怀疑的)。"历"是"选择"。两句是接着上面说准备选择一个"吉日"动身远行。

〔二〕 "羞"是菜肴。"精":这里是动词,就是捣碎。"爢"是细木。"粻"是食粮。这两句是说准备好精美高洁的干粮(用琼玉做羞粻,和前面

"朝饮木兰之坠露兮,夕餐秋菊之落英"用意相同)。钱澄之说:"夕有餐英,今且餐玉,恶众芳之变易,美玉乃无瑕也。"可参考。

〔三〕 "瑶象":旧注"瑶"是玉,"象"是象牙。说车上装饰着美玉和象牙。郭沫若又说龙是马名,"马八尺以上是龙",均不可从。下面全是幻想的比喻,如郭说龙是马,请问如何飞法?王泗原说:"龙是真的龙,象也是真的象,屈原驰骋想象力,役招百神,驱使鸟兽,服御草木。他说的鸟兽草木都是本物。"两句意思是说驾上飞龙配上瑶象(瑶是象的定语,结构和玉虬相同)做车子。淳按:王说可从,这两句是说准备好远行的车马。

〔四〕 "离心"是总指上面叙述的楚国君臣和自己的志趣完全背道而驰,"同"和"离"意思正好相反。两句是说,不同志趣和情感怎么能合在一起呢?我只有远远地躲开了事("疏"是疏远。从这里也可窥见本传"王怒而疏屈平,为作《离骚》"之契机。说"自疏"是指王既疏我,不可改变,我亦只有自疏远逝了)。

上文既说非走不可,这几句进一步说出准备远行。最后两句同样流露出不得已("何离心之可同兮",就是说在楚国决不可能再有所合)的心情。

遭吾道夫昆仑兮,路修远以周流〔一〕。扬云霓之晻蔼兮,鸣玉鸾之啾啾〔二〕。朝发轫于天津兮,夕余至乎西极〔三〕。凤皇翼其承旂兮,高翱翔之而翼翼〔四〕。

注:

〔一〕 "遭"是楚国方言,"转"的意思。这两句是说转道于昆仑山,在这漫长的旅途中周流。这是承上面"远道"字来的。

〔二〕 "云霓":旧说是说画云霓在旗上。依王泗原说,这是以云霓为旗。"玉鸾":旧注以为车上的鸾铃,用玉做的,叫"玉鸾"。这里也依王泗原说,作为想象中的鸾鸟。"扬"和"鸣"都是使动式。"晻蔼"、"啾啾"分别是它们的状语。两句是说叫云霓的旗子遮天蔽日地扬起来("晻蔼"是云和天被遮暗了的状态),叫玉鸾啾啾地叫着(啾啾是真的鸟叫声,而不是玉声)。

〔三〕"天津"指天河,在天的极东边箕星和牛星之间。"西极"是天的极西边。这两句是具体表现"路修远以周流"的(和前面"朝发轫于苍梧兮,夕余至乎县圃"一样)。

〔四〕"翼":依旧注是"敬"的意思(就是恭恭敬敬地);依《文选》作"纷",那末表示有许多凤凰纷纷来"承旂"。"承旂"从王泗原说是在前面撑着"旂"(旗就是一种四周有铃子的旗子)。"翼"是恭敬严肃的意思(旧注为"和貌",也有释为整齐的)。两句是说叫凤凰在前面恭恭敬敬(小心谨慎)地撑着旗在高空翱翔。

以上八句是总叙这次远逝路途之远和威仪侍从之盛(他所选择的禽兽都是高贵的,也在衬托他的正直和高洁)。

忽吾行此流沙兮,遵赤水而容与〔一〕。麾蛟龙使梁津兮,诏西皇使涉予余〔二〕。路修远以多艰兮,腾众车使径待侍〔三〕。路不周以左转兮,指西海以为期〔四〕。

注:

〔一〕"流沙"、"赤水"都是神话中西方的地名。"流沙"是指西北方的大沙漠。"赤水":传说是从昆仑山出来的一条水。"容与":旧注以为是游戏,实际等于"犹豫","犹疑",在这里和"徘徊"的意思差不多。两句写出想象中的道路的艰难,走到流沙地域,循着赤水在徘徊(渡不过去)。

〔二〕"麾"是指挥。"梁"在这里是动词,是架桥的意思。"津"是渡口。"涉予",就是渡我过去。"西皇"是神话中西方的神,叫少皞,也有疑惑就是西王母。两句承上一句,叫蛟龙在渡口架桥,命令西皇渡我过去。

〔三〕"腾":旧说是"过",闻一多训为"传",相当今人说的"通知"(动词)。这两句承上两句说道路太难走了,所以通知那些车抄一条径路在西海等待自己(因为自己要从不周山那里转一遭)。

〔四〕"路":这里是动词。"不周"是神话中的"不周山"(在昆仑山

53

西北)。两句接上面是说要从不周山再向左转,指着西海作为期会的目的地。

　　这八句是具体写出西行道路的艰难。屈原幻想中的远游总是在西方,可能是当时神话中的地方是以昆仑山为中心的。也有人说当时东方各国已将衰亡,而秦国已有并吞天下之势,屈原之念念不忘西方,可能于这有关。王闿运甚至认为这是屈原想从远道迂回秦国,就太穿凿了。

屯余车其千乘兮,齐玉轪而并驰〔一〕。驾八龙之婉婉兮,载云旗之委蛇〔二〕。抑志而弭节兮,神迈高驰之邈邈〔三〕。奏《九歌》而舞《韶》兮,聊假暇日以偷乐〔四〕。

　　注:

　　〔一〕 "屯"是屯聚或陈列。"轪"是楚国的方言,就是车毂。"齐"是动词。两句是说到了西海,把所有车子(千乘之多)聚在一起,并驾齐驱。

　　〔二〕 "婉婉":即"蜿蜿",龙身弯曲的状态。"委蛇"是"云旗"飘动的样子("云旗"就是前面说的"扬云霓之晻蔼"的"云霓",是以云为旗,不一定是画云在旗子上)。两句是说自己车子的高贵。八条龙蜿蜿地驾着车,上面是轻轻飘动着的云旗。

　　四句是形容车从之盛。

　　〔三〕 "抑志":张先生说,"志"当读做"帜"(《汉书·高帝纪》颜师古注有其证)。"抑志"承"云旗"句,"弭节"见前,是指乘车正行,承"八龙"句。"邈邈"是远的意思。两句倒装,是说心神已经远远地跑到天上,但却抑志弭节,暂停行程。这里透露出一些不忍远去的心情(王邦采《离骚汇订》说:"抑其志,弭其节,迟迟吾行,去父母国之道也")。

　　〔四〕 "韶":本来是舜乐。有人说启的舞寔九招,舞韶就是舞九招(洪兴祖说得不详细,郭沫若力主此说),也可通。"假"是"借"。这两句是说姑且找点时间,载歌载舞,娱乐娱乐。这里流露出一种不得已而徘徊解忧的情绪,和前面"聊浮游以逍遥"一样(王邦采说:"假日偷乐,反言以解嘲,一寄托其无聊之况云尔")。

54

这八句是既到西海以后,重写队伍之盛,准备高驰远去。同时假日娱乐,藉以销忧,透露出百无聊赖万分不得已的情绪。

陟升皇之赫戏兮,忽临睨夫旧乡。仆夫悲余马怀兮,蜷局顾而不行。

注:

"皇":旧注为天,"赫戏"是光明的状态。王泗原以为"皇"是"阜"之误,"赫戏"是拉车上山时用力的声音。和上文的描写不协调,不可从。淳按:这两句是从幻想回到现实的转折。旧说紧接上文"高驰"之意,可从。"临睨"是居高临下地看。"悲"和"怀"都是表现怀念不舍的意思。"蜷局"是指马曲身缩头的状态;"顾"是回头看。这四句是说升到光明的天空,忽然看到了故乡。于是仆夫和马都不忍远走(用来衬托自己,马犹如此,人何以堪)。这是从上面驰骋的幻想里一下跌落到现实中来,表现出极为强烈的依恋故土的情绪。

* * * * *

淳按:以上又可合为一大段。上一段灵氛、巫咸的劝告和自己对于楚国社会现实的分析,觉得非远走不可。这一段就接着描写想象中的远行。开头写出准备的充分,接着写出路途的遥远和行路的艰难,写出自己的车从之盛。刚从西极准备高驰太空,忽然看到故乡,终于半途而废。原来打算周流四极,结果只到了西极,因临睨旧乡又废然而返,这就反映出作者极为强烈的怀念故土的情绪。从表现方法上看,这一段又纯粹是幻想的驰骋,这种想象中海阔天空的描写,正足以表现在现实生活中的无所归宿的苦闷。所以最后四句仍然回到了现实生活以作为全文的结束。

乱曰[一]:**已矣[哉]!国无人莫我知兮,又何怀乎故都?既莫足与为美政兮,吾将从彭咸之所居**[二]。

注:

〔一〕 "乱"是乐章的终结,旧注说:"乱,理也,所以发理词是总撮其要也。"蒋骥《楚辞馀论》说:"乱者,盖乐之将结,众音毕会,而诗歌之节,亦与相赴,繁音促节,交错纷乱,故有是名耳。"按蒋说较旧注为长。"乱"是乐章或诗歌的终结,好像今天一首歌的最后几句的合唱似的,它在内容上有时是总结全篇,有时是突出全篇的主旨。郭沫若以为"乱"是"辞"字,并且推定这是《楚辞》得名的由来,似不可从(王泗原有辨正,可参看)。

〔二〕 淳按:这几句话是突出全篇主旨的。旧注以"国"和"故都"均指楚国全国,那末这里的情绪和上文"忽临睨夫旧乡"的情感正相矛盾。这里的"国"和"都"都是指的"都城",也就是楚国的朝廷。几句表现出一种深沉的失望和坚定不移的精神。算了吧,朝廷里没有一个好人,没有人能理解我,任用我,我又何必怀念它呢?既然这个朝廷不足与实施美政(屈原所谓美政,就是他的政治理想,也就是本篇反复申说的"遵道得路"的话,指修明政治任用贤能,遵守法度等等。游国恩《离骚美政说》以为专指合纵抗秦之策,恐失之隘),我只有学习彭咸的榜样了。尽管昏庸的楚王和嫉妒的群臣使屈原不能在楚国生活下去("余焉能忍与此终古"),但养育他的美丽的祖国又使他在情感上不能离开,进退维谷,他只有选择"从彭咸之所居"的一条路了。旧注多以此句为决心水死,我以为联系前面"进不入以离尤兮,退将复修吾初服"来看,"从彭咸之所居",也许只是说决心"守道不阿,隐居求志"。这几句话既表现他对于楚国统治集团的愤懑和失望,有表现出他对楚国的留恋和热爱(这样失望还不肯离开,就更有力地表现出这种割不断的感情)。这正简括地表明了全篇的主旨。

三、简析

《离骚》的出现,在中国韵文发展乃至整个文学史上都是划时代的大事。《诗经》基本上是群众的创作,虽然把三百篇合起来看,也反映了广阔的社会生活;但从每篇来看,毕竟篇幅短小,内容单纯。除少数颂诗保存了一些先民传说的内容外,《诗经》绝大多数的作品都是对现实的朴素的反映,缺乏《离骚》那种上天下地、震古烁今的磅礴气势和绚烂文采。

《离骚》以前,中国韵文只有群众的创作,从《离骚》开始才出现专门的作家。屈原用他的理想、遭遇、痛苦、热情、以至整个的生命,在中国文学史上第一次创造了个性十分鲜明的长诗。《离骚》的独创性非常显著:想象的丰富、感情的热烈、历史故事和神话传说的运用、山川草木和地方色彩的浓厚、楚国民间形式和民间语言的汲取,构成了她的奇特和绚烂。她是古代积极浪漫主义和现实主义相结合的典范。

《离骚》产生于战国后期的楚国,是有其深刻的时代和地域的原因的。她是楚文化和中原文化交错的产物。鲁迅所谓"楚虽蛮夷,久为大国,春秋之世,已能赋诗。风雅之教,宁所未习,幸其固有文化,尚未沦亡,交错为文,遂生壮采"(《汉文学史纲要》)。所谓中原文化主要是《诗经》的现实主义传统和诸子百家特别是儒家对历史、哲学、政治思想等等的宣传。楚地则巫风盛行，神话传说丰富。《离骚》尧、舜、禹、汤、伊尹、傅说和灵氛、巫咸并举，可见这两种文化交错的痕迹。战国之时游说之风盛行，百家争鸣，亦必须"竞为美辞，以动人主"（鲁迅）。为了阐述自己的观点，打动对方，《三百篇》的朴质的体式已远远不能适应需要。游士们的夸饰铺排，广譬博喻，庄周的海阔天空，汪洋恣肆，都对文学创作产生了积极的影响。屈原是楚国的三闾大夫，掌管王族三姓子弟的教育工作，必须有很深的文化学识修养。《史记》说他"博闻强志，明于治乱，娴于辞令"，可见一斑。战国后期的形势是三晋早已削弱，外交关系是合纵连横之争。刘向所谓"横则秦帝，纵则楚王"（《战国策序》），实际是秦楚争夺统一中国的斗争。楚怀王曾经做过六国的"纵约长"，也就是合纵抗秦的领袖人物。六国联合的中心是联齐合纵，屈原是力主联齐抗秦的，他曾经为楚怀王出使过齐国。齐国的稷下是战国时期的学术中心，各家各派都在这儿活动过。屈原出使齐国时耳濡目染，不可能不受到这方面的影响。阴阳家的"谈天衍，雕龙奭"，对中国以外世界的想象和描绘，在《离骚》对上下四方的描写中，可以窥测其影响。这一些就是《离骚》产生的背景条件。刘勰《文心雕龙·辨骚》所谓"体宪于三代而风雅于战国"，已透露这方面的消息。高似孙说："楚山川奇，草木奇，原更奇；原人物高，志高，文更高，一发乎辞，与《诗三百》伍。"就是把客观的地域和屈原主观的条件结合起来说的。《离骚》产生的主观条件，我们在《解题》中所引述的《史记·屈原贾生列传》中的叙述，已经足够说明了，这里不再重复。

《离骚》产生之后对中国文学的影响极其深远。从形式上说，直接为辞赋开辟了道路。司马迁说："屈原既死之后，楚有宋玉、唐勒、景差之徒者,皆好辞而以赋见称。然皆祖屈原之从容辞令"。汉武帝曾经特别欢喜《离骚》,要淮南王刘安为《离骚》作传,又招集楚地文士大山、小山之流来摹仿这类作品。汉武帝的经历和思想感情应该说和屈原毫无共通之处,他之特别喜爱《离骚》,当然主要是为其绚烂的文采所感动,其外也许还有些好神仙的因素在内。班固对屈原的"露才扬己,忿怼沉江"以及《离骚》中的浪漫主义描写颇有微词,但在形式方面也不得不承认"文辞丽雅,为词赋之宗,虽非明哲,可谓妙才"。刘勰称赞说:"虽取镕经意,亦自铸伟辞","气往轹古,辞来切今,惊采绝艳,难与并能"。谈到对后代的影响则说:"枚、贾追风以入丽,马、扬沿波而得奇,其衣被词人非一代也"。

在《离骚》的直接影响下,产生了辞赋。另外,《离骚》和屈原其他作品中的语汇被大量采入后世的诗词中,香草美人的譬喻手法也开启了后世比兴的广大法门。过去从事词章之学的人,如果不读《楚辞》尤其是《离骚》,那简直是不可想象的事。

《离骚》在形式方面对文学发展的影响是既深且远的,但《离骚》的主要价值还是她的思想内容的典型性。

在以君主个人的喜怒决定一切的政治情况下,屈原的遭遇是有普遍意义的。忠奸不分、黑白颠倒是经常遇到的现象。贾谊从自己的遭遇中第一个从这方面对屈原寄以无限深情。他的《吊屈原赋》的主旨就是:"逢时不祥,鸾凤伏窜兮,鸱枭翱翔。阘茸尊显兮,谗谀得志;贤圣逆曳兮,方正倒植。"汉武帝从文词的角度欣赏《离骚》,淮南王刘安却从思想意义上大加发挥。尤其是司马迁又根据刘安对《离骚》的评价提高到国家兴亡的高度。他一则说:

《国风》好色而不淫,《小雅》怨诽而不乱,若《离骚》者可谓兼之矣。上称帝喾,下道齐桓,中述汤武,以刺世事。明道德之广崇,治乱之条贯,靡不毕见。其文约,其辞微,其志洁,其行廉,其称文小而其指极大,举类迩而见义远。其志洁,故其称物芳。其行廉,故死而不容自疏。濯淖污泥之中,蝉蜕于浊秽,以浮游尘埃之外,不获世之滋垢,皭然泥而不滓者也。推此志也,虽与日月争光可也。

再则曰:

　　人君无愚智贤不肖,莫不欲求忠以自为,举贤以自佐。然亡国破家相随属,而圣君治国累世而不见者,其所谓忠者不忠,而所谓贤者不贤也。怀王以不知忠臣之分,故内惑于郑袖,外欺于张仪,疏屈平而信上官大夫、令尹子兰。兵挫地削,亡其六郡,身客死于秦,为天下笑。此不知人之祸也。《易》曰:"井泄不食,为我心恻,可以汲。王明,并受其福。"王之不明,岂足福哉!

司马迁这段文字里是饱和着激情的。他从屈原和楚怀王的关系推阐出国家兴亡系于"王之明惑"的道理。本来历史上充满这类现象,"忠而被谤,信而见疑"的事是屡见不鲜的。《离骚》就说:"不谅凿而正枘兮,固前修以菹醢",比干以皇叔的身份受到剖心的惨刑。纣的天下也终于断送了。大约古代所谓忠奸之争,奸的一方总是走内线,通过女宠,蛊惑本来并不见得昏庸的君主,而造成亡国破家的惨祸。比干等受祸烈于屈原,但比干等没有著述,没能写明思想活动。他们的忠烈事迹是靠史官记载的,故只有一言半语状其忠烈,而缺乏《离骚》那样呼天抢地淋漓尽致地倾诉和指斥。《离骚》正成了这一类忠贞不渝的烈士仁人的代言人。这也就是《离骚》的典型性的突出表现。司马迁通过夹叙夹议的手法，热烈颂扬屈原这种可与日月争光的精神，并鞭挞了以郑袖、上官大夫、令尹子兰为代表的小人集团的卑劣手段和怀王不辨忠奸的昏庸误国的荒唐行径。他在《屈原传》后写出"其后楚日以削，数十年竟为秦所灭"的悲惨结局，这就是说屈原的用替关系楚国的存亡。可以说第一个在实质上称颂屈原为伟大的爱国诗人的就是司马迁，虽然他没有直接用这个名称。屈原不是楚国的国君，又不是正好死在楚亡之岁，但他在《屈原传》里却交代了几十年后楚亡的结局，这是意味深长的。正如《魏公子列传》后面写出"其后秦稍蚕食魏，十八岁而虏魏王，屠大梁"的结局，以表示对魏无忌的爱国精神的高度评价。司马迁用叙事的手法使读者体会出这种深刻含义。

司马迁对屈原的深切同情是和他自己所处的时代分不开的。汉武帝本来称得上雄才大略，但是由于听信女宠，也不辨忠臣之分，对大将军卫青（卫子夫的亲弟弟）和李广、对李广利和李陵的不公正就是司马迁耳闻目睹的事。司马迁并且因为为李陵说了两句公道话而被认为是败坏贰师将军李广利（李夫人的哥哥）的名声，下了蚕室，受腐刑。在《报任少卿书》里司马迁特别提到这件事，他读《离骚》自然更有切身的感受。

后来人常把"迁客骚人"连在一起，就是因为楚怀王和屈原的悲剧是有典型意味的。唐玄宗早年也称得上英明，任用姚崇、宋璟、张九龄等。开元之始，媲美贞观。但是后来宠爱杨贵妃，亲信李林甫、杨国忠等奸邪，特别宠信安禄山，不睬张九龄的忠言，终于导致安史之乱。他在蜀道播迁时才懊悔不听张九龄的话以致如此，因而派人去曲江致祭，还作了一支《谪仙怨》的乐曲（事见《唐语林·伤逝》）。

李白以杰出的才华,曾经受到唐玄宗的重视,但是由于高力士、杨贵妃的谗阻,弃金放还,结束了他的政治生涯。杜甫在赠李白的诗里曾用这样的句子结尾:"应共冤魂语,投诗赠汨罗",也把李白的身世和屈原结合起来。后世人只要是心怀忠贞而愠于群小,就总会从屈原的《离骚》里找到共鸣。最典型的例子是明末宝应人刘永澄的《离骚经纂注》,那里面的屈原简直就是明末的东林党领袖人物、一个像周顺昌那样的忠义之士的形象。

屈原《离骚》的精神不但在知识分子中影响特为深远,屈原的身世也激起楚国人民的深切同情。端午节裹五色粽子和龙舟竞渡的习俗,就是人民怀念这位伟大爱国志士的明证。"楚虽三户,亡秦必楚"。秦末农民起义在楚地爆发,项梁军队以楚怀王孙心相号召,立即得到广泛的响应,这和屈原的爱国精神的感染也不无渊源吧!

《离骚》是我国先秦时代第一首伟大诗篇!

屈原是先秦时代第一位杰出的爱国诗人。

我们为历史上有这样的人物和作品而感到自豪。

诗词蒙语

自序

　　我和诗词有不解之缘，从小爱读，稍长爱写，后来专门从事教学和研究，内容仍然离不开诗词。年已古稀，还以教授诗词为业。几十年沉潜反复，不能不有所感发。对于诗词之见识，既不肯尚同于时贤，又不屑苟异于当代，我明我心而已。近来偶将几十年之心得，汇集成编，名之曰《诗词蒙语》，以就正于同道。

　　"蒙语"之义，盖有两端。我虽从事诗词创作与研究，已逾半个世纪，有人亦曾以专家教授相推许，然而我还有自知之明，对于我国传统诗词之博大精深来说，我还只能算是此道中一名蒙童，所言者皆初学蒙童之见，所以谓之"蒙语"，此其一。蒙以养正，启蒙之道，实非易易。今之所述，对于后学于我者，或可为启蒙之资。"蒙语"又含启蒙之义，此其二。对于诗词之赏析，以及有关诗歌诗人诗话之考辨，拟与此合而为《謇斋说诗》，久有兹念，但不知何日能圆此梦也。

　　戊寅夏孟，謇斋周本淳自序于淮阴寓所。

一、唇吻调利　任其自然
——"三言两语"谈平仄

三言两语　三长两短　三心二意　三番五次
三朋四友　千方百计　千锤百炼　千难万险
千言万语　千叮万嘱　万紫千红　万水千山

上面这些词组,在我们日常口语中经常出现,这些数目字都是泛指的,但如果把每组的数目字位置变动一下说成"三次五番"、"百方千计"等,意思虽毫无变化,但讲起来总觉有些别扭。类似的情况,如"千头万绪"、"前思后想"、"胡言乱语"、"山穷水尽"、"山重水复"等,甚至本来水应该讲"清",山应该讲"秀",组成词组成为"山清水秀"而不说"山秀水清"。

为什么一变就觉得别扭呢?这和语义无关,完全是"平平仄仄"、"仄仄平平"的规律在起作用。可以这样说,四个字的词组,如果包括两个平声字(阴平、阳平,也就是普通话里除去入声转化的第一声、第二声)、两个仄声字(仄也写作侧,就是不平,平声以外的上、去、入三声,普通话里入声分到平、上、去三声去了,方言区和一部分官话区仍然保存了入声),只要意义上没有特定限制,一般都是按"平平仄仄"、"仄仄平平"的方式组合,而不会按"仄平仄平"、"平仄平仄"的方式:因为"平平仄仄"、"仄仄平平"这样组合讲起来顺口,听起来悦耳。律体诗要讲音律,也就是这个道理。

要分清平仄,先得分清"平、上、去、入"四声,这是汉语特有的。唐朝的处忠和尚曾在《元和韵谱》中说:"平声哀而安,上声厉而举。去声清而起,入声直而促。"明朝真空和尚在《玉钥匙歌诀》中提出四句口诀:

> 平声平道莫低昂,上声高呼猛烈强。去声分明哀远道,入声短促急收藏。

后来《康熙字典》沿用了这个歌诀。这个说法,按语音学家区分调值的观念来看,是不够科学的,但不失为一种通俗易懂的区分四声的简便方法。

究竟四声的区分从何时开始,专家们还没有得出一致的结论。抗战前,陈寅恪有《四声三问》(原载《清华学报》九卷 2 期,收入《金明馆丛稿初编》)一文,认为平、上、去三声是学习印度梵呗而成,产生于南北朝时。这篇论文很有名,影响很大,但仔细琢磨,难成定论。《诗经》里的韵脚,大体上已有平、上、去、入的区别,汉代乐府古诗按四声分部叶韵十分明显,三国时魏的孙炎开始用反切法来注《尔雅》的字音,那时必然已有四声的区分了。因为反切是汉字拼音的方式,两个字合成一个音(确切说是上一字的声母和下一字的韵母拼成一个音,再根据上字确定清浊),下一字的声调,就是被注的那个字的声调,那时必然已有四声的区分,并且大家都已知道了,否则就不会应用。

但"四声"二字的出现,却到六朝时期。《隋书·经籍志》著录晋张谅《四声韵林》二十八卷。

其后沈约著有《四声谱》(这本书唐代就失传了)。梁武帝问周舍什么叫四声,周回答"天子圣哲"。史称"汝南周颙,善识声韵"。这时一些注意声韵之美的人"为文皆用宫商"。沈约在《晋书·谢灵运传论》里说:"欲使宫羽相变,低昂互节。若前有浮声,则后须切响。一简之内,音韵尽殊;两句之中,轻重悉异。"这就是说运用"平平仄仄"的规律来增加韵文的节奏感、旋律感。沈约还提出过要防止"八病"。古代诗歌是能唱的,唱就得有高低抑扬,沈约上文提到的"宫"、"低"、"浮"、"轻"就是指平声,这和"平声平道莫低昂"相当一致。"商"、"羽"、"切"、"重"、"昂"等就是指仄声,仄就是不平。

至于把"上去入"三声合称仄声而有"平仄"的名词,可能在沈约之后。旧《辞源》、《辞海》以及日本《大汉和辞典》说是出于《四声谱》,这是毫无根据的,因为《四声谱》唐代已失传,沈约自己在前面所引文中,仍然用"宫商""宫羽""低昂"等概念而未用平仄。《全唐诗》卷八〇六贞观时高僧寒山诗中说自己诗的特点"平侧不能压,凡言取次出",这可能是今天见到的最早用"平侧"字样的,但从这句诗分析,当时认为作诗该注意平仄,大约已成风气。

平仄的名称起于何时虽难确定,但齐梁以来,利用平声和其他三声的不同来增加诗歌的节奏感、旋律感,却是有目共睹的事。这样,经过百年的酝酿,终于形成一种平仄规律较严格的诗体,这就是唐朝特为盛行的律体诗(包括律诗和律绝)。这种风气,是齐永明年间开端的,第一个卓越成就的作家是谢朓(玄晖)。所以宋诗人赵紫芝说:"辅嗣《易》行无汉学,玄晖诗变有唐风。"所谓唐风,就是指的平仄规律的自觉运用。

平平仄仄或仄仄平平,是口语里的习惯,组成五字句应该如何呢?每句尾部再加与三四相反的一个字,就变成平平仄仄平和仄仄平平仄两种，如果在中间加一个，那末只能把一二的平仄重复一字，变成平平平仄仄或仄仄仄平平，一共只有这四种句式。两句诗在一起，就应互相对应。如谢朓诗里有一些句子：

"落日高城上，馀光入繐帷。"以－代平，|代仄，标为
||－　－|，－　－||－。

"空蒙如薄雾，散漫似轻埃。""已惕慕归心，复伤千里目。"
－－－||，|||－－。|||－－，+－－||（第一字可不问）

"会舞纷瑶席，安歌绕凤梁。""叶低知露密，崖断识云重。"
||－－|，－－||－－。+－－||，+||－－。

这是开始时期，出现一些合乎律句的偶句。再进一步，如果四句都合乎平仄，那末就是一首律绝了，像何逊《为人妾怨诗》：

"燕戏还檐际，花飞落枕前。寸心君不见，拭泪坐调弦。"
||－－|，－－||－－。+－－||，|||－－。

又如《相送联句》之三："高轩虽驻轸，馀日久无辉。以我辞乡泪，沾君送别衣"。

－－－||，||－－。||－－|，－－||－。

上一首开头是仄仄二字，后来称之为"仄起"，下一首则称平起。又因为双数句必叶平韵，而第三句末一定是仄声，第一句可以用韵，也可以不用韵，于是在"平起""仄起"两大类之中，又各自有首句用韵不用韵的区别。如李商隐《听鼓》：

"城头叠鼓声，城下暮江清。欲问《渔阳掺》，时无祢正平。"
－－||－，+||－－。||－－|，－－||－，这是平起首句叶韵。再如陆龟蒙《雁》：

"南北路何长，中间万弋张。不知烟雾里，几只到衡阳？"
+||－－，－－||－。+－－||，|||－－。（仄起，首句叶韵）

所谓律绝的格律就这四种,在写诗人中有一些术语。拿一首诗的四句来看,如果第一句不用韵,那末一句和二句,三句和四句平仄各自成对,这叫对。如"— — —ǀǀ",下面就对以"ǀǀǀ— —"。那末二和三的关系又当如何呢？第二句如是"ǀǀǀ— —",第三句"ǀǀ— —ǀ",这两句一二四三处等同,一可不论,就是说二四平仄相同,而三五相反。三句"五"一定是仄声,而双句"五"一定是平声韵脚,所以"五"两句必相反。就一句之中来说,末尾三字一定有两种平仄,— —ǀ,ǀǀ—,ǀ— —,—ǀǀ,不能有ǀǀǀ,尤其不能是— — —,那叫三平调,是古诗的特点,一句之中第五字和第三字平仄必然相反,因此第三句和第二句第五字既相反,第三字也必然相反。这种二句和三句二四字平仄相同的情况,术语叫"粘"。靠这种粘、对的关系,只要确定第一句,下面可以延长到几百句,如首句是"ǀǀ— —ǀ"二句对"— —ǀǀ—",三句粘"— — —ǀǀ",四句对"ǀǀǀ— —"。五句粘"ǀǀ— —ǀ",六句对"— —ǀǀ—"。七句粘"— — —ǀǀ",八句对"ǀǀǀ— —"。稍微留心一下,从第五句起,已经是前四句的重演,周而复始,以至百千句。第一句如果用韵如"— —ǀǀ—"那末第二句末尾也必须用平声,就是"ǀǀǀ— —"二四相反,三五相同,下面粘"ǀǀ— —ǀ",对"— —ǀǀ—"和不用韵的一样。

合乎这种平仄的就叫"律句",否则就称为古句,如梁武帝两句诗:"一年漏将尽,万里人未归",是"ǀ—ǀ—ǀ,ǀǀ—ǀ—",这不合平仄规律的结构,称为古句。唐朝诗人戴叔伦仅仅将其换了一个同义词,十个字重新组织一下变成律诗的名句:"一年将尽夜,万里未归人。"符合平平平仄仄,仄仄仄平平的规律。七字句和五字句的关系是在句头加上平仄相反的两个字,依然是按照"平平仄仄"、"仄仄平平"的方式组合,也是四种格式:

平起首句用韵,如卢殷《晚蝉》:"深藏高柳背斜晖,能轸孤愁感昔围。犹畏旅人头不白,再三移树带声飞。"首句不用韵,如白居易《青门柳》:"青青一树伤心色,曾入几人离恨中。为近都门多送别,长条折尽减春风。"——||—|,+|—||—。||———||,——|||——。

仄起首句用韵,如韩愈《榴花》:"五月榴花照眼明,枝间时见子初成。可怜此地无车马,颠倒青苔落绛英。"||—||—,——+||——。+—||—|,+|—||—。

首句不用韵,如韩愈《楸树》:"几岁生成为大树,一朝缠绕困长藤。谁人与脱青罗帔,看吐高花万万层。"||———||,+—+||——。——||—|,||—||—。七言如果变成五言,就是去掉每句头上两个字。《南部新书》记过一则笑话,《诗话总龟》采入《讥诮门》。大中元年,魏扶主考,进了贡院,他写首七绝表态:"梧桐叶落满庭阴,锁闭朱门试院深。曾是昔年辛苦地,不将今日负前心。"榜出了,有人认为他不公,就把每句首二字抹去,变成这样一首五绝,成为绝妙的讽刺:"叶落满庭阴,朱门试院深。昔年辛苦地,今日负前心。""久旱逢甘雨,他乡遇故知。"为了强调,有人在头上各添两字:"十年久旱逢甘雨,万里他乡遇故知。"所以七言变成五言,只能斩头,不能去尾;五言变七言,只能戴帽,不能穿靴。为什么如此?因为最末一字,逢单(除首句用韵外)必仄,逢双必平;如果去末二字就不能保持这个特点了。

词的情况比律体诗复杂,但初期的小令从诗句增减变化而来,就一句来看,仍然和诗的律句一样,如"平林漠漠烟如织"(《菩萨蛮》)首句是——||——|,"谁道闲情抛弃久"(《蝶恋花》)首句是+|———||,"缺月挂疏桐"(《卜算子》)首句是||

71

丨－－。"梳洗罢,独倚望江楼"(《梦江南》)头两句是－丨丨,丨丨丨－－"往事只堪哀,对景难排"(《浪淘沙》)头两句是丨丨丨－－,丨－－。"候馆梅残,溪桥柳细"(《踏莎行》)头两句是丨丨－－－丨丨。"无言独上西楼,月如钩"(《乌夜啼》)头两句是－－丨丨－－,丨－－。

例子不必再多举了,说明从一句来说,词里的小令,仍然是按平平仄仄,仄仄平平这样的规律组合的。不过从整首来看,它根据不同的词牌,有不同的组合方式,千变万化,不像律绝只有四种格式;律绝一般只叶平韵,一韵到底。词的叶韵根据词牌,有平有仄,有换有不换,远较律绝复杂。但从一个句子的构成来看,仍然和"三言两语"的基本形式分不开。所以,不要把平仄规律看得太神秘,其实这种规律早已扎根到一些词组里了,只要细细地把本文开头所举的"三言两语"等词组想一想,也就可以"思过半矣"。

最后,了解了平仄规律,到实际运用还有一段距离。这里注意几点:一、要多掌握一些词语,便于按平仄的需要来选用。譬如关门的"关"是平声,同义的"闭"却是仄声。所以杜甫《返照》:"衰年病肺唯高枕,绝塞愁时早闭门。"用"闭"字;苏轼《北寺》:"畏虎关门早,无村得米迟。"用"关"字,都是平仄决定的。又如"开"、"启"也是同义词,韩偓《寄邻庄道侣》:"闻说经句不启关,药窗谁伴醉开颜?"白居易《郑处士诗》:"闻道移居村坞间,竹间多处独开关。"再如"绿苔"、"苍苔"意思差不多,李商隐《正月崇让宅》:"密锁重关掩绿苔,廊深阁迥此徘徊。"朱松《芦槛诗》:"未办松窗眠绿蒲,且将屐齿印苍苔。"还有譬如"飘流"也可用"飘泊","飘蓬"又可用"浪迹","莲花"可用"菡萏"来替代等等。多掌握一些同义或义近的词语,便于选用,这是一。

二是一些并列词组,可以根据需要来调动。如需要平平仄仄时,我们可以说"清风朗月","风清月朗","焚琴煮鹤";需要仄仄平平时,就说"朗月清风","月朗风清","煮鹤焚琴"。

三是诗词句子里,可以根据平仄需要,安排词序,譬如说"遥看草色近却无"不合律,可以说成"草色遥看近却无"(韩愈《早春呈水部张十八员外》);"行人一宿自可愁"改成"一宿行人自可愁"(张祜《金陵渡》);"为谢残阳多情意"改为"多情为谢残阳意"(佚名《杂诗》)。稍微留心一下,可以说指不胜屈,读诗词时也得留心这个特点。

四是有些字在诗词里出现次数很多,它们本身就有平仄两读,如看、教、过、叹、禁、探、应、论、忘、离、醒、凭、量等,根据句子平仄来确定读音。还有一些字如骑、思、胜、称、重、监等等,两种读音表示两种意思,不能像"看"字等对待。另有一些字今天读平声,过去却读仄声,如烧、疗、援、稍等,在诗词里碰到时应该注意今古平仄的变化,不能以今例古,以为不合平仄。

平仄并不难掌握,读得多了,熟能生巧,出口就能合律,是一般学诗人都能达到的境界。

二、童蒙诵习　白首求工
——对偶和律诗

　　律诗是唐代正式确立而又大量创作的新体诗,对古体而说,又称为"今体"或"近体"。譬如姚鼐专选唐宋人的五七言律诗,就题名《今体诗抄》；今体诗是从永明体注意平仄发展成熟的。从平仄看,它是绝句的延伸。绝句(指律绝)也讲平仄,所以也有人把绝句称为"小律诗"或"半律",律诗除平仄外,中间四句还要对偶。如王维《山居秋暝》：
　　空山新雨后,天气晚来秋。
　　－－－||　　+||－－
　　明月松间照,清泉石上流。
　　+|－－|　　－－||－
　　竹喧归浣女,莲动下渔舟。
　　+－－||　　+||－－
　　随意春芳歇,王孙自可留。
　　+|－－|　　－－||－
　　从平仄看,它是平起式,中间第三和第四句、第五和第六句各是一对。所以要理解律诗,就得知道什么叫对偶。
　　对偶是汉语特有的艺术。因为汉语以单音节为主,可以自由组合成整齐的一对句式。早期如"胡马依北风,越鸟巢南枝"。这两句的语法结构、修辞方式完全相同,"胡马"和"越鸟"都是偏正结构,而且都以地名为定语,"依"和"巢"都是动词,"北风"和"南枝"都是以方位词为定语的偏正结构。谢灵运的《登池上楼》从开头"潜虬媚幽姿,飞鸿响远音"到结尾的"持操岂独古,无闷征在今"都是对称结构。陶渊明诗如"暧暧远人村,依依墟里烟。狗吠深巷中,鸡鸣桑树颠"也相对称,但这是声律说之前的对句,不是严格意义的"律句",因为都不合平仄相对的规律。"胡马"联的平仄是"－｜－｜－,｜｜－－－"。"潜虬"联是"－－｜－－,－－｜｜－"。陶诗每句结尾都是平声,这和我们已知的平仄规律是不合的。像谢朓的"凉风吹月露,园景动清阴",－－－｜｜,+｜｜－－,就完全是"律句"了。真正的对偶应该符合律句的要求,就是说,平仄要相反,语法结构等要相同,名词对名词,动词对动词等。封建社会,写律诗作为读书求仕人的基本要求,学会对偶是蒙童的必修课。蒙童课本的《千字文》都是四言韵语的对句,也有一些专门的书,对蒙童以及初学的人进行指导。《声律启蒙撮要》就是把一些常用的词语编成韵语,按韵部组织,让蒙童熟读,掌握对偶的规律,便于运用。举《一东》的一段为例:

云对雨,雪对风。晚照对晴空。来鸿对去雁,宿鸟对鸣虫。三尺剑,六钧弓,岭北对江东。人间清暑殿,天上广寒宫。两岸晓烟杨柳绿,一园春雨杏花红。两鬓风霜,途次远行之客;一蓑烟雨,溪边晚钓之翁。

这后面两句是为写骈文及作赋用的。还有一本书叫《笠翁对韵》,也是按韵分的,举《十三元》的一段:

卑对长,季对昆,永巷对长门。山亭对水阁,旅舍对军屯。扬子渡,谢公墩,德重对年尊。承《乾》对出《震》,迭《坎》对重《坤》。志士报君思犬马,仁王养老察鸡豚。远水平沙,有客泛舟桃叶渡;斜风细雨,何人携榼杏花村。

这是为初学说法,实际的律诗对句要比这复杂丰富得多。对句分辨起来,言人人殊。《文心雕龙·丽辞》说:

故丽辞之体,凡有四对:言对为易,事对为难;反对为优,正对为劣。言对者,双比空辞者也;事对者,并举人验者也;反对者,理殊趣合者也;正对者,事异义同者也。

刘勰基本上根据骈文用典来区分的。《诗苑类格》提出多种名称:

唐上官仪曰:诗有六对:一曰正名对,天地、日月是也;二曰同类对,花叶、草芽是也;三曰连珠对,萧萧、赫赫是也;四曰双声对,黄槐、绿柳是也;五曰叠韵对,彷徨、放旷是也;六曰双拟对,春树、秋池是也。又曰诗有八对:一曰的名对,送酒东南去,迎琴西北来是也;二曰异类对,风织池间树,虫穿草上文是也;三曰双声对,秋露香佳菊,春风馥丽兰是也;四曰叠韵对,放荡千般意,迎延一介心是也;五曰联绵对,残河若带,初月如眉是也;六曰双拟对,议月眉欺月,论花颊胜花是也;七曰回文对,情新因意得,意得逐情新是也;八曰隔句对,相思复相忆,夜夜泪沾衣,空叹复空泣,朝朝君未归是也。(《诗人玉屑》卷七)

这种分法,是以作对所用的词语来分类,未免过于琐碎,除了第八和后来人称为"扇对"的相似之外,其他都不大为人所

用。另外还有人创造一种名词叫"借对":

"根非生下土,叶不坠秋风。""五峰高不下,万木几经秋。"以"下"对"秋",盖"夏"字声同也。"因寻樵子径,偶到葛洪家。""残春红药在,终日子归啼。"以"子"对"红",以"红"对"子",皆假其色也。"闲听一夜雨,更对柏岩僧。""住山今十载,明日又迁居。"以"一"对"柏",以"十"对"迁",假其数也。(同上)

这种"借对"也称"假对",实在不能算对偶的正道,所以蔡宽夫批评说:

诗家有假对,本非用意,盖造语适到,因以用之,若杜子美"本无丹灶术,那免白头翁";韩退之"眼穿长讶双鱼断,耳热何辞数爵频"。"丹"对"白","爵"对"鱼",皆偶然相值,立意下句,初不在此。而晚唐诸人,遂立以为格:贾岛"卷帘黄叶落,开户子规啼",崔峒"因寻樵子径,偶到葛洪家"为例,以为假对胜的对,谓之高手,所谓痴人面前不得说梦也。(同上)

实际上所谓"借对"、"假对",不过是根据汉字同音多的特点,游戏笔墨。专意为之,并且不适当地加以夸大,就太偏颇了。因为汉字的特点,做出对联,还有所谓"无情对",字面对得很工稳,而意思上毫不相干。如有人用"张之洞"和"陶然亭"为对,"张"和"陶"都是姓,"之"和"然"都是古文中的虚字,"亭"和"洞"都是同类的名词。还有人写这样一副对联:"公门桃李争荣日,法国荷兰比利时。""公门"对"法国","桃李"对"荷兰","争荣"对"比利","日"对"时",拆开来看,字字皆工稳,合起来却毫无瓜葛。这种只能说明汉字汉语单音节的多种功能,作为茶馀饭后的谈助则可,以之为创作的技巧而刻意追求,那就入了魔道。

最简单地将对句分类,可以分为"工"和"宽"两大类,以工为正宗。远的如晋代陆云和荀隐相谑,各举姓字,陆说"云间陆士龙",荀说"日下荀鸣鹤"。"云"对"日",都是名词,"间"对"下",都是方位,而"日下""云间"又各指地方。下面三字是各人的字,而"龙"和"鹤"又相对。这句话如果上下颠倒一下成为"日下荀鸣鹤,云间陆士龙"就是很工整的律句。此时声律说尚未兴起,两人声调方面只是巧合,但"云间"、"日下"却是有意识的对偶。律诗成立以后,对偶句是诗人必须刻意的地方。贾岛"独行潭底影,数息树边身"一联,他自己批说:"两句三年得,一吟双泪流。知音如不赏,归卧故山秋。"为什么他这两句如此费劲呢?因为除了字面对得工稳以外,"独行"、"数息"又都是佛家的术语,两句表面相对,意思却又相连贯,写出家人的苦行。杜甫是五七言律诗都有最高成就的大家,他自己说:"陶冶性灵存底物,新诗改罢自长吟。熟知二谢将能事,颇学阴何苦用心。"

阴铿、何逊都是六朝诗中注意琢句的高手。杜甫诗中好的对句是无法数清的,如写壮阔景象有"星垂平野阔,月涌大江流","吴楚东南坼,乾坤日夜浮"等,写细致的有"细雨鱼儿出,微风燕子斜","游蜂粘落絮,行蚁上枯梨"等。典重的如"旌旗日暖龙蛇动,宫殿风微燕雀高"。闲适的如"老妻画纸为棋局,稚子敲针做钓钩"等。再如"红豆啄馀鹦鹉粒,碧梧栖老凤凰枝"给后人律诗对偶开无限法门。

杜甫以后,律诗的对偶愈见精工。前人常用"摘句"的方式来欣赏。如于良史"风兼残雪起,河带断冰流",悟清"鸟归花影动,鱼没浪痕圆",严维"柳塘春水漫,花坞夕阳迟",杜荀鹤《春宫怨》"风暖鸟声碎,日高花影重"等。用富丽环境写浓重春愁,在诗中实不多见,所以有人题杜荀鹤诗:"杜诗三百首,尽在一联中:风暖鸟声碎,日高花影重。"上举一些句子主要是名词、动词或形容词组成而不用虚字,两句的关系如双峰并峙,轻重相当,这就显出"工对"的特色。

还有一种对句,字面上也对得工稳,但意义上不是双方对立而是一脉相承,如同流水般的自在,过去称之为"流水对"。如司空曙"乍见翻疑梦,相悲各问年";李嘉祐"独随流水去,转觉故人稀";李益"问姓惊初见,称名忆旧容";戴叔伦"如何百年内,不见一人闲";白居易"野火烧不尽,春风吹又生";张籍"长因送人处,忆得别家时";周贺"空将未归意,说向欲行人"等等。这类流水对,多半有虚词呼应,杜甫有"谁怜一片影,相失万重云",王维有"行到水穷处,坐看云起时"等,应该是较早的成功的流水对。

为了句子的充实,有时就用两个词组或名词、数词构成对句,给人更多的启发联想,如韩翃"星河秋一雁,砧杵夜千家";司空曙"雨中黄叶树,灯下白头人";许浑"雪夜书千卷,花时酒一瓢",而温庭筠的"鸡声茅店月,人迹板桥霜",杜牧的"门外韩擒虎,楼头张丽华"更是脍炙人口。宋人如黄庭坚"平生几两履,身后五车书"则成为用典的范例。宋人琢句更加用心,即使不太出名的小家,如夏竦"山势蜂腰断,溪流燕尾分",蔡天启"柳间黄鸟路,波底白鸥天",杨徽之"新霜染枫叶,皓月借芦花"等等,状物写景也不失为精工。

七言较五言多两个字,更便于腾挪,但毛病往往流动有馀,厚实不足。如元稹"唯应鲍叔犹怜我,自保曾参不杀人";牛僧孺"休论世上升沉事,且斗樽前见在身",都稍感不厚。像杜牧"但将酩酊酬佳节,不用登临叹落晖";李商隐"空闻虎旅传宵柝,无复鸡人报晓筹";"玉玺不缘归日角,锦帆应是到天涯。于今腐草无萤火,终古垂杨有暮鸦"等等,因气势雄浑,就觉流动而又厚实,是用虚词衬句的杰构。

一般七言句多有一两个动词或形容词表动态,如钱起"长乐钟声花外尽,龙池柳色雨中深";王随"一声啼鸟禁门静,满地落花春日长";李群玉"野庙向江春寂寂,断碑无字草芊芊";方干"鹤盘远势投孤屿,蝉曳残声过别枝";温庭筠"绿树绕村含细雨,寒潮背郭卷平沙";皇甫冉"燕知社日辞巢去,菊为重阳冒雨开";杨汝士"文章旧价留鸾掖,桃李新阴在鲤庭";许浑"潮生水国兼葭响,雨过山城橘柚疏"。宋人名家如晏殊"干斗气沉龙已化,置邑人去榻犹悬";钱惟演"雪意未成云着地,秋声不断雁连天";吴可"风前有恨梅千点,溪上无人月一痕";石敏若"千里江山渔笛晚,十年灯火客毡寒"等等,都是如此,这是七言对句的常规。

和五言一样,七言也有只用名词性词组组合,不用动词而成的句子,特别给人厚重的感觉,宋人尤其擅长。像黄庭坚"桃李春风一杯酒,江湖夜雨十年灯";陈与义"客子光阴诗卷里,杏花消息雨声中";陆游"楼船夜雪瓜洲渡,铁马秋风大散关"等等,久已为人推许。黄的一联将两人分别的情景和十年别后的生活展现出来,而一种浓烈的思念之情,跃然纸上。陈与义写的诗人春晚的感受,陆游点化为"小楼一夜听春雨,深巷明朝卖杏花",各极其妙。陆游将过去的战场和水陆出击金兵的战略、时机都在十四字的时令、景物和地名中表现出来。千载而下读之,犹令人激动不已。

五言句一般上二下三,七言句一般上四下三,但有时为了表达的需要变成上三下二或上五下二,如周繇"野店寒无客,风巢动有禽";任藩"送终时有雪,归葬处无云";王淡交"似梅花落地,如柳絮因风";杜甫"永夜角声悲自语,中天月色好谁看"。这些前人也叫"折腰句",偶一为之,可以增加情趣,但不宜多用。在音节方面,结尾是 - - ǀ,ǀǀ - 的,有时为了峭拗变成ǀ - ǀ,- ǀ - ,这是中晚唐后常见的,如刘长卿"渡口月初上,人家渔未归";于良史"掬水月在手,弄花香满衣";刘沧"残影郡楼月,一声关树鸡";赵嘏"残星几点雁横塞,长笛一声人倚楼";许浑"溪云初起日沉阁,山雨欲来风满楼";杜牧"寒林叶落鸟巢出,古渡风高渔艇稀"等等。在一首中一般只宜于一联出现这种现象。

不管是折腰句还是拗句,都是工对。白居易有"东涧水连西涧水,南山云作北山云","东西"、"南北"相对,而句中又各自为对,可以称之为"巧对"。梅尧臣学习这种方式云"野水自添田水满,晴鸠却唤雨鸠归",这只能使人看到巧,而不见沉郁。而李商隐"座中醉客延醒客,江上晴云杂雨云"就觉沉郁顿挫。苏轼哭一个乡僧的诗"三过门间老病死,一弹指顷去来今",也是工巧而沉重。最工巧的要数苏轼"前身应是卢行者,后学过呼韩退之"一联。其字面非常工稳,连人名的每一个字都相对,而韩卢又是专门名词,意思却一气贯注。大约太得意了,在诗中用过两次(一联在几处用,元好问、陆游是常事,苏轼却仅此一联)。柳宗元诗"莳药闲庭延国老,开樽虚室值贤人",猛一看已很不错,再深一步,甘草称为国老,清酒为圣,浊酒为贤,就觉得别有情趣。对偶是离不开用典的,要写得精彩,还必须练字,这两项都是写旧诗词的基本功,不是三言两语能说清的,另作专题论述,这里从略。

和工对相反的我们叫"宽对",如杜甫"酒债寻常行处有,人生七十古来稀";陈师道"一日虚声满天下,十年从事得途穷"等,从后面三个字看,并不太工稳,但意思特好,这叫宽对。甚至如王维"倚杖柴门外,临风听暮蝉",后面三个字根本不对,仍然算一联好诗。

对句怎样才算好? 这是一个十分复杂而又细致的问题,工稳只是基本要求,不等于精彩。如黄庭坚"霜林收鸭脚,春味荐猫头",可称工稳,因为"鸭脚"是白果,"猫头"是笋,从工巧说,超过"桃李春风一杯酒,江湖夜雨十年灯",但从诗味说,"霜林"一联只是工巧,容量不大,而"桃李"一联无限感慨,令人一唱三叹。苏轼从黄州放回,过南京,写了一首五言排律。王安石读到"峰多巧障日,江远欲浮天"两句,大为击节说:"老夫平生作诗,无此两句。"为什么王安石这样佩服呢? 固然两句能写出南京的江山之胜,一远一高。但我以为这"峰多巧障日"却又能若即若离地指斥时政。这时王安石也被吕惠卿排挤出政府了,而从来小人都有各种机巧蒙蔽人君。"浮云蔽白日,游子不顾返"是人皆传诵的;峰多障日却是苏轼有感而发,又完全切合南京山水的特点,耐人寻味。王安石正是从诗的深刻含义来评价的。所以好的联语,容量要大,含义要深,这是一。

二是如果写景,要求气象雍容,语言简练。有人称某人《咏松》诗好,云:"影摇千尺龙蛇动,声撼半天风雨寒。"一个和尚在旁边直摇头说:不如"云影乱铺地,涛声寒在空"。后来人把这两联诗告诉梅尧臣,梅说:"言简而意不遗,当以僧语为优。"

孔平仲、盛次仲在馆中雪夜直宿,碰到大雪,两个人相约写一联雪诗,要作未经人道语。孔说:"斜拖阙角龙千尺,淡抹墙腰月半棱。"很得意,盛却说:"诗好是好,可惜气象不大。"孔要盛吟两句,盛说:"看来天地不知夜,飞入园林总是春。"从这两个例子可以领会联语要注意气象和语言。

三是要注意利用反差增强气势,把大小、多少、轻重、远近等等组织在一联中,如王湾"海日生残夜,江春入旧年",能置生意于残晚中,人皆乐道。杜甫"一去紫台连朔漠,独留青冢向黄昏","紫台"和"青冢"大小不侔又相去万里。李白"人分千里外,兴在一杯中","千里"和"一杯"形成多少远近的反差。苏轼"忆共骑鲸游汗漫,也曾扪虱话悲辛",用"骑鲸"和"扪虱"相对,大小的反差何等鲜明,在七古中他又有"龙骧万斛不敢过,渔舟一叶从掀舞","龙骧万斛"和"渔舟一叶"也是用反差形成鲜明效果。

四是用典要防止熟滥,像陆游"国家科第与疯汉,天下英雄唯使君",一句用仇士良的话,一句用曹操的话表达陈阜卿当年不顾秦桧的气焰,冒死把自己摆置第一的胸怀。这样的用典就使联语格外有力。这个问题将有专章论述,在此只点一点而已。

五是要避免粘滞和合掌,尽量防止两句从一个方面着笔。如石延年咏红梅诗"认桃无绿叶,辨杏有青枝",被苏轼所讥笑:"诗老不知梅格在,更看绿叶与青枝。"因为石只从枝叶的颜色来写,而林和靖"疏影横斜水清浅,暗香浮动月黄昏"却一直为人称道,因为他把梅花置于水月之中,从影和香两个角度来写。元朝的萨都剌《送濬天渊入朝》一联:"地湿厌闻天竺雨,月明来听景阳钟。"自己很得意,而一个老者却指出"闻"和"听"合掌,也就是说两句都从听觉写。后来把"闻"字改成"看"字才稳当。

以上这几点对一联说是这样,对全诗说也适用。懂得对偶,讲律诗就比较容易了。律诗三和四,五和六要分别成对。我们

习惯把一二两句叫首联,三四叫颔联,五六叫颈联,最后叫尾联。我们可以再举杜甫五律七律各一首为例来说明。五律《春望》:

国破山河在,城春草木深。
||—|　　——||—
感时花溅泪,恨别鸟惊心。
+——||　|||——
烽火连三月,家书抵万金。
+|——|　——||—
白头搔更短,浑欲不胜簪。
+——||　+||—

颔联的结构是二三,前面动宾,后面主动宾。而颈联却是二一二,名词词组加动词词组,结构显然不同。再看七律《咏怀古迹》:

群山万壑赴荆门,生长明妃尚有村。
——|||——　+|——||—
一去紫台连朔漠,独留青冢向黄昏。
||+——||　+—+||—
画图省识春风面,环佩空归夜月魂。
+—||——|　+|——||—
千载琵琶作胡语,分明怨恨曲中论。
+|——|—|　——|||——

颔联是动词加状语开头,颈联是名词,颔联后三字是动词加名词,颈联是名词词组。颔联中间二字是名词,颈联是动词。区别是明显的。一般说来,颔联和颈联应该有变化。

律诗中的颔联和颈联不但在句式上应有变化,而且在内容上一般也要有变化。如《春望》颔联写所见景物,是眼前的感受;颈联则从连年的战乱而感慨不得家人消息,是心中的焦虑和渴望。《咏怀古迹》颔联写昭君的出塞,着重生到死,颈联则写其死后的魂归。后来一般的律诗常常是颔联写景,颈联叙事抒情,或者相反。如杜甫《月夜忆舍弟》,"戍鼓断人行,边秋一雁声。露从今夜白,月是故乡明",写当前景物;"有弟皆分散,无家问死生。寄书常不达,况乃未休兵",写深沉的感伤。

一首好的律诗,颔联或颈联一般应有一联特别精彩,所以一般人写律诗中间两联肯下工夫。这已经不容易,但实际上尾联比中间还要难。它要能"含不尽之意见于言外",使人觉得语已尽而情意未完。像《春望》前六句写出如此沉重的情感,结以"白头搔更短,浑欲不胜簪",归结到头发白而渐少,联系上文,如此时世,如此忧伤,身体又如此衰老。前途将如何呢?能不能看到烽火的消除?能不能待到家人的团聚?这些问题就包含在这些看似平淡的结语中。尾联难首联更难,因为一定要带动全局。《春望》起处更是名句:"国破山河在,城春草木深",如司马光所说"山河在,明无馀物矣;草木深,明无人矣"。这一起像满腔悲愤喷薄而出。刘禹锡的《石头城》:"山围故国周遭在,潮打空城寂寞回。淮水东边旧时月,夜深还过女墙来。"也是说除了城墙、淮水、明月之外,什么也不见了,我以为就是化"国破山河在"的起句。

一般地说,律诗应有好的颔联或颈联,两联之间要有所变化,但也有例外。明朝许学夷《诗学辨体》卷十六中有一段话很有见地:

> 古人为诗,有语语琢磨者,有一气浑成者。语语琢磨者称工,一气浑成者为圣。语语琢磨者,有一有相类,疑为盗袭;

一气浑成者,兴趣所到,忽然而来,浑然而就,不当以形似求之。

譬如杜甫《捣衣》:"亦知戍不返,秋至拭清砧。已近苦寒月,况经长别心!宁辞捣衣倦,一寄塞垣深。用尽闺中力,君听空外音。"颔联颈联句式相同,但一气旋转而下,一点不觉单调。杜甫这首属对还是工稳的。至于孟浩然五律名篇《与诸子登岘山》:"人事有代谢,往来成古今。江山留胜迹,我辈复登临。水落鱼梁浅,天寒梦泽深。羊公碑尚在,读罢泪沾襟!"颈联是工稳的,颔联则连"宽对"都勉强。李白五律名篇《夜泊牛渚怀古》:"牛渚西江夜,青天无片云。登舟望秋月,空忆谢将军。余亦能高咏,斯人不可闻。明朝挂帆去,枫叶落纷纷。"平仄完全符合于仄起五律,但颔联颈联都似对非对,人们仍然公认是五律名篇,就因为是一气浑成的关系。

严沧浪把崔颢《黄鹤楼》推为唐人七律压卷之作,全诗如下:

> 昔人已乘黄鹤去,此地空馀黄鹤楼。黄鹤一去不复返,白云千载空悠悠。晴川历历汉阳树,芳草萋萋鹦鹉洲。日暮乡关何处是,烟波江上使人愁。

前四句简直像是七言歌行,只后半工整,也是因为一气浑成,受到后人的称赞。

我们能不能根据上面几首特例就说律诗不必讲求对偶呢?不能,因为上面几首是特例。正常的情况,两联都需要对偶,至少要有一联很工稳。如果没有能力属对而以崔颢、李白为借口,那更是错误的,崔、李他们别的诗篇依然是对得很工稳的。

词里也常有对偶,但不限于五七言,如《踏莎行》"小径红稀,芳郊绿遍"和"翠叶藏莺,珠帘隔燕"(晏殊),"雾失楼台,月迷津渡","驿寄梅花,鱼传尺素"(秦观),是四言对;《鹧鸪天》"书咄咄,恨悠悠","思往事,念今吾"(辛弃疾)是三字对,四言对用得更广泛。但词里该对的地方,平仄不能含糊,句法却可变通,如《满庭芳》起句是四字对,拿秦观来说:"山抹微云,天粘衰草",十分出名,但同样也有"晓色云开,春随人意"的开头不大对的。《鹧鸪天》是晏幾道的名篇,"彩袖殷勤捧玉钟"却用"从别后,忆相逢",也不成对偶。说诗者不以词害意,写诗者也不以词害意。为了表情达意的需要,词里的对偶可以变通,但词是要唱的,它的音律却须按谱填字,不能马虎。

三、抒情遣语　各有攸宜
——作诗和填词

一

　　有这样一则笑语,宋朝有名的诗僧惠崇,有一联五言律诗很自负,叫作"河分岗势断,春入烧痕青"。实际上是袭用唐人成句。因此他的师弟写诗嘲笑他说:"河分岗势司空曙,春入烧痕刘长卿。不是师兄多古句,古人诗句似师兄。"这件事首先见于司马光的《续诗话》,说是"时人或有疑其犯古者"作诗云云。《诗话总龟前集》的《讥诮门》引《闲居诗话》和《评论门中》引《古今诗话》都载有此事,以及他书所引只后两句略有不同,或作"不是师偷古人句",或作"不是师兄多犯古,古人诗句犯师兄"。

　　这件事说明一点:作诗(不是集句)袭用前人名句最犯忌讳,恐怕连皎然所谓"钝贼"也不如。乐府诗是例外。如曹操《短歌行》就使用《诗经》成句,那是为了唱奏。一般诗作只有用以评论其人其诗,才可引其成句。姑引数例:

　　李白"解道'澄江净如练',令人长忆谢玄晖"("馀霞散成绮,澄江净如练"是谢朓名句)。唐朝诗人杨巨源曾经有名句

"三刀梦益州,一箭取辽城"(《全唐诗》卷三三三,此诗仅存此一联)。白居易《赠杨秘书巨源》就说:"早闻'一箭取辽城',相识虽新有故情。"张祜诗:"故国三千里,深宫二十年。一声河满子,双泪落君前。"杜牧为张祜鸣不平,就说:"可怜(一作如何)故国三千里,虚唱歌词满六宫。"这些是只引一句的。苏东坡《送张嘉州》七古中有四句说:"'峨嵋山月半轮秋,影入平羌江水流'。谪仙此语谁解道,请君见月时登楼。"前面两句是李白的,这又发展了一步,但还是游戏笔墨(古香斋本《施注苏诗》卷二十九,"君"误为"看",今依《苕溪渔隐丛话前集》卷四十二改正)。到了元好问《论诗绝句》就广泛应用,"'有情芍药含春泪,无力蔷薇卧晚枝'。拈出退之山石句,始知渠是女郎诗"(前两句是秦观《晚春绝句》里的)。这是诗里的特殊情况。

填词则是另外一回事,引用前人成句可以不打招呼。如范仲淹《岳阳楼记》是为滕宗谅写的。滕宗谅在岳阳填过一首《临江仙》,也是滕宗谅留下来的唯一一首词,传诵人口。原词如下:

> 湖水连天天连水,秋来分外澄清。君山自是小蓬瀛。"气蒸云梦泽,波撼岳阳城。"　帝子有灵能鼓瑟,凄然依旧伤情。微闻"兰芝动芳馨"。"曲终人不见,江上数峰青。"

上半阕末两句是孟浩然写洞庭湖的名句。下半阕后面十五个字是钱起《省试湘灵鼓瑟》五言六韵里的,特别是末韵更是脍炙人口。无独有偶,秦观一首《临江仙》末韵也用这两句:

> 千里潇湘挼蓝浦,兰桡昔日曾经。月高风定露华清。微波澄不动,冷浸一天星。　独倚危楼情悄悄,遥闻妃瑟

泠泠。新声含尽古今情。"曲终人不见,江上数峰青"。

吴曾《能改斋漫录》卷十六《用江上数峰青之句填词》条就记了这两首词。甚至专门用前人名句乃至改为调名,如贺方回一首《临江仙》,被黄山谷改名为《雁后归》:

> 巧剪合欢罗胜子,钗头春意翩翩。艳歌浅笑拜嫣然。愿郎宜此酒,行乐驻华年。 未至文园多病客,幽襟凄断堪怜。旧游梦挂碧云边。"人归落雁后,思发在花前。"

根据《复斋漫录》的记载:

> 山谷守当涂,方回过焉,人日席上作也。腔本《临江仙》,山谷以方回用薛道衡诗,故易以《雁后归》云。唐刘餗《传记》云:隋薛道衡聘陈为人日诗曰:"入春才七日,离家已二年。"南人嗤之,及云:"人归落雁后,思发在花前。"乃曰名下无虚士。(《诗话总龟后集》卷三十一所引)

"人归落雁后,思发在花前"是薛道衡的名句。贺方回用它入词,不但不犯忌讳,还受到黄山谷的激赏,并且换个调名。

甚至当时的名句,也就可以写入词中。如黄庭坚《冲雪宿新寨忽忽不乐》(《外集》卷二)中间最有名的一联:"山衔斗柄三星没,雪共月明千里寒。"同时的王晋卿(诜)就用这一联凑成一首《鹧鸪天》:

> 才子阴风度远关,清愁曾向画图看。"山衔斗柄三星没,雪共月明千里寒。" 新路陌,旧江干。崎岖谁叹客程难。临风更听昭华笛,簌簌梅花满地残。(《诗话总龟前集》卷十四引《王直方诗话》)

可见在能不能用别人的名句入作品方面,作诗和填词是两码事。有时因为读前人的诗多了，自己写时不经心而犯重，像前人列举的陈师道之于杜诗，常常有句意相似处，这还情有可原，并非有意抄袭。但对别人的名句总以回避为上策，否则便有"生吞活剥"之嫌。

二

上面填词用前人名句，一读便知。还有一种情况，在诗里平平淡淡，一入词便精彩百倍，于是遂有误为词人自作的，姑举两例：

> 多少恨，昨夜梦魂中。犹记去年游上苑，"车如流水马如龙"。花月正春风。

这是李后主传诵人口的《望江南》小令。"车如流水马如龙"，特别能写出当年的豪华景象，反衬此时亡国之哀。稍不经心的人，以为全为自作。其实是别人的。洪迈《万首唐人绝句》卷七十一苏颋《公主宅夜宴》：

> 车如流水马如龙，仙史高台十二重。天上初移衡汉匹，可怜歌舞夜相从。

这首七绝平庸之极，首句亦不见精彩，而采入词中，顿改旧观。再如翁宏《春残》：

> 又是春残也，如何出翠帏？落花人独立，微雨燕双飞。寓目魂将断，经年梦亦非。那堪向愁夕，萧飒暮蝉辉。
>
> （《全唐诗》卷七百六十二）

翁宏今存诗一共就是三首五律，全无精彩可言。"落花"一联尤

觉纤弱。晏小山《临江仙》一经采入,传诵千古,遂使不少人当成小山名句,全词如下:

> 梦后楼台高锁,酒醒帘幕低垂。去年春恨却来时。"落花人独立,微雨燕双飞。" 记得小蘋初见,两重心字罗衣。琵琶弦上说相思。当时明月在,曾照彩云归。

三

同是一人之作,入词是名句,入诗顿失光彩,如晏殊《浣溪沙》:

> 一曲新词酒一杯,去年天气旧池台。夕阳西下几时回?无可奈何花落去,似曾相识燕归来。小园香径独徘徊。

这是传诵人口的。晏殊诗当时人曾说所作过万首,但传于今的廿馀首而已。《宋诗纪事》卷七有《示张寺丞王校勘》一首:

> 元巳清明假未开,小园幽径独徘徊。春寒不定斑斑雨,宿醉难禁滟滟杯。无可奈何花落去,似曾相识燕归来。游梁赋客多风味,莫惜金钱万选才。

同是"无可奈何"一联,在词何等精神,入诗何等疲苶。苏轼有一首《定风波》词:

> 莫听穿林打叶声,不妨吟啸且徐行。竹杖芒鞋轻胜马,谁怕?一蓑烟雨任平生。 料峭春风吹酒醒。微冷,山头斜照却相迎。回首向来萧瑟处,归去,也无风雨也无晴。

晚年谪居海南,有《独觉》一首:

瘴雾三年恬不怪,反畏北风生体疥。朝来缩颈似寒鸦,焰火生薪聊一快。红波翻屋春风起,先生默坐春风里。浮空眼缬散云霞,无数心花发桃李。俺然独觉午窗明,欲觉犹闻醉酣声。回首向来萧瑟处,也无风雨也无晴。(古香斋本《施注苏诗》卷三十七)

这结尾两句,在《定风波》中可称健拔语,入古诗结尾,便嫌纤弱。坡词以豪放见称尚且如此,何况婉约作家!

四

同一时间咏同一题材,诗词亦自有别,东坡在密州祭常山回打了一次猎,写过一首七律,填了一首《江城子》,试加比较,可以领会其中异同之处。

祭常山回小猎

青盖前头点皂旗,黄茅岗下列(出)长围。弄风骄马跑空立,趁兔苍鹰掠地飞。回望白云生翠𪩘,归来红叶满征衣。圣明若用西凉簿,白羽犹能效一挥。

江城子·密州出猎

老夫聊发少年狂,左牵黄,右擎苍。锦帽貂裘,千骑卷平冈。为报倾城随太守,亲射虎,看孙郎。 酒酣胸胆尚开张,鬓微霜,又何妨,持节云中,何日遣冯唐?会挽雕弓如满月,西北望,射天狼。

两作同是打猎想到尚能为国效武建功立业,但措词风味自别。

东坡《瑞鹧鸪》词从形式看纯似一首七律,但自为词而

非诗:

　　碧山影里小红旗,侬是江南踏浪儿。拍手欲嘲山简辞,齐声争唱浪婆词。　　西兴渡口帆初落,鱼浦山头日未欹。侬送潮回歌底曲,尊前还唱使君诗。

五

　　幼年曾闻吴霜厓老人对诗、词、曲语言风格做过扼要的概括:曲欲其俗,诗欲其雅,词则介乎二者之间;诗语可以入词,词语可以入曲,而词语不可入诗,曲语不可入词。先师胡小石先生曾就此下一转语:七言绝句若稍杂词语,转增风神韵味。当时未能深入领会。此后数十年涉猎诗词较多,然后始知言简意赅,确乎经验之谈。秦观词人,元遗山虽曾以女郎诗嘲之,然绝句极有风神,未能一概抹杀,如:

　　月团新碾瀹花瓷,饮罢呼儿课楚辞。风定小轩无落叶,青虫相对吐秋丝。

　　境界虽小,风神摇曳,耐人讽味。姜白石诗词均工,南宋名家,而诗体中尤以七绝为最,倘亦可为胡先生之说作一例乎。

四、六字常语一字难
——谈练字

一

"六字常语一字难",韩愈《记梦》诗中这一句,后人常常引来说明诗文练字的问题。因为一个关键的字用得确切生动,就使得全句乃至全篇都活,反过来也一样。《文心雕龙·练字》说到个中甘苦:"善为文者,富于万篇,贫于一字。"为什么?他又说:

夫人之立言,因字而生句,积句而成章,积章而成篇。篇之彪炳,章无疵也;章之明靡,句无玷也;句之清英,字不妄也。(《丽辞》)

弄得不好,"一字诡异,则群句震惊"(《练字》),因为"声画妍蚩,寄在吟咏,吟咏滋味,流于字句"(《声律》)。

六朝人重视练字,唐宋人更多这方面的议论。诗词中,常因一字生动而传为佳话,变为称号,如"红杏枝头春意闹尚书"(宋祁),"云破月来花弄影郎中"(张先),关键就在"闹"、"弄"两个字用得活。王国维《人间词话》以境界论诗词,他就说"着一闹字"、"着一弄字"而"境界全出"(卷上)。欧阳修《浣溪纱》上半阕:

> 堤上游人逐画船,拍堤春水四垂天,绿杨枝外出秋千。

晁无咎称赞说:"只一出字,自是后人道不到处。"(《能改斋漫录》卷十六)唐宋作家,没有不重视练字的。老杜说:"为人性僻耽佳句,语不惊人死不休。"这也包括修改在内。所以老杜又说:"陶冶性灵存底物,新诗改罢自长吟。"《漫叟诗话》说:

> "桃花细逐杨花落,黄鸟时兼白鸟飞。"李商老云,尝见徐师川说,一士大夫家有老杜墨迹,其初云,"桃花欲共杨花语",自以淡墨改三字。乃知古人字不厌改也。不然,何以有日锻月炼之语!(《苕溪渔隐丛话前集》卷八)

可惜老杜自己修改的诗稿,我们今天已无法看到。传世各本杜诗的差异,固然多数是传刻的问题,但也不能完全排斥其中有自己修定的可能。后人提到练字,总乐于举杜为例,王安石说:

> "暝色赴春愁"(淳按:此为皇甫冉《归渡洛水》诗首句,宋元人多误以为杜诗),下得赴字好,若下起字,便是小儿语也。"无人觉来往,疏懒兴何长。"下得觉字大好,足见吟诗要一字两字工夫。(《诗话总龟前集》卷六引《金陵语录》)

元朝四大家的杨载《诗法家数》说:

> 诗要练字,字者眼也。如老杜诗,"飞星过水白,落月动檐虚",练中间一字。"地坼江帆隐,天清木叶闻",练末

后一字。"红入桃花嫩,青归柳叶新",练第二字。非练归入字,则是儿童诗。又曰"暝色赴春愁",又曰"无因觉来往",非练赴、觉字便是俗诗。

凡是诗人,没有不注意修改的。张文潜云:

> 世以乐天诗为得于容易而来。尝于洛中一士人家见白公诗草数纸,点窜涂之,及其成篇,殆与初作不侔。(《苕溪渔隐丛话前集》卷八)

二

晚唐以来,流传许多"一字师"的故事。如陶岳《五代史补》说:

> 郑谷在袁州,齐己携诗谒之。有《早梅》诗云:"前村深雪里,昨夜数枝开。"谷曰:"数枝,非早也,未若一枝。"齐己不觉下拜。自是士林以谷为"一字师"。(《诗人玉屑》卷六)

这个一字也许有双关意,一枝才能突出早的特点,把数字改成一字,同时又是只改了一个字。《娱书堂诗话》卷上有一例和此相近:

> 僧岛云过盱江麻姑山,题绝句云:"万叠峰峦入太清,麻姑曾此会方平。一从宴罢归何处,宝殿瑶台空月明。"先作"自从",后于同辈举似,同辈云:"清固清矣,'自'字未稳,当作'一'字。"云服其言。暨再入山,已为人改作"一从"矣。亦可谓"一字师"。

元朝著名诗人萨都剌也曾拜一个老头做一字师：

> 萨天锡有一诗送濬天渊入朝："地湿厌闻天竺雨，月明来听景阳钟。"闻者无不脍炙。惟山东有一叟鄙之。公以素愜意，特步访问其故。叟曰："此联措辞固善，但闻字与听字一合耳。"公曰："当以何字易之？"叟徐曰："看天竺雨。"公诘其看字。叟曰："唐人有'林下老僧来看雨'。"公俯首拜为一字师。（吴景旭《历代诗话》卷六十五）

这里"听"字和"闻"字都是诉诸视觉，有点"合掌"的毛病，萨不是贸然接受，而要用字有来历。吴旦生说："祖咏诗'海色晴看雨，钟声夜听潮'，直是天锡二语先鞭。不独'林下老僧'句也。"这说明改一个字还要有根据，避免生造。

后世把改一两个重要字的，都称为"一字师"。齐己拜郑谷为一字师，张迥又拜齐己为"一字师"。潘若冲《郡阁雅谈》说：

> （张迥）有《寄远》诗云："锦字凭谁达，闲庭草又枯。夜长灯影灭，天远雁声孤。蝉鬓凋将尽，虬髯白也无？几回愁不语，因看《朔方图》。"携卷谒齐己。点头吟讽无斁，为改"虬髯黑在无"，迥遂拜作一字师。（《诗话总龟前集》卷六）

张迥写的是妇女怀念边地丈夫的诗，"黑在无"和"白也无"意思差不多，但一则着眼在"黑"，一则着眼于"白"，似乎惟恐其不白，一改就变成生怕黑色的消失，感情的色彩大不相同。明明改了两个字，也说是"一字师"。

《竹坡诗话》说：

> 汪内相将赴临川，曾吉父以诗送之，有"白玉堂中曾草诏，水晶宫里近题诗"之句，韩子苍改云："白玉堂深曾草

诏,水晶宫冷近题诗。"吉父闻之,以子苍为一字师。(又见《苕溪渔隐丛话后集》卷三十四)

原诗的"中"和"里"本来可有可无,改成"深"和"冷",就渲染了两处的气氛。这里明明改了两个字,也说是"一字师"。改字除了力求生动准确之外,有时和专门知识有关。范仲淹有首《采茶歌》,当时传诵。中间两句:"黄金碾畔绿尘飞,碧玉瓯中翠涛起。"蔡襄是茶道专家,曾经写过《茶录》,看到这首诗就对范仲淹说这两句话有毛病,因为最好的茶,颜色是白的,翠绿是下等茶。范仲淹认为切中自己的毛病,就请教如何改,蔡襄改成"黄金碾畔玉尘飞,碧玉瓯中素涛起",范仲淹非常佩服。这件事在刘斧《青琐高议前集》卷九有详细记载。

有时是出于礼法或政治上的原因而改字,如《陈辅之诗话》说:

> 萧楚才知溧阳县,张乖崖作牧。一日召食,见公几案有一绝云:"独恨太平无一事,江南闲煞老尚书。"萧改"恨"作"幸"字。公出,视稿曰:"谁改吾诗?"左右以实对。萧曰:"与公全身。公功高位重,奸人侧目之秋。且天下一统,公独恨太平,何也?"公曰:"萧弟,一字之师也。"

就诗论诗,"恨"字和下句"闲煞"呼应紧密,改成"幸"字,"闲煞"两字反而有点显得凑泊了,但这是政治上的考虑。郑谷的《雪诗》"乱飘僧舍茶烟湿,密洒歌楼酒力微","乱"字可以描绘出大雪纷飞的气势。而宋孝宗忌讳"乱"字,改为"轻"字,气势大减,和"密"字也失了照应。明何良俊《四友斋丛说》卷二十六有一条关于都穆的记载:

都南濠小时,学诗于沈石田先生之门。石田问近有何得意之作,南濠以《节妇诗》首联为对。其诗曰:"白发贞心在,青灯泪眼枯。"石田曰:"诗则佳矣,然有一字未稳。"南濠茫然,避席请教。石田曰:"尔不读《礼经》乎?经云:'寡妇不夜哭。'何不以灯字为春字?"南濠不觉叹服。

如果撇开《礼经》,灯字形象较春字鲜明,这样的改字,已经出了艺术修辞的范围,随着时代的进步,逐渐会变成历史的陈迹,本文对这类情况,只有存而不论。

三

王世懋《艺圃撷馀》说:

作诗道一浅字不得,改道一深字又不得。其妙政在不深不浅、有意无意之间。

这话看起来好像有点玄虚。实际上,孤立的字无所谓深浅,所谓深浅完全决定于全句乃至整篇所写事物所表达的感情和所创造的气氛。譬如谢灵运的《登池上楼》第一句说"潜虬媚幽姿",十分凝炼,但千古传诵的却是"池塘生春草"这样平淡自然的句子,元遗山《论诗绝句》说:

池塘春草谢家春,万古千秋五字新。传语闭门陈正字,可怜无补费精神。

所谓练字,决不是专指那些冷僻槎枒的,如"怪禽啼旷野,落日恐行人",或"流星透疏木,走月逆行云"之类。举几个人所熟知的例子,譬如欧阳修是不大喜欢杜诗的,但《六一诗话》里有这段记载：

> 陈公(从易,淳注)时偶得杜集旧本,文多脱误。在《送蔡都尉诗》云:"身轻一鸟",其下脱一字。陈公因与数客各用一字补之。或云"疾",或云"落",或云"起",或云"下",莫能定。其后得一善本,乃是"身轻一鸟过"。陈公叹服,以为虽一字,诸君亦不能到也。

孤立地看,"过"字比那些字都平淡,但恰恰这个"过"字把身轻的特点表现得活灵活现,使看客都未觉其来,好像一只鸟从眼前轻轻过去。这个"过"字用在这里,真是"看似寻常最奇崛"。孟浩然和王维等联句,以"微云淡河汉,疏雨滴梧桐"之句使大家叹服,但这个"淡"字和"滴"字也是比较平常的字。杨慎《升庵诗话》卷六:

> 《孟集》有"到得重阳日,还来就菊花"之句,刻本脱一"就"字。有拟补者,或作"醉",或作"赏",或作"泛",或作"对",皆不同。后得善本是"就"字,乃知其妙。

苏东坡作一首《病鹤诗》,写了"三尺长胫瘦躯"六个字,让任德翁等填一个字,填了好几个,东坡拿出稿子来,却是一个"阁"字,病鹤的病态就在这个"阁"字上反映出来,使人如见其形(见《唐子西文录》)。

一个字用得生动,全句就有了精神,所以有人把它叫作"句眼",但不一定是动词、形容词等有这种生动的效果,虚字用得好,有时也能起到意想不到的作用。《石林诗话》卷中以杜诗为例有很精彩的论述:

> 诗人以一字为工,世固知之。惟老杜变化开合,出奇无

穷,殆不可以形迹捕。如"江山有巴蜀,栋宇自齐梁"。远近数千里,上下数百年,只在"有"与"自"两字间,而吞纳山川之气,俯仰古今之怀,皆见于言外。《滕王亭子》"粉墙犹竹色,虚阁自松声",若不累"犹"与"自"两字,则馀八言凡亭子皆可用,不必滕王也。此皆工妙至到,人力不可及,而此老独雍容闲肆,出于自然,略不见其用力处。今人多取其已用字模仿用之,偃蹇狭陋,尽成死法。不知意与境会,言中其节,凡字皆可用也。

这些字眼很可能是杜老反复推敲而成。下面再择几个例子从正反两方面看一看改字要注意的问题。

  僧齐己有诗名,往袁州谒郑谷,献诗云:"高名喧省闼,雅颂出吾唐。叠巘供秋望,无云到夕阳。自封修药院,别下着僧床。几梦中朝事,久离鸳鹭行。"谷览之,云:"请改一字,方可相见。"经数日再谒,称已改得诗云:"别扫着僧床。"谷嘉赏,结为诗友。(《唐诗纪事》卷七十五)

如果单说"下"字,有"徐孺下陈蕃之榻"为根据。而上句是"封"字,下字对不住,改成"扫"字,就斤两悉敌了。

  (王)贞白,唐末大播诗名。《御沟》为卷首云:"一派御沟水,绿槐相荫清。此波涵帝泽,无处濯尘缨。鸟道来虽险,龙池到自平。朝宗心本切,愿向急流倾。"自谓冠绝无瑕。呈僧贯休,休曰:"甚好,只是剩一字。"贞白扬袂而去。休曰:"此公思敏。"书一字于掌中。逡巡贞白回,欣然曰:"已得一字。"云"此中涵帝泽"。休将掌中字示之,一同。(《唐诗纪事》卷六十七)

"波"字为什么不如"中"字？一是上面已有"水"字,所以说"剩一字"。一是下句是"处"字,"波"字实了,对得不工。这两个例子都说明律诗对句要注意工稳。

韩驹有首《送宜黄丞周表卿》的诗,周已走了好久,韩又追改了一些字,我们把改后的诗写出来,被改的字用括号注在后面,可以比较一下得失：

> 昔年束带侍明光,曾见挥毫照(对)御床。将为骅骝已腾踏,不知雕鹗尚摧藏。官居四合峰峦雨(绿),驿路千林橘柚霜(黄)。莫为艰难归故里(恋乡关留不去),汉廷今重甲科郎。(《诗林广记后集》卷八)

比一比改的字,可以看出精益求精的特点。第一句原来的"对"字,只表示周参加过廷试,而改成"照"字,就把周表卿当年御前应试文采飞扬的特点表现出来了。"峰峦绿"色彩不错,但"四合"的特点反映不强烈,改成"雨"字,全句就有飞动之势。下句改成"橘柚霜",霜比"黄"字结实,橘柚经霜即黄,王羲之《奉橘帖》"奉橘三百枚,霜未降,不可多得",韦苏州诗"怜君卧病思新橘,试摘犹酸亦未黄。书后欲题三百颗,洞庭须待满林霜",改成"霜"字就能引人联想,含义就更丰富了。所以改字要能尽量充实诗句的内涵,使之挺拔丰满。

改的人总希望改好,但有时只注意一点,没有照顾全面,也有改坏了的,姑就诗词各举一例。司马光《续诗话》说到魏野的诗：

> 仲先诗有"烧叶炉中无宿火,读书窗下有残灯"。仲先既没,集其诗者,嫌"烧叶"贫寒太甚,故改"叶"为"药"。不惟坏此一字,乃并一句亦无气味,所谓求益反损也。

魏野本来写贫居生活,落叶添薪而不废读书,见出安贫乐道的特点。改成"烧药"那是专指炼丹的,是阔绰的人(主要是方士)干的,而且药未成,火不息。"烧药炉中无宿火"本身就不合理,何况上句既阔,下句的"残灯"仍然表现贫寒的特点,两句的气氛也是不协调。

《武林旧事》卷三有段记载,词林艳称:

一日御舟经断桥,桥旁有小酒肆,颇雅洁,中饰素屏,书《风入松》一词于上。光尧驻目称赏久之,宣问何人所作,乃太学生俞国宝醉笔也。其词云:"一春长费买花钱。日日醉湖边。玉骢惯识西泠路,骄嘶过,沽酒楼前。红杏香中歌舞,绿杨影里秋千。　东风十里丽人天,花压鬓云偏。画船载取春归去,馀情在湖水湖烟。明日再携残酒,来寻陌上花钿。"上笑曰:"此词甚好,但末句未免儒酸。"因为改定云"明日重扶残醉",则迥不侔矣。

如果孤立地看"明日重扶残醉",确实一洗儒酸,但是"来寻陌上花钿"却仍然不是富贵气度,仍然是小家行径,倒不如"重携残酒"来得协调。

写到这里,不由想起抗日战争期间在遵义学诗的事。阴历八月,我们到去年玩过的山岭去找桂花,谁知桂花没找着,因为新雨之后,遍地都是蕈子。采回来饱餐了一顿,写了一首七律纪事:

细路围山新雨滑,葛衣跣足稻风凉。天私吾党能同野,气入顽心等是香。不见秋花来肉眼,漫堆朝菌活枯肠。闭门括口锄诗思,老树窥人月半床。

先送呈王驾吾老师,他指出"来"字对不住"活"字,为改成"横"字。这样句子就挺拔多了。又请教郦衡叔老师,郦师指出"半"字虽稳而平,和全句的气氛不调,为改"上"字,"老树窥人月上床"树和月都动起来,全句气氛也协调。我这首诗是水平线下的,但两位老师的指点却使我终身难忘。事情已经过去四十几年了,两师墓木已拱,瞻念前尘,感慨系之,今日白首无成,实在愧对师门。

四

知道练字的要求,我们还可以用来选定一些诗句的异文。譬如陶潜的《饮酒》诗:

> 东坡云:"陶潜诗'采菊东篱下,悠然见南山',采菊之次,偶然见山,初不用意,而景与意会,故可喜也。今皆作望南山。杜子美云,'白鸥没浩荡,万里谁能驯'。盖灭没于烟波间耳。而宋敏求谓予云,鸥不解没,改作波字。二诗改此两字,觉一篇神气索然也。"(《苕溪渔隐丛话前集》卷三)

陶诗这个例子人所熟知,经苏东坡这样分析以后,一般都从"悠然见南山"了。我们再举几个唐诗的例子。

王湾的《次北固山下》五律,一般选本都选的。其中一联"潮平两岸失(阔),风正一帆悬"。"失"字表示潮平见不到岸,这样表现春江浩渺的特色略带夸张,更见情趣,如果变成"阔"字就平板少味(参见《唐诗别裁》卷十)。

王维的《相思子》五绝末两句一般选本多作"劝君多采撷,此物最相思"。也有本子作"劝君休采撷",试加比较,因为睹物思人,最易动相思之情,所以惹不得,"休采撷"正表现最相思的程度。作个"多"字,就经不住推敲了。

戎昱有两首《收襄阳城》七绝。有一首是这样的:

> 五云飞将拥雕戈,百里僵尸满洺河。日暮归来看剑血,将军应(却)恨杀人多。

作"应"字,表示作者对将军滥杀无辜之讽刺,作"却"字表示将军反对杀人多。联系全诗,自当以"应"为长。

贾岛有首《剑客》诗:

> 十年磨一剑,霜刃未曾试。今日把似君,谁为(有)不平事。

这也是大家熟悉的诗。作"谁为不平事",则志在除暴,谁干了不平的事,这把剑的霜刃就在他身上试试。如果作"谁有不平事",好像只是为个人报仇。思想境界差得太远了。

再如岑参的《白雪歌送武判官归京》中间有这样两句:

> 将军角弓不得控,都护铁衣冷犹(难)着。

许多本子是"冷难着",《唐贤三昧集》是"冷犹着"。如果作"难",这句的作用和上句一样,写冷得不得了,弓也把握不住,铁甲也穿不起来。当然作为表现严寒,这也无可厚非,但是下句如果作"冷犹着",意思就丰富多了,这两句变成了互文,将军角弓虽然不得控,可仍然要控,都护铁衣冷得很难穿,但仍然要全身披挂。下句的"犹"和上句的"不"互为补充。相比之下,"犹"字为优,"难"字合掌。

有时候,我们还可根据一两个关键的字确定一首诗的思想感情。如王昌龄的《从军行》中的一首:

青海长云暗雪山,孤城遥望玉门关。黄沙百战穿金甲,不破楼兰终不还。

沈德潜批注说:"作豪语看亦可,然作归期无日看,倍有意味。"(《唐诗别裁》卷十九)

这首诗很多人都把它当豪言壮语看,实际沈德潜的意见很可注意。关键在那个"终"字,王昌龄集子另一本作个"竟"字,"终"字说得委婉,"竟"字说得露骨,都表示归期无日;如果作豪语,这里应该用个"誓"字。

综合以上的拉杂叙述,我觉得注意诗词的用字,不但对诗词创作有益,而且对诗词的理解和欣赏,也是必不可少的修养。今天写旧体诗词的青年不一定有多少,但是爱好旧体诗词的却大有人在。吟诗要一字两字工夫,读诗千万不要轻易放过这一字两字。"文字频改,工夫自出"(《吕氏童蒙训》)。欣赏诗词,遇到吃紧的字眼多多回味,再用别的字相比较,才能体会出良工的苦心。

五、短章重字巧安排
——诗词里的重字

《诗经》里特别是《国风》里大多采用重章复沓的形式,所以一些字在诗里反复出现,后世写四言诗有时还保持这个特点。五言诗就少见了,尤其是短章。如果从一句看,《古诗十九首》的第一句"行行重行行"要算是空前绝后了,四个"行"字,写出了时间之久,空间之广,而逗出"与君生别离"的痛苦来。"唧唧复唧唧"字面上也有四个"唧"字,但实质上是两字一组,所以不能和"行行重行行"相提并论。一个字在各句中都出现,大约以陶渊明的《止酒》为首创:

居止次城邑,逍遥自闲止。坐止高荫下,步止荜门里。好味止园葵,大欢止稚子。平生不止酒,止酒情无喜。暮止不安寝,晨止不能起。日日欲止之,营卫止不理。徒知止不乐,未知止利己。始觉止为善,今朝真止矣。从此一止去,将止扶桑涘。清颜止宿容,奚止千万祀。

一共二十个"止"字,映带成趣。

后来梁元帝萧绎有首《春日诗》:

春还春节美,春日春风过。春心日日异,春情处处多。

处处春芳动,日日春禽变。春意春已繁,春人春不见。不见怀春人,徒望春光新。春愁春自结,春结讵能申?欲道春园趣,复忆春时人。春人竟何在,空爽上春期。独念春花落,还似惜春时。

十八句诗中,用了二十三个"春"字,但和陶公一比,使人觉得东施效颦,失其自然。

这是古体诗的情况。近体诗里一般避免重用字,像杜甫"一片花飞减却春,风飘万点更愁人;且看欲尽花经眼,莫厌伤多酒入唇"这首七律重用两个"花"字,就算变格了。刘禹锡《苏州白舍人寄新诗有叹早白无儿之句因以赠之》:

莫嗟华发与无儿,却是人间久远期。雪里高山头白早,海中仙果子生迟。于公必有高门庆,谢守何烦晓镜悲!幸免如新分非浅,祝君长咏梦熊诗。

刘在诗后自注:"高山本高,于门使之高,二义有殊。古之诗流晓此。"(《刘宾客集·外集》卷一)

刘禹锡的自注说两个"高"字意不同,所以不算重用,言外之意,近体诗中重用字是犯忌的。但沈括《梦溪笔谈》提出相反的说法:

唐人以诗主人物,故虽小诗,莫不极工而后已,所谓旬锻月炼者,信非虚言。小说崔护《题城南诗》,其始曰:"去年今日此门中,人面桃花相映红。人面不知何处去,桃花依旧笑春风。"后以其意未全,语未工,改第三句曰:"人面只今何处去。"至今所传有此两本,惟《本事诗》作"只今何处在。"唐人作诗,大率如此,虽有两今字不恤也,取语意为主

耳。后人以其有两今字，故多行前篇。(《全唐诗话》卷三)

按崔护此诗，以"人面桃花"相比见意，必须重用。第三句既云"何处"，那末"不知"两字变成赘文，而作"只今何处在"却能反映出思念怅惘之强烈感情，所以不怕重个"今"字。王若虚《滹南诗话》卷一又提出相反的看法：

> 崔护诗云"去年今日此门中"，又云"人面只今何处去"，沈存中曰："唐人工诗，大率如此，虽两'今'字不恤也。"刘禹锡诗云"雪里高山头白早"，又云"于公必有高门庆"，自注云："高山本高，于门使之高，二义殊。"三山老人曰："唐人忌重叠用字。如此二说，何其相反与？"予谓此皆不足论也。

王氏之言，未免过于偏激。一般说，诗词中的短章（诗主要指律、绝）要避免重字，但为了表达需要也不必硬避重复。

和这种情况相反，也有专门以重用字见巧的。如人所熟知的欧阳修《蝶恋花》首句"庭院深深深几许"，三个深字多生动，如果少用一个，都觉得大为减色。晚唐有位诗人刘驾就欢喜连用三字，如《晓登迎春阁》：

> 未栉凭栏眺锦城，烟笼万井二江明。香风满阁花满树，树树树梢啼晓莺。

再如"夜夜夜深闻子规"，"日日日斜空醉归"，"家家家业尽成灰"等等。这些硬凑的重字，缺乏像欧公那样的自然，不足为训。

在不同的句子里，重复几个字，使之映带成趣。如范云的《别诗》(《诗纪》云附见《何逊集》)：

> 洛阳城东西,长作经时别。昔去雪如花,今来花似雪。

精神全在"雪"、"花"两字翻腾作势。苏轼的《少年游》上半化用范诗,也觉生动有趣:

> 去年相送,馀杭门外,飞雪似杨花。今年春半,杨花似雪,犹不见还家。

有时候短短几句诗,重复某一个字,产生一种特殊的艺术效果,如元稹《行宫》:

> 寥落古行宫,宫花寂寞红。白头宫女在,闲坐说玄宗。

前人评这短短二十字可以抵得一首《连昌宫词》。这里前三句,每句重用一个"宫"字,起了强有力的表情作用。再如杜荀鹤的《春闺怨》:

> 朝喜花艳春,暮悲花委尘。不悲花落早,悲妾似花身。

二十字中重复四个"花"字,三个"悲"字,但还不失自然。至于重得最厉害的,如陈后主叔宝《戏赠沈后》:

> 留人不留人?不留人也去。此处不留人,自有留人处。

四句中重复五个"留人",三个"不"字。但这只能算戏语,不能称为诗。五言四句的小诗中,重复用字而诗味浓郁的,我以为岑参的《忆长安曲》可为代表:

> 东望望长安,正值日初出。长安不可见,喜见长安日。

二十字中,用三个"长安"、两个"日"、两个"见"、两个"望"字,化用《世说新语》"举头见日,不见长安"的典故,传达出多么深沉的对长安的怀念之情!如果去掉这些重字,味道就淡薄多了。还有张文姬的《溪口云》一首：

> 溶溶溪口云,才向溪中吐。不复归溪中,还作溪中雨。

重复使用四个"溪"字,三个"中"字,表面写一霎时的景色,但言外似别有含意,耐人寻味。小词如欧阳修的《生查子》：

> 去年元夜时,花市灯如昼。月到柳梢头,人约黄昏后。
> 今年元夜时,月与灯依旧。不见去年人,泪湿春衫袖。

这首小词重复使用"元夜"、"人"、"年"、"月"、"灯"等字,也是重字见巧,供人回味。游次公的《卜算子》则全用"风雨"两字,含情不尽：

> 风雨送人来,风雨留人住。草草杯盘话别离,风雨催人去。　泪眼不曾晴,眉黛愁还聚。明日相思莫上楼。楼上多风雨。

如果不是这五次重复,词的情味就大为减色。再如辛弃疾《浣溪沙·赠子文侍人名笑笑》：

> 侬是嵌崎可笑人,不妨开口笑时频。有人一笑坐生春。
> 歌欲颦时还浅笑,醉逢笑处却轻颦。宜颦宜笑长精神。

这首词是辛弃疾的游戏之作,因为严子文的侍妾名叫笑笑,所以全词就在笑字上着墨。第一句说自己原来就是可笑的人,这是周顗赞美桓彝的话,"茂伦嵌崎历落,固可笑人也"(见《晋书·桓彝传》)。第二句翻用杜牧"尘世难逢开口笑"的诗句,从第三句起才说到"笑笑"的笑态动人。每句都重一个笑字,如果把这几个"笑"字换掉,这首词就失去光彩了。至于连下叠字,也能因而表现巧思,如李清照的《声声慢》开头"寻寻觅觅,冷冷清清,凄凄惨惨戚戚",连下七对叠字而一气贯注,临收束时又用了"点点滴滴"两组。这种手法,使许多评论家赞不绝口。《白雨斋词话》卷五记载一位薄命妇女双卿的《凤凰台上忆吹箫》可能要算使用叠字的最高纪录:

> 寸寸微云,丝丝残照,有无明灭难消。正断魂魂断,闪闪摇摇。望望山山水水,人去去,隐隐迢迢。从今后,酸酸楚楚,只似今宵。　　青遥。问天不应,看小小双卿,袅袅无聊。更见谁谁见,谁痛花娇。谁望欢欢喜喜,偷素粉,写写描描。谁还管,生生世世,暮暮朝朝!

陈廷焯评说:"其情哀,其词苦。用双字至二十馀叠,亦可谓广大神通矣。易安见之,亦当避席。"

七言诗里,刘希夷的"年年岁岁花相似,岁岁年年人不同",也是靠复字见巧,小说家甚至说宋之问欲据为己有。王若虚《滹南诗话》卷一说:

> 宋之问诗有云:"年年岁岁花相似,岁岁年年人不同。"或曰:"此之问甥刘希夷句也。之问酷爱,知其未之传人,恳乞之,不与,之问怒,乃以土袋压杀之。"此殆妄耳。之问固小人,然亦不应有是。年年岁岁,岁岁年年,何等陋语,而以至杀其所亲乎?

王若虚斥小说之妄是有理的,但把这种重复回环以表示光阴流驶无可奈何的心情,说成"何等陋语",未免偏颇。李白有首《宣城见杜鹃花》绝句:

> 蜀国曾闻子规鸟,宣城还见杜鹃花。一叫一回肠一断,三春三月忆三巴!

三四两句有意重三个"一"字,三个"三"字,虽然出于太白,未免雕琢而不够自然,而不及严恽《惜花》重用三个"花"字的浑成:

春光冉冉归何处?更向花前把一杯。竟日问花花不语,为谁零落为谁开?

结句两个"为谁"后来成为模式,但此处仍令人有清新之感,觉得不如此反而不够味。

《诚斋诗话》里称许姚宋佐一首七绝:

梅花得月太清生,月到梅花越样明。梅月萧疏两奇绝,有人踏月绕花行。

这里重复四个"月"字、三个"梅花",使人感到其人爱月爱梅之情不能自已。如果不加重复就不会起到这种异样清新之感。

王安石有《谢公墩》七绝,全用"公"、"我"两字翻腾,而见贤思齐、匡时济民之抱负即寓于看似游戏文字之中:

我名公字偶相同,我屋公墩在眼中。公去我来墩属我,不应墩姓尚随公。

年轻时避寇遵义,爱荆公及宋佐此两诗,因学郸邯之步,成《枕上》一绝云:

枕上家山枕外鸡,家山梦断剩鸡啼。听鸡犹唱家山调,无那家山一枕迷!

重用四个"家山"、三个"枕"字、三个"鸡"字,聊寄怀乡之感,用重字翻腾作势之法同,然方之荆公以安石自命之胸襟,何耷霄壤！录此当见笑于方家,意在说明一点,诗词短章应避免复字,这是常规。有时可以反其道而出奇制胜,全仗复字生情,这是变例,在乎作者之匠心巧手安排而已。初学者当以常为主,变例则可一不可再,否则易入魔道而不自知其非,不可不慎之又慎也。

六、实虚互见　对照生辉
——数字在诗词中的应用

初唐四杰中的骆宾王,写诗喜欢用数字作对,如"秦地重关一百二,汉家离宫三十六",当时人称他为"算博士"。(见《唐诗纪事》卷七)这话含有一点讽刺的味道,于是有人就把这当为口实,不加分析地反对诗词中多用数字。这种态度有些像因噎废食。实际上人们生活中离不开数字,作为记事抒情的诗词创作,也离不开用数字。拿《国风》一百六十篇来统计,篇中用到数字的一共四十八篇,占了百分之三十。著名的《古诗十九首》中有十三首用过数字,竟占三分之二,可见数字在诗词中出现,是不可避免的。

我们对这涉及数字的四十八篇《国风》分类考察,可把它们使用数字的情况大体归纳成三种:

一、数字是具体实指的。如:"有子七人,母氏劳苦"(《邶·凯风》)。"二子乘舟,泛泛其景"(《邶·二子乘舟》)。君子偕老,副笄六珈"(《鄘·君子偕老》)。"两骖如舞","两服上襄,两骖雁行"(《郑·大叔于田》)。以及《豳风·七月》中之"七月"、"八月"、"一之日"、"二之日"等等。

二、数字是虚指的,这里有两种情况。一是本身就是约数,游移不定,如:"嘒彼小星,三五在东。"(《召南·小星》)"士也罔极,二三其德。"(《卫·氓》)这里使用"三五"、"二三",不能确指,一望而知。再一种是因为韵脚变动而变动。如:"摽有梅,其实七兮。求我庶士,迨其吉兮。摽有梅,其实三兮。求我庶士,迨其今兮。"这里"七"和"三",看似实指,实际是为叶韵而变动,不是实数。同样的例子很多,如《鄘·干旄》:"孑孑干旄,在浚之郊。素丝纰之,良马四之。""素丝组之,良马五之。""素丝祝之,良马六之。"这里的"四"、"五"、"六"是跟着韵脚"纰"、"组"、"祝"而变化,也不是实数。

三、为了表达的需要,数字起了对比和夸张的作用,这些数字更是虚拟的。这类在后世诗词中用得最普遍。如:"之子于归,百两御之。"这里是极言其多,并不是一百辆车去迎亲。"百尔君子,不知德行。"(《邶·雄雉》)"骊牝三千"(《鄘·定之方中》)"百夫之特。""百夫之防。""百夫之御。"(《秦·黄鸟》)"万寿无疆。"(《豳·七月》)"彼其之子,三百赤芾。"(《曹·侯人》)"亲结其缡,九十其仪。"(《豳·东山》)这里的"百"、"三千"、"万"、"九十"等等都只是极言其多,《王风·兔爰》里的"逢此百罹"、"逢此百忧"、"逢此百凶"也是一样带有夸张的味道。"鸤鸠在桑,其子七兮。淑人君子,其仪一兮。"(《曹·鸤鸠》)这里显然是用"七"和"一"对比见意。"彼苍者天,歼我良人;如可赎兮,人百其身。"这里用"人百其身"和子车氏三良对比,以见人们的悼念痛惜之情。《王·采葛》是这种夸张对比的典型:

　　彼采葛兮,一日不见,如三月兮。
　　彼采萧兮,一日不见,如三秋兮。

> 彼采艾兮,一日不见,如三岁兮。

今天"一日不见,如隔三秋",已经变成口头禅。这里的"三秋"、"三月"、"三岁"都不是实际数量。汪中《述学》里《释三九》以为"三九"很多时候用为虚指,极言众多,这是可信的。但我们不能碰到"三"、"三百"就一概当虚指。譬如《卫·氓》:"自我徂尔,三岁食贫。""三岁为妇,靡室劳矣。"这些"三岁"可以看成实指。《魏·硕鼠》:"三岁贯女,莫我肯顾。"这首诗是讽刺贪吏的。古代"三载考绩",这里的"三岁"正是据"三载考绩"而言的,也是实指。《魏·伐檀》里说的"胡取禾三百廛兮","胡取禾三百亿兮","胡取禾三百囷兮",一再使用"三百"字样。人民文学出版社的《诗经选》111页注说:"三百言其很多,不一定是确数。"今天一般人都相信这样的解释。但为什么一再说"三百"不是"三千"呢?马瑞辰《毛诗传笺通释》卷十这样注:

> 《传》:"一夫之居曰廛。"瑞辰按:《易·讼》九二:其邑三百户。《郑注》:"下大夫采地一成,其税三百家,故三百户。"(下略)

这首诗是讽刺尸位素餐的统治者的,"三百"正是他剥削的具体户数,当实指比虚指更有说服力。如果我们读《诗经》碰到一些数字,有时与当时礼制有关,虚实问题往往要费一番思考才能判定。

要理解诗词中数字的作用,首先应分清虚实。大凡用实数纪事,容易使人有亲临其境、设身处地之感。如刘禹锡《酬乐天扬州初逢席上见赠》:

> 巴山楚水凄凉地，二十三年弃置身。怀旧空吟闻笛赋，到乡翻似烂柯人。沉舟侧畔千帆过，病树前头万木春。今日听君歌一曲，暂凭杯酒长精神。

这里"千帆"、"万树"是虚指，极言其多。而"二十三年"却是确数，数愈确，愈见弃置之久，人生能有几个"二十三年"呢？无限感慨，尽在这个具体的数字中。李煜追忆亡国之痛的《破阵子》：

> 四十年来家国，三千里地山河。凤阁龙楼连霄汉，玉树琼枝作烟萝。几曾识干戈？　　一旦归为臣虏，沈腰潘鬓销磨。最是仓皇辞庙日，教坊犹奏别离歌。垂泪对宫娥。

这开头两句的数字显得特别沉重，一指时间，一指空间，一种追悔莫及的心情，正是从"四十年"、"三千里"这些字眼里传达出来。同样，岳飞的《满江红》："三十功名尘与土，八千里路云和月。"这里的"三十"指年过而立，"八千里路"指转战之远，有了这些具体数字，下面"莫等闲白了少年头，空悲切"，才更为沉郁。辛弃疾的《永遇乐·京口北固亭怀古》换头处说："元嘉草草，封狼居胥，赢得仓皇北顾。四十三年，望中犹记，烽火扬州路。可堪回首，佛狸祠下，一片神鸦社鼓。凭谁问，廉颇老矣，尚能饭否？"这首词悲壮慷慨，回肠荡气，而"四十三年"这个数字起了关键作用。作者自1162年南归，到1205年出守京口，从二十三岁的青年，率众南归，渴望收复中原，到现在已成六十六岁老翁，而北伐大计，几如泡影，可是作者以廉颇自居，不甘老死，尚思为国驰驱。这一腔悲愤，回首四十三年往事，不能自已。没有这"四十三年"几个字，结尾就没有根。这几个寻常的数字，真可称得起一字千钧。

杜甫《逼仄行赠毕四曜》结尾说："街头酒价常苦贵,方外酒徒稀醉眠。径须相就饮一斗,恰有三百青铜钱。"丁谓和宋真宗由此推定唐朝酒价(见刘攽《中山诗话》),是可以喷饭的。但这里的数字使用,既表现了杜甫和毕曜的酸寒,也看出两人交情之厚,性情之真,写得越具体,诗味就越浓郁,这和《醉时歌》中"日籴太仓五升米,时赴郑老同襟期",可以说是"异曲同工"。

数字实用会有很强的抒情效果,还可表现在具体日期方面。如杜甫《丽人行》："三月三日天气新,长安水边多丽人。"李商隐《二月二日》："二月二日江上行,东风日暖闻吹笙。花须柳眼各无赖,紫蝶黄蜂俱有情。"三月三、二月二,是过去的节日,下面的事都因节令而有,这是不可不提的。薛道衡《人日思归》："入春才七日,离家已二年。人归落雁后,思发在花前。"虽然过去的评论家只着眼在后两句,贺方回把它用到词里,黄山谷就根据这两句把《临江仙》的调名改成《雁后归》；但是如果没有前两句的铺衬,后面的精彩也就反映不出来。"入春才七日"也就是"人日",古代很看重这个日子。这些都是固定节日写的日期。如果不是固定节日,而写出具体日期,那就更应该注意。如杜甫的《北征》："皇帝二载秋,闰八月初吉。杜子将北征,苍茫问家室。"这是写大事,用重笔。苏轼《石鼓歌》："冬十二月岁辛丑,我初从政见鲁叟。旧闻石鼓今见之,文字郁律蛟蛇走。"这里郑重写明年月,也和《北征》用意相同。

具体的日期,如果出现在小词及绝句中,却另是一番情趣。如白居易《暮江吟》：

> 一道残阳铺水中,半江瑟瑟半江红。谁怜九月初三夜,露似真珠月似弓。

韦庄的《女冠子》：

> 四月十七。正是去年今日。别君时。忍泪佯低面，含羞半敛眉。　　不知魂已断，空有梦相随。除却天边月，没人知。

这两篇作品，如果去掉"九月初三"、"四月十七"这两个具体时间，情趣就大大减退，甚至给人有兴味索然的感觉。可见善用具体数字在诗词中是不可忽视的。

数字在诗词中，确指的没有不定指的用得普遍。不定指的数字有两种情况，一种是无法确指。如杜甫："一片花飞减却春，风飘万点更愁人。""黄四娘家花满蹊，千朵万朵压枝低。"这里一片落花，几树繁花，根本无法数清。又如卢延让："两三条电欲为雨，七八个星犹在天。"辛弃疾化用到《西江月》里："七八个星天外，两三点雨山前。"这和《诗经》的"嘒彼小星，三五在东"一样，只能这样写，不能确指。另外一种情况，是可以确指，而故意游移不定，反而增加韵味。如陶渊明《归田园居》："方宅十馀亩，草屋八九间。"杜甫《羌村》："父老四五人，问我久远行。"陶渊明的房屋和杜甫家来的父老应该是有具体数字的，但如果写死了，反而无味，诗词贵空灵，忌质实，这里的"八九"、"四五"的模糊用法，就比较空灵。辛弃疾《贺新郎》写"停云"那首词的结尾："不恨古人吾不见，恨古人不见吾狂耳。知我者，二三子。"这个"二三子"，也较空灵，他用《论语》"二三子以我为隐乎"的出处，《论语》里"冠者五六人，童子六七人"之类的用法，开启了后人使用模糊的数字取得空灵效果的先路。

还有一种情况，写得很实，但意思却反而空灵。如景云《画松》："画松一似真松树，且待寻思记得无？曾在天台山上见，石桥南畔第三株。"郑板桥《题画竹》:"春风昨夜渡潇湘,触石穿林惯作狂。惟有竹枝浑不怕,挺然相斗一千场。"这里"第三"、"一千"好像写得非常实,但这是以实写虚,更使人有亲切之感。同样,温庭筠的《更漏子》下半阕:"梧桐树,三更雨。不道离情正苦。一叶叶,一声声。空阶滴到明。"这里的"三"、"一"写得很实,用得却空灵,使人觉得难乎为情。徐士俊云:"'夜雨滴空阶'五字不为少,'梧桐树',此二十三字不为多。"(《古今词统》卷五)所以不觉其多,就是因为写得亲切。

数字的应用,有时一首短章里,几乎句句有实指,但仍不觉其板滞。如张祜《河满子》:"故国三千里,深宫二十年。一声《河满子》,双泪落君前。"韦庄的《长命女》:"春日宴,绿酒一杯歌一遍。再拜陈三愿:一愿郎君千岁,二愿妾身常健。三愿如同梁上燕。岁岁长相见。"上面两例,数字都是实指的,但诗的情趣就在这些实数中表现出来,馀味无穷。

诗词里用数字,更多的是夸张。远如上面举的《诗经》里的"万寿无疆"之类。诗词用到"万"、"千"、"百"等字,实指的少,夸饰的多。如辛弃疾《永遇乐》:"想当年,金戈铁马,气吞万里如虎。"黄庭坚:"投荒万死鬓毛斑,生入瞿塘滟滪关。"这里的"万里"、"万死"不是实指,非常明显。李白的诗中,"白发三千丈,缘愁似个长","天台四万八千丈,对此欲倒东南倾","尔来四万八千岁,不与秦塞通人烟",如此之类,一望知为夸张,从古到今,没有异议。杜甫就不同了。《古柏行》中描写那棵古柏:"孔明庙前有老柏,柯如青铜根如石。霜皮溜雨四十围,黛色参天二千尺。"沈括在《梦溪笔谈》卷十五里说:"四十围乃是径七尺,无乃太细长乎?"王得臣《麈史》、黄朝英《缃素杂记》又根据"围"的实际长度批评沈括算错了,而说杜甫的原文是合理的。

在这一场笔墨官司中,《诗眼》的话最为通达:

> 诗有形似之语,若诗人之赋,"萧萧马鸣,悠悠旆旌"是也。有激昂之语,若诗人之兴,"周馀黎民,靡有孑遗"是也。《古柏》诗所谓"柯如青铜根如石",此形似之语;"霜皮溜雨四十围,黛色参天二千尺。""云来气接巫峡长,月出寒通雪山白。"此激昂之语,不如此则不见古柏之高大也。文章警策处,端在此两体耳。

范温这个意见很有道理,他所谓"激昂之语"主要指修辞里的夸张。杜甫这两句的数字是用夸张的方式来极力形容老柏的高大,沈括拿它当实指加以评论,显然得不出正确的论断。但在沈括的话中,有一点是可取的,那就是要注意两个数字之间的合理性(虽然,在围的长度上,沈括也有疏失)。《王直方诗话》里记载这样一件事:

> 东坡有言,世间事忍笑为易,惟读王祈大夫诗,不笑为难。祈尝谓东坡云:"有《竹诗》两句,最为得意。"因诵曰:"叶垂千口剑,干耸万条枪。"坡曰:"好则极好,则是十条竹竿,一个叶儿也。"(《苕溪渔隐丛话前集》卷五十五)

王祈只顾夸张竹子的挺劲,用刀剑作比,同时极言其多,却忘记了干和叶的比数失实,以致传为笑柄。我们因而得知即使夸张也得注意相对的合理性。

数字在诗词的属对中,具有特别醒目的作用。也有的诗句全靠数字生色。如李白:"蜀国曾闻子规鸟,宣城还见杜鹃花。一叫一回肠一断,三春三月忆三巴。"三个"一"字和"三"字作对。这是小数字对小数字,在诗词中是较少的,更常见的是以多对少,大小相形,增强气势。如李白:"长安一片月,万户捣衣声。"郎士元:"星河秋一雁,砧杵夜千家。"赵嘏:"深秋帘幕千家雨,落日楼台一笛风。"以及辛弃疾《满江红·送李正之提刑入蜀》:"赤壁矶头千古浪,铜鞮陌上三更月。"这些语词之所以为人传诵,是和数字对比分不开的。有时这种对比放在一句之中,气势尤其动人。李白:"吟诗作赋北窗里,万言不值一杯水。""朝辞白帝彩云间,千里江陵一日还。"杜甫:"浊醪谁造汝?一酌散千忧。"刘长卿:"同作逐臣君更远,青山万里一孤舟。"卢纶:"独立扬新令,千营共一呼。"陆游:"蜀地名花擅古今,一枝气可压千林。"词里如陈与义《临江仙》"二十馀年成一梦",张元幹《瑞鹧鸪》"千古功名一聚尘"都是当句对比的好例子。两句对比如张孝祥:"玉鉴琼田三万顷,着我扁舟一叶。"在词里还可把几个短句都用数字连缀起来,既是一气呵成,又是强烈对照。如胡世将《酹江月》:"试看百二山河,奈君门万里,六师不发。"辛弃疾《水龙吟》:"千古兴亡,百年悲笑,一时登览。"这些都脍炙人口,不劳赘举。

  数字用得好,使诗句生色,但不能说对比强烈就是好诗。比如范成大《九日行营寿藏之地》一首七律,中间两联:"纵有千年铁门限,终须一个土馒头。三轮世界犹灰劫,四大形骸强首丘。"这三四一联,用"千年"对"一个",但全联近于打油,纪昀评为"粗鄙之极",一点也不为过。而刘景文《寄苏内翰》云:

  倦压鳌头请左符,笑寻颍尾为西湖。二三贤守去非远,六一清风今不孤。四海共知霜鬓满,重阳曾插菊花无?聚星堂上谁先到,欲傍金樽倒玉壶。

  这首诗中间用"二三"对"六一",用"四"对"重",都是小的数字相对,但不害其为好诗。尽管刘景文的诗名远远不如范成大,但这首诗写得亲切自然;却比范上一诗为好。用小数对小数,大数对大数,也可以非常精彩。如杜甫"乾坤万里眼,时序百年心"(《春日江村五首》),"亲朋无一字,老病有孤舟"(《登岳阳楼》),谁能否定它的精彩?但总起来看,大小多少比较常见。

数字用得最精彩的,应该是一句中两个数字既很自然,又相互映照。举几个突出的例子,如顾况《洛阳早春》:

何地避春愁,终年忆旧游。一家千里外,百舌五更头。客路偏逢雨,乡山不入楼。故园桃李月,伊水向东流。

三四一联,每句各用两个数字,次句的"百舌五更头"更外加重"一家千里外"的春愁旅思。再如戴复古《庚子荐饥》:

连岁遭饥馑,民间气索然。十家九不爨,升米百馀钱。凛凛饥寒地,萧萧风雪天。人无告急处,闭户抱愁眠。

这里写出特大灾荒,因为一"升米百馀钱",所以"十家九不爨",没有两句的数字对比,就反映不出这种惊心动魄的场景。

七言比五言更易于连用数字制造气氛、抒发感情。如柳宗元《别舍弟宗一》:

零落残魂倍黯然,双垂别泪越江边。一身去国六千里,万死投荒十二年。桂岭瘴来云似墨,洞庭春尽水如天。欲知此后相思梦,长在荆门郢树烟。

苏轼《八月七日初入赣过惶恐滩》:

七千里外二毛人,十八滩头一叶身。山忆喜欢劳远梦,地名惶恐泣孤臣。长风送客添帆腹,积雨浮舟减石鳞。便合与官充水手,此生何止略知津!

黄庭坚《思亲汝州作》:

岁晚寒侵游子衣,拘留幕府报官移。五更归梦三千里,一日思亲十二时。车上吐茵元不逐,市中有虎竟成疑。秋毫得失关何事,总为平安书到迟。

上举三诗,如果把这些连用的数字换成别的词语,诗句中原来的沉郁气氛就大为削弱,可见数字用得恰当,可以增加表现力。

有些数字常常与暗藏的典故有关,读时也应注意。如李白的《将进酒》:"烹羊宰牛且为乐,会须一饮三百杯。"《行路难》:"金樽清酒斗十千,玉盘珍羞值万钱。"这里的"三百杯",是用袁绍等人敬郑玄酒,"自朝至暮,将三百杯"的数字。曹植《名都篇》:"归来宴平乐,美酒斗十千。"因此后人讲到好酒价格就用"十千",王维《少年行》也说:"新丰美酒斗十千,长安游侠多少年。"《晋书》讲何曾奢侈,"日食万钱",所以讲菜肴精美,就使用"万钱"。"十千"和"万"相等,但使用时各有固定对象,不可混用。犹如送橘子给人常常使用"三百"字样,如韦应物诗:"怜君卧病思新橘,试摘犹酸色未黄。书后欲题三百颗,洞庭须待满林霜。"这是用王羲之《奉橘帖》:"奉橘三百枚,霜未降,未可多得。"

因此,在诗词中遇到数字,除了要分清虚实,理解夸张对照等修辞功能之外,还得留心数字后面暗藏的典故。

七、多识名物　细析比兴
——草木禽鱼问题

孔子教育他的学生要学《诗》,说:

> 小子何莫学夫《诗》?《诗》可以兴,可以观,可以群,可以怨;迩之事父,远之事君;多识于鸟兽草木之名。(《论语·阳货》)

打开《诗经》第一篇,就有雎鸠、荇菜等动植物。要弄清它们的底细,有时也并不容易。《颜氏家训·书证》就笑话河北俗人不识荇菜,以致"博士皆以参差者为苋菜",把水生的弄到陆上了。在《书证》里,颜之推举了很多这方面的错误,着重在解释经史方面。如果没有弄清草木鸟兽虫鱼的特点,贸然入诗,也要贻笑大方。《颜氏家训·文章》说:

> 《异物志》云:拥剑状如蟹,但一螯偏大耳。何逊诗云:"跃鱼如拥剑",是不分鱼蟹也。

姚宽《西谿丛语》还补举了孟浩然诗"游鱼拥剑来"为例。但检《四部丛刊》本《孟浩然集》卷四《夏日宴卫明府宅》:

> 言避一时暑,池亭五月开。喜逢金马客,同饮玉人杯。

> 舞鹤乘轩至,游鱼拥钓来。座中殊未起,箫管莫相催。

从文义看,鹤和轩车是两件事,鱼和钓也是两事,即使"钓"误成"剑",也不是把"拥剑"当成鱼,姚宽错怪了孟浩然。但这也从反面教育我们,对于草木鸟兽虫鱼入诗词,不能掉以轻心。

《诗经》里的大量草木鸟兽虫鱼,是领会《诗经》思想和艺术不可忽视的部分,所以陆玑有《毛诗草木鸟兽虫鱼疏》。《诗经》里提到草木禽鱼,着墨不多,而能够抓住特征,给人鲜明的印象,也为后世诗人在这方面提供范例。《文心雕龙·物色》说:

> 岁有其物,物有其容;情以物迁,词以情发。一叶且或迎意,虫声有足引心。况清风与明月同夜,白日与春林共朝哉!是以诗人感物,联类不穷。流连万象之际,沉吟视听之区。写气图貌,既随物以宛转;属采附声,亦与心而徘徊。故灼灼状桃花之鲜,依依尽杨柳之貌;杲杲为出日之容,瀌瀌拟雨雪之状;喈喈逐黄鸟之声,喓喓学草虫之韵。

后世如林和靖"疏影横斜水清浅,暗香浮动月黄昏"之写梅花,可以说继承《诗经》状物的成功例证。但是《诗经》里的草木禽鱼,绝大多数都是比兴之作,而不像后世的"咏物诗"以刻画对象为能事。《氓》里的桑树的变化就是明证。"桑之未落,其叶沃若",那是女主人还沉浸在美满生活的幻想里。一旦发现对方变了心,那棵桑树也黯然伤神,"桑之落矣,其黄而陨"。苏子瞻曾经以此为例,大赞诗人的"体物之工"。

《离骚》里的草木名目繁多,所以吴仁杰有《离骚草木疏》。《离骚》的香草多比美德,而如《古诗十九首》中的《庭中有奇树》、《涉江采芙蓉》等都借草木以起兴怀人。这些都为后世诗词中写草木禽鱼提供了范例,也是诗人刻意追求的艺术效果。

黄山谷把自己的诗分为内集、外集和别集。内集的压卷《古诗二首上苏子瞻》：

> 江梅有佳实，托根桃李场。桃李终不言，朝露借恩光。孤芳忌皎洁，冰雪空自香。古来和鼎实，此物升庙廊。岁月坐成晚，烟雨青已黄。得升桃李盘，以远初见尝。终然不可口，掷置官道旁。但使本根在，弃捐果何伤！

> 青松出涧壑，十里闻风声。上有百尺丝，下有千岁苓。自性得久要，为人制颓龄。小草有远志，相依在平生。医和不并世，深根且固蒂。人言可医国，何用太早计！小大材则殊，气味固相似。

这两首诗全以草木为喻，苏东坡非常欣赏，回信说："古诗二首，托物引类，得古诗人之风。"如果我们对江梅、桃、李、松、菟丝、茯苓、远志等这些草木一无所知，那就很难领会作者的深刻用心和精湛艺能。《邵氏闻见后录》卷十九说：

> 李太白诗云："昔作芙蓉花，今为断肠草。以色事他人，能得几时好！"按：陶弘景《仙方注》云："断肠草，不可食。其花美好，名芙蓉。"

如果不了解这个出处，把芙蓉花和断肠草视为两物，诗意就大受影响。王琦《李太白集注》卷二《妾薄命》不以邵说为然，认为应该作"断根草"，反而觉得乏味。李白酷好道教，采及《仙方注》自属意中事。

> 婷婷嫋嫋十三馀，豆蔻梢头二月初。春风十里扬州路，卷上珠帘总不如。

杜牧这首绝句，可以说是万口传诵，但是为什么要用豆蔻来比?豆蔻到底是什么样的植物?却不是人人都了然的。

> 刘孟熙谓《本草》云:豆蔻未开者,谓之含胎花,言少而娠也。其所引《本草》,是;言少而娠,非也。且牧之诗本咏娼女,言其美而且少,未经事人,如豆蔻花之未开耳。此为风情言,非为求嗣言也。若娼而娠,人方厌之,以为绿叶成阴矣,何事入咏乎?右见升庵《丹铅录》。辩,诚是也,第未明证何以如豆蔻花。按《桂海虞衡志》曰:红豆蔻花丛生,叶瘦如碧芦,春末夏初开花,先抽一干,有大箨包之;箨解花见,一穗数十乳,淡红鲜妍,如桃杏花色;蕊重则下垂如葡萄,又如火齐、璎络,及剪彩鸾枝之状。此花无实,不与草豆蔻同种。每蕊心有两瓣相并。词人托兴曰比目、连理云。读此,始知诗人用豆蔻之自,益知《汉事秘辛》渥丹吐齐之俗。又友人言,此花京口最多,亦名鸳鸯花。凡媒妁通信与郎家者,辄赠一枝为信。(周亮工《因树屋书影》卷三)

从这个例子可以看出一草一木往往有关于诗意。联系近时有些注解,常常很难令人信服,随举高校文科有关教材为例:
王维有首《鸟鸣涧》绝句:

> 人閒桂花落,夜静春山空。月出惊山鸟,时鸣春涧中。

这第一句,有本高校文科教材这样注:

> "人间"句,"桂花落人间"的倒文。意谓月光照亮了大地。古代神话说月中有桂,所以桂往往成为月的代称,如月魄称桂魄,桂花即月华,花华字同。①

这样曲为之说,真是匪夷所思。实际上第一句的"间"就是"闲"字。古书里闲暇之闲就作"閒",而"间"《说文》写作"閒"。

因为人闲,所以桂花落才能觉察,极状其境之幽。如果解释成"月光照亮了大地",那末"月出惊山鸟"又如何说得通呢?为什么注者会想出上面的曲解,我推想他也许以为只有秋天才有桂花,下文有"春涧"不好讲,他不知道桂有四时都开花的,有"春桂",有"四季桂"等。吴其濬《植物名实图考》说,春桂就是山矾。其实山间多有四季桂,春天白花,秋天黄花,花形全同。

再如陈子昂《感遇诗》第二首:

> 兰若生春夏,芊蔚何青青!幽独空林色,朱蕤冒紫茎。迟迟白日晚,嫋嫋秋风生。岁华尽摇落,芳意竟何成!

还是那本书,对"兰若"这样注:

> 兰,香草,一名蕳。多年生草本,高三四尺。有香气,夏秋间开花,属菊科,和现代说的兰花不同。若,杜若的简称,一名杜蘅,水边香草。②

把"兰若"解释成两种香草,本来无甚问题。但杜若生在水边,开白花,和"空林"、"朱蕤"都对不上号。实际上诗人比兴,未必以此为两种植物。《文选》卷三十陆机《拟兰若生朝阳》诗写:

> 嘉树生朝阳,凝霜封其条。执心守时信,岁寒终不凋。美人何其旷,灼灼在云霄。隆想弥年月,长啸入风飙。引领望天末,譬彼向阳翘。

陆机在这里把"兰若"称做"嘉树",取其比况之义,未必符合草木的实际,这一点在旧诗词中所见非一。杜甫自述生性"忠君",在《自京赴奉先县咏怀五百字》中说:"葵藿倾太阳,物性固莫夺。"那本书注解说:

> 葵藿,冬葵和豆,其花与叶都倾向太阳。杜甫用以自

比。曹植《求通亲亲表》:"若葵藿之倾叶,太阳虽不为之回光,然终向之者,诚也。"这里化用其意。③

意思和出处都未弄错,但是豆类的花叶却没有明显倾向太阳的特点(一般植物叶子的趋光性不像葵花明显)。曹植把"葵藿"连用,后人沿袭而不加区别,如傅玄《豫章行》也说:"情合同云汉,葵藿仰阳春。"杜甫也是承袭,并没实际考察,把它分开来注实,反而出毛病。像这种情况,只要知道比兴作用,不必细加分疏。

还有一些民间谚语传闻,并不符合实际,但是诗人据以入诗,如不理解,就会茫然了。姑举一例,如葛鸦儿《怀良人》:

蓬鬓荆钗世所稀,布裙犹是嫁时衣。胡麻好种无人种,正是归时不见归。

前人有个奇怪的说法,认为种芝麻(胡麻)必定要夫妻相随,互相戏谑,甚至不堪入耳,芝麻才会长得蕃茂。有个谚语:"上人(和尚)种芝麻,白费种。"懂得这个习俗,才能理解第三句的用心。否则,丈夫未归,自己一个人为什么就不能种芝麻呢!为什么不提别的庄稼单提芝麻呢?这些问题都会产生的。懂得这个俗语就不成问题了。

禽鱼的情况,比草木还要复杂。杜甫《戏作俳谐体遣闷》说:"家家养乌鬼,顿顿食黄鱼。"这"乌鬼"到底指什么?有说是"猪",有说是"鸬鹚",有说是"乌鸦",甚至以为是"乌蛮鬼",迄今也无定论。《诗经》里用过许多鸟兽,写过一些特点,后世解诗者一传播,就变成"定论",其实也未必可靠,譬如:"维鹊有巢,维鸠居之。之子于归,百两迓之。"注家说鸠不会营巢,专门占居鹊巢,以致"鹊巢鸠占"变成了成语。大家万口相传。南宋

时的王质《诗总闻》却能提出独到的看法,为杨慎所欣赏。《升庵诗话》卷二《王雪山论诗》:

> 王雪山云:"诗人偶见鹊有空巢,而鸠来居,谈《诗》者,便谓鸠性拙不能为巢,而恒居鹊之巢,此谈《诗》之病也。"今按诗人兴况之言,鸠居鹊巢,犹时曲云"乌鸦夺凤巢"耳,非实事也。今便谓乌性恶能夺凤巢,可乎?"食我桑葚,怀我好音",亦美其地也。而注者便谓桑葚美味,鹗食之而变其音。鹗不食葚,试养一鹗,经年以葚食之,亦岂能变其音哉!今俗谚云"蚂蚁戴笼头",例此言,亦可谓蚁着辔可驾乎!宋人不知比兴,遂谬解若此。儒生白首诵之而不敢非,可怪也。

杨慎的意见,很能发人深思。要区别诗词里用为比兴的禽鱼,和生物界有时并不一致。"鸱鸮鸣衡轭,豺狼当路衢",曹植《赠白马王彪》把鸱鸮当成坏东西,而生物界猫头鹰却是益鸟,但从《诗经》、《庄子》以来就被当成坏的典型。"合昏尚知时,鸳鸯不独宿"(杜甫《佳人》),"梧桐半死清霜后,头白鸳鸯失伴飞"(贺铸《青玉案》),鸳鸯在诗里总被作为坚贞爱情的象征,但从动物学考察,完全不是那回事。欣赏诗词,却只能取传统艺术赋予它的特性,而不能从动物学角度来理解。甚至像陶渊明《读山海经》诗中的"青鸟"、"精卫"之类,世间未必实有其物,但一入诗人的吟咏,就成为一种象征,欣赏旧诗词就不能忽略它们的"存在"。

一些常见的动物,因为中国之大,各地情况不同,执一以求,就很难有一致的评价。如写河豚鱼的诗吧!《六一诗话》说:

> 梅圣俞尝于范希文席上赋《河豚鱼》诗云:"春洲生荻

芽，春岸飞杨花。河豚当是时，贵不数鱼虾。"河豚常出于春暮，群游水上，食絮而肥。南人多与荻芽为羹，云最美。故知诗者，谓只破题两句。已道尽河豚好处。

《石林诗话》卷上却很不以为然：

> 欧阳文忠公记梅圣俞《河豚诗》"春洲生荻芽，春岸飞杨花"，破题两句已道尽河豚好处。谓河豚出于暮春，食柳絮而肥。殆不然。今浙人食河豚始于上元前，常州、江阴最先得。方出时，一尾至值千钱，然不多得。非富人大家预以金啖渔人，未易致。二月后，日渐多，一尾才百钱耳。柳絮时人已不食，谓之斑子，或以其腹中生虫故恶之，而江西人始得食。盖河豚出于海，初与潮俱上，至春深，其类稍流入于江。公，吉州人，故所知者江西事也。

《庚溪诗话》卷下引了《六一诗话》之后也说：

> 然余尝寓居江阴及毗陵，见江阴每腊尽春初已食之，毗陵则二月初方食。其后官于秣陵，则三月间方有之。盖此鱼由海而上，近海处先得之。鱼至江左，则春已暮矣。江阴、毗陵无荻芽，秣陵等处则以荻芽茞之。然则圣俞所咏，乃江左河豚也。

苏轼《题惠崇画春江晓景》：

> 竹外桃花三两枝，春江水暖鸭先知。蒌蒿满地芦芽短，正是河豚欲上时。

胡仔批评说：

> 此正是二月景致，是时河豚已盛矣。但"欲上"之语，

似乎未妥。(《苕溪渔隐丛话前集》卷三十一)

胡仔只根据叶石林的话,缺乏像陈岩肖那样的分析,东坡也就镇江、扬州等地言之耳,东坡戏云"也值那一死",正是扬州时谈河豚之美而发。《韵语阳秋》改作"河豚欲到时",大失此诗之意(参见吴景旭《历代诗话》卷五十六)。

在鸟类中,杜鹃、鹧鸪诗词中频繁使用。"等是有家归未得,杜鹃休向耳边啼"(《才调集》),"客泪数行先自落,鹧鸪休傍耳边啼"(韩愈),这些诗句都是人们熟悉的。但杜甫《杜鹃行》的主旨和文字都引起宋人的热烈争论。

鹧鸪的争议,也还不少。李群玉"惯穿诘曲崎岖路,来听钩辀格磔声",下一句指鹧鸪的叫声。林和靖两句写景物的诗:"草泥行郭索,云木叫钩辀。"欧阳修《归田录》说这两句为人所称赏。一句螃蟹,一句鹧鸪。而《遁斋闲览》却提出异议,认为"鹧鸪未尝栖木而鸣,唯低飞草中",林诗不合事实。陈敏政大约看到过鹧鸪"低飞草中",就以为鹧鸪习性如此,事实上鹧鸪"栖木而鸣",所在皆是。这类问题还好解释。如果写入诗词,取其象征之义,那就麻烦了。辛弃疾《菩萨蛮·书江西造口壁》:

郁孤台下清江水,中间多少行人泪!西北望长安,可怜无数山。　青山遮不住,毕竟东流去。江晚正愁予,山深闻鹧鸪。

这里的鹧鸪声,当然不能再指钩辀格磔了。那本书这样注:

鹧鸪鸟鸣声凄切,如曰"行不得也哥哥"。《鹤林玉露》卷四(淳按:此沿邓广铭先生《稼轩词编年笺注》之误,当为卷一):"闻鹧鸪之句,谓恢复之事行不得也。"句意对朝廷主和表示不满。④

邓笺不从罗说而云:

> 所谓"山深闻鹧鸪"者,盖深虑自身恢复之志,未必即得遂行,非谓恢复之事决行不得也。

两处都认为鸣声是"行不得"。《酉阳杂俎》卷十六说:"鹧鸪鸣曰向南不北。"如果以"向南不北"来解释,可能语意要融通些。拿前引韩愈那两句诗说,韩愈因为谏宪宗迎佛骨,"一封朝奏九重天,夕贬潮阳路八千",南行到了韶州郡内的宣溪,"客泪数行先自落",而鹧鸪却仍然用"向南不北"的叫声来催人落泪,所以要它"休傍耳边啼"。辛弃疾由济南起义,投向南宋,志在恢复中原,重返故土,而遇到重重阻碍,走到这国耻之地,却偏偏又听到"向南不北"的鹧鸪声,怎不更加愁苦!"向南不北"和"钩辀格磔"声音也相近一些,比"行不得也哥哥",要胜过一筹。

再如雁和燕在诗词中也屡见不鲜,燕多作双,以表夫妇倡随,雁多用孤,以见形单影只。有人认为雁为阳,故用奇数;燕属阴,故用偶数,这未免穿凿。我想是燕常于人家做窠生子,"紫燕双栖玳瑁梁","紫燕双飞似弄人",都跟这个特点有关。雁常被个别猎获。如鲍当《孤雁诗》:

> 天寒稻粱少,万里孤难进。不惜充君庖,为带边城信。

这首诗有司马光《续诗话》说明背景,理解无分歧。但苏东坡一首《卜算子》的雁却引出许多争议:

> 缺月挂疏桐,漏断人初静。谁见幽人独往来,缥缈孤鸿影。　　惊起却回头,有恨无人省。拣尽寒枝不肯栖,寂寞

沙洲冷。

黄山谷非常佩服这首词，说：

> 东坡道人在黄州时作。语意高妙，似非吃烟火食人语，非胸中有万卷书、笔下无一点尘俗气，孰能至此？（转引自龙沐勋《东坡乐府笺》卷二）

有人认为不合事实，鸿从来不栖树上，所以有语病。又有人以《易经》有"鸿渐于木"的话来为苏轼辩解，认为写得合理。争论的双方都忽略了"不肯栖"的措辞之妙。王若虚的《滹南诗话》卷二的解释搔着痒处：

> 东坡《雁词》云"拣尽寒枝不肯栖"，以其不栖木故云尔。盖激诡之致，词人正贵其如此。而或者以为语病，是尚可与言哉！近日张吉甫复以"鸿渐于木"为辩，而怪昔人之寡闻，此益可笑。《易象》之言，不当援引为证也。其实雁何尝栖木哉？

这个问题解决了，但这首词含义究竟指什么？毛晋汲古阁本《宋六十名家词》这首下注说：

> 惠州有温都监女，颇有色。年十六，不肯嫁人。闻坡至，甚喜。每夜闻坡讽咏，则徘徊窗下。坡觉而推窗，则其女逾墙而去。坡从而物色之曰："吾当呼王郎与之子为姻。"未几，而坡过海。女遂卒，葬于沙际，公因作《卜算子》词，有"拣尽寒枝不肯栖"之句。

毛晋这个注，完全是根据《古今词话》所引《女红馀志》傅会而成，那里说：

惠州温氏女超超,年及笄,不肯字人。闻东坡至,喜曰"我婿也"。徘徊窗外,听公吟咏,觉则亟去。东坡知之,乃曰:"吾将唤王郎与子为姻。"及东坡渡海归,超超已卒,葬于沙际,公因作《卜算子》词,有"拣尽寒枝不肯栖"之句。

这全是无稽之谈。东坡绍圣元年(1094)贬惠州,虚龄已五十九,有妾朝云随行。绍圣三年,东坡六十一岁,七月朝云卒。次年五月过海,于情于理都说不通。《女红馀志》的话,可能由《能改斋漫录》移植而成,把黄州说成惠州,把王氏女子说成温氏。《能改斋漫录》卷十六《乐府·东坡卜算子词》:

东坡先生谪居黄州,作《卜算子》词云……其属意盖为王氏女子也。读者不能解。张右史文潜继贬黄州,访潘邠老,尝得其详,题诗以志之:"空江月明鱼龙眠,月中孤鸿影翩翩。有人清吟立江边,葛巾藜杖眼窥天。夜冷月堕幽虫泣,鸿影翘沙衣露湿。仙人采诗作步虚,玉皇饮之碧琳腴。"

张耒这首诗和黄山谷的意思差不多,赞美苏轼这首词有仙气。吴曾大约因为"孤鸿影翩翩"、"鸿影翘沙衣露湿"几句和"有人清吟立江边"之间若即若离的境界未弄清楚,于是用《洛神赋》"翩若惊鸿"的话,杜撰出王氏女子的话来,破坏了词的意境。

张惠言《词选》却完全从政治意义来评释这首词:

此东坡在黄州时作。鲖阳居士云:"缺月,刺明微也;漏断,暗时也;幽人,不得志也;独往来,无助也;惊鸿,贤人不安也;回头,爱君不忘也;无人省,君不察也;拣尽寒枝不肯栖,不偷安于高位也;寂寞沙洲冷,非所安也:此词与《考槃》诗极相似。

谭献很赞成张皋文这样的比附,说:

> 以《考槃》为比,其言非河汉也。此亦鄙人所谓"作者未必然,读者何必不然"。

陈廷焯选《词则》也采取张的意见。但把每一句都落得那样实,完全比附于政治,而失去了空灵的艺术美感,常州派词论,常常有这种毛病,不过他们完全不取"女子"之说,还算有识见的。陈匪石先生《宋词举》评此词,实获我心。他在引述张惠言、谭献之说后说:

> 此常州派比兴说,亦从东坡《西江月》"把盏凄然北望"及《水调歌头》"玉宇""琼楼"之句联想而及者。若就词论词,则黄山谷谓"语意高妙,似非吃烟火人语"者,最为得之。首句写景,已一片幽静气象。次句写时,更觉万籁无声,纤尘不到。"幽人"身分境地,烘托已尽。然后说出"独往来"之"幽人"。"见"上着一"谁"字,更为上两句及下"孤"字出力。至"孤鸿"之"影",则为见"幽人"者,或即"幽人"自身,均不可定。然而此中"有恨焉",不知谁实"惊"之,为谁"回头"?而却系如此,乃知实有恨事,"无人"为"省"。"拣尽寒枝"两句"孤鸿"心事,即"幽人"心事。因含此"恨",寂寞自甘,但见徘徊"沙洲",自寄其"不肯栖"之意。而其所以"恨"者,依然"无人"知之,固亦有吞吐含蓄之妙也。而通首空中传恨,一气呵成,亦具有"缥缈孤鸿"之象。于小令为别调,而一片神行,则温、韦、晏、欧

所未有。

从东坡这首《卜算子》词,我们可以领会诗词中草木禽鱼情况的复杂性,这里还没有涉及南宋大量的咏物词,而只就诗词中写到草木禽鱼以起比兴作用的。要能正确理解和运用草木禽鱼的作用,归纳起来,大约有几点:

一、要弄清名实,防止望文生义,以致发生"跃鱼如拥剑"、"桂花即月华"之类的错误。

二、注意特征,尤其是神情气度,才能领会诗人状物之工,如"桃之夭夭,灼灼其花"、"桑之未落,其叶沃若"以及"疏影横斜"、"暗香浮动"之类。

三、要区别生物学上的草木禽鱼和文学作品中的草木禽鱼;有些如凤凰、麒麟、精卫、青鸟之类,生物界本无其物,而文学作品中屡见不鲜;有些如鸱鸮、鸳鸯,虽有其物而美恶异趣,就应以文学传统观点正确理解在诗词中的作用,不必泥于生物学特征。

四、最重要也是最难的地方,是要分清是比是兴,抑为赋体?这与理解诗词构思及艺术特色,至关重要,上面所以不惮其烦引述《卜算子》词的种种解释,意思是想读者能举一反三。

最后,一些词话之类,穿凿附会,因为"词是艳科",硬把草木禽鱼附会为风流韵事,最易误人,不可轻信。如《卜算子》之说张、温女子,《贺新郎》"乳燕飞华屋"咏榴花,被杨湜《古今词话》说成为官妓秀兰,胡仔《苕溪渔隐丛话后集》卷三十九曾痛加驳斥,可以参看,引以为戒。

---

①②③④　见上海古籍出版社《中国历代文学作品选》中编第一册42页,25页,101页、25页、106页,同书第二册76页。

八、辨其虚实　发其内涵
——时地问题

世上一切事物,离不开时间和空间。写记叙文,时地交代必须明白,读者才能一目了然。抒情诗词也常要涉及时间空间,但表达方式,常常不同于散文。不弄清这方面的特点,往往影响对诗词的理解和欣赏。本文打算举若干习见的诗词谈谈这方面的一些问题。

"人归落雁后"

薛道衡在隋朝很著诗名。他到陈朝出使,在南朝文士的围观下,即席挥毫赋诗,"入春才七日,离家已二年"。看到这两句,南方的文士直摇头说:"孰谓此傖能诗?"等到续出"人归落雁后,思发在花前"时,摇头的不禁啧啧称赞说:"果然名不虚得!"这件事传为诗坛佳话。诗题为《人日思归》,很多选本都乐于选入。上海古籍出版社《中国历代文学作品选》中编第一册注说:

人归两句:秋冬雁从北方飞来,春天又飞回北方,雁归而人未归,故云"落雁后"。人日春花未发,而人归思已动,故云"在花前"。

猛一看似乎言之成理,但稍微动点脑筋却大有问题。大雁随阳,韩愈诗里说它"穷秋南去春北归",那是指的暮春三月,北方天气渐暖,雁阵才能北归。人日正月初七,江南的花还未发,雁群怎么倒北归呢?实际上薛道衡这诗的上句是虚拟,下句才是实指。如果于两句中各增一字作注:"人归恐落雁后,思发已在花前",虚实分明,不烦多说,读者也就了然于胸了。所以理解诗词的时间必须分清虚实。

"昔闻今上"

毕秋帆在岳阳楼曾撰一副楹联,脍炙人口:

后乐先忧,范希文庶几知道;
昔闻今上,杜少陵可与言诗。

杜甫晚年《登岳阳楼》"昔闻洞庭水,今上岳阳楼",两句跨过多少春秋,表示多年夙愿一旦得偿。这里启示我们,诗词里表现时间要尽量精练而又宏远。诗词记事抒情,常常变动不居,如百金骏马注坡腾涧;一步一个脚印的方式反而少见。为了尽可能增加容量,往往只提起点和终点,中间有一个很大的跨度。《世说新语》中记载东晋谢家议论《诗经》的名句时,就举出《采薇》"昔我往矣,杨柳依依;今我来思,雨雪霏霏",从春天跨到了冬天。杜甫的《秋兴八首》结尾说:"彩笔昔曾干气象,白头今(一作吟)望苦低垂。"也是从盛年游览到暮年怅望,既有岁月的流逝,更多盛衰今昔之感。陆游的《诉衷情》:"当年万里觅封侯，匹马戍梁州……此生谁料，心在天山，身老沧洲。"抚今追昔，无限感慨，而这种时间的跨度使对比更为强烈。这些都是从昔到今，又因为已有今昔这类字眼，读者容易觉察，姑且名之曰顺跨。

"去国衣冠有今日，外家梨栗记当年。"元好问的《外家南寺》从今天的国亡家破，想到儿时的情景，在时间上是逆跨。李商隐的《锦瑟》："锦瑟无端五十弦，一弦一柱思华年。"这一起是从今天回忆逝去的年华。结尾说："此情可待成追忆，只是当时已惘然。"从今天追忆过去，再以当时的惘然加重今天的怅恨。时间上几个回环，强化了抒情的效果。这些都体现了时间跨度的作用。

"闰八月初吉"

"皇帝二载秋，闰八月初吉。"这是杜甫名篇《北征》的头两句。前人评《北征》是赋体，开头是写大事用重笔，所以点明月日。初吉也就是初一。但中间说："夜深经战场，寒月照白骨。"初一是不可能有这种景象的，于是有的注本就从古代所谓"月相四分法"里来找出路。江苏人民出版社的《中国古代文学作品选》中册这样注："古人把一个月划分四段，第一段叫初吉，包括初一至初七、初八。"如果初吉是指一个时段，那末杜甫这么用还起什么郑重其事的作用呢？《春秋》记大事都书日干，初吉的作用也一样，只可能指一天，不可能指七八天，这是毋庸多说的。那末"寒月照白骨"怎么会出现呢？这里有个时间的暗中推移问题。《北征》写的是旅途中的几个时点而不是一天。从出发辞阙下到羌村家中，途间又要绕道，迂回曲折，经过若干时日,作者只选几个最重要的场景,前面的"闰八月初吉"到中途的"寒月照白骨",正看出旅途的艰辛。掌握诗词有暗中推移的特点,就不会惊诧了。

再如《秋兴》的第二首"夔府孤城落日斜,每依北斗望京华",落日斜时怎么就能见北斗星呢?何况结尾又说:"请看石上藤萝月,已映洲前芦荻花。"掌握时间推移的特点,就不觉矛盾。作者呆呆地坐在夔府,想念京师,缅怀旧事,从日暮望到星月,日日如此,痴情可想。

"杜鹃声里斜阳暮"

秦观在郴州写的《踏莎行》词,万口传诵。上半阕是:"雾失楼台,月迷津渡。桃源望断无寻处。可堪孤馆闭春寒,杜鹃声里斜阳暮。"《苕溪渔隐丛话前集》卷五十引《诗眼》说:

> 后诵淮海小词云:"杜鹃声里斜阳暮。"公(指黄山谷,引者注)曰:"此词高绝。但既云斜阳又云暮,则重出也。欲改斜阳作帘栊。"余曰:"既言孤馆闭春寒,似无帘栊。"公曰:"亭传虽未必有帘栊,有亦无害。"余曰:"此词本模写牢落之状,若曰帘栊,恐损初意。"先生曰:"极难得好字,当徐思之。"

这件事的真实性如何,姑且不论。假如真把"斜阳"改掉,倒是点金成铁了。如果说斜阳和暮是重复,那末和"月(作目者形讹,不可从)迷津渡"岂不是矛盾?实际上这首词也是用时间的暗中推移极写孤馆中的凄凉难忍。从月到白日,到斜阳,到日落(暮)再到月上。终日只在孤馆独坐,听着杜鹃"不如归去"的啼声,看着白日西沉。这斜阳暮三字非但不是重复,而且从时间的推移起到难以言传的抒情作用。

在秦观之前,唐人刘方平的《春怨》也是用的这个表现方法。"纱窗日落渐黄昏,金屋无人见泪痕。寂寞空庭春欲晚,梨花满地不开门。"从日光渐暗回到空荡荡的金屋,暗自流泪。一天如此,一月如此,以致春天已暮,梨花满地也无心思开过庭院的外门。如果不把握住诗中从一晚推移到整个春天,对结句就会茫然不得其解了。

"征蓬出汉塞,归雁入胡天"

诗词表现时间特别是季节,常常借助物候,使人有特别亲切鲜明的感受。如《七月》中的仓庚、蟋蟀,《氓》里的桑,《离骚》中的草木更是不胜枚举。《月令》里的内容,后人常取为诗材。有时候,诗词里的物候看来矛盾。如王维的《使至塞上》:

单车欲问边,属国过居延。(《文苑英华》作"衔命辞金阙,单车欲问边。")征蓬出汉塞,归雁入胡天。大漠孤烟直,长河落日圆。萧关逢候骑,都护在燕然。

这是王维五律中的名篇,也是一般选本必选的篇目。但"征蓬出汉塞"和"归雁入胡天",季节是矛盾的。《芜城赋》里写"孤蓬自振,惊沙坐飞"是和"凌凌霜气,飒飒风威"联在一起。实际观察,鲍照的写法是符合科学的。蒲公英秋天种子成熟,随风飘荡,而这时却正"雁阵惊寒,声断衡阳之浦"了,如何能和"归雁入胡天"的春末夏初景物出现在一起呢?我见到的注本都避而不谈。实际上这里有一个时间的跨度。"征蓬出汉塞"

既表明出使的季节,又暗含飘荡转徙之艰辛。"归雁入胡天"既反兴人之出塞,又以表明至塞上的季节。这个时间的跨度,正突出题目《使至塞上》中的"至"字。"大漠"两句写景雄浑壮阔,然如果对照京师风物,又见出荒凉单调来,点出途中的索寞。结尾见到候骑,确知都护所在,好像茫茫夜途,忽然见到去处的灯火,一种欣慰之感油然而生,题目中的意思才表现得完整。前面表面上的物候矛盾,却创造出浓烈的抒情气氛。

"柳叶鸣蜩绿暗,荷花落日红酣。
三十六陂春水,白头想见江南"

王荆公这首《题西太乙宫》诗,不但使苏东坡心折,而且有人推为六言绝句的压卷。黄山谷尽力次韵争胜,终逊一筹。这首诗前两句是夏末秋初的景色,第三句偏偏用"春水"字样,有的本子以为矛盾,把第三句改成"三十六陂流水",似乎季节上不矛盾了,但诗境也就打了很大的折扣。陂塘是蓄水的,"流"字无理,而且荷花也很少长在流水里。"春"字非但不是错字,而且一字有千钧之力。着一"春"字,表示春水生时,作者就想见江南,而今已到秋初,仍然杳无归期。这样时间由秋逆跨到春,终年如此,乡思之切,几于无日忘之。改掉这个"春"字,就失掉这种深沉的抒情效果而只能表达一霎时的思乡之感。所以碰到这类情况,决不能掉以轻心。附带说一句,古人写景之作也有可议之处,譬如王羲之《兰亭集序》三月三日用了"天朗气清"的话,引起了争议。唐朝前期有位以趁韵出名的权龙襃,皇太子夏日宴会赋诗,权写景却说:"严霜白皓皓,明月赤团团。"这真是驴唇不对马嘴。惹得太子批上四言六句:"龙襃才子,秦州人士。明月昼耀，严霜夏起。如此诗章，趁韵而已"（见《唐诗纪事》卷八十）。像权龙褒这样的"才子"，诗史上可能仅此一家。一般流传而常入选的诗篇不会是"权龙褒体"。因此得多想一想矛盾现象的背后是否另有深意。

"十五从军征，八十始得归"

诗词里讲到时间的数字也有虚有实。《木兰诗》先说"将军百战死，壮士十年归"，又在后面说，"同行十二年，不知木兰是女郎"。到底多少年，这就要了解行文的虚实零整。汉乐府里的"十五从军征，八十始得归"，应作夸张看。但有的注家居然认定服役六十五年而大发议论，言可见当时兵役之长久。如果真是如此，那末当时男人平均寿命都要过耄耋，还慨叹什么"人生七十古来稀"？服兵役还要到八十岁呢！实际上这个八十只是虚夸。杜甫《兵车行》说"去时里正与裹头，归来头白还戍边"，和它一样，极言服役之长归乡无日而已。

杜牧的《泊秦淮》是家喻户晓的诗篇。"商女不知亡国恨，隔江犹唱《后庭花》"，是扣人心弦的名句。但从时间上一想就大有文章。陈亡于公元 589 年，杜牧生于 803 年，相距二百多年，二百几十年后的秦淮商女怎么能要求她们有"玉树歌残王气终"的亡国之恨呢？杜牧的指责岂非不近人情？可是，读这首诗的人恐怕没有人责备杜牧缺乏时间观念吧！杜牧正是提出超时间的"无理"苛求，来达到借古讽今的目的。正像他在《上知己文章启》中说的"宝历大起宫室，故作《阿房宫赋》"一样，意在讽朝廷以陈亡于荒淫佚乐为戒而已。诗里超越时间的矛盾，正发人深思，起到上述的表达作用。

"瞿塘峡口曲江头"

像时间要有大的跨度一样，空间也需要跳跃，《秋兴八首》触目可见，"瞿塘峡口曲江头，万里风烟接素秋"，一句飞跨两地而再用一句点明，这最易觉察。"画省香炉违伏枕，山楼粉堞隐悲笳。""一卧沧江惊岁晚，几回青琐点朝班。"一句昔日长安，一句今日夔府，时地的跨度中，无限今昔盛衰飘流羁旅的感慨。诗词中这种方式非常普遍。

"万里戎王子，何年别月支。异花开绝域，滋蔓匝清池。"杜甫《陪郑广文游何将军山林》十首中这几句人们特别乐于引用。一句写本生长于绝域，一句写蕃盛于园林。有的本子把"开"改成"来"，就显得平淡多了。这种大跨度的跳跃，前人术语叫大开大合，开合越大，容量越大，感人越深。"渭北春天树，江东日暮云"，杜甫怀念李白的这一联，后人津津乐道，也是具有上述的特点。

身历其境与想象

由陕入蜀，古人视为畏途。李白的《蜀道难》形容尽致，以致贺知章称他为谪仙人。但李白至少在少年之后就未走过这条路，而杜甫却一栈栈地从秦州走到成都，写了二十四首五古的纪行诗，李白写青泥岭说：

> 青泥何盘盘，百步九折萦岩峦。
> 扪参历井仰胁息，以手抚膺坐长叹。

这里是用夸张来渲染气氛,使人闻而生畏。杜甫亲自走这儿,艰苦备尝,写了首《泥功山》诗:

朝行青泥上,暮在青泥中。泥泞非一时,版筑劳人功。不畏道途远,乃将汩没同。白马为铁骊,小儿成老翁。哀猿透却坠,死鹿力所穷。寄语北来人,后来莫匆匆。

两相比较,杜甫因为亲身经历过,所以虽然不免夸张,却能给人以实感。但杜诗的地理也引起过争议。《闻官军收河南河北》中"即从巴峡穿巫峡"一句引出不少文章。从四川出峡应该先巫峡后巴峡。两个地名平仄一样,不存在因诗律而倒置的问题。有人认定巴峡在巫峡之西,于是引出上游的小三峡来曲为之说。但是一小一大,拟于不伦。我以为巴峡仍然是大三峡之一。但杜公此时"漫卷诗书喜欲狂",既未经过,只能想象。《水经注疏》列举三峡之名,即有"西峡巴峡巫峡"之一说。《太平寰宇记》即从此说。其书虽成于宋,在杜甫后,但说法不是乐史自创,必有所本。杜公读书而信其说亦易理解,不必另生枝节。前人指杜诗为图经,那是就他纪行诗说,假如没有身经其地,难免囿于陈说。后来亲身从夔州出峡就没有这类问题了。所以应该注意作者是亲身经历还是虚拟想象。

"龙城飞将"

空间的虚实更多见于边塞军旅的地名上。唐人习惯以汉地借指边地。如上引王维诗中的"居延"、"燕然"之类。这本来是起码常识,但一些名家却往往忽略了,因而大钻牛角尖。

"秦时明月汉时关,万里长征人未还。但使龙城飞将在,不教胡马度阴山。"王昌龄《出塞》曾经被杨慎《唐绝增奇》推为唐人七绝压卷。评价是否偏高,不在本文讨论范围,姑且存而不论。而这"龙城"二字却引起了考据家的兴趣。宋本《唐百家诗选》作"卢城",阎若璩抓住这一点,在《潜邱札记》卷二里作了很长的考证。中心意思是当作"卢城","卢城"就是"龙卢",是汉时的右北平,李广在这做过太守。而"龙城"是匈奴祭天的地方,不该称李广为"龙城飞将"。乍一看来,有理有据,所以有的注本也引用阎说。但阎百诗老先生却忘了地名常多虚指的常识,把写诗当成修《资治通鉴》一样看待了。"龙城"究竟指少数民族的心脏地区还是唐代的边防重镇,在唐诗里因人因时因诗而异,不能一概而论。"谁能将旗鼓,一为取龙城?"沈佺期这里当然指的对方的要害之地。而和王昌龄时代相接的常建《塞下》说:

　　铁马胡裘出汉营,分麾百道救龙城。左贤未遁旌竿折,过在将军不在兵。

这里的"龙城"就非指我方的边防重镇不可。既然王诗各本都作"龙城",怎么能单凭一个选本就断定当为"卢城"呢?

"暮至黑山头"

阎若璩的话不能说是无根之谈,只是把虚的过于坐实了。前些年有人忽然考证出《木兰诗》里的黑山的确切位置和名称,并且言之凿凿,其中有一条"力证"是"朝辞黄河去,暮至黑山头",某某山离黄河渡口正好一天的路程,振振有辞。我们且不说"黑山"还有本子作"黑水"的,单说黄河上中下游的渡口至少也得有几十吧！木兰究竟从哪个渡口过黄河的呢？真是天晓得。更何况木兰其人其事虚拟还是实事也还有争议。拿时代说，上限胡应麟说是晋人（《诗薮》内编卷三）。下限呢，有人说经过唐朝的李药师。至于民族、籍贯、姓氏更是各说各的，黄州有木兰将军庙，杜牧之诗里谈得很详，有关的方志更是众说纷纭。这样一个传说的人和事，居然能够凭"朝辞""暮至"就能考证出黑山今名何山，位于何处。如此出神入化，真使人难以信服。

连带想起前几年有人为了否定岳飞《满江红》的创作权，举出一条理由："驾长车踏破贺兰山缺"不符合岳飞的进军路线，岳飞是大将，不会犯这种地理常识的错误云云。如果用这样理由来推论，那末范仲淹的"穷塞主"也就是立脚不住了，范在西北，却说"燕然未勒归无计"，燕然山的地理位置和西北不相干。王昌龄诗中的"楼兰"、王维诗里的"居延"，《唐书·地理志》压根儿都不见其名，岂不都成为无稽之谈？如此读诗词，如何得了！因此不辨虚实，就很难正确理解诗词中地名的作用。

燕支　凤凰　临邛

有些地名，运用人的联想，起到一些特殊的作用，不可等闲放过，姑且举三个例子。

> 知君书记本翩翩，为许从戎赴朔边。红粉楼中应计日，燕支山下莫经年。

杜审言这首《送苏绾书记》七绝是初唐较出名的。"燕支山"虽然实有其地，但作者在这儿和"红粉楼"对举，却另有用意。乐府中有"夺我燕支山,使我妇女无颜色"的歌词。燕支从妇女的化妆品可以借指美女,特别是北地佳人。"燕支山下莫经年",是微妙地规劝提醒对方:应该想到红粉楼中的妻子在家中望眼欲穿,数着日子计算你的归期,可千万不能流连他乡女色乐而忘返。这种话如果直说,易伤感情,而且人还未离家,就如此叮嘱,未免看扁了朋友。而用"燕支山"来使对方玩味,就委婉动听,不会有反感。

张潮(一作朝)的《江南曲》是写妇女心理细致出名的绝句:"茨菇叶烂别西湾,莲子花开未见还。妾梦不离江上水,人传郎在凤凰山。"男的一去快周年了,杳无音信,女子怀念不已,耳边听了些闲言风语,心里也不免有些担心,是不是他变了心另觅新欢呢?不能明说,只好用"人传郎在凤凰山"一句若即若离若明若暗地表现这种心理。凤凰山,好多地方都有,有的注本也以不能确指为憾。我以为关键在"凤凰"二字的联想,不在于山在何方。"凤凰于飞"表示夫妇倡随之乐。"人传郎在凤凰山"着上"人传"再用"凤凰"二字引起联想,不会直说刺激对方,起到"言之者无罪,闻之者足以戒"的作用。

聂夷中一首《古别离》也和这首用意相近。"别恨牵郎衣,问郎游何处。不恨归日迟,莫向临邛去。"临邛是司马相如和卓文君闹罗曼史的地方。卓文君当垆又使酒客心醉。借这个历史地名来委婉地向对方表示自己的担心:你走得再远离别再久也不怕,可千万别给女人迷住啊。临邛这个特殊的地名就能收到独特的讽劝效果。

通过敏感的地名来起一种特别含蓄的作用,诗词中常常碰到,不可轻轻放过。

九、提纲挈领　包孕无穷
——谈题引

严沧浪非常重视唐人的"题引",他在《沧浪诗话·诗评》中说:

> 唐人命题,言语亦自不同。杂古人之集而观之,不必见诗,望其题引而知其为唐人、今人矣。

辛文房《唐才子传》卷三《独孤及传》后一段议论,也强调诗题的重要:

> 尝读《选》中沈、谢诸公诗,有题《新安江水至清浅深见底贻京邑游好》及《石门新营所住四面高山洄溪石濑茂林修竹》及《田南树园激流植援》、《斋中读书》、《南楼中望所迟客》、《晚登三山还望京邑》等数端,皆奇崛精当,冠绝古今,无曾发其韫奥者。逮盛唐,沈、宋、独孤及、李嘉祐、韦应物等诸才子集中,往往各有数题,片言不苟,皆不减其风度,此则无传之妙。逮元和以下,佳题尚罕,况于诗乎?立题乃诗家切要,贵在卓绝清新,言简而意足,句之所到,题必尽之,中无失节,外无馀语,此可与知者商榷云。因举而论之。

严羽强调"题引"的作用，说过了头，他是崇唐抑宋的，但就"题引"方面来强生分别，当然不能服人。钱振锽《谪星说诗》批评说：

> 又云："不必见其诗，望其题引而知为唐人、今人。"唐人题引有何难肖，何必沧浪始能之。且六朝人琐碎不整题甚多，唐元、白、皮、陆题引琐碎，尤不一而足，得谓之非唐人乎？

在《诗话》里钱振锽又结合严羽之诗加以讽刺：

> 夫唐人题引有何难肖，如此摹古，三岁小儿优为之。羽诗题引固式法唐人矣，而其诗则真唐人欤，抑摹唐者欤？（转引自《沧浪诗话校释》）

这些批评，恐严羽也无词以对。辛文房那段议论，也可能受到严羽影响，而说得充分些。他强调"立题乃诗家切要"的观点，大体上说得过去。不过这段议论如果总起来看，毛病也不少。从所引的几个题目看，把沈约放到谢灵运前面，时代既颠倒，也不合《文选》中先后的次序，只能看出作者信笔写下而已。这还是小毛病。把这几个题目定为最高准则，又夸大到"冠绝古今"、"无传之妙"，说元和以下"佳题尚罕，况于诗乎"，这就令人更难接受。我们承认，题目好，对诗作是有关系的。但题引不是和诗作同时出现，而是在诗歌发展到一定阶段才产生的。既产生之后，由六朝到宋代，却愈后愈精，而决不是一代不如一代。不妨从历史上略加回顾。

《诗经》本来未必有题目，传诗的人从头两句中取几个字作标题，如《关雎》、《卷耳》、《硕鼠》、《七月》、《北山》、《采薇》、

《板》、《长发》之类是一两个字，《殷其雷》、《江有汜》等首句三字，全取用。《野有死麕》、《皇皇者华》、《维天之命》等四字题已经很少，最长的只有《昊天有成命》一首五字题，但三、四、五字多取诗作中的首句。后世作四言诗的，命题仍然欢喜用《诗经》这种方式。拿五言诗来看，《古诗十九首》没有标题，如果引用，往往只以第一句作题目，这还是沿袭《诗经》的遗风。如果把逯钦立的《先秦汉魏晋南北朝诗》打开从头检查，早期题目较长的有曹丕《于清河见挽船士新婚与妻别诗》，但一看内容，并未写尽题意（《诗纪》题目就作《为挽船士与新娶妻别》），见中华书局版。魏文帝还有一首题为《见挽船士兄弟辞别诗》，嵇康有《四言赠兄秀才入军诗》，孙楚有《征西官属送于陟阳侯作诗》只有寥寥几首，题后有引的就数曹植的《赠白马王彪》了。

诗题的多样化要数陶渊明，他既有《止酒》、《归园田居》、《读山海经》等较简单的题目，也有《示周续之祖企谢景夷三郎时三人共在城北讲礼校书》、《庚子岁五月中从都还阻风于规林作诗二首》、《辛丑岁七月赴假还江陵夜行途中诗》、《己巳岁三月为建威参军使都经钱溪诗》等长题，不一而足。而这些诗的题目和内容互相映发，相得益彰。有些短题，后面附几句"引"，这几句"引"对理解诗意，关系极大。如《赠羊长史诗》题后有"引"曰："左军羊长史，衔使秦川，作此与之。"因为有这"衔使秦川"几字，所以诗中"路若经商山，为我少踌躇。多谢绮与甪，精爽今何如"等语才有根，读者也能就此领会诗外的微旨。《与殷晋安别》引说："殷先作晋安南府长史掾，因居浔阳。后作太尉参军，移家东下，作此以赠。"有这个"引"，"去岁家南里，薄作少时邻。负杖肆游从，淹留忘宵晨。语默自殊势，亦知当乖分。未谓事已及，兴言在兹春"，这些诗句的感情和分量就大不相同。

《饮酒诗二十章》的题引更为有名：

> 余闲居寡欢,兼比夜已长,偶有名酒,无夕不饮。顾影独尽,忽焉复醉。既醉之后,辄题数句自娱。纸墨遂多,辞无诠次。聊命故人书之,以为欢笑尔。

这个题引对理解《饮酒》诗的内容关系极大,而且这个题引表面上是说信手写的"辞无诠次",实际上第一首说:"衰荣无定在,彼此更共之……忽与一樽酒,日夕欢相持。"可以看成二十首的总纲,而末首说：

> 羲农去我久,举世少复真。汲汲鲁中叟,弥缝使其淳。凤鸟虽下至,礼乐暂得新。洙泗辍微响,漂流逮狂秦。《诗》、《书》复何罪,一朝成灰尘。区区诸老翁,为事诚殷勤。如何绝世下,六籍无一亲。终日驰车走,不见所问津。若复不快饮,空负头上巾。但恨多谬误,君当恕醉人。

这是二十首的总结。这种组诗的方式,虽然不同于曹植《赠白马王彪》那样结构严密,但这种有起有结中间比较自由的方式,开了后来无限法门。譬如杜甫的《秦州杂诗》就是这种方式。陶渊明的题引是开创的例子。

平心而论,六朝诗的题引,应以陶渊明为最,辛文房举的沈、谢诗题都瞠乎其后。

正因为陶渊明以后,诗人重视题引和诗章本身的关系,因此我们欣赏诗词也就必须重视题目。像韩愈的《山石》、李商隐的《锦瑟》,取头两个字作诗题,这是保持《诗经》的遗风,也是难以用几个字提示诗的内容时的应急处置。这在后世已较少见。咏物诗以物为题,不容易看出作者命题的匠心,但像骆宾王的《在狱咏蝉》就不同于一般咏蝉,如果题目中不加"在狱"二字,"南冠客思侵","无人信高洁,谁为表余心"等字就没有着落。这大概就属辛文房说的"句之所到,题必尽之,中无失节,外无馀语"的特色吧!

杜甫的诗题很足以发人沉思。比如同样的题材,标题和诗句显出其中的微微之辨。杜甫到何将军山林前后玩过两次,第一次写十首五律,题目是《陪郑广文游何将军山林十首》。第一首说:

> 不识南塘路,今知第五桥。名园依绿水,野竹上青霄。谷口旧相得,濠梁同见招。平生为幽兴,未惜马蹄遥。

这一首把题目交代得清清楚楚。郑子真隐于谷口,因此用这两句点明"陪郑广文"。浦起龙《读杜心解》卷三之一评说:

> 此从来路写起,却是十首之标题。曰"不识"、"今知",初游也。先山林,次广文,次陪游,而总括以"幽兴"两字,既收本首,亦领诸首也。

末首说:

> 幽意忽不惬,归期无奈何。出门流水住,回首白云多。自笑灯前舞,谁怜醉后歌。只应与朋好,风雨亦来过。

浦评说:

> 十首总结,无笔不应。"幽意"之应"幽兴","流水"之应"濠梁"、"朋好"之应"广文","来过"之应"不识",人所知也。其曰"自笑"、"谁怜",正暗与"词赋何益"、"山林未赊"相应。名流集而起"舞""灯前",陪游其可乐矣;媢嫉多而悲"歌""醉后",暗投能勿伤乎?选胜则愁怀解,离群则

旧恨来，人之至情也。献赋被斥，自是尔时关目，故应不漏。

凡数首宜章法一线，理固然也。但纪游题又稍异。随所历而述为诗，非如发议写怀诸作须通体盘旋也。特于首尾各一两章，自成布置。

这都说明题目和诗篇乃至章法有密切关系。后来杜甫又去玩了一次，作《重过何氏五首》处处点明"重过"的特点，开头一首说：

问讯东桥竹，将军有报书。倒衣还命驾，高枕乃吾庐。花妥莺捎蝶，溪喧獭趁鱼。重来休沐地，真作野人居。

第二首开头说："山雨樽仍在，沙沉榻未移。犬迎曾宿客，鹊护落巢儿。"第三首说："自今幽兴熟，来往亦无期。"最后一首：

到此应尝宿，相留可判年。蹉跎暮容色，怅望好林泉。何日沾微禄，归山买薄田。斯游恐不遂，把酒意茫然。

这些内容，如果题目中没有"重过"两字就令人费解了。

曹霸是开元、天宝间有名的画家，也是杜甫的朋友。杜甫为他写过两首有名的七古。一首是大家都熟悉的也是一般唐诗选本都选的《丹青引赠曹将军霸》，开头说：

将军魏武之子孙，于今为庶为清门。英雄割据虽已矣，文彩风流今尚存。学书初学卫夫人，但恨无过王右军。丹青不知老将至，富贵于我如浮云。

中间写曹霸丹青之妙，重点在描写"先帝天马玉花骢"那一段，可说神完气足，结尾又是这样：

> 将军善画盖有神,必逢佳士亦写真。即今飘泊干戈际,屡貌寻常行路人。途穷反遭俗眼白,世上未有如公贫。但看古来盛名下,终日坎壈缠其身。

浦起龙提醒读者说:

> 读此诗,莫忘却"赠曹将军霸"五字……通篇感慨淋漓,都从此五字出。自来注家只解作题画,不知诗意却是感遇也。但其盛其衰,总从画上见,故曰《丹青引》。

此评很确切,使读者知道题目和内容的密切关系。杜甫另外一首《韦讽录事宅观曹将军画马图歌》全文如下:

> 国初以来画鞍马,神妙独数江都王。将军得名三十载,人间又见真乘黄。曾貌先帝照夜白,龙池十日飞霹雳。内府殷红玛瑙盘,婕好传诏才人索。盘赐将军拜舞归,轻纨细绮相追飞。贵戚权门得笔迹,始觉屏障生光辉。昔日太宗拳毛騧,近时郭家狮子花。今之新图有二马,复令识者久叹嗟。此皆骑战一敌万,缟素漠漠开风沙。其余七匹亦殊绝,迥若寒空动烟雪。霜蹄蹴踏长楸间,马官厮养森成列。可怜九马争神骏,顾视清高气深稳。借问苦心爱者谁,后有韦讽前支遁。忆昔巡幸新丰宫,翠华拂天来向东。腾骧磊落三万匹,皆与此图筋骨同。自从献宝朝河宗,无复射蛟江水中。君不见,金粟堆前松柏里,龙媒去尽鸟呼风。

这是一幅九马图,重点在写图画之妙,而在结尾寄托盛衰之感。因为这幅图是韦讽录事收藏的,题目中有"韦讽录事宅"几个字,所以中间有"借问苦心爱者谁,后有韦讽前支遁"这两句,这样不但"句之所到,题必尽之",而且最后几句悲歌慷慨,淋漓尽致。浦起龙说是因为"身历兴衰,感时抚事,惟其胸中有泪,是以言中有物"。评论也很精到。

两者内容同中有异,着笔自别,题目也因之而异。再如杜甫五古名篇《自京赴奉先县咏怀五百字》和《北征》都有纪行的内容,但标题截然不同。第一篇以咏怀为主,但所见所感触目伤心,从"杜陵有布衣"到"放歌破愁绝",这一段专为"咏怀"。从"岁暮百草零"到"惆怅难再述",写出京过骊山所见所闻,目击心酸。"北辕就泾渭"到"滧洞不可掇",写过渡口至家幼子饿死的惨痛,而推想到比自己更苦的那些"失业徒""远戍卒",可以说叙事为咏怀服务,所以只选几点来写,而整个旅途经历则全部跳过。这是纪行和咏怀结合为咏怀服务,所以创造了这样的标题。《北征》就全用的纪行题目,所以先点时间,"皇帝二载秋,闰八月初吉",再叙目的,"杜子将北征,苍茫问家室",然后结合时势写自己因谏房琯事受冤和恋阙的心情。然后历叙途间日夜所见,再写回家后家人之间的天伦之乐等,这全是纪行体。虽然不无感慨,但和《自京赴奉先县咏怀五百字》完全不同,所以标题各别。

题目的主语常常很有讲究,如同是风雨造成的愁闷,杜甫有《秋雨叹》、《楠树为风雨所拔叹》、《茅屋为秋风所破歌》等诗,后两首都用被动句式,那是因为内容都就"楠树"和"茅屋"生发,所以题目中把它们放到突出的位置。再如杜甫晚年在白帝城观看临颍李十二娘舞剑器,他不说《观李十二娘舞剑器行》而说《观公孙大娘弟子舞剑器行》,并且写了个《序》说:

　　大历二年十月十九日,夔州别驾元持宅,见临颍李十二娘舞剑器,壮其蔚跂,问其所师,曰:"余,公孙大娘弟子也。"开元五载,余尚童稚,记于郾城观公孙氏舞《剑器》、《浑脱》,浏漓顿挫,独出冠时。自高头宜春、梨园二伎坊内人,洎外供奉,晓是舞者,圣文神武皇帝初,公孙一人而已。玉貌锦衣,况余白首,今兹弟子,亦匪盛颜。既辨其由来,知波澜莫二,抚事慷慨,聊为《剑器行》。昔者吴人张旭,善草书书帖,数尝于邺县见公孙大娘舞《西河剑器》。自此草书长进,豪荡感激,即公孙可知矣。

从这段序中,知道作者重点放在抚今追昔的盛衰之感,所以标题列出"公孙大娘",而序里从看李十二娘引出,这首七古也写得豪荡感激,是杜甫名篇:

昔有佳人公孙氏,一舞剑器动四方。观者如山色沮丧,天地为之久低昂。爧如羿射九日落,矫如群帝骖龙翔。来如雷霆收震怒,罢如江海凝清光。绛唇珠袖两寂寞,晚有弟子传芬芳。临颍美人在白帝,妙舞此曲神扬扬。与余问答既有以,感时抚事增惋伤。先帝侍女八千人,公孙《剑器》初第一。五十年间似反掌,风尘澒洞昏王室。梨园弟子散如烟,女乐馀姿映寒日。金粟堆南木已拱,瞿塘石城草萧瑟。玳筵急管曲复终,乐极哀来月东出。老夫不知其所往,足茧荒山转愁疾。

如果没有前面的题和序,人们会觉得杜甫这样写是喧宾夺主,明明看的李十二娘,写的绝大部分都是公孙大娘。如果写李十二娘舞得神妙,那不过是一篇描写歌舞技艺的笔墨,就不能使读者有"对此茫茫,百端交集"的感慨。这都可见"立题乃诗家切要",题引和诗什相得益彰的特点。

和上述情况表面相反的是有些诗不便明说,故意在题目上含糊其词,不劳赘述。还有诗里有话不愿或不能明说,借题目"书事"、"有感"之类的字眼透露点消息,让人们自己琢磨领会。姑且举一个例子,《陈与义集》卷十九《巴丘书事》:

> 三分书里识巴丘,临老避胡初一游。晚木声酣洞庭野,晴天影抱岳阳楼。四年风露侵游子,十月江湖吐乱洲。未必上流须鲁肃,腐儒空白九分头。

乍看这首诗,前六句只是叙事写景,无事可言,七八句两句用《三国志》鲁肃的事,也不能叫做书事。胡稚注:

> 巴丘,即岳州。《左传·昭十七年》:"司马子鱼曰:我得上流,何故不吉?"《三国志》:刘备令关羽专有荆土。孙权怒,遣吕蒙取南三郡,使鲁肃以万人屯巴丘,与羽相距,蒙知羽居国上流,其势难久。

胡注只看重交代"上流"的字面,未搔着痒处,按《三国志·吴志》卷九《周瑜·鲁肃·吕蒙》言周瑜至巴丘道卒病甚曾举鲁肃自代:

> 周瑜病,因上疏曰:"当今天下方有事役,是瑜乃心夙夜所忧。愿至尊先虑未然,然后康乐。今既与曹操为敌,刘备近在公安,边境密迩,百姓未附,宜得良将以镇抚之。鲁肃知略足任,乞以代瑜。瑜陨踣之日,所怀尽矣。"即拜肃奋威校尉,代瑜领兵。

陈与义到巴丘是建炎二年(1128)十月。这一年,东京留守宗泽七月份在大呼三声"渡河"声中壮烈辞世。宗泽在还有号召力,能恢复,宗泽死了,谁能代他呢?这里所谓"书事"应指听到宗泽逝世的噩耗,以周瑜比宗泽,那么谁是今天的鲁肃呢?朝廷能不能慎选将材,但自己不在其位,头急白了,也是白费。这里隐含对时局的无限忧虑,却用"书事"两字让人由古及今,得其欲言难言之情。如果这首诗题目写成《巴丘闻宗留守汝霖薨》,就太刺眼了,而且用那样的题目就必须正面写一点宗泽的功烈,反而不如这样在写景中透露时世动乱之感来得动人。这又是标题的妙用,没有"书事"二字人们就以为是说巴丘的历史,那就该写成《巴丘怀古》了。因此读诗不能放过题目。

一首诗如果有两个不同的题目,我们还可根据内容来判断哪一个题目更好,如杜荀鹤:

夫因兵死守蓬茅,麻纻衣衫鬓发焦。桑柘废来犹纳税,田园荒后尚征苗。时挑野菜和根煮,旋斫生柴带叶烧。任是深山更深处,也应无计避征徭。

这首诗题目一种叫《山中寡妇》,一种称为《时世行》,说《山中寡妇》,对前面几句很贴切,但用《时世行》为题,即由一个寡妇的苦难推及整个时世,使结尾两句的意义更深广,两者相较,我以为《时世行》优于《山中寡妇》。

词的情况和诗有同有异。早期的词牌常常就是题目,如写江南风光的就叫《江南好》或《忆江南》,写女子发式的叫《菩萨蛮》,写渔父风光的就叫《渔歌子》,写女道士的叫做《女冠子》等,本身就是题目。但后来词牌只起表明唱谱的作用,词的内容逐渐从艳科趋向多样,丰富扩展词的题材的第一个重要作家是苏轼。这时如果仍然沿袭唐五代只标调名的作法,有时会使读者茫然不解,因此词调之后,《东坡乐府》大多数另有题引,对词作起的作用和诗的题引相同,譬如《念奴娇》本来描写与女性有关,苏轼在黄州填这个调加个《赤壁怀古》的题目,流传千古。

有些词的新意就靠题目点醒或生发,如苏轼《浣溪沙·游蕲水清泉寺,寺临兰溪,溪水西流》:

> 山下兰芽短浸溪,松间沙路净无泥,萧萧暮雨子规啼。
> 谁道人生无再少,门前流水尚能西,休将白发唱《黄鸡》。

换头两句最精彩,而根子在题中"溪水西流"四个字上,没有这四个字,词句会使人感到突兀。再如苏轼一首《永遇乐》:

> 明月如霜,好风如水,清景无限。曲港跳鱼,圆荷泻露,寂寞无人见。紞如三鼓,铿然一叶,黯黯梦云惊断。夜茫茫,重寻无处,觉来小园行遍。　　天涯倦客,山中归路,望断故园心眼。燕子楼空,佳人何在,空锁楼中燕。古今如梦,何曾梦觉,但有旧欢新怨。异时对黄楼夜景,为余浩叹。

联系原来的题引"彭城夜宿燕子楼,梦盼盼,因作此词",我们才能较深刻地领会下半阕的深沉感情,因为这些语句把有关盼盼独守燕子楼最终赋诗矢志绝食而死等事联在一起,引起遐想,而苏轼又用"庄子思想使之哲理化"。

辛弃疾也是无事不可入词的大家,又欢喜掉书袋,词作也是大半有题引。如果不加题引仍然沿袭唐五代只标调名,那末有时会使人如堕五里雾中。如《八声甘州》:

> 故将军饮罢夜归来,长亭解雕鞍。恨灞陵醉尉,匆匆未识,桃李无言。射虎山横一骑,裂石响惊弦。落魄封侯事,岁晚田园。　　谁向桑麻杜曲,要短衣匹马,移住南山。看风流慷慨,谈笑过残年。汉开边,封侯万里,甚当时健者也曾闲。纱窗外,斜风细雨,一阵轻寒。

篇中主要讲李广事,但下半阕又有杜甫,而结尾与李广又毫不相干。读了作者的题引,才恍然大悟,非常切题。题引说:"夜读《李广传》不能寐。因念晁楚老、杨民瞻,约同居山间,戏用李广事,赋以寄之。"上半阕讲的《李广传》事,下半阕由杜甫"短衣匹马随李广,看射猛虎终残年"的诗意说到晁、杨二人,而结尾点明夜"不能寐"。这可算"句之所到,题必尽之。中无失节,外无馀语"了。

再如《满江红·送信守郑舜举被召》:

湖海平生,算不负苍髯如戟。闻道是,君王着意,太平长策。此老自当兵十万,长安正在天西北。便凤凰飞诏下天来,催归急。　　车马路,儿童泣。风雨暗,旌旗湿。看野梅官柳,东风消息。莫向蔗庵追语笑,只今松竹无颜色。问人间,谁管别离愁,杯中物。

有了这个题目,人们对内容的精彩贴切就加深了印象。

南宋亡国后一些词人要表达亡国身世之感常常采用极简短的题目(因为词本无题目,所以不能效法李商隐的《无题》)。一种是以咏物为掩护,如王沂孙的《齐天乐·蝉》可为代表:

一襟馀恨宫魂断,年年翠阴庭树。乍咽凉柯,还移暗叶,重把离愁深诉。西窗过雨,怪瑶佩流空,玉筝调柱。镜暗妆残,为谁娇鬓尚如许。　　铜仙铅泪似洗,叹移盘去远,难贮零露。病翼惊秋,枯形阅世,消得斜阳几度。馀音更苦。甚独抱清商,顿成凄楚。漫想薰风,柳丝千万缕。

周济《宋四家词选》评说:"此家国之恨。"

另一种以"春"为题,如张炎《高阳台·西湖春感》"接叶巢莺"云云，实际也是写亡国之病。如果在"春感"、"伤春"、"送春"之类的短题之前，着以干支纪年，那就更要注意这个题的特点。如刘辰翁《兰陵王·丙子送春》：

> 送春去，春去人间无路。秋千外，芳草连天，谁遣风沙暗南浦？依依甚意绪。漫忆海门飞絮。乱鸦过，斗转城荒，不见来时试灯处。　　春去，最谁苦。但箭雁沉边，梁燕无主。杜鹃声里长门暮。想玉树凋土，泪盘如露，咸阳送客屡回顾。斜日未能度。　　春去，尚来否？正江令恨别，庾信愁赋（二人皆北去）。苏堤尽日风和雨。叹神游故国，花记前度。人生流落，顾孺子，共夜语。

作者在题目"送春"前特加"丙子"二字，读者就必须注意，丙子是德祐二年（1276）、元至元十三年，这年正月，元兵前锋至临安，宋帝奉表请降，三月宋帝和太后都被元兵掳往北方。所以刘辰翁特别在题中标"丙子"二字，在词中又特别用江淹、庾信事而自注"二人皆北去"几个字，用意不是非常明显吗？

综合上面的论述，说明诗词自有题引之后，题引和诗词正文就有不可分割的关系，或者是提示诗词重点，或者是暗示弦外之音。因此欣赏诗词就不能不重视题目。但有时读些选本却往往有文不对题的感觉，姑举二例：

苏轼《饮湖上初晴后雨》：

> 水光潋滟晴方好，山色空濛雨亦奇。欲把西湖比西子，淡妆浓抹总相宜。

陆游《秋夜将晓出篱门迎凉有感》：

> 三万里河东入海，五千仞岳上摩天。遗民泪尽胡尘里，

南望王师又一年。

这两首都是脍炙人口的诗,也曾经被选作大中学教材,譬如朱东润先生编的《中国历代文学作品选》中编第二册都曾选入。可是细心的读者一想,诗题和诗句对不上号,尤其是陆游那首。原来这两首诗,每题各两首,第一首先交代题目的叙事部分。苏轼的:

> 朝曦迎客宴重岗,晚雨留人入醉乡。此意自佳君不会,一杯当属水仙王(湖上有水仙王庙)。

陆游的:

> 迢迢天汉西南落,喔喔雄鸡一再鸣。壮志病来消欲尽,出门搔首怆平生。

读了这两首,才知道题目不是泛泛的。因此如果题不止一首,必须注意交代题目的部分。

一〇、短章促节　不主故常
——谈短篇诗词的结构

诗词的结构有常规,也有变格。长篇的结构总要强调开合擒纵,转换呼应;短篇也大体相似。有的篇幅虽短,但纵横变化,层出不穷,使人有目不暇接之感。如韩愈的一首《雉带箭》:

原头火烧静兀兀,野雉畏鹰出复没。将军欲以巧伏人,盘马弯弓惜不发。地形渐狭观者多,雉惊弓满劲箭加。冲人决起百馀尺,红翎白镞随倾斜。将军仰笑军吏贺,五色离披马前堕。

这首七古一共才十句,写了非常生动的射雉场面,有雉,有鹰,有观众军吏,有将军的盘马弯弓,一发中的。而写来纵横变化,第一句写打猎前的放火烧出猎物,第二句写野雉的惊恐神态,这给射者增加困难。三四两句忽然截断写将军的神态和心情。五句观者和合围的情况,六七八句写雉冲人而飞却被射中,这里特别用"红翎白镞"来绘形绘色,表现将军的技巧。后写将军的得意和军吏的欢呼。最后一句紧相呼应。苏东坡非常称赞这首诗,曾经用大字写出来。汪琬评说:"短幅中有龙跳虎卧之观。"查晚晴评说:"看其形容处,以留取势,以快取胜"(转引自

（《韩昌黎诗系年集释》卷一）

这是正常的精彩结构，首尾相应，如题而止。短的古诗里也还有特殊的结构。洪迈《容斋三笔》卷五《缚鸡行》条：老杜《缚鸡行》一篇云："小奴缚鸡向市卖，鸡被缚急相喧争。家中厌鸡食虫蚁，不知鸡卖还遭烹。虫鸡于人何厚薄？吾叱奴儿解其缚。鸡虫得失无了时，注目寒江倚山阁。"此诗自是一段好议论，至结句之妙，非他人所能及也，予友李德远尝赋《东西船行》，全拟其意。举以相示云："东船得风帆席高，千里瞬息轻鸿毛。西船见笑苦迟钝，汗流撑折百张篙。明日风翻波浪异，西笑东船却如此。东西相笑无已时，我但行藏任天理。"是时，德远诵一过，颇自喜。予曰："语意绝工，几于得夺胎法，只恐行藏任理与注目寒江之句，似不可同日语。"德远以为知言。锐欲易之，终不能满意也。

洪迈这段话重点在欣赏老杜《缚鸡行》的结句含蓄不尽。联系全诗看，这首七古的结构非常奇特，前面七句专讲鸡虫，结尾忽然推开："注目寒江倚山阁"，和前文好像不相干，但仔细想一想，这个动作却表现出作者对"鸡虫得失"的无可奈何而推之于天地江山之间。既是寄托，也启人思考，寒江山阁乃至宇宙之间，"细推物理"都有类似鸡虫得失之类的问题。这个平常的动作景物，联系上文却使人有无限苍茫之感。苏东坡有首《和刘道原咏史》的七律，结构很像《缚鸡行》：

  仲尼忧世接舆狂，臧谷虽殊竟两亡。吴客谩陈《豪士赋》，桓侯初笑越人方。名高不朽终安用，日饮无何计亦良。独掩陈编吊兴废，窗前山雨夜浪浪。

前面六句，各谈史事（严格说指书上有记载的，包括寓言，并不一定是史实),一句一个内容,第一句第二句各有一组对照。到第七句用"陈编"把上面内容一收束,最后一句忽然结到读书时的环境,"窗前山雨夜浪浪"。这句写环境气氛,和前面七句的夹叙夹议,初看好像很不协调,但仔细一想,这个环境气氛和当时作者"独掩陈编吊兴废"起伏的思潮,又似乎有某种联系。这正是和《缚鸡行》"注目寒江倚山阁"的结尾异曲同工。

在词里也有类似的情况。词如果分上下片,一般是各有分工,或者一写景,一抒情,或者一过去,一现在。在上片的末尾或下片的开头有承上启下的一句话,使全词两片融为一体。如一般人都熟悉的辛弃疾的《鹧鸪天》:

壮岁旌旗拥万夫。锦襜突骑渡江初。燕兵夜捉银胡䩮,汉箭朝飞金仆姑。　追往事,叹今吾。春风不染白髭须。却将万字《平戎策》,换得东家《种树书》。

上片写过去的英勇豪壮,下片开头用"追往事"一束,再用"叹今吾"引起下文,叹息今天壮志消磨,有力无处使的处境。像这样的结构是词的常规。而同样写今昔对比的,陆游的《诉衷情》却和辛的《鹧鸪天》结构不同:

当年万里觅封侯。匹马戍凉州。关河梦断何处,尘暗旧貂裘。　胡未灭,鬓先秋。泪空流。此生谁料,心在天山,身老沧洲。

这首词前两句写过去,三四两句已经落到今天。换头处顺流而下写今日,然后用"此生谁料"一提。最后用"心在天山"联系头两句,"身老沧洲"结到今天。这首词从第三句起,一气盘旋,都在写今天,但仔细一想,这些写今天的语句,又无一不和过去相关联。这是把过去和今天糅在一起,不像上举辛词那样界限分明。这在结构上在词里也可算变格。而更特殊的结构是辛弃疾的《破阵子》:

> 醉里挑灯看剑,梦回吹角连营。八百里分麾下炙,五十弦翻塞外声,沙场秋点兵。　　马作的卢飞快,弓如霹雳弦惊。了却君王天下事,赢得生前身后名。可怜白发生!

这首词前面尽量铺排豪情壮举,而最后只用"可怜白发生"一句收束,情绪一落千丈。这末句和上文作为鲜明对比,一以当九,在词中也是罕见的。这种结构,很可能受李白的启发:

> 越王勾践破吴归,义士还家尽锦衣。宫女如花满春殿,只今唯有鹧鸪飞。(《越中怀古》)

这首绝句前三句极写当日越王勾践的赫赫声威,而最后一句一落千丈,极写今天的荒凉冷落,形成鲜明的对比。同样是用鹧鸪来表现今日之冷落的,窦巩的《南游感兴》结构是这样的:

> 伤心欲问前朝事,惟见江流去不回。日暮东风春草绿,鹧鸪飞上越王台。

这首诗只就今天着眼,缺乏李白那样强烈对比的气势,就显得平板乏味。陈羽的《姑苏怀古》和李白的有些相近:

> 忆昔吴王争霸日,歌钟满地上高台。三千宫女看花处,人尽台崩花自开。

这首诗用"忆昔"二字领起,也是三句写过去的盛况,一句写今日的冷落,但他用"花"字贯串今古,和李白用鹧鸪和宫女的对比有些区别。从绝句的结构看,这种三比一的形式也是特

殊的。一般绝句虽然只有四句,它却具备起承转合的完整结构,如贺知章的《咏柳》:

　　碧玉妆成一树高,万条垂下绿丝绦。不知细叶谁裁出,二月春风是剪刀。

　　第一句总写柳树的形态色彩,是起。第二句接写柳条低垂,是承第一句来的。第三句一问,对一二句说,从柳树、柳枝写到柳叶,但他用一个问句,转到"谁裁出",这是转,为的唤起下文的结语,"二月春风是剪刀",回答了三句的问题,结束全篇,这就是合。这是绝句结构的常规。在绝句的特殊结构中,除了前面举的三比一的方式外,更特殊的是四句分写四种东西,乍一看来,好像各不相干,如杜甫那首有名的《绝句》:

　　两个黄鹂鸣翠柳,一行白鹭上青天。窗含西岭千秋雪,门泊东吴万里船。

　　四句之间看不出起承转合的联系。第一句黄鹂鸣于翠柳之间,第二句白鹭飞向青天之上。第三句窗里望着西边雪岭的千秋积雪,第四句门前万里桥边泊着吴船。这四句好像各不相干,但细细咀嚼,前两句鹂鸣鹭飞,一派生机,自由自在。而三句自己终日兀坐,面对雪山,绝非故乡景色,四句眼看吴船,买棹无门,"即从巴峡穿巫峡,便下襄阳向洛阳"的还乡愿望,何时才能实现?四句中看似互不相关,却表现出一种思归不得的心情。作者的另一首五言《绝句》说:

　　江碧鸟逾白,山青花欲燃。今春看又过,何日是归年?

　　两首绝句都是表述思归之情,五言的直接表达,人们容易理解。七言的把意思含在景色之中,人们容易忽略。但从结构着

眼,杜甫这首七言是奇特的。欧阳修《居士集》卷十二里有首题为《梦中作》:

> 夜凉吹笛千山月,路暗迷人百种花。棋罢不知人换世,酒阑无奈客思家。

这像是有意摹仿杜甫那首七绝的结构,四句各言一事中间若即若离,构成一种迷离惝恍的意境,在可解与不可解之间,所以题作《梦中作》,从结构说,在绝句中是罕见的。

结构是服务于内容的。白居易说:"诗者,根情,苗言,华声,实义。"(《与元九书》)杜牧说:"凡为文以意为主,以气为辅,以辞彩章句为之兵卫。"(《答庄充书》)都说明内容的重要。但内容必须借助一定的表达形式,遣词造句,谋篇布局就是结构问题。刘熙载《艺概·诗概》有两段对短篇结构的精辟论述:

> 伏应转接,夹叙夹议,开阖尽变,古诗之法,近体亦俱有之。惟古诗波澜较为壮阔耳。
>
> 绝句意法,无论先宽后紧,先紧后宽,总须首尾相衔,开阖尽变。至其妙用,惟在借端托寓而已。

古人认为大篇固然须全力以赴,写短章也要像"狮子搏兔,要用全力",不可掉以轻心。而即使短章的结构,也不是千篇一律,而是根据表达内容的需要,不拘一格,不主故常。刘熙载所谓"律诗主意拿得定,则开阖变化,惟我所为"(《艺概·诗概》),不但律诗如此,绝句和小令又何独不然?从作者说,结构的变化一定是为表达情意服务的。从读者说,研究一首诗词的结构变化,可以更好地探索作品的内容和作者的匠心,因此也要注意结构的常规和变格。

一一、注意整体　解剖局部
——聚讼问题例析

　　整体和局部是相对而言的,积字以成句,句是整体,字是局部;积句以成章,章是整体,句又成了局部;积章以成篇,篇是整体,章却成了局部;积篇以编集,篇又成为局部。整体又是由局部构成的,没有局部,也就失去整体。这点道理,是毋庸赘言了。理解欣赏诗词,也要注意局部和整体的关系。孤立地去争论一个词、一句诗究竟如何理解,常常各执一端,不易统一;但如果放到相对的整体中去理解,大多数都可取得一致意见。下面就诗词中常见的一些分歧,各举若干例子,以供隅反。

　　先说诗。崔颢的《黄鹤楼》中"晴川历历汉阳树"中的"晴川",《大学语文》注"川指汉江"。程千帆先生《古诗今选》注:"晴川,晴朗的平原。"如果孤立地看,川训河川或平原,都很习见。究竟该取那个义项,必须联系下面来解析。"晴川历历汉阳树,芳草萋萋鹦鹉洲。日暮乡关何处是?烟波江上使人愁。"如果把"晴川"理解为"汉江",和结句"烟波江上"相犯,应该以"平原"的义项为优。

　　　　日暮苍山远,天寒白屋贫。柴门闻犬吠,风雪夜归人。

这是刘长卿《逢雪宿芙蓉山主人》的全文。中华书局本《唐人绝句选》注"夜归人即诗人自称"。如果联系诗题和全诗来看，这里就值得推敲了。前两句已经说明是借宿。天色将晚，前路还远，所以到人家借宿。正因为是天寒暮雪，所以投宿到贫家。"白屋贫"正写投宿之家。那知夜里犬吠，还有人冒雪方归。这是从他这个借宿者的眼中看出，如此夜雪方归，总为生活奔波劳苦，点足"贫"字。如果即指诗人自己，那末这个"归"和借宿怎么捏得拢呢？题目上也没有"夜"字。实际上前两句写借宿之因，后两句写借宿后所闻见。言外此家家道之贫寒而对自己借宿之诚意感人，自然可见。

陈沆《诗比兴笺》卷三高适《燕歌行》笺曰：

> 题序云：开元二十六年客有从御史大夫张公出塞云云，则非泛咏边塞也。《唐书》：张守珪为瓜州刺史，完修故城。版筑方立，虏奄至。众失色。守珪置酒城上，会饮作乐。虏疑有备，引去。守珪因纵兵击败之，故有"战士军前半死生，美人帐下犹歌舞"之句。然其时守珪尚未建节，此诗作于开元二十六年建节之时，或追咏其事，抑或刺其末年富贵骄逸不恤士卒之词，均未可定。要之，观其题序，断非无病之呻也。

"战士"二句是赞扬还是讽刺？只要联系全文特别是结尾，结论是明显的。"身当恩遇常轻敌，力尽关山未解围。""君不见，沙场征战苦，至今犹忆李将军。"李广的特点不但勇敢善战，而且与士卒同甘苦。"至今"句，不正是批评当今的将军吗？

岑参的《白雪歌》中有这么两句："忽如一夜春风来，千树万树梨花开。"不少注本或赏析之类的文章，都大力宣扬这两句写的奇丽风光。北京出版社的《唐诗选注》对这首的说明：

> 这首送别诗作于封常清幕中。它跳出了离愁别恨的俗套。主要描写西域地区的奇异景色，其中"忽如一夜春风来，千树万树梨花开"，"风掣红旗冻不翻"，都是被人们传颂（当为诵，引者注）的名句。结句意境悠远，耐人回味。

如果我们联系全诗来看："北风卷地白草折，胡天八月即飞雪。忽如一夜春风来，千树万树梨花开。"这一起两句是欣赏还是埋怨这儿的气候远异中原？恐怕谁也得不出欣赏"奇异景色"的结论。八月中原是秋天最好的时光，"胡天"却北风卷地，大雪纷飞，此情此景更引人对中原的怀念。梨花两句，是借表面的春景写塞外的荒寒。"春风不度玉门关"，塞外见不着梨花，没有春风，所以乍见满树缀雪，惊为梨花盛开。用"忽如一夜春风来"正表现平时不见春风。怎么能说没有"离愁别恨"呢？这奇丽的景色正寄托着深刻怀乡之情。中间如"瀚海阑干百丈冰，愁云惨淡万里凝"，情绪不是很清楚吗？

结尾"山回路转不见君，雪上空留马行处"，一往情深，既有对武判官的旅途关切，又有对武能归京的艳羡之情。唐人一方面向往功业，驰驱边塞，一方面又触景生情，怀念故土。岑参也不例外，譬如《玉关寄长安主簿》：

> 东去长安万里馀，故人何惜一行书！玉关西望肠堪断，况复明朝是岁除！

思乡之情，不是溢于言表吗？正可以合参。

> 晚岁迫偷生，还家少欢趣。娇儿不离膝，畏我复却去。

杜甫《羌村三首》是大家传诵的名篇。这里引的后两句有两种不同的解释：一认为娇儿不肯离开膝前，怕我再离开家；一认为过去不肯离开膝前的娇儿，现在却见我感到害怕而走开了。持后说的人，认为这正是"还家少欢趣"的原因。持前说的，认为深一层想，这点大的孩子已经感到离别的辛酸，不让我走，大人心里该是什么滋味，所以才"少欢趣"。究竟如何理解？《羌村》和《北征》作于同一时期。《北征》说：

  平生所娇儿，颜色白胜雪。见爷背面啼，垢腻脚不袜。

我想把这几句和《羌村》那几句合起来看，大概意见就可以一致了。

  朝辞白帝彩云间，千里江陵一日还。两岸猿声啼不住，轻舟已过万重山。（李白《朝发白帝城》）

这首被王渔洋推为盛唐绝句四首压卷之一的名篇，有人说是从气势看，应是年轻时作品，因为年轻时李白是由三峡出川的。也有人反对，认为这是晚年长流夜郎遇赦放归时的欢快之作。我是赞成后说的。因为如果说是年轻出峡之作，那末"还"字就没着落。还可以拿《上三峡》（王琦注本卷二十二）对照：

  巫山夹青天，巴水流若兹。巴水忽可尽，青天无到时。三朝上黄牛，三暮行太迟。三朝又三暮，不觉鬓成丝。

这里被流放上峡的凄楚情怀，正好和闻赦放归的欢快情绪相对照。读了《上三峡》，就更易理解《早发白帝城》的精彩。

杜甫的《石壕吏》中老妇人有几句搪塞的话：

  老妪力虽衰，请从吏夜归。急应河阳役，犹得备晨炊。

在大谈思想性时,有人举此为例,说明老妇人见义勇为、为国献身的爱国行动。看了真叫人哭笑不得。既然爱国第一,为什么要让"老翁逾墙走"呢?又为什么不说还有老翁呢?老妇人做梦也没想到自己被抓("妇人在军中,兵气恐不扬",年轻妇女都不能随军),不过用几句话想把"捉人"之吏打发走罢了,哪里扯得到爱国主义上去?

在讨论《孔雀东南飞》兰芝之死因时,几乎一片声责备死于"三从四德"的礼教。但是如果反问一声:女子"在家从父,既嫁从夫,夫死从子"的"三从",兰芝的妈妈是听儿子的话,但兰芝的婆婆却偏偏不管儿子的苦苦哀求。这场悲剧,怎么能归罪于"三从"呢?我并不是要为"三从四德"辩护,也不打算探讨兰芝悲剧的根本原因,但是一种说法总不能顾头不顾尾。春秋士大夫赋《诗》大多断章取义,根据这个传统,《红旗》杂志引用刘禹锡的"沉舟侧畔千帆过,病树前头万木春",说资本主义是"沉舟""病树"。写文章是可以的。但也有些人就大谈刘禹锡这首诗表现出积极向上精神,如何如何。不妨把《酬乐天扬州初逢席上见赠》抄在下面:

> 巴山楚水凄凉地,二十三年弃置身。怀旧空吟闻笛赋,到乡翻似烂柯人。沉舟侧畔千帆过,病树前头万木春。今日听君歌一曲,暂凭杯酒长精神。

这里"沉舟""病树"用以自比,整个调子是低沉的,和"种桃道士归何处,前度刘郎今又来"的兀傲之气,不可同日而语。作文引用不妨断章取义,但理解局部决不能不顾整体。

再举若干词为例。

白居易《忆江南》:"日出江花红似火,春来江水绿如蓝。"中学课本曾注解:"江花":"太阳从波光鳞鳞的江中升起,江水把它映衬得比火还红艳。"但多数的注本认为指江边的春花。如果取"浪花"的解释,那末和下句的"江水"同说一事,稍有忌合掌常识的人,大概不会取"浪花"这种"新奇"之说的吧!

柳永的《望海潮》"有三秋桂子,十里荷花",有一本《唐宋词选》,注说:"'三秋'指阴历九月。桂子,桂花。"(人民文学出版社1981年版,111页)"桂子"指"桂花",那末和"荷花"合掌。桂花是八月开的,三秋指阴历九月,也捏不拢。实际桂子就是桂树的种子。白居易《忆江南》:

江南忆,最忆是杭州。山寺月中寻桂子,郡亭枕上看潮头。何日更重游?

柳永正是用的白词,白是根据神话传说,灵隐寺时常能找到月里桂树飘下的种子。柳永八字,一句讲时令,一句讲范围,一句秋天神话传说,一句夏日即目美景。一解成"桂花",意味全失。

几日行云何处去?忘却归来,不道春将暮。百草千花寒食路,香车系在谁家树?　泪眼倚楼频独语,双燕来时,陌上相逢否?撩乱春愁如柳絮,悠悠(依依)梦里无寻处。

这首调名《鹊踏枝》、《凤栖梧》,通称《蝶恋花》,冯延巳或欧阳修作。这末句前引的选本注:悠悠形容梦长。悠悠一作依依。以上两句说,春愁撩乱如漫天飞舞的柳絮,就是在梦里相寻,也难以找得到他。(同上,59页)

这里采用"悠悠形容梦长"的说法,怎么能和全词思妇之情一致呢?"愁多知夜长",因为怀人而睡不安稳,而梦长必然要睡得踏实。不妨引岑参《春梦》来作旁证:

洞房昨夜春风起,遥忆美人湘江水。枕上片时春梦中,行尽江南数千里。

"悠悠形容梦长"就冲淡了全词的愁绪,不如"依依"义长。

李煜的《浪淘沙》"无限江山",有注说:"无限江山,指原属南唐的大好河山。一说指为无限江山所阻隔。"(同上,71页)

这下面一句"别时容易见时难",别和见的对象只能是上句的"无限江山",正因为如此,所以才"独自莫凭栏"。凭栏就想要见到旧国"无限江山",引起亡国之恸。本来文从字顺、何必横出个"阻隔"之说,把上下文都隔断了。

往事只堪哀,对景难排、秋风庭院藓侵阶。一桁珠帘闲不卷,终日谁来。　金锁(剑)已沉埋,壮气蒿莱。晚凉天净月华开。想得玉楼瑶殿影,空照秦淮。

那本《词选》对换头处注说:"金锁:铁锁链。壮气蒿莱:意谓王气告终。壮气即王气,古时有迷信思想的人所说的一种表明帝王气数的神秘征候。蒿莱,野草。这里用作动词,即掩没于野草。以上两句是借用《晋书·王濬传》三国时吴国以铁锁链横断长江,抵抗西晋水军,结果仍失败灭亡的典故,哀叹南唐兵败国亡。意同刘禹锡《西塞山怀古》诗:'千寻铁锁沉江底'、'金陵王气黯然收'。金锁一作'金剑'。"(同上,69页)

把"壮气"讲成"王气",已属离奇,整个的解释也扞格难通,"铁锁横江"时的东吴,已经是无可奈何的下策,还谈到什么"壮气"呢?我认为应作"金剑"。《墨子·公孟》说:"昔者齐桓公,高冠博带、金剑木盾以治其国,其国治。"

李煜用这个典故表明当时治国的理想已经幻灭,象征国主的权力的"金剑已沉埋",当年的"壮气"也已沦于蒿莱之中,表达出深沉的亡国之恸,还隐含着难言的追悔之情。"金锁"怎么能解为"横江铁锁"呢?"千寻铁锁沉江底",那个"埋"字又失去作用变成趁韵了,而丰城狱的剑气,正是宝剑可以用"埋"的根据,延津化龙又是剑沉的典实。通观全诗,只有作"金剑"才能顺乎情理。

  常记溪亭日暮,沉醉不知归路。兴尽晚回舟,误入藕花深处。争渡,争渡,惊起一滩鸥鹭。

那本《词选》注:"争渡,有夺路而归之意。"(同上,228页)

首先应该领会李清照写的这首即景的小词,是写一种晚归的闲适自在的情趣。"争"就是"怎"字,两个短句应是"争渡?争渡?"才和上文"误入藕花深处"相应。因为误入到藕花深处,才发出如何归去的问话,表现停舟寻路的情景。上面已经有"误入"字样,试问还没弄清楚路怎么错的,如何就能莽撞地"夺路而归"?

  落日塞尘起,胡骑猎清秋。汉家组练十万,列舰耸层楼。谁道投鞭飞渡?忆昔鸣髇血污,风雨佛狸愁。季子正年少,匹马黑貂裘。 今老矣,搔白首,过扬州。倦游欲去江上,手种橘千头。二客东南名胜,万卷诗书事业,尝试与君谋:莫射南山虎,直觅富平(民)侯。

这末两句,那本书注说:"莫射南山虎:意谓目前可不要再习武了。《史记·李将军列传》载,李广曾屏居蓝田南山中射猎,'广所居郡闻有虎,尝自射之'。直觅,但求。富平侯:《汉书·张汤传》载,汉元帝时,张放幼袭富平侯,得到皇帝宠信,斗鸡走马,骄奢淫逸,无恶不作。元帝与他一起在外游乐,自称富平侯家人。富平侯,一作'富民侯'。以上两句讽喻南宋统治者不重视有才能的军事将领,只重用那些谄媚皇帝的人。作者说的是气话,反映了他的不满"。(同上,317页)

这段话是气话,但用富平侯,和上文毫无干系。李商隐《富平少侯》:"七国三边未到忧,十三身袭富平侯……当关不报侵晨客,新得佳人字莫愁。"那是讥讽勋戚子弟的骄奢淫逸的。辛稼轩上句"尝试与君谋"是和二客共同商量立身处世之道。上文已有"倦游欲去江上,手种橘千头"的计划,暗用李衡千头木奴的典故,这里结尾作"直觅富民侯",和种橘呼应。借用田千秋封富民侯的字面发牢骚,认为建功立业讲武灭敌的愿望不可能实现了,不如安排好自己的生活做个富翁吧!这和他在《鹧鸪天》里说的"却将万字平戎策,换得东家种树书"的牢骚话同一格调。当"富平侯"来理解,和上文毫不相干,可谓"差之毫厘,缪以千里"了。

郁孤台下清江水,中间多少行人泪!西北望长安,可怜无数山。　青山遮不住,毕竟东流去。江晚正愁予,山深闻鹧鸪。(辛弃疾《菩萨蛮》)

这首词,中学生都能背诵。但这末句"山深闻鹧鸪"到底是什么意思,却很不易弄透彻。罗大经《鹤林玉露》卷一提出"闻鹧鸪之句,谓恢复之事行不得也",后来很多注本都据此发挥。《南京大学学报》1980年第三期《辛弃疾〈菩萨蛮〉词新解》根据汉杨孚《异物志》记载:"鹧鸪其志怀南,不思北;其鸣呼飞,但南不北。"最后得出这样的论断:"鹧鸪'其志怀南'的形象,正是辛弃疾从北方沦陷区投奔南宋最生动最贴切的自我写照,它是正面形象,是作者自比。我对最后两句的理解是:天色已晚,诗人在江边正为国事担忧的时候,忽然从深山中传来鹧鸪'但南不北'的叫声,使诗人立刻想起了这种鸟儿'其志怀南'的可爱形象。他感到即使自己的恢复大计尚未实现,但也定要像鹧鸪一样留在南方,决不能北去向金兵投降。于是他更坚定了忠于南宋的心意,当初南归报国的志向永远不变。"

作者驳斥罗大经的说法,指出鸣声是"但南不北",这一点我认为是对的。但最后这段归纳,却不敢苟同。辛弃疾此词上半阕明说"西北望长安",表明志在北伐,这种愿望到晚年"何处望神州?满眼风光北固楼"(《南乡子》),"凭谁问,廉颇老矣,尚能饭否"(《永遇乐》),随处可见。怎么能萌出"决不能北去向金兵投降"的念头呢?从本篇看,"但南不北"的鸣声,应是引起诗人对南宋畏敌如虎不敢研究北伐的怯懦行径的联想,所以更加重上句"江晚正愁予"的愁绪。这样,全词的沉郁情绪达到饱和。

例子就举这一些,我的每个论断未必都符合诗人的原意。但我想,解析局部必须注意整体,有时需要反复验证,才能理解透一些。这个总的论点,可否成立,请广大读者指教。

一二、刚柔互济　相反相成
　　——含蓄与痛快

　　张表臣《珊瑚钩诗话》卷一说:"篇章以含蓄天成为上,破碎雕镂为下。如杨大年西昆体,非不佳也,而弄斤操斧太甚,所谓'七日而混沌死'也。"读此,联想到欧阳修、王安石的故事。

　　《说郛》(商务百卷本,下同)卷三十二元人《抚掌录·作犯徒以上罪诗》说:

　　　　欧阳公与人行令,各作诗两句,须犯徒以上罪者。一云:"持刀哄寡妇,下海劫人船。"一云:"月黑杀人夜,风高放火天。"欧云:"酒粘衫袖湿,花压帽檐偏。"或问之,答云:"当此时,徒以上亦做了。"

　　这虽是笑谈,但却反映出诗贵含蓄的道理。那两人的说法太露骨了,而欧阳修却把酒色之徒的醉态写出来,让人想象得之,猛一看这两句和"犯徒以上罪"毫不相干,经欧阳修一回答,读者才恍然大悟,这就留给读者充分的想象馀地,这就是"含不尽之意见于言外"的含蓄之妙。《高斋诗话》说:

　　　　荆公《题金陵此君亭诗》云:"谁怜直节生来瘦,自许高才老更刚。"宾客每对公称颂此句,公辄颦蹙不乐。晚年与平甫坐亭上，视诗牌曰："少时作此题榜，一传不可追改，大抵少年题诗，可以为戒。"平甫曰："此扬子云所以悔其少作也。"（《苕溪渔隐丛话前集》卷三十四）

　　王荆公少以意气自许，故诗语惟其所向，不复更为含蓄。如"天下苍生待霖雨，不知龙向此中蟠"，又"浓绿万枝红一点，动人春色不须多"，又"平治险秽非无力，润泽焦枯是有材"之类，皆直道其胸中事。后为群牧判官，从宋次道尽假唐人诗集，博观而约取，晚年始尽深婉不迫之趣。乃知文字虽工拙有定限，然亦必视初壮；虽此公，方其未至时，亦不能力强而遽至也。（《石林诗话》卷中）

《诗人玉屑》卷十专论"含蓄"，分成"尚意"、"句含蓄意含蓄"，然后专讲"子美含蓄"和"元微之诗"，归结为"语意有无穷之味"，对初学很有启发。在"尚意"里说：

　　诗文要含蓄不露，便是好处。古人说雄深雅健，此便是含蓄不露也。用意十分，下语三分，可几风雅；下语六分，可追李杜；下语十分，晚唐之作也。用意要精深，下语要平易，此诗人之难。

在"语意有无穷之味"里又说：

　　《长恨歌》、《上阳人歌》、《连昌宫词》，道开元、天宝禁事最为深切。然微之有《行宫》绝句云："寥落古行宫，宫花寂寞红。白头宫女在，闲坐说玄宗。"语少意足，有无穷之味。

这一节正好作为上面"下语三分"、"下语六分"的补充说明。要做到含蓄，我觉得常见的有几种情况，分别例述如下：

一、要不说尽,使人从多种角度考虑。即以元稹这四句小诗为例,妙在"闲坐说玄宗"五字,究竟说什么呢?是昔日繁华和晚境的凄凉?是宠爱杨贵妃、安禄山而几亡社稷?是梅妃、杨妃的各种轶事?是张后、李辅国对玄宗末年的幽禁?是行宫的盛衰历史?任读者们去猜测。古诗中也有这种情况,如杜甫的《垂老别》写老翁之愤而舍家,千回百折。中间忽然插入"忆昔少壮日,迟回竟长叹",他究竟回忆些什么,长叹些什么,作者也没有说明,令人想象。至于像前人屡次称道的"勋业频看镜,行藏独倚楼"等,也都妙在不说尽。

二、要融情于景,从景物中反映人的感受。晚唐诗的毛病之一是什么都说透了,如杜荀鹤的"桑柘废来犹纳税,田园荒尽尚征苗"之类。当时人戏评杜荀鹤的诗说:"杜诗三百首,尽在一联中。""风暖鸟声碎,日高花影重。"这是杜荀鹤《春闺怨》中的两句。他只写春天庭院里的秾丽繁缛,细碎的鸟语,重叠的花朵,而主人公的孤寂之感,自在言外。刘禹锡"行到中庭数花朵,蜻蜓飞上玉搔头",可能是杜荀鹤的先导。欧阳修、梅圣俞盛赞温庭筠的《商山早行》"鸡声茅店月,人迹板桥霜",所谓"状难写之景如在目前,含不尽之意见于言外",最常见的方式就是着力写景而情在其中。

三、寓哲理于景于事之中,不必说出。如人所熟知的事,白居易呈诗卷给顾况,顾况看到白的名字就开玩笑说:"长安米珠薪桂,居大不易。"等到打开诗卷,看到"野火烧不尽,春风吹又生"两句,马上佩服说:"道得个语,居亦何难?老夫前言戏之耳。"这两句诗为什么使老诗人顾况如此心折呢?因为题目是《赋得古原草送别》,这两句确实说的是野草的特点,但它使人体会到一片生机,不可阻挡,更无法消灭。读了它想起了人生的奋斗哲学。可字面上它确说的野草,不像本文篇首所举王安石"谁怜直节生来瘦,自许高材老更刚"说得那样露骨。同样的例子如朱斌《登楼》"欲穷千里目,更上一层楼",杜甫《春夜喜雨》"随风潜入夜,润物细无声"等等,都是前人所称赞的有"理趣"而不落"理障"。

四、以有形无,写出见到的,使人想到未见的。司马光说:

> 古人为诗,贵于意在言外,使人思而得之,故言之者无罪,闻之者足以戒也。近世诗人惟杜子美最得诗人之体。如:"国破山河在,城春草木深。感时花溅泪,恨别鸟惊心。"山河在,明无馀物矣;草木深,明无人矣。花鸟,平时可娱之物,见之而泣,闻之而悲,则时可知矣。他皆类此,不可遍举。(《续诗话》)

司马光对《春望》的分析是有道理的,诗人为了表现时世的感慨,他不直接写破坏了的东西,而只写存在的,言外都不存在了。刘禹锡《金陵五题·石头城》:"山围故国周遭在,潮打空城寂寞回。淮水东边旧时月,夜深还过女墙来。"也同于"国破山河在"的表现法,而使白居易佩服得五体投地。

《翰府名谈》里评论赞美刺史、县令的诗:

> 刺史、县令故事尤多。士子以诗投献,难得佳句。方谓有《上广州太守》诗曰:"鳄去恶溪韩吏部,珠还合浦孟尝君。"虽善用故事,议者未许。赠邑令诗云:"琴弹永日得古意,印锁经秋生藓痕。"句虽佳,但印上不是生藓处。不若"雨后有人耕绿野,月明无犬吠花村",思清句雅,又见令之教化仁爱,民乐于丰年之耕耨,且无盗贼之警,不见治术之迹。(《诗话总龟前集》卷五)

这后两句诗,妙在写出的东西是为了表现未写的意思。比直接用刺史、县令的典故来表达要含蓄形象得多。

五、对于政治形势等无法说明的内容,往往只谈景物或空言愁恨,让读者联系作者的处境去探索。如李商隐的"夕阳无限好,只是近黄昏",这里表现出对唐室没落的无限感触,却只能寄于夕阳。辛弃疾《摸鱼儿》的结尾:"闲愁最苦。休去倚危栏,斜阳正在,烟柳断肠处。"这几句词,表面上只是写斜阳烟柳,但宋孝宗见到了很不高兴,不过没有加罪于辛弃疾,就因为辛在字面只写闲愁,骨子里却感慨南宋小朝庭的形势。南唐中主李璟有首《浣溪沙》:

手卷真珠上玉钩,依前春恨锁重楼。风里落花谁是主?思悠悠。　　青鸟不传云外信,丁香空结雨中愁。回首绿波三楚暮,接天流。

詹安泰《李璟李煜词》说:"细看这词,在深长愁恨中表露出彷徨无措的心情,又对着江天致其无穷的依恋,当非一般的对景抒情之作,可能是李璟当南唐受周威胁得很厉害的时候借这样的小词来寄托自己的遭遇和怀抱的。"这个说法,正表现出含而不露的特色。到了南宋亡国之后,一些词人写的咏物、伤春之类的词来寄托亡国的哀思,也是含而不露,所写的是景物,所感的却是家国,如张炎《高阳台》:

接叶巢莺,平波卷絮,断桥斜日归船。能几番游,看花又是明年。东风且伴蔷薇住,到蔷薇,春已堪怜。更凄然。万绿西泠,一抹荒烟。　　当年燕子知何处,但苔深韦曲,草暗斜川。见说新愁,如今也到鸥边。无心再续笙歌梦,掩重门,浅醉闲眠。莫开帘。怕见飞花,怕听啼鹃。

这首词作者自己加个题目叫《西湖春感》,但联系他的生平来考察,这里要表达的正是难言的亡国之哀痛。

六、由于长期封建统治的影响,像屈原那样"怨灵修之浩荡","荃不察予之中情"式地直接指斥君主的方式不见了,而代之以"臣罪当诛兮天王圣明"式的自责。透过表面的词句间的矛盾,可以领会作者自明无辜的内心。我们可举苏轼为例,他因为作诗被告逮到御史台的监狱里,他和儿子约好,如果要判死罪处决,就在饭里送鱼鲊,平安没事就送别的菜。有天儿子有事托别人代送牢饭,忘记交代这个暗号。那家正好弄到鱼,就做了鱼鲊送去,苏轼以为没命了,写了两首诗请狱卒梁成交给弟弟苏辙,这是苏轼诗里叫人不忍卒读的:

圣主如天万物春,小臣愚暗自亡身。百年未满先偿债,十口无归更累人。是处青山可埋骨,他年夜雨独伤神。与君世世为兄弟,又结来生未了因。

柏台霜气夜凄凄,风动琅珰月向低。梦绕云山心似鹿,魂飞汤火命如鸡。眼中犀角真吾子,身后牛衣愧老妻。百岁神游定何处,桐乡知葬浙江西。

他自己在诗后注说:"狱中闻杭、湖间民为余作解厄道场者累月,故有此句。"试想他被逮到监狱,地方的百姓却为他祈祷,做佛事做了一个多月,这表现人民对他的爱戴到了何等程度,所以他知道死了以后,一定以浙西为归宿。这和第一首"小臣愚暗自亡身"怎么能一致?愚暗的人,临民能有这样的遗爱于民吗?作者正是透过这种矛盾倾诉自己的冤枉,这可算是一种特殊的含蓄的表白。

含蓄是诗词中时常表现的美,但不是说所有诗词只有含蓄才称得上是美，相反，在作者的感情异常激动而又无所顾忌的情况下，喷薄而出，像长江大河那样一泻千里，那也是好诗，是以痛快见长的。不妨举几首诗词。杜甫流落四川，忽然听到安史馀党已经削平，写了一首有名的《闻官军收河南河北》七律：

> 剑外忽传收蓟北，初闻涕泪满衣裳。却看妻子愁何在，漫卷诗书喜欲狂。白日放歌须纵酒，青春作伴好还乡。即从巴峡穿巫峡，便下襄阳向洛阳。

这首诗一气呵成，欢快之情，表露无遗。特别是结尾，好像立即水陆兼程，直到襄阳田宅，它把"喜欲狂"表现得淋漓尽致。这是用眼泪来表达欢快，而欢快之中又有过去的无限酸辛。南宋的胡铨上封事请斩秦桧、王伦，震动朝廷，四年之后被贬管新州。行前平时亲旧都不敢与之来往，老诗人王庭珪却特地写了两首七律痛快地歌颂胡铨，矛头直指权臣，也是直抒胸臆，一往无前，使人感到"字向纸上皆轩昂"，得到未有的痛快。诗曰：

> 囊封初上九重关，是日清都虎豹闲，百辟动容观奏牍，几人回首愧朝班。名高北斗星辰上，身堕南洲瘴海间。不待他年公议出，汉廷行诏贾生还。
>
> 大厦元非一木支，要凭独力拄倾危。痴儿不了公家事，男子要为天下奇。当日奸谀皆胆落，平生忠义只心知。端能饱吃新州饭，在处江山足护持。

胡铨是铁骨铮铮的硬汉，编管新州，未能把他怎样，于是秦桧的走狗又把他充军到海南岛。唐代即使像李德裕那样的名相，贬到崖州，也就忧愁忿懑死于贬所。一般人听到这样的消息都将愁闷不堪，而胡铨有首《雷州和朱彧秀才时欲渡海》诗却充满豪情：

> 何人着眼觑征骖,赖有新诗作指南。螺髻层层明晚照,蜃楼隐隐倚晴岚。仲连蹈海徒虚语,鲁叟乘桴亦谩谈。争似澹庵乘兴往,银山千叠酒微酣！

这首诗也是以气势充沛痛快淋漓取胜。再如《满江红》：

> 怒发冲冠,凭栏处潇潇雨歇。抬望眼,仰天长啸,壮怀激烈。三十功名尘与土,八千里路云和月。莫等闲,白了少年头,空悲切。　　靖康耻,犹未雪。臣子恨,何时灭。驾长车踏破贺兰山缺。壮志饥餐胡虏肉,笑谈渴饮匈奴血。待从头收拾旧山河,朝天阙。

这也是直书胸臆,满腔忠愤,喷薄而出,也是以痛快见长。

含蓄和痛快是两种风格,借用姚鼐的话说,含蓄可以说是阴柔之美,而痛快就是阳刚之美。大体上说,以痛快见称的诗篇,多半是骨鲠在喉,不吐不快,其人为忠臣义士,愠于群小,忍无可忍,发而为诗词,像一腔热血,喷洒纸上,使百世后读之,也为之怒发冲冠,或扼腕浩叹。另外则是极度兴奋下的感情迸发,如杜甫的《闻官军收河南河北》等。

"一阴一阳之谓道",有得于阴柔之美者,也未尝没有阳刚之气,有得于阳刚之美者,也有阴柔之处。在诗词中讲究沉着痛快,我的想法就是在含蓄中有痛快,在痛快之处又含蓄。如前引老杜"勋业频看镜,行藏独倚楼"之联。拿词来看,譬如辛弃疾的《水龙吟·登建康赏心亭》：

> 楚天千里清秋,水随天去秋无际。遥岑远目,献愁供恨,玉簪螺髻。落日楼头,断鸿声里,江南游子。把吴钩看

了,阑干拍遍。无人会,登临意。　休说鲈鱼堪鲙,尽西风,季鹰归未?求田问舍,怕应羞见刘郎才气。可惜流年,忧愁风雨,树犹如此!倩何人唤取,红巾翠袖,揾英雄泪。

这首词也看出辛弃疾的满腔义愤,特别是上半阕"落日楼头"到"阑干拍遍",像是痛快淋漓,但却用"无人会,登临意"把它束住。下半阕是发挥"登临意"的,他却连续使用张翰、刘备、桓温三个人的典故曲折地把这层意思暗地传出,不像《满江红》那样尽情倾诉。这是痛快中有含蓄。再如吴文英《八声甘州·灵岩陪庾幕诸公游》:

渺空烟四远,是何年,青天坠长星?幻苍崖云树,名娃金屋,残霸宫城。箭径酸风射眼,腻水染花腥。时靸双鸳响,廊叶秋声。　宫里吴王沉醉,倩五湖倦客,独钓醒醒。问苍天无语,华发奈山青!水涵空,阑干高处,送乱鸦斜日落渔汀。连呼酒,上琴台去,秋与云平。

这首词也可以算是沉着痛快之作,兼有痛快和含蓄的长处。它先借用灵岩的故事,一气盘旋,写了吴夫差的兴亡,而今日的秋声和当年的响屟廊若即若离。"宫里吴王沉醉"直指夫差,但读的人谁也知道这是为时事而发。这一大段的指斥是痛快淋漓,但"问苍天无语"以下,作者忽然满引不发,转而以写景叙事来寄托一腔难言之隐,这也是非常含蓄。在南宋词人中感时伤世之作,往往以景来作结,这是痛快处不忘含蓄的常见方式。恰当地将痛快与含蓄结合起来,往往更能激发读者的情感,我们在欣赏诗词中不该忽略这一点。

一三、融会前作　翻出新意
——承袭与变化

一切文学作品,都以独创为贵,这是人们公认的。韩愈在《南阳樊绍述墓志铭》里称赞樊宗师著作之富,"然而必出于己,不袭蹈前人一言一句,又何其难也"。在铭辞中,韩愈又批评当世说:"惟古于词必己出,降而不能乃剽贼,后皆指前公相袭,从汉迄今用一律。"所以他自己作文"惟陈言之务去",他能被后人尊为"文起八代之衰",和这种主张独创的精神是分不开的。

但是过分强调这一点,也未免有片面性。一切文学作品都有继承和发展的问题,尤其是以抒情为主的诗词。人的许多感情是共同的,比如亲友间的离情别绪,君臣间的忧谗畏讥,人生的飘忽无常,年华已过,壮志未酬等的感慨。这些在古典诗词中是屡见不鲜的,同抒一样的感情,就难免立意措词等的相似。善于继承前人的成就,会提高抒情的效果;弄得不好,也免不了剽窃之嫌。皎然《诗式》里曾经指出三种情况。一种是"偷语":"如陈后主《入隋侍宴应诏诗》'日月光天德',取傅长虞《赠何劭王济诗》'日月光太清',上三字同,下二字义同。"他认为"偷语最为钝贼……无处逃刑"。第二种是"偷意":"如沈佺期《酬苏味道诗》'小池残暑退,高树早凉归',取柳恽《从武帝登景阳楼》'太液沧波起,长杨高树秋'。"他认为这种人:"事虽可罔,情不可原。若欲一例平反,诗教何设?"第三种是"偷势":"如王昌龄《独游诗》'手携双鲤鱼,目送千里雁。悟彼飞有适,嗟此罹忧患',取嵇康《送秀才入军诗》'目送归鸿,手挥五弦。俯仰自得,游心泰玄'。"他认为这种是:"才巧意情,若无朕迹。盖诗人偷狐白裘于阛阓中之手。吾示赏俊,从其漏网。"

皎然这里讲的"偷势",可能指艺术构思上的借鉴;所谓"偷意",可能指表现手法上的承袭。这两者的界限有时并不易划清,而"偷语"则是近于剽掠,和那两者可以戛然分开。我所说的承袭,大体上是"意""势"方面的继承学习问题,在诗词中是经常出现的,只要能有所变化,虽然承袭了某些方面,无碍其为好作品。不妨举些例子来分析一下。

中国诗词的源头出于《诗经》和《楚辞》,如果从大的方面讲,赋比兴的手法无所不包。香草美人等的广泛设喻,矢志不渝的慷慨陈辞和缠绵悱恻的眷恋情怀,又是《离骚》在抒情上的主要特色。后世诗词大体上没有越出《诗》、《骚》的范围。钟嵘在评论《古诗》时说"其源出于《国风》",说李陵诗"其源出于《楚辞》",大约也是这样认识的。我们不妨把范围缩小些来考察前人的承袭与变化。

《离骚》里说:"唯草木之零落兮,恐美人之迟暮。"这两句开后世无限法门。《古诗十九首》"伤彼蕙兰花,含英扬光辉。过时而不采,将随秋草萎。"陈子昂的《感遇诗》第二首说:

  兰若生春夏,芊蔚何青青。幽独空林色,朱蕤冒紫茎。迟迟白日晚,嫋嫋秋风生。岁华尽摇落,芳意竟何成!

承袭的痕迹不是很显然吗?但它又加以发展充实,不愧是一首寄兴深微的好诗。

古诗有"客行虽云乐,不如早旋归"的句子。王粲《登楼赋》说:"虽信美而非吾土兮,曾何足以少留。"后来作客他乡或送人都有类似的说法。李白"锦城虽云乐,不如早还家"(《蜀道难》),杜甫"成都万事好,岂若归吾庐!"(《五盘》),戎昱的《湖南春日》说:"三湘漂寓若流萍,万里江乡隔洞庭。羁客春来心欲碎,东风莫遣柳条青。"仍然是前面说的意思,但是多一层曲折,就给人以新鲜之感。李商隐的《夕阳楼》:"花明柳暗绕天愁,上尽重城更上楼。欲问孤鸿向何处,不知身世自悠悠。"这仍是《登楼赋》的思想,但比戎昱的更为沉重。韦庄的《菩萨蛮》因为避乱江南,所以又把这个意思翻进一层:

  人人尽说江南好,游人只合江南老。春水碧于天,画船听雨眠。 炉边人似月,皓腕凝霜雪。未老莫还乡,还乡须断肠。

从上面几个例子看,承袭必须有变化,变化在从简到繁,从浑融到细腻。

以水喻愁,也是诗词中常见的。徐幹《室思》说:"思君如流水,无有穷已时。"朴素地表达这种思念。李颀"倐忽令人老,相思河水流","请量东海水,看取浅深愁",李白"一水牵愁万里长",刘禹锡"花红易衰似郎意,水流无限似侬愁",鱼玄机"忆君情似西江水,日夜东流无歇时"。到了李后主的《虞美人》,也是承袭这种比况,但用一句唤起、一句回答的方式,就显得更为生动,"问君能有几多愁,恰似一江春水向东流"。

以水寄泪以喻相思之苦,如孟浩然《宿桐江寄广陵旧游》,"还将两行泪,遥寄海西头",李白《秋浦歌》"遥传一掬泪,为我达扬州",岑参《九日怀故园》"凭添两行泪,寄向故园流",杜甫《所思》"故凭锦水将双泪,好过瞿塘滟滪堆",晁元忠《西归诗》:"安得龙山潮,驾回安河水;水从楼前来,中有美人泪。"韩子苍《为葛亚卿作》:"君住江滨起画楼,妾居海角送潮头。潮中有妾相思泪,流到楼前更不流。"这比盛唐诸公的用法要细腻得多。李之仪《卜算子》也是用这种方式而更为委婉曲折:

> 我住长江头,君住长江尾。日日思君不见君,共饮长江水。　此水几时休?此恨何时已?只愿君心似我心。定不负相思意。

"人自伤心水自流"(刘长卿)是埋怨水之无情,不会人愁。长孙叔向《经昭应温泉诗》:"一道泉回绕御沟,先皇曾向此中游。虽然水是无情物,也到宫前咽不流。"就用无情之水也为兴衰生感来加倍写人之情绪。戴叔伦却又翻用此意写迁谪之感。《湖南即事》:"卢橘花开枫叶衰,出门何处望京师。沅湘日夜东流去,不为愁人住少时。"秦观贬到郴州,受这后两句的启发,写出了著名的《踏莎行》,"郴江幸自绕郴山,为谁流下潇湘去",万口传诵。

人在愁时,水声常使人不寐,更添愁怀。李涉《宿武关》:"远别秦城万里游,乱山高下入商州。关门不锁寒溪水,一夜潺湲送客愁。"雍陶《宿石门山》:"窗灯欲灭万愁生,萤火飞来促织鸣。宿客几回眠又起,一溪秋水枕边声。"温庭筠的《更漏子》:"梧桐树,三更雨,不道离情正苦。一叶叶,一声声。空阶滴到明。"是正面写雨声添愁的名篇。温庭筠另有一首七绝《过分水岭》却翻进一层,写水声多情:"溪水无情似有情,入山三日得同行。岭头便是分头处,惜别潺湲一夜声。"这多么富于情趣。但到石介笔下却大煞风景。石介《泥溪驿中作》自注:"嘉陵江自大散关与予相伴二十馀程,至泥溪背予去,因有是作。""山驿萧条酒倦倾,嘉陵相背去无情。临流不忍轻相别,吟听潺溪坐到明。"这后句显然是承袭温诗,但不善变化,把委婉曲折的情趣写得质木无文。

梦也是表达感情的惯用材料,《古诗十九首》中有一首说:

凛凛岁云暮,蝼蛄夕鸣悲。凉风率已厉,游子寒无衣。锦衾遗洛浦,同袍与我违。独宿累长夜,梦想见容辉。良人唯古欢,枉驾惠前绥。愿得长巧笑,携手同车归。既来不须臾,又不处重闱。亮无晨风翼,焉能凌风飞。眄睐以适意,引领遥相睎。徙倚怀感伤,垂涕沾双扉。

先写久别之想念,中间写梦中之欢乐,再结以梦后之凄凉,其想念之情,因梦见而更加沉重。杜甫的《梦李白》二首比上首细致而深沉,传诵千古。

死别已吞声,生别常恻恻。江南瘴疠地,逐客无消息。故人入我梦,明我长相忆。恐非平生魂,路远不可测。魂来枫林青,魂返关塞黑。今君在罗网,何以有羽翼?落月满屋梁,犹疑照颜色。水深波浪阔,无使蛟龙得。

浮云终日行,游子久不至。三夜频梦君,情亲见君意。告归常局促,苦道来不易。江湖多风波,舟楫恐失坠。出门搔白首,若负平生志。冠盖满京华,斯人独憔悴。孰云网恢恢,将老身反累。千秋万岁名,寂寞身后事。

这两首诗:"始于梦前之凄恻,卒于梦后之感慨","'入梦'明我忆,'频梦'见君意。前写梦境迷离,后写梦语亲切"(浦起龙《读杜心解》卷一之二)。在梦境中充满朋友生死离别之感和抑郁不平之气,较之前引《古诗十九首》之纯写离别又沉郁苍凉多了。这是当时的时世之感和朋友关怀之切所激发的。"三夜频梦君,情亲见君意。"又被元稹化入《长滩梦李绅》的七绝中:"孤吟独寝意千般,合眼逢君一夜欢。惭愧梦魂无远近,不辞风雨到长滩。"

久别重逢,是事实但却如梦境,司空曙所谓"乍见翻疑梦",是人生常有的感觉。杜甫经过天宝之乱,陷身贼境,又只身逃脱到凤翔,没有家人的消息:"寄书问三川,不知家在否。比闻同罹祸,杀戮到鸡狗。""既寄一封书,今已十月后。反畏消息来,寸心亦何有。"(《述怀》)后来他终因疏救房琯被"墨制放还田里",到家时写了著名的《羌村三首》,写久别重逢的感觉,"妻孥怪我在,惊定还拭泪……夜阑更秉烛,相对如梦寐"。这是经过乱离远别的人都有的感觉,结尾十个字直书情事,语质而情挚。晏幾道把这十个字化用在《鹧鸪天》中也脍炙人口:"彩袖殷勤捧玉钟,当年拚却醉颜红。舞低杨柳楼心月,歌尽桃花扇影风。从别后,忆相逢。几回魂梦与君同。今宵剩把银釭照,犹恐相逢是梦中。"后半阕就是《羌村》第一首结尾的意境,但晏词说得委婉曲折,我们从这里也可领会诗与词在措词方面的微微之辨。

人的感情,往往借动物来烘托。杜甫讲到主人的好客,曾有"犬迎曾宿客"(《重过何将军山林》)的描述,因为弟弟死了而伤悲,写出"旧犬知愁恨,垂头傍我床"(《得舍弟消息》)的沉重语句。戎昱《移家别湖上亭》:"好是春风湖上亭,柳条藤蔓系离情。黄莺久住浑相识,欲别频啼四五声。"《云溪友议》傅会黄莺指所悦的歌妓,未免庸俗。实际上只是用黄莺来烘托人的惜别

之情,周邦彦把这种表现手法,运用到《夜飞鹊》里就更为醒目:

> 河桥送人处,凉夜何其,斜月远堕馀辉。铜盘烛泪已流尽,霏霏凉露沾衣。相将散离会,探风前津鼓,树杪参旗。花骢会意,纵扬鞭,亦自行迟。 迢递路回清野,人语渐无闻,空带愁归。何意重红满地,遗钿不见,斜径都迷。兔葵燕麦,向斜阳,欲与人齐。但徘徊班草,唏嘘酹酒,极望天西。

这里的"花骢"犹如杜诗的"旧犬"、戎诗的"黄莺",机杼不同。

有时某些意境的触发,不一定像上面举的那样明显,但细心捉摸,却又不无关系。杜甫的《曲江对酒》"一片花飞减却春,风飘万点更愁人",辛弃疾的《摸鱼儿》变成"惜春常怕花开早,何况落红无数",张炎的《高阳台》又变成"东风且伴蔷薇住,到蔷薇,春已堪怜。更凄然。万绿西泠,一抹荒烟。"愈翻愈细致。王翰《春日思归》:"杨柳青青杏发花,年光误客转思家。不知湖上莲歌女,几个春舟在若邪?"周邦彦的《苏幕遮》是《清真词》中的上品:

> 燎沉香,消溽暑。鸟雀呼晴,侵晓窥檐语。叶上初阳干宿雨。水面清圆,一一风荷举。 故乡遥,何日去?家住吴门,久作长安旅。五月渔郎相忆否?小楫轻舟,梦入芙蓉浦。

仔细一捉摸,这词的意境和王翰诗句总有些渊源瓜葛。

曹植《赠白马王彪》:"丈夫志四海,万里犹比邻。恩爱苟不亏,在远分日亲。何必同衾帱,然后展殷勤?忧思成疾疢,无乃儿女仁？"王勃《送杜少府之任蜀州》后半："海内存知己，天涯若比邻。无为在歧路，儿女共沾巾。"承袭曹作，人们很容易看出来。秦观《鹊桥仙》：

    纤云弄巧，飞星传恨，银汉迢迢暗度。金风玉露一相逢，便胜却人间无数。　　柔情似水，佳期如梦，忍顾鹊桥归路！两情若是久长时，又岂在朝朝暮暮！

这结尾两句，脍炙人口。但是它和"丈夫志四海，万里犹比邻，恩爱苟不亏，在远分日亲"的意境不也是一脉相承而略加变化吗？

李群玉《澧陵道中》："别酒离亭十里强，半醒半醉引愁长。无人寂寂春山路，雪打溪梅狼藉香。"花虽狼藉而不改其香，耐人寻味。王安石《北陂杏花》："一陂春水绕花身，身影妖娆各占春。纵被东风吹作雪，绝胜南陌碾成尘。"陆游的《卜算子·咏梅》："驿外断桥边，寂寞开无主。已是黄昏独自愁，更着风和雨。　　无意苦争春，一任群芳妒。零落成泥碾作尘，只有香如故。"这结尾的意境很显然有李群玉、王安石诗的影子。

刘禹锡的名诗《石头城》："山围故国周遭在，潮打空城寂寞回。淮水东边旧时月，夜深还过女墙来。"仔细想想，不就是杜甫"国破山河在"一句的转化吗？李白《渡荆门送别》结句说："仍怜故乡水，万里送行舟。"他是四川人，所以这么说，苏轼也是四川人，《游金山寺》一开头："我家江水初发源，宦游直送江入海。"不就是从"故乡水"上生发的吗？苏轼《念奴娇》"大江东去，浪淘尽，千古风流人物"自是名句。辛弃疾在《南乡子》上半阕中略加点化："何处望神州？满眼风光北固楼。千古兴亡多少事，悠悠。不尽长江滚滚流。"不细心就觉察不到。

朋友分离，难受之极，甚至悔恨本来不该相识，这是深一层的表达方法。如唐长孙佐辅《别友人》："愁多不忍醒时别，想极还寻静处行。谁遣同衾又分手，不如行路本无情。"这后两句翻进一层，令人不忍卒读，但这种方式我们似曾相识。梁简文帝《夜望单飞雁诗》"早知半路应相失，不如从来本独飞"，恐怕就是长孙诗的祖本。

例子可以说是举之不尽的，因为有许多感情是人们所共有的，抒情的内容既有相同处，表达方式也不可能毫无共同之点。如樊绍述那种"不袭蹈前人一言一句"，实际是行不通的，所以樊的《绛守居园池记》教人无法句读。但因袭贵有变化和发展。就诗词而言，大体上古诗质朴，绝句和词则常化为细腻；古诗浑融，绝句和词则常化为明快等等。共同的标准是前人所说的："譬如日月，终古长见而光景长新。"能够承袭变化而使人有清新之感，就该是成功的，剽窃字句，生吞活剥，自然不值一提。《王直方诗话》有一则说：

> 东坡作《藏春坞诗》有"年抛造物甄陶外，春在先生杖履中"，而少游作《俞充哀词》乃云"风生使者旌旄上，春在将军俎豆中"。余以为依仿太甚。（《苕溪渔隐丛话前集》卷五十）

"依仿太甚"，也不能算好诗。承袭变化而使人不见依仿的痕迹，才是值得称道的。

一四、着盐于水　以旧为新
——谈用典

一

　　用典,前人也叫用事、使事,是中国文学创作中常见的现象,特别是骈文,更离不开用事。《文心雕龙》在这方面曾有过精彩的论述。《神思》说:

　　　　积学以储宝,酌理以富才,研阅以穷照,驯致以怿辞。
　　　　意翻空而易奇,言征实而难巧。
　　　　博见为馈贫之粮,贯一为拯乱之药。

在《事类》里又说:

　　　　是以属意立文,心与笔谋。才为盟主,学为辅佐。主佐合德,文采必霸;才学褊狭,虽美少功。

《丽辞》再说:

　　　　故丽辞之体,凡有四对:言对为易,事对为难;反对为优,正对为劣。言对者,双比空辞者也;事对者,并举人验者也。反对者,理殊趣合者也;正对者,事异义同者也。

这里重点讲骈文,也和诗相通,特别是律诗,但诗词创作要不要用典,历来是有争议的。胡适《文学改良刍议》主张文学不用典,实际是行不通的。反对诗词用典的人,常常欢喜引钟嵘《诗品序》为证:

> 至乎吟咏情性,亦何贵于用事?"思君如流水",既是即目;"高台多悲风",亦惟所见;"清晨登陇首",羌无故实;"明月照积雪",讵出经史?观古今胜语,多非补假,皆由直寻。颜延、谢庄,尤为繁密,于时化之。故大明、泰始中,文章殆同书抄。近任昉、王元长等,辞不贵奇,竞须新事,尔来作者,浸以成俗。遂乃句无虚语,语无虚字,拘挛补衲,蠹文已甚。但自然英旨,罕值其人。词既失高,则宜加事义,虽谢天才,且表学问,亦一理乎!

钟嵘这段话仔细琢磨,他只是强调"吟咏性情,亦何贵于用事",就是说抒情诗以不用典为高,但并不是在诗歌中一概反对用典。他批评的是滥用,使"文章殆同书抄"的流弊,这也如同后来批评的所谓"堆垛死尸"、所谓"点鬼簿"的偏向。钟嵘还认为"词既失高,则宜加事义,虽谢天才,且表学问",也不失为"一理"。实际上用典是文学的经济手段,有过诗词创作经验的人,都会尝到用典的甜头。古人自不用说,就拿现在人来说,如荒芜在《纸壁斋集代序》中有这样一段话:"写讽刺诗,可以不可以用典故呢?有人说绝对不可以用,也有人说最好不用。这两种说法,我都不敢苟同,因为事实上办不到。我也反对像李商隐那样,用事太多,让人猜谜。我主张用典要用得恰当,贴切。冷僻的典,要加注释。典用得好,两个字可以抵千言万语,不但文字精练,而且能给读者带来丰富的历史联想。"

他还举出自己的诗句"众望归安石,国家仗老成","燕园理想阐精神,金水桥歌意味新。《封禅书》成魂欲断,不知狗监又何人?"来证明用典的好处,这确是甘苦之言。讽刺诗要用典,抒情诗能不能用典呢?答案也是肯定的。《离骚》里用了大量的典故,人所共知。作为五言抒情诗的楷模的《古诗十九首》也不排斥用典故。举第一首为例:

> 行行重行行,与君生别离。相去万馀里,各在天一涯。道路阻且长,会面安可知!胡马依北风,越鸟巢南枝。相去日已远,衣带日已缓。浮云蔽白日,游子不顾反。思君令人老,岁月忽已晚。弃捐勿复道,努力加餐饭。

《楚辞》"悲莫悲兮生别离"是第二句所本。《诗经》"溯洄从之,道阻且长",第三句扩为五字句。《韩诗外传》:"诗曰'代马依北风,飞鸟栖故巢',皆不忘本之谓也。"这是"胡马"两句的出处。陆贾《新语》曰:"邪臣之蔽贤,犹浮云之障日月。"《文子》曰:"日月欲明,浮云盖之。"这些又是"浮云"句的根源。

抒情诗也可用典,既不待言。叙事诗呢?白居易《长恨歌》叙明皇杨妃事,通篇赋体,他自诩"一篇《长恨》有风情",有人举这一首作为长篇叙事诗不用典的例子,但中间却有"金阙西厢叩玉扃,转教小玉报双成"的典故。

二

所以问题不在于能不能用典,而在于用得恰当。《蔡宽夫诗话》云:

荆公尝云："诗家病使事太多,盖皆取其与题合者类之,如此乃是编事,虽工何益?若能自出己意,借事以相发明,情态毕出,则用事虽多,亦何所妨?"故公诗如"董生只为《公羊》惑,岂肯捐书一语真","桔槔俯仰妨何事,抱瓮区区老此身"之类,皆意与本题不类,此真所谓使事也。(《苕溪渔隐丛话后集》卷二十五)

使事就是说典为我用,而不是为典而典的编事。如前人曾加称道的李商隐《喜雪》:

朔雪自龙沙,呈祥势可嘉。有田皆种玉,无树不开花。班扇慵裁素,曹衣诡比麻。鹅归逸少宅,鹤满令威家。寂寞门扉掩,依稀履迹斜。人疑游面市,马似困盐车。洛水妃虚度,姑山客漫夸。联辞虽许谢,和曲本惭巴。粉署闱全隔,霜台路正赊。此时倾贺酒,相望在京华。

除了首尾,中间全部用事,所以有獭祭之讥,主要毛病出在编事,譬如"班扇"四句只说一个白色而已。这在李诗用事中属下乘。能不能说使事多就是毛病呢?且看辛弃疾的《永遇乐》:

千古江山,英雄无觅,孙仲谋处。舞榭歌台,风流总被雨打风吹去。斜阳草树,寻常巷陌,人道寄奴曾住。想当年,金戈铁马,气吞万里如虎。　元嘉草草,封狼居胥,赢得仓皇北顾。四十三年,望中犹记,烽火扬州路。可堪回首,佛狸祠下,一片神鸦社鼓。凭谁问,廉颇老矣,尚能饭否?

这首词也是通篇用事,岳珂《桯史·稼轩论词》记载辛弃疾"特置酒召数客,使妓迭歌,益自击节,遍问客,必使摘其疵",座客有的不敢说,有的说了但不中稼轩意,最后点名要岳珂提,岳珂说:"前篇豪视一世,独首尾二腔警语差相似,新作微觉用事多耳。"辛"于是大喜,酌酒而谓座中曰:'夫君实中余病。'乃味改其语,日数十易,累月犹未竟"。首尾二腔,岳珂记在《桯史》中,和今天的传本没有区别。以辛弃疾的学识,为什么累月未能改掉"首尾二腔警语差相似"和"微觉用事多"的自觉有毛病的作品呢?我想关键在这些典故正好为辛弃疾的满腔忧愤服务。辛弃疾屡废屡起,以北人为朝廷所忌,忧谗畏讥,但蒿目时艰,怅望中原,感慨年华,满腔热血,喷向纸上,如果不用典,直接说出来,必然遭人抨击,而出之以典实,则可以收到"言之者无罪,闻之者足以戒"的效果。这正是用典的妙处。前人一些感时伤事的诗词往往多用典实,正是这个道理,如北宋末年的溃败,陈与义《发商水道中》只说"草草檀公策,茫茫杜老诗",对庙堂的仓皇失措,人民的颠沛流离尽在用典中表现,沉郁苍凉,如果直说,既易贾祸,又逊此深沉。

用事而不为事用,不是编事,这是诗词用典的第一要义。

三

用典需要精切,需要清新。姜夔《白石道人诗说》所谓"僻事实用,熟事虚用",是用典清新的要诀。《艺苑雌黄》云:

> 文人用故事,有直用其事者,有反其意而用之者……李义山诗"可怜夜半虚前席,不问苍生问鬼神"虽说贾谊,然反其意而用之矣。林和靖诗"茂陵他日求遗稿,犹喜曾无《封禅书》"虽说相如,亦反其意而用之矣。直用其事,人皆

能之;反其意而用之者,非识学素高,超越寻常拘挛之见,不规规然蹈袭前人陈迹者,何以臻此?

贾谊、司马相如的事都是熟事,反其意而用之也就是虚用,就给人清新之感。同样如张翰的故事,也是烂熟的。李白《秋下荆门》"此行不为鲈鱼鲙,自爱名山入剡中";辛弃疾《水龙吟》"休说鲈鱼堪鲙,尽西风,季鹰归未?"都是虚用,给人以新鲜感,这也就是以故为新的手段。

宋人对用事尤其注意精切。如黄山谷《和答钱穆父咏猩猩毛笔》:"爱酒醉魂在,能言机事疏。平生几两屐,身后五车书。物色看王会,勋劳在石渠。拔毛能济世,端为谢杨朱。"据注称,捕捉猩猩的人,根据猩猩欢喜饮酒和着屐的特点,在猩猩出没的路上摆许多酒,把几十双草鞋联在一起,猩猩喝醉了,都穿上草鞋,绊在一起,就为人所擒获。《晋书·阮孚传》"未知一生能着几两屐",《庄子·天下》:"惠施多方,其书五车",这两句把猩猩毛笔的特别完全写出来了,而用阮孚、惠施的事又何等精切,所以一直为人们所称道。王安石也是善于用事的高手。《王直方诗话》说:

> 《吴仲庶守潭》诗云:"自古楚有材,醽醁多美酒。不知樽前客,更得贾生否?"盖贾谊初为河南吴公召置门下,而后谪长沙,其用事之精如此。(《苕溪渔隐丛话前集》卷三十三)

胡仔也说:

> 《上元戏刘贡甫》诗云:"不知太一游何处,定把青藜独照公。"此诗用事亦精切。刘向校书天禄阁,夜有老人着黄

衣,植青藜杖,叩阁而进。向请问姓名。"我是太乙之精,天帝闻卯金之子有博学者,下而观焉。"乃出怀中竹牒授之。见王子年《拾遗》。此事既与贡甫同姓,又贡甫时在馆阁也。(同前)

苏东坡更喜用事,一部《苏文忠诗编著集成》所使用的典故,自经史子集以至于内典,无所不包,难以数计。《漫叟诗话》说:

东坡最善用事,既显而易读,又切当。若招持服人游湖不赴云:"却忆呼卢袁彦道,难邀骂坐灌将军。"柳氏求字,答云:"君家自有元和脚,莫厌家鸡更问人。"天然奇作。《贺人洗儿词》云:"犀钱玉果,利市平分沾四座;深愧无功,此事如何到得侬?"南唐时,宫中尝赐洗儿果,有近臣谢表云:"猥蒙宠数,深愧无功。"李主曰:"此事卿安得有功?"尤为亲切。(《苕溪渔隐丛话前集》卷三十八)

正因为诗词中离不了用典,因此,欣赏诗词,得弄清典故。前人称过杜诗"无一字无来历",于是若干注家就在来历上下工夫,旧注往往认为来历找出来了,注的任务也就完成了。但找出来历的事并不容易。譬如杜甫《江汉》:"江汉思归客,乾坤一腐儒。片云天共远,永夜月同孤。落日心犹壮,秋风病欲苏。古来存老马,不必取长途。"这末两句到底用什么典?

《韩非子·说林上》:"管仲、隰朋从于桓公而伐孤竹,春往冬返,迷惑失道。管仲曰:'老马之智可用也。'乃放老马而随之,遂得道。"许多注家都取这个出处,认为"心壮病苏,见腐儒之智可用,故以老马自方"。杨伦《杜诗镜铨》却引《韩诗外传》另作解释:

田子方出,见老马于道,喟然叹曰:"少尽其力,老弃其身,仁者不为也。"束帛赎之。公自伤为国老臣不见收恤,故云。旧注引《韩非子》未合。

通观全诗,此处典故取哪个出处,直接影响对全篇诗的内容的理解。我以为从"古来存老马"的"存"字考虑,杨伦可能更恰当。杜甫已经年衰多病,这时期诗篇已无复"致君尧舜上"的豪情壮志,但望朝廷有所存恤,篇首"思归"二字也反映此种心情。

李后主《浪淘沙》:

往事只堪哀。对景难排。秋风庭院藓侵阶。一任(桁)珠帘闲不卷,终日谁来? 金剑已沉埋。壮气蒿莱。晚凉天净月华开。想得玉楼瑶殿影,空照秦淮。

《墨子·公孟》:"昔者齐桓公高冠博带、金剑木盾以治其国,其国治。"金剑实际是国君权力的象征,找到这个出处,才能对这首词沉郁愤悔的气氛有正确深刻的感受。

四

有些平凡的事,如果能恰当地运用典故,加以点染,就会趣味盎然。如唐庚《收家书》:

西州消息到南州,骨肉无他岁有秋。骥子解吟《青玉案》,木兰堪战黑山头。即时旅思春冰坼,昨夜灯花黍穗抽。从此归田应坐享,故山已为理菟裘。

三四两句不过说小儿子已经能读诗,女儿也长大了。用了杜甫的骥子和从军木兰来比况,就耐人寻味了。陆游到严州任

十五个月,酒很差,想从杭州求好酒又很困难,一些寓公有书但多秘不肯借读,于是他写了一首诗发感慨:

> 桐君放隐两经秋,小院孤灯夜夜愁。名酒过于求赵璧,异书浑似借荆州。溪山胜处真难到,风月佳时事不休。安得连车载郫酿,金鞭重作浣花游。

如果直说酒难找,书难借,还有什么趣味呢?利用"求赵璧"、"借荆州"的典故,就觉精彩照人。寻常事是这样,大事也有这种情况。

陆游年轻时参加锁厅试时,秦桧孙子秦埙也来考,而且指明要列第一。考官陈阜卿却根据才学把陆游卷子放第一,得罪了秦桧,第二年省试时陆游被排斥了,陈阜卿也要被加罪,幸好秦桧死了,陈才幸免。到了晚年,陆游料理书信,得到陈阜卿手帖,感动不已,作了一首七律:

> 冀北当年浩莫分,斯人一顾每空群。国家科第与疯汉,天下英雄惟使君。后进何人知大老,横流无地寄斯文!自怜衰钝辜真赏,犹窃虚名海内闻。

一二两句言陈阜卿的眼力,用"伯乐一过冀北之野而马群遂空"的典故,三四用仇士良骂刘蕡、曹操夸刘备话,赞美陈阜卿的胆量。如果直说这点内容,就缺乏这种豪荡感激的力量。

李商隐试博学宏词落选,客游泾州,寄居岳父泾原节度使王茂元的幕中。一些人未免以小人之心度君子之腹,窃窃私议,他愤而写了一首《安定城楼》:

> 迢递高城百尺楼,绿杨枝外尽汀洲。贾生年少虚垂涕,王粲春来更远游。永忆江湖归白发,欲回天地入扁舟。不

知腐鼠成滋味,猜意鹓雏竟未休!

如果作者不使用《贾谊传》、《登楼赋》、《庄子·秋水》和范蠡的典故,这首诗肯定得不到现在这样感人的效果。

律诗中间的用典,还要注意防止偏枯的毛病。《西清诗话》说:

> 熙宁初,张揆以二府初成,作诗贺荆公。公和曰:"功谢萧规惭汉第,恩从隗始诧燕台。"以示陆农师,农师曰:"萧规曹随,高帝论功,萧何第一,皆摭故实;而请从隗始,初无恩字。"公笑曰:"子善问也。韩退之《斗鸡联句》:'感恩惭隗始(淳按:原诗作"始隗")若无据,岂当对功字也?"乃知前人以用事一字偏枯,为倒置眉目,反易巾裳。盖谨之也。(《苕溪渔隐丛话前集》卷三十五)

要做到这一点确实不易,平时"积学以储宝",才有材料供选择,临时使用,还须查证,以免出错。《缃素杂记》举出东坡误用事,如以东昏侯为安乐公主,潘丽华为张丽华,如皋射雉当地名(《复斋漫录》以为应为地名)等,见《苕溪渔隐丛话前集》卷四十。《石林诗话》举苏子瞻将"厕喻"倒用为"喻厕",黄鲁直将"西巴"倒为"巴西"等(同上)。不但宋人有误,唐人也有,《西清诗话》说:

> 唐人以诗为专门之学,虽名世善用故事者,或未免小误,如王摩诘诗"卫青不败由天幸,李广无功缘数奇"。不败由天幸,乃霍去病,非卫青也。《去病传》云:"其军尝先大将军,军亦有天幸,未尝困绝。"意有"大将军"字,误指去病作卫青耳。李太白"山阴道士如相访,为写《黄庭》换白

211

鹅",乃《道德经》非《黄庭》也。(淳按:此事非定论,见吴景旭《历代诗话》卷四十八《换鹅》)逸少尝写《黄庭》与王修,故二事相紊。杜牧之尤不胜数。前辈每云:"用事虽了在心目间,亦当就时讨阅,则记牢而不误。"端名言也。(同上)

《西斋话纪》也说:

> 引用故事,多以事浅语熟,更不思究,率尔用之,往往有误。如李商隐(淳按:当作刘禹锡)《路逢王二十入翰林》诗云:"定知欲报淮南诏,急召王褒入九重。"汉武帝以淮南王安善文辞尊重之。每为报书,尝召司马相如视草乃遣,王褒自是宣帝时人。王禹偁《笋诗》云:"稚川龙过频回首,诏得青青数代孙。"稚川即葛洪之字,投杖葛陂化龙,乃费长房也。(同上)

用典常常涉及古人,一般只取其长处,不估计全部。比如石崇、潘岳等人品都很差,但前人尝用金谷园宴饮和河阳掷果而不计较其结局。《西斋话纪》云:

> 古人作诗,引用故实或不原其美恶,但以一时中的而已。如李端于郭暧席上赋诗,其警句云"新开金埒教调马,旧赐铜山许铸钱",乃比邓通耳,既非令人,又非美事,何足算哉!

这种只取一点的办法,本来谁都理解,但如果被别有用心的人一歪曲,也能带来麻烦。李白《清平调》夸奖杨贵妃的美貌和宠幸,有这样两句,"借问汉宫谁得似?可怜飞燕倚新妆",杨贵妃本来非常欣赏,但高力士一挑拨,"以飞燕比妃子,贱之甚矣"。杨贵妃就恨透了李白。今天有些人欢喜根据一个典故大加发挥,穿凿附会,往往和不知古人这种用典习惯有关。

五

用事还要求用得自然。《石林诗话》说:

> 诗之用事,不可牵强,必至于不得不用而后用之,则事词为一,莫见其安排斗凑之迹。(卷上)

《西清诗话》说:

> 杜少陵云:"作诗用事,要如禅家语,水中着盐,饮水乃知盐味。"此说诗家秘密藏也。如"五更鼓角声悲壮,三峡星河影动摇",人徒见凌铄造化之工,不知乃用事也。《祢衡传》:"挝《渔阳操》,声悲壮。"《汉武故事》:星辰动摇,东方朔谓民劳之应。则善用事者,如系风捕影,岂有迹耶?(《苕溪渔隐丛话前集》卷十)

苏轼《雪诗》第二首写雪晴后的感受,"冻合玉楼寒起粟,光摇银海眩生花"。一般人并不知道用典,也说得通。后来见到王安石,王问苏:"道家以两肩为玉楼,目为银海,是使此事否?"苏东坡大为佩服,告诉别人说:"唯荆公知此出处。"见《侯鲭录》。知道这个典故,再体会这两句诗,眼前就像见到眼晃得睁不开、肩冻得紧紧缩起来的形象。再如岑参《九日思长安故园》:"强欲登高去,无人送酒来。遥怜故园菊,应傍战场开。"头一句用桓景避灾事,二句用王弘送酒给陶渊明事,都反用重九的典故,使人不觉,知道这两件事,更能引起历史的回味。

213

相传为李白作的《菩萨蛮》:"平林漠漠烟如织。寒山一带伤心碧。暝色入高楼。有人楼上愁。　　玉梯空伫立。宿鸟归飞急。何处是归程?长亭更短亭。"乍看起来没有用典,但庾信《哀江南赋》说"十里五里,长亭短亭",明明用这个典,更增加思归的凄怆。有些典故已经溶化到词语中,到处可见。如李白《行路难》"金樽清酒斗十千,玉盘珍羞值万钱",前一句用曹植事,后一句用何曾事。《将进酒》"会须一饮三百杯",用郑玄事,这几个数字已经和典故凝在一起了。范仲淹《渔家傲》"燕然未勒归无计",柳永《夜半乐》"怒涛渐息,樵风乍起",范用班固事,樵风见《后汉书·郑弘传》注引孔灵符《会稽记》。这类情况,更仆难书,苏轼《江城子·密州出猎》使用了大量典故都十分自然,如"左牵黄,右擎苍",用《梁书·张克传》"左手臂鹰,右手牵狗",《史记·李斯传》"牵黄犬出上蔡东门"之类,信手拈来,均成妙句,读时皆应细会。

综上所述,用典是诗词中的常见形象,它可以传达难以传达的情意,特别是借古喻今;它能增加语言的情趣,化平淡为奇丽;可以以少寓多,一字千金。因此人们乐于使用典故。使用典故要为表达内容服务,使事而非编事;要用得自然,像水中着盐;要善于变化,以故为新,不是重复旧事;典故中离不开古人,用人的典故时,往往取其一端,不顾终生;要防止堆砌,变成点鬼簿或堆垛死尸,没有生气。这些是用典时该注意的。作为欣赏,也应该准确地把握作者所用的典故,才不致望文生义或穿凿附会。

一五、情立其本　理广其趣
——情与理

一

诗词是由情感而产生的。陆机《文赋》说"诗缘情而绮靡";诗词又是和理性分不开的,"诗者,志之所之也,在心为志,发言为诗"(《诗序》)。古人诗与乐分不开,谈音乐的理论也完全通于诗歌。《礼记·乐记》说:

> 凡音者,生人心者也。情动于中,故形于声,声成文,谓之音。

《汉书·艺文志·六艺略》说:

> 《书》曰:"诗言志,歌永言。"故哀乐之心感而歌咏之声发。诵其言谓之诗,咏其声谓之歌。

在《诗赋略》里又说那些各地民歌"皆感于哀乐,缘事而发"。何休《春秋公羊传解诂》在"宣公十五年"里说:"男女有所怨恨,相从而歌。饥者歌其食,劳者歌其事。"这些都说明诗是由情感激动而产生的。这是古人的共识。陆游在《澹斋居士诗序》里也说:"盖人之情,悲愤积于中而无言,始发为诗。不然,无诗矣。"(《渭南集》卷十五)这和司马迁说的古代著作大抵"圣贤发愤之所作"相似。

诗歌必须有激情,但这种激情又必须有所制约。《诗序》又说:"故变风发乎情,止乎礼义。发乎情,民之性也;止乎礼义,先王之泽也。"《礼记·经解》说:"温柔敦厚,《诗》教也。"这里的"止乎礼义"是说受社会伦理道德观念所制约。这是理的一个方面,社会的方面。前人评论诗人,非常重视这个标准,诗人的创作也尽量不越伦理纲常的界限,比如说到皇帝,要尽量讲好话,明明是错误也得曲意回护。天宝末年唐玄宗宠爱杨贵妃,信任安禄山,酿成大乱。杜甫在《自京赴奉先县咏怀五百字》里,讲到了唐玄宗的滥施恩赏,民穷财尽的情况,揭露得非常深刻:"彤庭所分帛,本自寒女出。鞭挞其夫家,聚敛贡城阙。"鞭子要抽到皇帝了,但忽然笔锋一转:"圣人筐篚恩,实欲邦国活。臣如忽至理,君岂弃此物!多士盈朝廷,仁者宜战栗。"皇帝的滥施赏赐都是为了"活国",毛病出在臣下不善体会这样的好心。唐玄宗逃到马嵬驿,陈玄礼以兵谏的形式逼迫唐玄宗赐杨贵妃死。杜甫《北征》又维护唐玄宗的尊严,说是自动的。《隐居诗话》说:

> 唐人咏马嵬之事者多矣,世所称者,刘禹锡云:"官军诛佞幸,天子舍妖姬。群吏伏门屏,贵人牵帝衣。低回转美目,风日为无辉。"白居易云:"六军不发争奈何,宛转蛾眉马前死。"此乃歌咏安禄山能使官军叛,逼迫明皇,明皇不得已而诛杨妃也。岂特不晓文章体裁,而造语蠢拙,抑亦失

臣下事君之礼。老杜则不然,其《北征》诗曰:"忆昨狼狈初,事与古先别。""不闻夏、商衰,中自诛褒、妲。"乃见明皇鉴夏、商之败,畏天悔过,赐妃子以死,官军何预焉?(《苕溪渔隐丛话前集》卷十二)

这种批评观点都是所谓"止乎礼义"的实例。《春秋》为尊者讳,为贤者讳,常常影响一些诗人表达的深度和广度,读古典诗词不能不注意到这方面。至于"发乎情止乎礼义"在中国古代文学中的功过是非问题,须作专题论述,非短文所能说透,这里只好从略。

理还包括事物的特点、规律以及人生的哲理等,这个意义的"理",在诗词中在在可见。先谈事物的特点,诗词要能抓住事物的特点,前人叫"写物"或"体物"。苏东坡说:

> 诗人有写物之功,"桑之未落,其叶沃若",他木不可以当此。林逋《梅花诗》"疏影横斜水清浅,暗香浮动月黄昏",决非桃李诗。皮日休《白莲诗》"无情有恨何人见,月冷风轻欲堕时",决非红莲诗。此乃写物之功。(同书卷三十二)

这里强调的不仅是物的形态,而且指它的精神特色,实际是诗人赋予的感情。《文心雕龙·物色》说:

> 岁有其物,物有其容;情以物迁,辞以情发……是以诗人感物,联类不穷,流连万象之际,沉吟视听之区。写气图貌,既随物以宛转;属采附声,亦与心而徘徊。故灼灼状桃花之鲜,依依尽杨柳之貌。杲杲为出日之容,漉漉拟雨雪之状。喈喈逐黄鸟之声,喓喓学草虫之韵。皎日嘒星,一言穷

理;参差沃若,两字穷形。并以少总多,情貌无遗矣。虽复思经千载,将何易夺。

这里强调的体物之功,不止是修辞问题,"随物宛转","与心徘徊",明明有情理在其中;"一言穷理","两字穷形",就是抓住事物的特点恰当表现出来。杜甫写下雨时的鱼和燕子的特点有:"细雨鱼儿出,微风燕子斜。""震雷翻幕燕,骤雨落河鱼。"一个"出",一个"落",写出微雨和骤雨时鱼的不同表现:一个"斜",一个"翻",写出燕子在"微风"和"震雷"中的两种情态。这些都是前人一再称道的。"过雨看松色"(刘长卿),"日出雾露馀,青松如膏沐"(柳宗元),对松树的神情把握得非常准确,所以成为名句。张子野是著名词人,却非常佩服林和靖的一首《草词》(《点绛唇》):

> 金谷年年,乱生春色谁为主?馀花落处,满地和烟雨。
> 又是离歌,一曲长亭暮。王孙去。萋萋无数。南北东西路。

"满地和烟雨","萋萋无数"等等正写出草的特点和情态。相反的例子,如菊花一般在枝头上干枯,王安石诗"西风日暝到园林,残菊飘零满地金",惹起了一场争论,见《苕溪渔隐丛话前集》卷三十四。韩愈的《听颖师琴》,欧阳修认为写的是琵琶,义海和尚认为欧阳修批评错了,韩是地道的琴诗,这个案子也还没有彻底了结,见《苕溪渔隐丛话前集》卷十六。

《诗人玉屑》卷十一有"碍理"一目,随举两例,以见一斑:

> 张仲达《咏鹭鸶》诗云:"沧海最深处,鲈鱼衔得归。"张文宝曰:"佳则佳矣,争奈鹭鸶嘴脚太长也?"

潘大临字邠老,有《登汉阳高楼》诗曰:"两屐上层楼,一目略千里。"说者以为著屐岂可登楼!又尝赋潘庭之清逸楼诗,有云:"归来陶隐居,拄颊西山云。"或谓:"自已休官,安得手板而拄之也?"

这些情况说明要弄清是否合乎物理,体物才能准确。王直方曾经批评苏轼《为程筠作归真亭诗》中"会看千字诔,木杪见龟趺"这两句说:"龟趺是碑坐,不应见于木杪也。"《石林诗话》却有不同说法:

学者多议苏子瞻"木杪见龟趺",以为语病,谓龟趺不当出木杪也。殊不思此题程筠先墓归真亭也。东南多葬山上,碑亭往往在半山间,未必皆平地,则自下视之,龟趺出木杪,何足怪哉?(《苕溪渔隐丛话前集》卷四十一)

事实上杜甫《北征》"我行已水滨,我仆犹木末",已经写出自下向山上望的特点。体物是否合理不能一概而论。就一篇作品说,前后应该一致,不犯逻辑错误,写景时令,不能相互龃龉,这也属合理的范畴。如柳永《轮台子》:

一枕清宵好梦,可惜被邻鸡唤觉。匆匆策马登途,满目淡烟衰草。前驱风触鸣珂,过霜林,渐觉惊栖鸟。冒征尘远况,自古凄凉长安道。行行又历孤村,楚天阔,望中未晓。

念劳生,惜芳年壮岁,离多欢少。叹断梗难停,暮云渐杳。但黯黯魂销,寸肠凭谁表。恁驱驱,何时是了。又争似,却返瑶京,重买千金笑。

上半阕写早行情况,粗粗读过,觉得还可以。《艺苑雌黄》说:

世传永尝作《轮台子·早行词》,颇自以为得意。其后张子野见之,云:"既言'匆匆策马登途,满目淡烟衰草',则已辨色矣,而后又言'楚天阔,望中未晓',何也?柳何语意颠倒如是?"(《苕溪渔隐丛话后集》卷三十九)

这是前后写景叙事相矛盾的例子。又如曹组《婆罗门引·望月》:

涨云暮卷,漏声不到小帘栊。银河淡扫澄空。皓月当轩高挂,秋入广寒宫。正金波不动,桂影朦胧。　佳人未逢。叹此夕,与谁同?望远伤怀对景,霜满愁红。南楼何处,想人在,长笛一声中。凝泪眼,立尽西风。

这首词写的是中秋,但"霜满愁红"已是深秋景色,所以胡仔批评说是"此词病在'霜满愁红'时太早耳"。把深秋景色提前了。像《诗·豳风·七月》写蟋蟀"七月在野,八月在宇,九月在户,十月蟋蟀,入我床下",随着气温的变化,蟋蟀一步步向室内迁移,诗人观察细致,表现分明,就不会前后矛盾。

一般景物有其正常情况,如果碰到特殊情况,看似不合理,诗人善于捕捉入诗,会有意想不到的艺术效果。桃花一般夏历二三月开,但白居易在庐山大林寺看到四月桃花才开,他写了一首《大林寺桃花》脍炙人口:

人间四月芳菲尽,山寺桃花始盛开。长恨春归无觅处,不知转入此中来。

我国地形东高西低,一般河流东向入海。如果发现水向西流的特殊情况,就是很好的诗材。晚唐诗人周朴的名句"禹力不到处,河声流向西",自己最爱赏,碰到一个促狭鬼,故意念成

"流向东",鞭驴而去。周朴一口气追了几里路去加以纠正,传为美谈。苏东坡也碰到西流的溪水,写了一首《浣溪沙》:

> 山下兰芽短浸溪,竹间沙路净无泥。潇潇暮雨子规啼。
> 谁道人生无再少,门前流水尚能西。休将白发唱《黄鸡》。

何等有情趣。刘禹锡"东边日出西边雨,道是无情却有情",也是善于利用稀有的反常现象构思的。有一年成都的柳树叶子冬天未落尽,春天新叶长出来时旧叶子还在上面。这对一般人说也是罕见的不合常理的现象。胡翔冬先生抗战时到成都,看到这种特殊情况,摄入小诗:

> 二年老我锦官城,花落花开总莫惊。故叶如犟新叶笑,谁人敢道柳无情!

也别有情趣。有时为了表达特殊的感情,有意违背常识或故作无知。不善领会,就闹笑话。

《蔡宽夫诗话》说:

> 老杜诗既为世所重,宿学旧儒,犹不肯深与之。尝有士大夫称杜诗用事广,旁有一经生忽愤然曰:"诸公安得为公论乎?且其诗云:'浊醪谁造汝,一酌散千忧。'彼尚不知酒是杜康作,何得言用事广?"闻者无不绝倒。(《苕溪渔隐丛话前集》卷二十二)

这是不知老杜的用意而成为笑柄。"露从今夜白,月是故乡明",从自然常识讲是无根据的,但从杜甫当时的心情说非如此不可。李清照的《声声慢》说:"雁过也,正伤心,却是旧时相识。"如果机械地推理,大雁飞得那么高,只凭叫声,怎么能说是旧时相识呢？这句话显然不合常理,但它却能衬出李清照孤苦伶仃无依无靠的悲哀情绪。

诗是以抒情为主的,但一些名句,不但有抒情写景的独到之处,而且给人以哲理的启迪。《诗·大雅·旱麓》:"鸢飞戾天,鱼跃于渊。"本来是写景物来起兴的。因为它道出自然界一片生机,所以宋人常用"一派鸢飞鱼跃气象"表示修养的工夫。这样,诗和哲理结了姻缘。如朱斌"欲穷千里目,更上一层楼",杜甫"水流心不竞,云在意俱迟","随风潜入夜,润物细无声",王维"行到水穷处,坐看云起时"等等,情理交融,耐人寻味。苏轼《题西林寺壁》:

> 横看成岭侧成峰,远近高低各不同。不识庐山真面目,只缘身在此山中。

一首小诗,说出一篇大道理,要解蔽,但你觉得它不是干巴巴的哲学讲义而是诗,这是因为他把对庐山的感情融在里面。如果只有说道理而无感情,就变成"禅偈"或"平典似《道德论》"而不成其为诗了。如孙绰《答许询诗》:

> 仰观大造,俯览时物。机过患生,吉凶相拂。智以利昏,识由情屈。野有寒枯,朝有炎郁。失则震惊,得必充诎。

道理讲得未必不对,但哪里有一点诗味呢？钟嵘《诗品序》里批评说:

> 永嘉时,贵黄老,稍尚虚谈,于时篇什,理过其辞,淡乎寡味。爰及江表,微波尚传,孙绰、许询、桓、庾诸公诗,皆平典似《道德论》,建安风力尽矣。

是不是讲人生道理就不成其为诗呢？不一定。我们不妨看看陶渊明的《形影神诗三首》,前有小序:"贵贱贤愚,莫不营营以惜生,斯甚惑焉。故极陈形影之苦,言神辨自然以释之。好事君子,共取其心焉。"从序看,这几首诗也在讲人生的大道理,而且这方面正是魏晋南北朝时探讨的热门话题,很容易变成玄言。我们看看陶渊明怎样表现:

> 天地长不没,山川无改时。草木得常理,霜露荣悴之。谓人最灵智,独复不如兹!适见在世中,奄去靡归期。奚觉无一人,亲识岂相思。但馀平生物,举目情凄洏。我无腾化术,必尔不复疑。愿君取吾言,得酒莫苟辞。(《形赠影》)
>
> 存生不可言,卫生每苦拙。诚愿游昆华,邈然兹道绝。与子相遇来,未尝异悲悦。憩荫若暂乖,止日终不别。此同既难常,黯尔俱时灭。身没名亦尽,念之五情热。立善有遗爱,胡可不自竭!酒云能消忧,方此讵不劣!(《影答形》)
>
> 大钧无私力,万物自森著。人为三才中,岂不以我故!与君虽异物,生而相依附。结托既喜同,安得不相语!三皇大圣人,今复在何处?彭祖爱永年,欲留不得住。老少同一死,贤愚无复数。日醉或能忘,将非促龄具?立善常所欣,谁当为汝誉?甚念伤吾生,正宜委运去。纵浪大化中,不喜亦不惧。应尽便须尽,无复独多虑。(《神释》)

我们拿这三首诗和孙绰的相比较,虽然都涉及人生的大道理,但孙绰的是枯燥的玄言,陶潜的却是深沉的诗篇,它有真性情,从中可以窥见陶渊明的特点。写人生无常,应该如何对待,并不始于魏晋。《古诗十九首》如:

> 回车驾言迈,悠悠涉长道。四顾何茫茫,东风摇百草。所遇无故物,焉得不速老。盛衰各有时,立身苦不早。人生

非金石,岂能长寿考!奄忽随物化,荣名以为宝。(其十二)

驱车上东门,遥望郭北墓。白杨何萧萧,松柏夹广路。下有陈死人,杳杳即长暮。潜寐黄泉下,千载永不寤。浩浩阴阳移,年命如朝露。人生忽如寄,寿无金石固。万岁更相送,贤圣莫能度。服食求神仙,多为药所误。不如饮美酒,被服纨与素。(其十四)

这里也涉及人生之道,但因为它们带有浓烈的抒情气氛,使人不觉它们是在说道理。诗词中的哲理,应该和某种感情相联系,才不致枯燥而失去诗味。苏轼《满庭芳》:"蜗角虚名,蝇头微利,算来著甚干忙。事皆前定,谁弱又谁强。"这几乎像王梵志的禅偈体一样味同嚼蜡,就因为它纯粹说理,没有感情做基础。

诗词里的理应有情相伴,情在正常的情况下也应该经得住理的参验。但是王维画雪里芭蕉,在艺术(情)与真实(理)之间提出了异议,为了抒情,可以突破常理的限制。在诗词中常有无理有情的作品,愈无理就愈有情。《乐府诗集》卷十六有一首《上耶》:

上耶,我欲与君相知,长命无绝衰。山无陵,江水为竭。冬雷震震,夏雨雪。天地合,乃敢与君绝!

后半说的完全是违反常理的事,愈是这样说得无理,愈见出热爱的感情。如果简单说成不管什么情况两人都不分离,那就淡乎寡味了。

敦煌词里有一首《菩萨蛮》:

枕前发尽千般愿。要休且待青山烂。水面上秤锤浮。直待黄河彻底枯。　　白日参辰现。北斗回南面。休即未能休,且待三更见日头。

这和《上耶》可谓异曲同工,炽烈的激情,正是借这些绝对无理的铺陈倾泻而出。

韦庄的《思帝乡》:

　　春日游。杏花吹满头。陌上谁家年少足风流。妾拟将身嫁与,一生休。纵被无情弃,不能羞!

这后两句也是用出乎常理的方式来加重抒情分量的。唐长孙翱有一首《别友人》诗:

　　愁多不忍醒时别,想极还寻静处行。谁遣同衾又分首,不如行路本无情。

这末句虽是从梁简文《夜望单飞雁》"早知半路应相失,不如从来本独飞"化来,但因为不忍分别,悔恨本来不该有交情,不合常理,却加重了不忍分离的感情。

丈夫远戍在外,忽然听说已经到家,从常理说,妻子应该打扮打扮,以表欢迎。《才调集》里却有这样的绝句:

　　一去辽阳系梦魂,忽传征骑到中门。纱窗不肯施红粉,图遣萧郎问泪痕。

第三句是违犯常理的行动,第四句加以解说,传达出细腻的感情来。栽花总是欢喜一栽就活,白居易却恨牡丹太容易活了:

　　金钱买得牡丹栽,何处辞丛别主来?红芳堪惜还堪恨,百处移将百处开。

卞和刖足总是不幸的事,李商隐却要羡慕受这种刑罚的人:

> 黄昏封印点刑徒,愧负荆山入座隅。却羡卞和双刖足,一生无复没阶趋。

第三句不合常理的叙述,加重了厌恶身不由己的官府生活的感情。朋友下葬,一般总是悲哀哭泣的。杜荀鹤的《哭贝韬》却如此说:

> 旁人(一作交朋)来哭我来歌,喜傍山家葬薜萝。四海十年人杀尽,似君埋少不埋多。

第一句的反常,为了加强三四两句伤时的感情。

这种一首诗中个别句子的违背常理以提高抒情效果的做法,可以说俯拾即是,如:"近乡情更怯,不敢问来人"(宋之问),"反畏消息来,寸心亦何有"(杜甫),"玉颜不及寒鸦色,犹带昭阳日影来"(王昌龄),"春花秋月何时了?往事知多少"(李煜)等等。稍加思索,即可悟出。像柳宗元的名诗《江雪》:

> 千山鸟飞绝,万径人踪灭。孤舟蓑笠翁,独钓寒江雪。

读的人都觉得好。后来李梅亭作《雪诗》云:"不知万径人踪灭,钓得鱼来卖与谁?"

四

从上面的一些例子,我们对诗词中的情和理,可以得出下面简括的结论。

首先,诗词以情为基础,没有激情,就产生不出好的诗词。

其次,诗词中的情感,往往借事物来表现,运用这些事物,应该注意合理,就是说,不同事物有不同的特点,抓住这种特点,才能体物抒情,使人感动和信服。"叶垂千口剑,干耸万条枪"式的十个竹竿才长一片叶儿是断然不对的。

第三,好的诗词,含义深刻,往往给人哲理的启迪;但如果离开情感,单纯去用韵语说道理,就会使人昏昏欲睡。玄言诗,严格说起来不能算诗,因为他没有感情为基础。就是说,有理而无情,不能算真正的诗,不管出自什么人手都一样。

最后,为了进一步抒情的需要,常常有些无理有情的现象。即从逻辑上说未必通,从抒情说非常好。或则一两句,或则全篇,经常有这种现象,欣赏诗词时必须注意领会。宽泛地说,一些故意的夸张也可纳入这一方面,如《蜀道难》前面说"西当太白有鸟道,可以横绝峨嵋颠",中间说"黄鹤之飞尚不得过"之类,都可作如是观。这种现象可能为诗词所特有,决不可轻轻放过。

一六、增益见闻　别有会心
——谈博识

　　从孟子开始,就提出理解诗应该用"知人论世"和"以意逆志"两种方法,才能得到比较切合原意的结论。后来。尽管说法不同,但大体不出这个范围。两者之中,"知人论世",似乎又是前提;时至今日,分析作品往往先要探讨作者生平、创作背景等等,就是明证。但要真正了解诗人的深刻用心,有时涉及的面要宽广得多,前人流传"不读万卷书,不行万里路,不能读杜诗"的名言,虽然难免有点过甚其词,但读诗词者,见闻越广博,理解越深刻,大约不会有错。

　　要做到这一点,并不容易。宋朝人注宋朝人诗集,如施元之注苏东坡诗,李壁注王荆公诗,任渊、史容注黄山谷诗,任渊注陈后山诗等,很受后人重视,就是因为他们都能熟悉所注诗人的经历和朝章制度、风俗人情,确实能帮助读者知人论世。看似一句平常的诗,你如果对背景了解透一些,理解就深一层。下面陆放翁和范石湖对几句苏诗的讨论是人们熟知的:

　　　　某顷与范公至能会于蜀,因相与论东坡诗,慨然谓予:"足下当作一书,发明东坡之意,以遗学者。"某谢不能。他日又言之。因举二三事以质之曰:"'五亩渐成终老计,九重新扫旧巢痕','遥知叔孙子,已致鲁诸生'当若为解?"至能曰:"东坡窜黄州,自度不复收用,故曰'新扫旧巢痕';建中初,复召元祐诸人,故曰'已致鲁诸生',恐不过如此耳。"某曰:"此某之所以不敢承命也。昔祖宗以三馆养士,储将相材,及官制行,罢三馆。而东坡盖尝值史馆,然自谪为散官,削去史馆之职久矣。至是史馆亦废,故云'新扫旧巢痕'。其用字之严如此。而'凤巢西隔九重门',则又李义山诗也。建中初,韩、曾二相得政,尽收用元祐人,其不召者,亦补大藩。惟东坡兄弟犹领宫祠。此句盖寓所谓'不能致者二人',意深语缓,尤未易窥测。至如'车中有布乎'指当时用事者,则犹近而易见。'白首沉下吏,绿衣有公言',乃以侍妾朝云尝叹黄师是仕不进,故此句之意,戏言其上僭。则非得于故老,殆不可知。必皆能知此,然后无憾。"至能亦太息曰:"如此,诚难矣。"(《渭南文集》卷一五《施司谏注东坡诗序》)

陆游对东坡这几句诗的理解,对我们读诗词有很大启发。看似寻常的诗句,却往往有很深的内涵。如果不了解当时的情况,就很难理解得深透。这里用典是一个重要方面,另有专章论述。本文着重谈谈拓宽各方面的知识领域问题。

今天的画师,非常受人尊重,能够自称画师,是很光荣的。但在唐代却又当别论。王维有两句自况的诗:"当代谬词客,前身应画师。"乍读起来觉得无甚奇特。如果我们读过张彦远《历代名画记》卷九关于阎立本的事,就会有不同的体会:

《国史》云:太宗与侍臣泛游春苑。池中有奇鸟,随波容与。上爱玩不已,召侍从之臣歌咏之。急诏立本写貌。阁内传呼:"画师阎立本。"立本时已为主爵郎中,奔走流汗,俯伏池侧,手挥丹素,目瞻坐宾,不胜愧赧。退,戒其子曰:"吾少好读书属词,今独以丹青见知,躬厮役之务,辱莫大焉。尔宜深戒,勿习此艺。"然性之所好,终不能舍。及为右相,与左相姜恪对掌机务。恪曾立边功,立本惟善丹青。时人谓《千字文》语曰:"左相宣威沙漠,右相驰誉丹青。"言并非宰相器。

张彦远还为此大发感慨说:

阎令虽艺兼绘事,时已位列星郎。况太宗皇帝洽近侍有拔貂之恩,接下臣无撞郎之急,岂得直呼画师,不通官籍?至于驰名丹青,才多辅佐。以阎之才识,亦谓厚诬。浅薄之俗,轻艺嫉能,一至于此,良可於悒也!

不管是阎立本还是张彦远,都认为称官是光荣的,有官职而被呼为"画师",这是一种侮辱。然而王维却将"词客"(文学属词之士)看得不如"画师",以"前身应画师"而自豪,这在只重官爵看轻技艺的封建官场中,无疑是对世俗观念的挑战。这样我们对王维这句诗乃至他的个性的理解就会有所深化。

从"画师"这个称谓着眼,我们对杜甫有关郑虔的几首诗的深刻用心,也会有所发现。在《醉时歌》里,杜甫激赏郑的才德,而为他受冷遇不平:

诸公衮衮登台省,广文先生官独冷;甲第纷纷厌粱肉,广文先生饭不足。先生有道出羲皇,先生有才过屈宋。德尊一代常坎轲,名垂万古知何用!

通篇只字未提郑虔能画。而在《送郑十八虔贬台州司户伤其临老陷贼之故阙为面别情见于诗》却突出郑虔"画师"的身份：

> 郑公樗散鬓成丝，酒后常称老画师。万里伤心严谴日，百年垂死中兴时。苍惶已就长途往，邂逅无端出饯迟。便与先生应永诀，九重泉路尽交期。

这首七律是杜甫的名篇，前人评为"纯是泪点，都无墨痕"。"老画师"三字实为关键，这里包含无限惋惜之情，想为郑虔开脱：他是以画师自居，不算正经官员。在国家中兴之时，老病垂死之日，还要严谴远贬万里，未免太重了。了解阎立本的事迹，才能深入领会杜甫这句诗的潜台词。到《八哀诗》写郑虔时，又不再突出"画师"：

> 荥阳冠众儒，早闻名公赏。地崇士大夫，况乃气精爽！天然生知姿，学立游夏上……神翰固不一，体变钟兼两。文传天下口，大字犹在榜。昔献书画图，新诗亦俱往。沧洲动玉陛，寡鹤误一响。三绝自御题，四方尤所仰。

这是对郑虔的盖棺论定，强调他各方面的修养，艺术方面强调唐玄宗所称赏的"三绝"而不单说"画师"。把这三首关于郑虔的诗放在一起研读，联系阎立本、张彦远的牢骚，杜甫第二首诗"酒后常称老画师"的难言之隐，就易于领会了。

唐朝各种艺术的发展都达到相当的水平，一个伟大的诗人，对各种艺术都该有所了解。杜甫诗里题画，不管是画马、画鹰、画松、画山水，都有许多精彩的名世之作。《观公孙大娘弟子舞剑器行》对舞蹈动作和效果的精彩描写，千载而下，读起来还有点亲临其境的感觉。如果没有对艺术的深刻领会,不可能写得那么精彩动人,而读这首诗如果对唐代乐舞一无所知。就会把"舞剑器"当成"舞剑",差之毫厘,谬以千里了。

杜甫《李潮八分小篆歌》有句名言:"书贵瘦硬方通神。"苏东坡《孙莘老求墨妙亭诗》却加以反驳:"杜陵评书贵瘦硬,此论未公吾不凭。短长肥瘦各有态,玉环飞燕谁敢嗔!"苏东坡的观点较之杜老圆通得多。除了苏东坡在书法上的成就远远超出杜甫外,两人的观点又各有其背景。有人说盛唐气象一切都以丰硕为美,如果从图画的仕女和马来看,确实如此。但从书法来看,却大为不然。唐朝前期欧、虞、褚、薛都以瘦劲见长,所以杜甫说"书贵瘦硬方通神"。而从"颜公变法出新意"(前引东坡诗)之后,书体肥瘦杂陈,苏东坡又喜徐浩、杨凝式和李建中等人书法,所以不拘于瘦劲。我们有了一点书体变化的知识,对杜甫和苏轼这两首诗的理解就会深刻得多。

音乐在诗歌中也是比较常见的题材。白居易的《琵琶行》对琵琶技艺的描写可谓淋漓尽致,古今已有定评。韩愈《听颖师琴》"昵昵儿女语,恩怨相尔汝;划然变轩昂,勇士赴敌场"云云,在宋朝却引起一场争论。苏东坡最初认为这首诗是唐琴诗中最出色的,欧阳修却认为"此只是听琵琶耳"。苏后来同意老师的意见。其后三吴僧义海,以琴名世,认为欧阳修的话完全外行。他具体分析韩诗句句写的"皆指下丝声妙处,惟琴为然"(见《苕溪渔隐丛话前集》卷一六引《西清诗话》)。如果义海不是深于琴,就不可能发掘出韩诗的义蕴;我们如果对音乐一无所知,也无法欣赏这类题材的诗词。所以懂得一些有关的艺术知识对欣赏诗词必不可少。

罗隐的《感弄猴人赐朱绂》讽刺辛辣:

十二三年就试期，五湖烟月奈相违。何如买取猢狲弄，一笑君王便着绯？

我们如果和《容斋随笔》卷一《唐人重服章》对读，那体会又将深刻得多：

唐人重服章，故杜子美有"银章付老翁"，"朱绂负平生"，"扶病垂朱绂"之句。白乐天诗言银绯处最多，七言如："大抵着绯宜老大"，"一片绯衫何足道"，"暗淡绯衫称我身"，"酒典绯花旧赐袍"，"假着绯袍君莫笑"，"腰间红绶系未稳"，"朱绂仙郎白雪歌"，"腰佩银龟朱两轮"，"便留朱绂还铃阁"，"映我绯衫浑不见"，"白头俱未着绯衫"，"绯袍着了好归田"，"银鱼金带绕腰光"，"银章暂假为专城"，"新授铜符未着绯"，"徒使花袍红似火"，"似挂绯袍衣架上"。五言如："未换银青绶，惟添雪白须"，"笑我青袍故，饶君茜绶新"，"老逼教垂白，官科遣著绯"，"那知垂白日，始是著绯年"，"晚遇何足言，白发映朱绂"，至于形容衣鱼之句，如："鱼缀白金随步跃，鹘衔红绶绕身飞"。

我们了解唐人如此重视朱绂，那末耍猴儿的只要逗得君王一笑便得到朱绂的赏赐，可见朝纲紊乱到了何等地步。这首诗正是深刻讽世，而不仅是个人的牢骚。做官而能佩鱼，也是十分荣耀的事，值得羡慕。杜甫《何将军山林》中描写主人"银甲弹筝用，金鱼换酒来"，对照当时的习俗，才更深刻地领会到主人公脱俗出尘的襟怀。贺知章见到李白解金龟换酒，在当时的背景下，李白的才华，贺老的爱贤和脱俗，都通过这个解金龟换酒的细节表现出来，显得更为难得。

唐人重服章，宋人又何尝不然？为了摆威风，有人发出"眼

前何日赤,腰下几时黄"的慨叹。了解这种做官的心态,我们再欣赏苏东坡《定风波》词:

> 莫听穿林打叶声。何妨吟啸且徐行。竹杖芒鞋轻胜马。谁怕?一蓑烟雨任平生。　　料峭春风吹酒醒。微冷。山头斜照却相迎。回首向来萧瑟处。归去。也无风雨也无晴。

这首词表现出东坡随遇而安的坦荡襟怀。郑文焯评说:"此足征是翁坦荡之怀,任天而动。句亦瘦逸,能道眼前景,以曲笔直写胸臆,倚声能事尽之矣。"今人刘永济先生赞其"能于不经意中见其性情学养"。这些评论当然很精到,我认为还可以当时作官的心态对照"竹杖芒鞋"、"一蓑"等看出他视官服如敝屣的出尘之趣,对东坡的性情学养体会就更具体。正因为如此,后来《东坡笠屐图》传为千秋佳话。

张继"姑苏城外寒山寺,夜半钟声到客船"的诗句,万口传诵。自欧阳修以为夜半不是打钟时以后,许多人引经据典,辨夜半钟为江南常有(参见《苕溪渔隐丛话前集》卷二三《半夜钟》条)。其实,如果对佛教有所了解,夜半鸣钟施食,是常规功课,这类辩论就是十足的外行话。又如韦应物《宿永阳寄璨律师》首句"遥知郡斋夜",有的选本把"郡斋"变成"寻斋"。和尚寻斋即指找吃的。这首诗题目写明是璨律师。佛教称"律师"指修"律宗",戒律极严,譬如过了中午就不吃东西,蜜汤都在禁饮之列。从宗教的意义上说,是免得饿鬼见了生嗔,加重罪孽,岂有夜间寻斋之理?

贾岛有两句诗:"独行潭底影,数息树边身。"他自己非常重视这两句诗,在下面注说:"二句三年得,一吟双泪流。知音如不赏,归卧故山秋。"我们看上两句诗好像并不奇特,比"流星透疏木,走月逆行云"还平淡些,为什么要费上三年的工夫呢?原来这两句从字面上看很平常,但"独行"、"数息"又都是佛教术语,潭底、树边都与佛教修行有牵连。所以他非常得意这两句。如果没有一点佛教的常识,理解诗词会增加许多障碍。到严沧浪等以禅论诗,就更加需要这方面的常识了。

温庭筠《经五丈原》是一首名诗:

铁马云雕久绝尘,柳营高压汉营春。天清杀气来关右,夜半妖星照渭滨。下国卧龙空寤主,中原得鹿不由人。象床宝帐无言说,从此谯周是老臣。

杨慎《升庵诗话》卷六记载一首悼念诸葛亮的诗,有人甚至说超过杜甫,全诗如下:

剑江春水绿沄沄,五丈原头日又曛。旧业未能归后主,大星先已落前军。南阳祠宇空秋草,西蜀关山隔暮云。正统不惭传万古,莫将成败论三分。

这两首不同时代的作品,提到诸葛亮之死,都使用"星",这和诸葛亮死前有大星坠地的传说有关。但一些诗词,提到大将,也都欢喜提到星。如张为《渔阳将军》:"霜髭拥颔对穷秋,著白貂裘独上楼。向北望星提剑立,一生长为国家忧。"苏轼《江城子·密州出猎》结尾说:"会挽雕弓如满月,西北望,射天狼。"上首写老将夜夜"望星",苏轼讲为国杀敌,却说"射天狼(星)"。为什么要这样措词呢?

原来古人把星象和人事联在一起,哪里星象异常,就表示要出事。大将所谓"仰面识天文",就指的这些。严光睡觉时把脚放到汉光武帝的肚子上,太史就奏"客星犯帝座";陈仲弓从诸子侄去拜访荀季和父子,于是天上"德星聚",太史奏"五百里内有贤人聚"。这些在今天看来是"天方夜谈",但古人诗词中却经常出现。如果我们对这方面一无所知,有些诗词的深刻含义就会被忽略了,如张先《定风波令》:

> 西阁名臣奉诏行。南床吏部锦衣荣。中有瀛仙宾与主。相遇。平津选首更神清。　溪上玉楼同宴喜。欢醉。对溪杯叶惜秋英。尽道贤人聚吴分。试问。也应旁有老人星。

这最后几句,用的"五百里内贤人聚"的说法,"老人星"在这儿表面上好像只说苏轼他们五人风华正茂,自己一个老人凑在里面。但如果我们有点"老人星"的知识,理解就很不一样。老人星是瑞星,孙氏《瑞应图》说:"王者承天,则老人星临其国。"所以如果老人星出现了,臣下都要祝贺(见《艺文类聚》卷一)。张子野在这里还含有歌颂时世太平才会有此聚会之意。

李贺的《雁门太守行》是首名诗:

> 黑云压城城欲摧,甲光向日金鳞开。角声满天秋色里,塞上胭脂凝夜紫。半卷红旗临易水,霜重鼓寒声不起。感君黄金台上意,提携玉龙为君死。

短短八句,却颇不易贯通。王安石就批评前两句说:"是儿误矣。方黑云压城时,岂有向日之甲光也?"从字面上去看,八句诗处处有矛盾。但如果联系星象知识,就可贯通一气。王琦以为"盖咏中夜出兵,乘间捣敌之事"。对开头两句注说:

> 又《隋书·长孙晟传》曰:臣夜登城楼,望见碛北有赤

气长百馀里,皆如雨足,下垂被地。谨验兵书,其名洒血,其下之国,必且破亡。欲灭匈奴,正在今日。引此为解似更确。

敌人那儿出现"洒血"征兆,所以乘间夜袭,必能成功。后四句都写夜袭时战士所感,这样八句诗就容易贯通一气了。

古今习俗有很大差异,如果以今例古,想当然地加以发挥,就会被内行人所窃笑。拿婚姻男女来说,南宋以前,对寡妇或弃妇再嫁是不犯忌讳的。如汉光武帝姊湖阳公主新寡,汉光武主动为她介绍宋弘,但被宋弘拒绝了。范仲淹父亲死后,母亲改嫁朱氏,范仲淹也跟着改姓朱。后来中了进士,要求归宗,但对朱家异父兄弟一直很好。陆放翁的前妻唐氏为母夫人所不容,被逐以后却嫁了皇族宗室。如果以明清以后眼光来看,《孔雀东南飞》的主人公兰芝被婆婆赶走,决无太守之子热切求婚之理,陆游《沈园》二首也就写不出来了。从婚姻礼俗来看,前代比今天复杂得多。杜甫《新婚别》中的新嫁娘,明明已经过门了,"暮婚晨告别",但却说:"妾身未分明,何以拜姑嫜?"今天领了结婚证,新娘到了婆家,身份不就明确了吗?怎么还说"妾身未分明"呢?原来古人"妇人嫁三日,告庙上坟,谓之成婚",婚礼要三天才完成,新妇才能称公婆。不了解这一礼俗,这首诗就无法理解。

唐宋人做地方官的,可以召乐妓侑酒,那时所谓"官妓"、"营妓"是指歌舞,和明清的娼妓不同。明清官员如果公开狎妓,就要受到弹劾。朱彝尊词说:"老去填词,一半是空中传恨,几曾围燕钗蝉鬓?"宋代词人写这方面生活却不需要打掩护。

一些民间观念,也往往有南北古今的差异。举个小例子。

今天听到喜鹊叫,都很欢迎;听到乌鸦叫,就产生厌恶,认为倒霉。但黄山谷诗里"惊闻庭树乌乌乐,知我江湖鸿雁归"(《喜见念四念八至京》),"慈母每占乌鹊喜,家人应赋《鸒廖歌》"(《次韵王稚川客舍二首》),杜甫的《得舍弟消息》也说"浪传乌鹊喜,深负《鹡鸰诗》",把乌鸦和喜鹊一例看成吉祥之物。我们如果看过《容斋续笔》卷三《乌鹊鸣》一则,就不会惊怪了。

北人以乌声为喜,鹊声为非。南人闻鹊噪则喜,闻乌声则唾而逐之,至于弦弩挟弹,击使远去。《北齐书》:奚永洛与张子信对坐,有鹊正鸣于庭树间,子信曰:"鹊言不善,当有口舌事。今夜有唤,必不得往。"子信去后,高俨使召之,且云敕唤,永洛诈称堕马,遂免于难。白乐天在江州,《答元郎中杨员外喜乌见寄》曰:"南宫鸳鸯地,何忽乌来止。故人锦帐郎,闻乌笑相视。疑乌报消息,望我归乡里。我归应待乌头白,惭愧元郎误欢喜。"然则鹊言固不善,而乌亦能报喜也。

杜甫是河南人,黄庭坚是江西人,一北一南,为什么都把"乌鹊"当作报喜之物呢?这恐怕与书面对仗有关,反正乌报喜、鹊报喜,在书上都有根据,就不妨合在一起用。冯延巳是南唐人,他就用鹊报喜之说,如《谒金门》:

风乍起。吹皱一池春水。闲引鸳鸯香径里。手捋红杏蕊。　　斗鸭阑干独倚。碧玉搔头斜坠。终日望君君不至。举头闻鹊喜。

再如无名氏的《鹊踏枝》:

叵耐灵鹊多谩语。送喜何曾有凭据?几度飞来活捉取。锁上金笼休共语。　　比拟好心来送喜。谁知锁我在金笼里。欲他征夫早归来,腾身却放我向青云里。

从鹊报喜来看,作者当是南方人。

离别是诗词中常见的题材,也有南北习俗之别。王勃《送杜少府之任蜀川》:

> 城阙辅三秦,风烟望五津。与君离别意,同是宦游人。海内存知己,天涯若比邻。无为在歧路,儿女共沾巾。

这首诗后半尤为传诵,很显然受曹植《赠白马王彪》影响,"丈夫志四海,万里犹比邻。恩爱苟不亏,在远分日亲。何必同衾帱,然后展殷勤。忧思成疾疢,无乃儿女仁"。我们读了《颜氏家训·风操》,才体会还有北人习俗在:

> 别易会难,古人所重。江南饯送,下泣言离……北间风俗,不屑此事。歧路言离,欢笑分首。

王勃是山西人,这首送别诗正表现北人风俗不屑于"下泣言离"的特色。高适是河北人,一些送别诗也表现这种北方刚劲之气,如《送董大》:

> 千里黄河白日曛,北风吹雁雪纷纷。莫愁前路无知己,天下何人不识君!

有些诗词里悬而不决的问题,就字面讨论,愈说愈支离,如果验之于生活,往往迎刃而解。如李义山《春雨》诗"红楼隔雨相望冷,珠箔飘灯独自归","珠箔飘灯"前人笺注泥住"珠箔"字面,喋喋不休。而人民文学出版社《唐诗选》注说:"箔,帘子。人行雨中,细雨飘落在手中的灯前,好像珠帘。"(第298页)这就比前人注解高强得多,因为提出这个解释的同志有幼年雨中提灯行走的经验。

白居易的《缭绫》:"丝细缲多女手疼,札札千声不盈尺。"前引那本书这样注:"缲,抽茧出丝,亦作'缫';札札,织机声;盈,满。"(第170页)几乎所有选本都是这样注。但仔细一推敲,觉得很不妥帖。这首诗整个写织缭绫的辛苦,根本未言缫丝。这两句也是说织绫的艰难。丝细和缲多是相同的结构,把缲字当动词用,语句也别扭。如果指缫丝动作,应说"丝细缫难"还合理些。二十多年前,我每讲到这里总觉得别扭。一位听课的同志,幼年曾做过织绸女工。她告诉我,浙江一带织丝绸,丝接头的地方常有疵点,叫"毛缲头",必须用手指逐一拣掉,非常吃力。我因此恍然,这句诗中的"缲",就是她说的"毛缲头"。"丝细",所以"缲多",而拣起来非常吃力,所以"女手疼",文从字顺。白居易曾经在浙江为官,采用这个当地术语入诗也在情理之中。"礼失而求诸野",有些地方保存着古代某些方面的知识,对我们理解诗词,会有意想不到的帮助。

陆放翁教子:"尔果欲学诗,工夫在诗外。"近人况周颐《蕙风词话》说:"词中求词,不如词外求词。"这里所谓"诗外"、"词外",当然内涵很广,道德修养、人生志趣、世间阅历等等都在其中,但最重要的恐怕还是要多读书。杜甫说:"读书破万卷,下笔如有神。"况氏又说:"词外求词之道,一曰多读书,二曰谨避俗。"《蕙风词话》谈到作词的甘苦说:

> 填词之难,造句要自然,又要未经前人说过。自唐、五代已还,名作如林,那有天然好语,留待我辈驱遣?必欲得之,其道有二:曰性灵流露,曰书卷酝酿。性灵关天分,书卷关学力。学力果充,虽天分少逊,必有资深逢源之一日,书

卷不负人也。中年以后,天分便不可恃;苟无学力,日见其衰退而已。江淹才尽,岂真梦中人索还锦囊耶?

从创作诗词看,知识越多越好;从理解诗词看,知识积累愈深,对诗词理解愈透。束书不观,不做知识的开掘与积累工作,单凭一时的"灵感"去读诗词,虽然常常有一些石破天惊的妙论,但那往往经不起推敲。因此,"以意逆志"必须以"知人论世"为基础,而所谓知人论世,不能只局限于千篇一律、浮光掠影的时代背景、作家生平,浅尝辄止,而应该尽可能了解广一些,才能开掘深一层。

一七、言尽象中　义隐语外
——遮与表

佛家术语,有遮诠、表诠之说。空宗强调遮诠,谓遣其所非;性宗强调表诠,即是直观当体,显其所觉。佛家的争论远非门外汉所能判断,但借用遮、表来理解诗词常用的两种表现手法,却很方便。把该说的有意隐去,借助已说的使人想象得之,便是遮。李清照《凤凰台上忆吹箫》上阕云:

> 香冷金猊,被翻红浪,起来人未梳头。任宝奁闲掩,日上帘钩。生怕闲愁暗恨,多少事,欲说还休。今年瘦,非干病酒,不是悲秋。

这上阕说来说去"非干病酒,不是悲秋",却隐去"怀人"的中心,使读者可以猜出来。

> 少年不识愁滋味,爱上层楼。爱上层楼。为赋新词强说愁。　而今识尽愁滋味,欲说还休。欲说还休。却道"天凉好个秋"。(辛弃疾《丑奴儿》)

这比上举李词又复杂一些。因为不能简单地把他愁的内容表述出来,但读起来总觉得无限愁思,既难宣泄,更难排遣。不说比说的作用更大。孔夫子在教育门弟子时已强调过无言之教。《论语·阳货》：

> 子曰："予欲无言。"子贡曰："子如不言,则小子何述焉?"子曰："天何言哉?四时行焉,百物生焉,天何言哉?"

这里启发学生们体认宇宙规律,顺乎自然,"欲无言"比千言万语还强。诗人们常用这种隐而不说的"无言"来拓宽表达的境界,供人想象。

> 自古逢秋叹寂寥,我言秋日胜春朝。凌空一鹤排云上,便引诗情到碧霄。(刘禹锡《秋词》)
>
> 朝来庭树有鸣禽,红绿扶春上远林。忽有好诗生眼底,安排句法已难寻。(陈与义《春日》)

刘禹锡的"诗情",陈与义的"好诗"都没有表出来而遮隐语外,却引人遐想,比表出来更耐体味。辛弃疾《摸鱼儿》结尾处："闲愁最苦。休去倚危栏,斜阳正在,烟柳断肠处。"

"闲愁最苦"一点便收,却给人苍茫不尽的感觉,这就是"遮"的妙用。不妨这样认为:凡是不便明说、难于说清的地方,用遮法就能收到意想不到的效果。有时候必须用表法,如老杜从秦州入蜀的大量纪行诗,山川异态,非亲历者不能想象,必须不厌其详加以表述。举其中《飞仙阁》的前半写栈道为例:

> 土门山行窄,微径缘秋毫。栈云阑干峻,梯石结构牢。万壑欹疏松,积阴带奔涛。寒日外淡泊,长风中怒号。歇鞍在地底,始觉所历高。

韩愈的《南山诗》对终南山刻画尽致,可以算用表诠最充分的例证。在纪行诗中,如果是独特的景观,就该用表诠。老杜

《北征》中间记路途野果:"山果多琐细,罗生杂橡栗。或红如丹砂,或黑如点漆。"这就使读者具体感受到途中景物。凡前人未写过的独特景物,应以表为主。如果遇到习见的内容,前人名句名篇久已脍炙人口,再用表诠就很难出色,不妨改用遮诠来另辟蹊径。譬如洞庭湖岳阳楼的景观,孟浩然"气蒸云梦泽,波撼岳阳城"、杜甫"吴楚东南坼,乾坤日夜浮"、刘长卿"叠浪浮元气,中流没太阳"、陈与义"登临吴蜀横分地,徙倚湖山欲暮时"、"楼头客子杪秋后,日落君山元气中"、"晚木声酣洞庭野,晴天影抱岳阳楼"。这些名句早已家喻户晓,再写这个题目,几乎难于下笔。南宋诗人萧德藻的《登岳阳楼》就借用遮诠别开生面:

> 不作苍茫去,真成浪荡游。三年夜郎客,一柁洞庭秋。得句鹭飞处,看山天尽头。尤嫌未奇绝,更上岳阳楼。

题目是登岳阳楼,写的全是登楼前的所感所见。"得句鹭飞处,看山天尽头",不是洞庭烟波之浩渺无此感受,对一般人说是奇观了,作者却用"尤嫌未奇绝"一抑,逼出"更上岳阳楼"来点出题目。至于登楼以后之所见所感完全遮隐,让读者展开想象,这样一遮就在前人写洞庭岳阳之外,别开空灵一路。

受了这首诗的启发,1990年我在雨中登岳阳楼,什么景物也看不见,于是写首绝句:

> 杜诗范记光千古,应有威神护此楼。笑我枯肠无俊语,尽将烟景雨中收。

利用杜甫《登岳阳楼》诗、范仲淹《岳阳楼记》的精彩语言作为遮隐的内容供人想象,比自己搜尽枯肠去琢句效果要好得多。

游雁荡山,见到剪刀峰、木笔峰、啄木峰、懒熊峰和石帆峰,实际只是一处,因为看的角度不同而呈现不同形态。这是奇特景观,但不像岳阳楼、黄山天都峰那样驰名,游客也不是很多,不直接表述读者会莫名其妙。我和上一首采用完全不同的方式:

剪刀成笔卓虚空,啄木须臾又化熊。移步换形山有意,殷勤归送满帆风。

两首诗都很平常,意在表明不同情况采用遮表两种不同手法都有助于表达。在欣赏古人长篇作品时如果前后所写内容有所重叠,作者也往往是采用两种手法,一般应是先表后遮。白居易《琵琶行》对琵琶弹技的描写,可作为例子:

白居易之死,帝(宣宗)以诗吊之曰:"缀玉联珠六十年,谁教冥路作诗仙。浮云不系名居易,造化无为字乐天。童子解吟《长恨》曲,胡儿能唱《琵琶》篇。文章已满行人耳,一度思卿一怆然。(《唐诗纪事》卷二)

就白居易七古长篇而言,《长恨歌》与《琵琶行》都是传诵人口的名篇,我以为《琵琶行》更出色。因为唐代琵琶技艺极盛,这一篇刻画之细腻,可以说直接写音乐的诗篇无与伦比。撇开前面的气氛渲染和铺垫,只看出场弹奏那部分:

千呼万唤始出来,犹抱琵琶半遮面。转轴拨弦三两声,未成曲调先有情。弦弦掩抑声声思,似诉平生不得志。低眉信手续续弹,说尽心中无限事。轻拢慢捻抹复挑,初为《霓裳》后《六幺》。大弦嘈嘈如急雨,小弦切切如私语。嘈嘈切切错杂弹,大珠小珠落玉盘。间关莺语花底滑,幽咽泉流冰下滩。冰泉冷涩弦凝绝,凝绝不通声暂歇。别有幽情暗恨生,此时无声胜有声。银瓶乍破水浆迸,铁骑突出刀枪鸣。曲终收拨当心画，四弦一声如裂帛。东船西舫悄无言，唯见江心秋月白。

这一段共二十四句写琵琶技艺之工，先用六句概述，"低眉信手"，纯熟可想，"未成曲调先有情"，"似诉平生不得志"，"说尽心中无限事"，可见伤心人别有怀抱，正借音乐倾泻。"轻拢"起十六句正面详写演奏之精彩，拢撚抹挑手法纯熟，《霓裳》、《六幺》名曲迭呈，音乐节奏本难用言语描摹，而作者却能通过语言之音韵重迭及各种生动形象之比喻，将演奏之工绘声绘色曲尽形容，使读者如亲临其境，闻其妙音。"嘈嘈"、"切切"、"急雨"、"私语"，如玉盘泻珠，耳目不暇接，又忽如花底莺语之轻滑，冰下泉流之冷涩。渐涩渐止，其声暂歇，牵人情思。"别有幽情暗恨生，此时无声胜有声"，刚疑低沉弦绝，忽又高响入云，"银瓶乍破水浆迸，铁骑突出刀枪鸣"，动人心魄，"四弦一声如裂帛"，倏又戛然而止。层次分明，繁而有序，先大弦，后小弦，再交错弹奏，最后四弦齐收。"东船西舫悄无言"，尽为乐声所吸引，无以为怀，不知所措，"唯见江心秋月白"，忽然收入景物之中，令人含思不尽。

这第一次演奏表得如此细腻周详，而第二次演奏时，作者一共只用六句：

感我此言良久立，却坐促弦弦转急。凄凄不似向前声，满座重闻皆掩泣。座中泣下谁最多？江州司马青衫湿。

因为有前一次的尽情表述，这一次只从演奏效果来写，让人从前一次的表述领会此番的精彩，以遮为表，同样感人。了解这两种手法相反相成的特点，对欣赏对写作都会有所帮助。

一八、境因情而生成　情借境而深化
——梦与诗

梦是人类高级思维的活动。心理学家作了极细致的分析研究和科学实验,也还不能说已经弄清楚它的实质。古代人把梦和现实生活联系在一起,来占其吉凶。《汉书·艺文志》说:

> 众占非一,而梦为大,故周有其官。(师古曰:谓太卜掌三梦之法,又占梦中士二人,皆宗伯之属官。)

《尚书》、《诗经》里都有梦的记载,如《小雅·无羊》:

> 牧人乃梦,众维鱼矣,旐维旟矣,大人占之:众维鱼矣,实维丰年。旐维旟矣,室家溱溱。

这里提到梦,是第三者的叙述不是诗人的主观抒情。
《左传》成公十七年:

> 初,声伯梦涉洹,或与己琼瑰食之,泣而为琼瑰盈其怀,从而歌之曰:"济洹之水,赠我以琼瑰,归乎,归乎,琼瑰盈吾怀乎?"惧不敢占也,还自郑,壬申至于狸脤而占之,曰:"予恐死,故不敢占也。今众繁而从予三年矣,无伤也。"言之之莫而卒。

这可能是梦中作诗较早的例子。感梦而为诗要算孔夫子了。《礼记·檀弓上》：

> 孔子早作，负手曳杖，消摇于门，歌曰："泰山其颓乎？梁木其坏乎？哲人其萎乎？"既歌而入，当户而坐。子贡闻之，曰："泰山其颓，而吾将安仰？梁木其坏，哲人其萎，则吾将安放？夫子殆将病也。"遂趋而入，夫子曰："赐，尔来何迟也！夏后氏殡于东阶之上，则犹在阼也。殷人殡于两楹之间，则与宾主夹之也。周人殡于西阶之上，则犹宾之也。而丘也，殷人也，予畴昔之夜，梦坐奠于两楹之间。夫明王不兴，而天下其孰能宗予？予殆将死也。"盖寝疾七日而没。

唐玄宗《经鲁祭孔子而叹之》结尾说"如今两楹奠，想与梦时同"，就是指这件事。

这两则虽然与诗有关，但仍未离占梦的范畴。日有所思，夜有所梦，梦因想而成，在前期真正从抒情角度写梦，如《古诗十九首》：

> 凛凛岁云暮，蝼蛄夕鸣悲。凉风率已厉，游子寒无衣。锦衾遗洛浦，同袍与我违。独宿累长夜，梦想见容辉。良人惟古欢，枉驾惠前绥。愿得常巧笑，携手同车归。既来不须臾，又不处重闱。亮无晨风翼，焉能凌风飞。眄睐以适意，引领遥相睎。徙倚怀感伤，垂涕沾双扉。

中间的梦是由想而来。短暂的梦境又从而深化无尽的思念。后世诗人用梦来写刻骨的相思，李、杜、元、白都有突出的梦例。李白因为参加永王璘的幕府，后来被论从逆，由于郭子仪的全力请求,才免死长流夜郎,只到四川东部就遇赦放归了。杜甫并不知道放归的消息,还以为李白就在瘴疠之区。他梦见李白,写了《梦李白二首》:

死别已吞声,生别常恻恻。江南瘴疠地,逐客无消息。故人入我梦,明我长相忆。君今在罗网,何以有羽翼?恐非平生魂,路远不可测。魂来枫林青,魂返关塞黑。落月满屋梁,犹疑照颜色。水深波浪阔,无使蛟龙得。

浮云终日行,游子久不至。三夜频梦君,情亲见君意。告归常局促,苦道来不易。江湖多风波,舟楫恐失坠。出门搔白首,若负平生志。冠盖满京华,斯人独憔悴。孰云网恢恢,将老身反累!千秋万岁名,寂寞身后事。

这两首诗,作为写梦境表现对老友的无限惦念之情,其分量之重应是无与伦比。高步瀛《唐宋诗举要》引陆时雍评说:"是魂是人,是真是梦,都觉恍惚无定,亲情苦意,无不备极,真得屈《骚》之神。"

不说己之梦友,而言友魂入梦,从对方着笔,以梦抒情诗中,多有此种。如元稹《长滩梦李绅》:

独吟孤寝意千般,合眼逢君一夜欢。惭愧梦魂无远近,不辞风雨到长滩。

元白深交在梦中为诗,《唐诗纪事》卷三十七:

稹元和四年为刺史,鞫狱梓潼,乐天昆仲送至城西而别。后旬日,昆仲与李侍郎建闲游曲江及慈恩寺,饮酣作诗曰:"花时同醉破春愁,醉折花枝作酒筹。忽忆故人天际去,计程今日到梁州。"后旬日,得元书,果以是日至褒,仍寄诗曰："梦君兄弟曲江头,也到慈恩寺里游。驿吏唤人排马去,忽惊身在古梁州。"千里魂交,若合符契。自有《感梦记》备叙其事。

《诗话总龟》有《纪梦门》两卷,大量记载梦中作诗的事,活灵活现。姑举拙校本卷三十六一例:

> 东坡将亡前数日,梦中作一诗寄朱行中云:"舜不作六器,谁知贵璵璠。哀哉楚狂士,抱璞号空山。相如起睨柱,投璧相与还。何如郑子产,有礼国自闲。虽微韩宣子,鄙夫亦辞环。至今不贪宝,凛然照尘寰。"觉而记之,自不晓所谓。东坡绝笔也。(《王直方诗话》)

梦中作诗,在前人诗集中几乎无集无之。赵翼《瓯北诗话》曾说陆游集里多达九十九首。梦与现实关系错综复杂,扑朔迷离。如下诗,《六月二十日夜分,梦范致能、李知几、尤延之同集江亭,诸公请予赋诗,记江湖之乐,诗成而觉,忘数字而已》:

> 露箬霜筠织短篷,飘然来往淡烟中。偶经菱市寻溪友,却拣蘋汀下钓筒。白菡萏香初过雨,红蜻蜓弱不禁风。吴中近事君知否,团扇家家画放翁。

梦与现实的错位,实在难于清理。《庄子·齐物论》最后一节有一段非常精彩的叙述,后人经常引用,我想用庄子这种观点,看待诗中的梦境,可能开拓出新的思路:

> 昔者庄周梦为胡蝶,栩栩然胡蝶也。自喻适志与? 不知周也。俄然觉,则蘧蘧然周也。不知周之梦为胡蝶与? 胡蝶之梦为周与? 周与胡蝶,则必有分矣。此之谓物化。

"庄生晓梦迷蝴蝶",这里将梦与真实的关系写得扑朔迷

离,而却入情入理,在生活中有时梦境当成真境,真境反疑梦境。举杜诗为例:杜甫身陷贼中,奔赴行在,《述怀》中写出当时艰难:

> 去年潼关破,妻子隔绝久。今夏草木长,脱身得西走。麻鞋见天子,衣袖露两肘。朝廷愍生还,新故伤老丑。涕泪授拾遗,流离主恩厚。柴门虽得去,未忍即开口。寄书问三川,不知家在否。比闻同罹祸,杀戮到鸡狗。山中漏茅屋,谁复依户牖。摧颓苍松根,地冷骨未朽。几人全性命,尽室岂相偶。嶔岑猛虎场,郁结回我首。自寄一封书,今已十月后。反畏消息来,寸心亦何有。汉运初中兴,生平老耽酒。沉思欢会处,恐作穷独叟。

他没有想到获准回鄜州探家时,居然能和家人亲切会面。在《羌村三首》第一首写初到家情形:

> 峥嵘赤云西,日脚下平地。柴门鸟雀噪,归客千里至。妻孥怪我在,惊定还拭泪。世乱遭飘荡,生还偶然遂。邻人满墙头,感叹亦歔欷。夜阑更秉烛,相对如梦寐。

因为乱离,于是把真实怀疑成梦境,司实曙《云阳馆与韩绅宿别》前半:

> 故人江海别,几度隔山川。乍见翻疑梦,相悲各问年。

这是经历乱离之世久别之思的人都会有的感觉。更典型的如晏幾道《鹧鸪天》:

> 彩袖殷勤捧玉钟,当年拚却醉颜红。舞低杨柳楼心月,歌尽桃花扇影风。　　从别后,忆相逢。几回魂梦与君同。今宵剩把银釭照,犹恐相逢是梦中。

251

陈师道《示三子》：

> 去远即相忘，归近不可忍。儿女已在眼，眉目略不省。喜极不得语，泪尽方一哂，了知不是梦，忽忽心未稳。

明明知道不是梦，心里却不踏实，这就省去多少梦中相会醒后还空的叙述，和晏几道异曲同工。

用梦境烘托友情还可举徐积《赠黄鲁直》：

> 不见故人弥有情，一见故人心眼明。忘却问君船泊处，夜来清梦绕西城。

一夜清梦都在西城遍寻无着，就把无尽思念全烘托出来了。苏东坡对庐山魂牵梦萦，初到庐山他写了庐山美景及自己的感受，也用梦来烘托：

> 自昔怀清赏，神游杳霭间。如今不是梦，真个在庐山。

神游句就是以梦为衬，使人展开想象。

将梦境写得光怪陆离当推李白《梦游天姥吟留别》：

> 海客谈瀛洲，烟涛微茫信难求。越人语天姥，云霓明灭或可睹。天姥连天向天横，势拔五岳掩赤城。天台一万八千丈，对此欲倒东南倾。我欲因之梦吴越，一夜飞渡镜湖月。湖月照我影，送我至剡溪。谢公宿处今尚在，绿水荡漾清猿啼。脚著谢公屐，身登青云梯。半壁见海日，空中闻天鸡。千岩万壑路不定，迷花倚石忽已暝。熊咆龙吟殷岩泉，栗深林兮惊层巅。云青青兮欲雨，水澹澹兮生烟。列缺霹雳，丘峦崩摧。洞天石扉，訇然中开。青冥浩荡不见底，日月照耀金银台。霓为衣兮风为马，云之君兮纷纷而来下。虎鼓瑟兮鸾回车，仙之人兮列如麻。忽魂悸以魄动，恍惊起

而长嗟。惟觉时之枕席,失向来之烟霞。世间行乐亦如此,古来万事东流水。别君去今何时还,且放白鹿青崖间,须行即骑访名山。安能摧眉折腰事权贵,使我不得开心颜。

这中间梦境愈写得真,愈反映出富贵权势之虚幻无实,从而彻底否定世俗之追求。梦境的描写起了决定作用。

洪迈《容斋五笔》卷十《绝句诗不贯穿》:

"夜凉吹笛千山月,路暗迷人百种花。棋罢不知人换世,酒阑无奈客思家。"此欧阳公绝妙之语,然以四句各一事,似不相贯穿,故名之曰《梦中作》。

同样以《梦中作》为题的名篇绝句还有蔡襄的一首,苏东坡写成《天际乌云帖》:

天际乌云含雨重,楼前红日照山明。嵩阳居士今何在,青眼看人万里情。

有了梦境,诗境更为丰富,抒写更为深沉,同时一些难言之隐可推之于梦中。梦因结想而成,想又借梦以深化。宋玉《高唐》、《神女》两赋写楚王梦神女之浪漫。其后纪梦诗中多写男女遇合,形同传奇。唐宋以后纪梦诗中此类亦占相当比重,读时不可忽略。

一九、同源异派　相辅相成
——画与诗

古人云,诗是有声之画,画是无声之诗。苏东坡说:"味摩诘之诗,诗中有画;观摩诘之画,画中有诗。"他在诗里也说"诗画本一律,天工与清新"(《书鄢陵王主簿所画折枝》)。物象感发于内心,见于语言文字的叫诗,写于丹青水墨的就是画,两者同源而异派。所以古人常以画境来表诗境。《诗话》里引梅圣俞评诗的名言"状难写之景如在目前",就是适例。后人习用的如"初日芙蕖"、"清水芙蓉"等都是以画境比诗境。以诗写画,以真衬画令人叫绝的,如杜甫《丹青引》写曹霸画马之超绝:

先帝天马玉花骢,画工如山貌不同。是日牵来赤墀下,迥立阊阖生长风。诏谓将军拂绢素,意匠惨淡经营中。斯须九重真龙出,一洗万古凡马空。玉花却在玉榻上,榻上庭前屹相向。至尊含笑催赐金,圉人太仆皆惆怅。

画马真马竟然无别,连养马者都为之叹息,可见画之神妙。《奉先刘少府新画山水障》一诗更是夺人心魄:

堂上不合生枫树,怪底江山起烟雾。闻君扫却赤县图,乘兴遣画沧洲趣。画师亦无数,好手不可遇。对此融心神,知君重毫素。岂但祁岳与郑虔？笔迹远过杨契丹。得非玄圃裂，无乃潇湘翻。悄然坐我天姥下，耳边已似闻清猿。反思前夜风雨急，乃是蒲城鬼神入。元气淋漓障犹湿，真宰上诉天应泣。野亭春还杂花远，渔翁暝踏孤舟立。沧浪水深清且阔，敧岸侧岛秋毫末。不见湘妃鼓瑟时，至今斑竹临江活？刘侯天机精，爱画入骨髓。自有两儿郎，挥洒亦莫比。大儿聪明到，能添老树巅崖里。小儿心孔开，貌得山僧及童子。若耶溪，云门寺，吾独胡为在泥滓？青鞋布袜从此始。

从画山水乱真写到画师本人，层层跌宕，最后诗人也融入画中，神游题外，篇中无数山水境地人物，纵横出没，莫测端倪。苏轼《书王定国所藏烟江叠嶂图》遥师此意：

江上愁心千叠山，浮空积翠如云烟。山耶云耶远莫知，烟空云散山依然。但见两崖苍苍暗绝谷，中有百道飞来泉。萦林络石隐复见，下赴谷口为奔川。川平山开林麓断，小桥野店依山前。行人稍度乔木外，渔舟一叶江吞天。使君何从得此本，点缀毫末分清妍。不知人间何处有此境，径欲往买二顷田。君不见武昌樊口幽绝处，东坡先生留五年！春风摇江天漠漠，暮云卷雨山娟娟。丹枫翻鸦伴水宿，长松落雪惊昼眠。桃花流水在人世，武陵岂必皆神仙？江山清空我尘土，虽有去路寻无缘。还君此画三叹息，山中故人应有招我归来篇。

从画之繁复清绝到自己看画而引起身世之感，忧来无端，令人叫绝。和杜作有相近处。以真境衬画境，为题画诗之常例，如果将真境进一步归到某一具体景点就更增加情趣。白居易《画竹歌》：

> 植物之中竹难写,古今虽画无似者。萧郎下笔独逼真,丹青以来惟一人。人画竹身肥臃肿,萧画茎瘦节节竦。人画竹梢死羸垂,萧画枝活叶叶动。不根而生从意生,不笋而成由笔成。野塘水边埼岸侧,森森两丛十五茎。婵娟不失筠粉态,萧飒尽得风烟情。举头忽看不似画,低耳静听疑有声。西丛七茎劲而健,省向天台寺前石上见。东丛八茎疏且寒,忆曾湘妃庙里雨中看。幽姿远思少人别,与君相顾空长叹。萧郎萧郎老可惜,手颤眼昏头雪色。自言便是绝笔时,从今此竹犹难得。

他把画的竹子坐实在"天台寺前石上"和"湘妃庙里雨中"。像景云的《画松》:"画松一似真松树,且待寻思记得无?曾在天台山上见,石桥南畔第三株。"也是用坐实的办法供人欣赏。

有的诗的本身就是画境,如苏轼《腊日游孤山访惠勤惠思二僧》开头:"天欲雪,云满湖。楼台明灭山有无。水清出石鱼可数,林深无人鸟相呼。"这不就是一幅图画吗?诗境画境已经浑然为一。这样的例子可说俯拾即是。小诗就是一幅画,而在画面中可以表现出诗人的情趣,于是受到识者的赞赏。惠诠尝书湖上一山寺壁曰:

> 落日寒蝉鸣,独归林下寺。柴扉夜未掩,片月随行屦。惟闻犬吠声,更入青萝去。

这一小幅夜归图,没有写作者的思想,而一种出尘的情趣跃然纸上。苏东坡一见,就在诗后面和了一首:

> 但闻烟外钟,不见烟中寺。幽人行未已,草露湿芒屦。惟应山头月,夜夜照来去。

这也是一幅山僧夜归图,情趣清幽,从此传为佳话,惠诠也因此知名。另外一个和尚叫清顺,尝赋《十竹诗》曰:

城中寸土如寸金,幽轩种竹只十个。春风慎勿长儿孙,穿我阶前绿苔破。

又有一首五古:

久服林下游,颇识林下趣。从渠绿阴繁,不碍清风度。闲行石上眠,落叶不知数。一鸟忽飞来,啼破幽绝处。

王安石游湖上看到极为称赏,后来苏东坡晚年也和他往来唱酬(参见《苕溪渔隐丛话前集》卷五十七)。

诗境画境本为一事,而小诗题画又往往出画境之外,提高画的内涵和欣赏性。如苏东坡《惠崇画春江晓景二首》其一:

竹外桃花三两枝,春江水暖鸭先知。蒌蒿满地芦芽短,正是河豚欲上时。

画面上的景物是六样:竹子、桃花、江水和水上的鸭子、布满地面的蒌蒿和新出嫩芽的芦苇。在前三句完全写出来了,而且还加鸭对水暖的感觉,已经将平面的景物写成一幅互相联系的画面。最后的一句却是画面所无,诗人凭想象补充而特别增加了情趣。再如《书李世南所画秋景二首》其一:

野水参差落涨痕,疏林欹倒出霜根。扁舟一棹归何处?家住江南黄叶村。

画面的景物都在前两句中写出,而且两句若即若离表现出因果。第三句水面扁舟也为画面所有,但这一问一答却出于画面之外,也是用诗人的想象增加画的意境。

诗境、画境关系如此之密,诗人要懂画,善于写出画境来丰富诗境,同时画师要提高境界也必须领会诗境,所以宋元时考试画师都用诗句为题,如世所习知的"古木无人径,深山何处钟","野渡无人舟自横","竹锁桥边卖酒家","踏花归去马蹄香"之类。

著名的山水名胜,有时一两句小诗很难摹写。可以引一段胡仔《苕溪渔隐丛话前集》卷五十五的话:

> 余旧览《倦游杂录》,言桂州左右,山皆平地拔起,竹木蓊郁,石如黛染;阳朔县尤奇,四面峰峦骈立。故沈水部彬尝题诗曰:"陶潜彭泽五株柳,潘岳河阳一县花。两处争如阳朔好,碧莲峰里住人家。"余初未之信也。比岁,两次侍亲赴官桂林,目睹峰峦奇怪,方知《倦游杂录》所言不诬。因诵韩、柳诗云"水作青萝带,山为碧玉簪",又云"海上群峰似剑芒,春来处处割愁肠"之句,真能纪其实也。山谷老人谪宜州,道过桂林,亦尝有诗云:"桂岭环城如雁荡,平地苍玉忽嶒峨。李成不生郭熙死,奈此百嶂千峰何?"

真境写出不易就推之于高明画师,黄山谷这样的大诗人都"奈此百嶂千峰何"?这实际是避实即虚,不写之写,也能启发人思考。我想起八三年游黄山,雨后山色奇丽,直如宋人画本,于是写了这样一首绝句:

> 浅深浓淡复斓斑,挟雨揉烟态更闲。忽忆小年临画本,分明好个米家山。

一九九二年旅游文学讨论会在雁荡山召开,我由南京乘小飞机至温州,飞行高度不及1000公尺,俯视皖南群峰起伏,恰如

画卷,可惜我无写真才能,只得用诗句表示遗憾:

起伏群峰耐俯看,欣如画卷展新安。须臾云雾真颠米,默识沉吟愧笔端。

诗与画同源而异派,相互渗透,古代很多诗人本身即善画,如王维、苏轼,诗中有画,画中有诗,创造许多脍炙人口的佳作。同时这些人的评画之诗总有一些精辟之论。如苏轼《王维吴道子画》里说的:"道子实雄放,浩如海波翻。当其下手风雨快,笔所未到气已吞。"讲到王维,"门前两丛竹,雪节贯霜根。交柯乱叶动无数,一一皆可寻其源"。这些在中国画中都是不朽之论。

诗如其人,画亦如其人。有些题画诗可见作者的风骨。如郑思肖宋亡以后,画兰花都不画根,无地可依,以表亡国之痛。在《题画菊》诗中说:"宁可枝头抱香死,何曾吹堕北风中?"正是忠义之心的反映。郑板桥喜画竹石,他有首诗说:"咬定青山不放松,立根原在破岩中。千磨万击还坚劲,任尔东西南北风。"反映出他的特殊个性。郑又是循吏,关心人民的疾苦,在《潍县署中画竹呈年伯包大中丞括》诗中写道:

衙斋卧听萧萧竹,疑是民间疾苦声。些小吾曹州县吏,一枝一叶总关情。

二〇、共酿有味之诗　不放无的之矢
——新诗与旧诗

　　五四时期,新诗曾对旧体诗发动猛烈攻击,仿佛写旧体诗就意味保守、落后,甚至是反动,一时间似乎摧陷廓清,旧体诗已无容身之地,欧化好像真要取代民族化了。但是,七十年的实践,旧体诗不但没有被彻底消灭,近来却呈现出蓬勃发展的势头。老一辈无产阶级革命家的诗集大多是旧体,四害被除之后,各地诗词会社如雨后春笋,公开发行的旧体诗词刊物,也有若干种,海外华人表达眷怀祖国的旅思乡情,用的也大多为旧体,甚至原来以新诗成名的诗人也往往改习旧体,并且出了一些诗集。这些现象,至少告诉人们一个简单的道理,旧体诗词还是有蓬勃生机的。旧体诗为什么能历劫不磨有强大的生命力?因为它是深深植根于民族语言和历史的土壤中,它的形成是历史发展的结果,而不是少数人闭门造车。反对旧体诗的人,认为这种形式束缚思想,难以表达新内容。分而言之,约有数端:一曰要押韵,二曰讲平仄,三曰词语太文太陈旧,容不得新思想、新事物。猛一听,好像很有理,实际上经不起推敲,试略加辨析:

　　一曰押韵是人民生活中的自然现象。汉语基本是单音节,容易押韵,是一大优点。从古代的谣谚、民谚、《诗经》、《楚辞》、汉魏六朝乐府,直到今天各地的民歌,有哪一种不押韵?不押韵口头就不易流传。民谚说:"盐罐返潮,大雨难逃。"老农民除夕晚要喂耕牛一碗米饭,嘴里直念叨:"打一千,骂一万,三十晚上给你一碗饭。"潮和逃,万和饭,不都押韵吗?下放期间,一个妇女和队长夫人吵架说:"冬瓜有毛,茄子有刺;男人有权,女人有势。"刺和势自然押韵,这个妇女一字不识,头脑里也不懂押韵这个词儿,可她在实践中自然会押韵,可见押韵是汉语中的天籁。若干句诗,有共同的韵脚,音节上就有所收揽,增强节奏感,有什么不好?不押韵就难以口头流传。新诗在彻底自由化一阵之后,不是也有人在提倡新的格律诗吗?我想要押韵大概也是新格律诗的要求。旧体诗除律诗外,押韵的形式也不是一成不变的,它虽以两句一韵为主,但也可以每句一韵或三句以上一韵;可以一韵到底,也可以中间换韵。变化的天地是相当广阔的。

二曰平仄也是汉语中的自然现象。拿一些四个字的组合看,如"三言两语"、"千奇百怪"、"百孔千疮"等等,这里的数字都不是实指的,但如换个位置说成"三语两言"、"千怪百奇"、"千孔百疮"意思没有变,但说起来非常别扭。原因何在?就在平仄关系上。原来的组合方式是平平仄仄或仄仄平平,非常顺口,改成平仄仄平就拗口了。可见律诗按平平仄仄、仄仄平平的方式组句也是顺乎汉语的自然,不是诗人们向壁虚造来难为人。何况有严格的平仄规律组句只是旧体中的律诗而古体诗不大受这种限制呢?句子的字数可以短到一个字(如司空图《题休休亭》"咄,诺。休,休,休,莫,莫,莫")。长到十七个字(韩愈《嗟哉董生行》"唐贞元时县人董生召南隐居行义于其中",组句也是很自由的。从广义说,律诗古诗都必须注意诗句的节奏感,或用平平仄仄的方式,或用别的方式任人选择,但应该注意节奏感,增强音乐美,我想,新的格律诗大概也会有这方面的要求。

三曰写旧体诗可以而且应该吸收口语及新的名词来提高表达效果。说旧体诗太难懂是不全面的。旧体诗中确实有一些难懂的诗篇,它们是由各种因素造成的。但"难懂"不是旧体诗的特质。"暮投石壕村,有吏夜捉人。老翁逾墙走,老妇出门看"(杜甫《石壕吏》),"可使食无肉,不可(使)居无竹。无肉令人瘦,无竹令人俗"(苏轼《於潜僧绿筠轩》),这些名篇有什么难懂呢?语言随着社会发展而丰富变化,诗人应该不断吸收和消化,创造自己的诗句,写新事物当然要用新名词。只有一些守旧而不化的人才一味排斥新名词、语汇,结果写出的只能是"赝汉魏"、"赝唐"式的模拟之作,不可能有时代的声音。清朝后期诗人中何绍基是大胆使用过去诗中未用过的名词语汇的,如"鄂州试上火轮船"、"湘省厘捐薪水宽"之类,引起陈衍《石遗室诗话》的诟病,但我以为何绍基是对的。同光体最崇拜的诗人黄山谷,诗里使用语汇非常丰富,连公文档案中的术语都敢使用。办公文案卷有所谓旧管卷,新收卷,他在《赠李辅圣》就有"旧管新收几妆镜"的句子。不敢使用新名词术语只是自捆手脚。今天要反映半个世纪的风云激荡,如何能避开"抗日"、"土改"、"解放"、"抗美援朝"、"四化"之类的字眼呢?在诗篇里大胆使用新词汇,正是合乎时代的要求。在这方面新体和旧体没有不可调和的矛盾。

如上所述,从形式上争论新体旧体的长短,实际上没有多大意义。有是非,无新旧。我认为要争的是诗还是非诗,不必问新体还是旧体。新体旧体应互相融合,取长补短,而不应互相排斥,护短争长。诗和散文,谁都知道有区别,不在于分行不分行,而在于它们的情趣。前人打过这样的比喻,生活像米,文是煮米成饭,可以充饥,诗则酿米成酒,用以怡情。比喻未必太贴切,但不管新诗旧体,总得有诗味。什么是诗味?诗味要向人说清楚却很不容易。苏东坡诗里说:"论画以形似,见与儿童邻;赋诗必此诗,定非知诗人。"这里恐怕就说的诗味问题。拿唐人两首咏物小诗为例,李峤《风》:"解落三秋叶,能开二月花。过江千尺浪,入竹万竿斜。"除了告诉人风的特色外,没有给人更多的回味。可能就是苏轼责怪的"赋诗必此诗"吧。骆宾王的《咏月》:"忌满光先缺,乘昏影暂留。既能明似镜,何用曲如钩?"它既写出月的特色,又何止于说月。两相比较,也许能领略有诗味无诗味的问题。不必去争诗体的新旧,而应着眼于诗味的有无和浓淡,这便是我的管见。

蹇斋诗录

自序

陈后山诗云："此生精力尽于诗,末岁心存力已疲。"每一诵之,辄心潮起伏。回首六十年间学诗往事,不禁感慨系之云。少喜诵诗,略通平仄,但喜其琅琅上口,粗识大意,而于诗中之蕴、诗外之音,则茫然无所会心。抗战军兴,西南漂泊,一九四一年入国立浙江大学中国文学系,得从江宁郦衡叔先生(讳承铨,号愿堂)受诗业,重温昔时所诵习,仿佛豁然开朗。其时家国多难,只身西南,乡关万里,读杜公乱离之诗,犹如为己而作。行走坐卧,不离吟诵,耳目所接,莫非诗材,触事成篇,形诸梦寐,几入痴迷之境。怀宁潘伯鹰先生于《时事新报》创"饮河集",专刊旧体诗词,余亦以骞斋之名厕身作者之列。其时为诗,刻意追摹,学杜、韩,效郊、岛,复又酷爱坡仙,心仪其人,诗效其体,然境必己所亲历,情必己所感发,无病呻吟,优孟衣冠,固所不屑为。此余学诗最力,为诗最夥之阶段也。胜利复员,余忝南京一中教席,境不同于往岁,材复逊于漂流,所作渐稀。解放之初,力求新知,潜心教改,惟日不足,吟哦几至尽废。反右之际,文网日密,转喉触讳。余自恃清白,直言无隐,遂隶右军。诗词之语,最易深文罗织,故益以吟哦为戒,此余创作冰期,然旧嗜固未能或忘也。文革浩劫,亘古所无,中心怫郁,无所获申。下放淮安,新知旧好有同嗜者,偶有唱和,遂又一发不可收拾。四害既除,拨乱反正,余来淮阴师专,抚今追昔,感事尤多。其后淮阴建市,余挂名政协副主席,或至外市取经,各种学术会议常于风景名胜区召开,游踪几半中国。名山胜景,触拨诗心,乃以七绝纪游,不复计其似杜、似韩、似欧苏、似黄陈否也。此又诗作复苏渐趋高潮之一境。近年拜金迷雾,炒星歪风,贪黩枉法者屡有所闻见。心切愤愤,操笔直刺,但求明白痛快,不作雕章琢句,诗语乃有似张打油者,或贻俳谐之讥,亦不之恤,浑不知其为余之遣诗,抑诗之遣余也。回顾五十馀年所作,在浙大太学稿已佚去,蹇斋诗录尚存半帙,而愿师题字幸存,今即以统名前后所作,永志本师之教诲也。近年所作,随手抛掷,散佚亦多。谨将尚存者辑录成编。词曲联语,敝帚自珍,亦复附之篇末以付手民,非敢以言诗,聊存一生之鸿爪耳。知我罪我,非所计也。

　　庚辰冬至后一日肥西周本淳自序于淮阴师院蹇斋。

诗

辛巳除夜

投荒放眼青何在,雨雪空濛岁又残。劫后衣冠惊此夕,梦中歌吹解谁欢!漫怜矮烛消春睡,无那蛮鸡闹夜阑。剩抚重重堆案旧,支离诗骨耸宵寒。

诗心

诗心如束笋,淡雨洗争萌。惯听悠悠水,依然踽踽行。秋声孤叶下,暝色一江平。却笑从来误,清吟袖手成。

秋晨即事

千嶂寒收雨,时危梦亦辛。烟吞溪瘴涣,日吐晓云鼙。废郭争猞狗,荒途拱乱蓁。秋风看肃杀,虫响入霜泯。

采荠

采采南山下,终朝不盈掬。暮还呼我朋,隔屋借新曲。孰云荠味甘,一试颜转蹙。怏然委之睡,饥肠愁更辘。忆年十二三,家贫不恒肉。方春偕邻儿,采撷及苜蓿。归还博母欢,汤渜半蒸菽。弟妹卬两角,喧闹时覆觫。自幸贫有此,岂必脯与鱐?焉知世虑改,欻欻如转轴。长虺吞中原,故里斗豺鵩。暂避走狼望,忽忽岁运六。阿母老更衰,何由亲役服?念此不成眠,中野号孤鹜。诘旦天鸡鸣,更寻詹尹卜。

雨登桃林山

云铲巉岩入望平,谷风吹客已如醒。此身自与苍冥合,未辨诗情抑雨情。

春晴过山村看花

平生意气吞春雨,为放狼荒此日晴。越俗乍循犹怯水,夷音已熟可通名①。眼中岁月输桃李,天外山河瘦弟兄。莫道东风知别苦,只今江柳久忘情。

① 因渴从野人乞茶,其俗则饮生水。

春望

经时北望意谁知,怕对清流照鬓丝。易可忘忧年似水,诗难漫与句寻医。干花着树攀春老,久客憎云入岫迟。兀坐莫将搔首问,中原何处劳王师?

觉师见示次韵湛翁之什依韵敬酬

劫后衣冠寂似秋,空凭虫鸟认蛮州。方春纵目云含雨,向晓牵帷雾满楼。深负九师明易说,依然六凿攘天游。夜长最慕峨山月,欲坐清辉客虑收。

月夜

今夜滭城路,遥知鬼满车。女墙衔瘦月,草店吼玄蛇。地迥书难信,愁干酒可赊。空持北归望,换取醉为家。

雨登后山

深谷乌啼雨,春愁不可闻。只疑依间泪,涨作漫空云。

移居

应被儒冠误,身谋只腐迁。蠹书嗔俗目,逃谤喜穷陬。巢鹤孤松兀,枪枋众鹖娱。老夫疏懒惯,凭几欲忘吾。

识字真忧始,途穷适意初。鸟添庭院静,苔引步趋徐。浅井随消长,微云看卷舒。夜凉能美睡,酣似故园居。

寄大兄

兀兀人痴我,悠悠听欲迷。一般风雨夜,是处短长鸡。入梦知清瘦,趁愁厌鼓鼙。子规吾谢汝,休傍阿兄啼。

夏孟晚行

大日倦投岭,独行幽意滋。疲牛犁白水,稚子拨青枝。月淡微分路,龙惊隐护篱。归来还好梦,说与老亲知。

晚晴

乱石出青红,喧争一径中。漳山收宿雨,新月破顽空。洛浦如堪遇,蛮江自可通。未应怜寂寞,感慨起天风。

奔山

奔山乘急流,日掉东去影。归心欲与俱,山去兀不省。划然喝之住,江怒驰更猛。忧端无奈何,寒日啮山颈。

送述孙之成都

冷淡意尤殷,闲庭掩夕曛。蒸壶桑柘火,载笔鹳鹅军。相顾中天月,孤光总伴君。料知随处好,歌啸草堂云。

寄大兄

耿耿今犹昔,栖栖月在闵。呕心写众苦,扪担掬孤清。眼与秋偕白,青归梦暂明。何当一蓑雨,谈笑偶春耕。

送小舟学士之湄潭次愿师韵

饥驱应吾道,送汝一尊难。惯以山中畜,相寻酒外欢。清眸分月皎,诗腹养秋寒。欲共传冰操,空堂画雪看。①

① 愿师赠诗云:"相期冰蘖意,赠子雪图看。"

癸未中秋前二日采桂不获得菌

细路围山新雨滑,葛衣跣足稻风凉。天私吾党能同野,气入顽心等是香。不见秋花横旧眼,漫堆朝菌活枯肠。闭门括口锄诗思,老树窥人月上床。

癸未中秋赋得陇月向人圆得圆字

久嗔拄腹搜何在,负汝今宵故故圆。归兴酿秋声撼海,长淮落木水摇天。能回永夜成清昼,愿袖新寒席旧毡。梨栗还同千里乐,漫劳诗梦舣吴船。

感秋

退之感春伤漫诞,故卷春光入毫翰。至今千载一诵之,孤胆横空圻天半。我逢秋光更可怀,葱花才发豆成荄。山英老桂杂黄白,红紫映日繁如堆。夜凉大月照更好,西园一日能千回。女菀花落杞菊老,绝塞西风收百草。晴天几日弄秋妍,盖眼寒云凝古道。古道凝寒不足惜,会看江梅破春萼。

癸未霜降雨游水口寺

满襟风趁雨,霜竹自争肥。初讶迂途入,仍怜一径归。荇牵沟水急,树涌午烟围。得意频回首,芳鲜到梦稀。

喜晴

秋山如客眼,雨过一齐青。服敝惊村狗,苔荒忆鲤庭。倦云迟远意,新水活孤听。随分成顽拙,临流愧众萍。

即事

即事孰非乐,离深兄弟情。穷开诗境富,冷益梦魂清。恩怨齐余德,盈亏满月行。破衣无盗患,枯木报春荣。

诗怀

诗怀随月体,万象入孤圆。戚戚时何病,悠悠我自天。闲庭长袖手,枯木静无烟。却笑庄生诞,奚遑后者鞭?

癸未十月二十三日夜苦寒思亲次日社集分韵得醒字

寒气劫虚梦,如梳梳头颈。缩颈欲避之,短衾苦脚䩺。颈脚两弯环,啮腰终夜醒。饥鼠冻不出,穷蚊死无声。虽饱一宵寒,天意严所惩。况有母寄衣,足屏清昼泂。披衣裹母慈,暖岂阳春并?永怀母教日,兀坐泪瀴溰。授书喜儿诵,往往投果饼。秋夜逴高喉,母缝一灯炯。转目视母颜,故事恣所请。山精老狡狐,亦有将士猛。忠贞亘天地,意气儿引领。课馀多跳踉,履破母手軯。喧呼嘉节至,衣新食数鼎。或时顽废学,放僻母能打。儿啼母亦泣,感愤过常省。方思常侍母,翼翼真自幸。岂知丁丑秋,车鬼满洰颍。老弱鬼不哄,幼壮杀无幸。避此远离母,七载亲俗瘦。母时念儿寒,缄寄纩与裎。殊方风土异,儿食无过镘。年行日益壮,母颜日衰瘠。霜发耿短鬓,夜梦每多警。岂不思东归,东途空荆梗。母谕儿业成,乃归娱母景。蹉跎缅兹怀,归意喉辄鲠。天兵扫来岁,六合净天明。儿业亦遂成,菽盘差可整。思此稍自解,赋诗慰母悯。

癸未十一月初九始晴王君务兰来言明岁倭将尽于是同舍哗然多议还乡后事作五诗以志喜

谁道蛮天醉,居然趁此晴。一灯喧众语,来岁可同行。计日儿应到,倚门望屡惊。初还杂悲喜,强抑泪纵横。

阿母频催睡,儿劳早息焉。倚床翻不去,抚昔动深怜。万里一身瘦,六年百虑煎。邻家明日到,汝伯最宜先。

离敦兄弟爱,争问诧如狂。瘴草冬还绿,夏衾绵可装。土风异食饮,辛辣刺肝肠。昨日回乡味,翻惊强半忘。

自学每同塾,居无一日程。还家三月后,趁汝两怀倾。过雪残冬夜,孤舟带月行。到门应候我,村犬恐相惊①。

久住情虽厌,将归意转亲。地瓜须带种,邻舍可尝新。夜半言尤烈,群欢事竟真。开门一大笑,残月似嗤人。

① 务兰与余学常共砚席。其家三河,去余居才六十里耳。尝谓雪夜买棹可挑灯相待也。

癸未十一月十一日登小龙山放歌

湘流龌龊僵死蛇,秋蝇变鹊馋相遮。市人贤愚谁复辨,但见一一兔投罝。巉峰攒壑媚眼底,日近炙背暖更加。群彦纷纷矜此乐,辛苦半日荆丛爬。皆言今真悟世事,微苦虽乐安能奢。我言昔日狂李白,寻仙五岳将为家。退之南山矜险绝,调弄众岫皆鱼虾。刻划天地嘲世俗,儿嬉况持培塿夸!吾观有累皆俗士,囚山何异囚轩车。须知群妄竞一得,苦营知丧几倍过。庄周多言孰肯悟,殆矣有限奔无涯。此乐彼弊乐何有,徒欲穷响持声哗。今者不信盍摸脚,妄累有似遭鞭挞。岂如闲居闭空户,安放四体无疵瑕。是非无辨失亦得,卧看老树如春花。

癸未十一月二十四日念三生辰书怀

蛮天知生朝,久雨吐情乍。流离惭人情,此夕聊一借。艰难数碗面,呼朋略酒炙。回首十年事,绕壁中宵咤。我生竟何辰,十二严君谢。十八避倭狗,衔泪戊寅夏。两月流波磹,诗书事闲暇。孰知鬼破空,晴昊飞雷下。波血赤崩衢,刳胸断腰髂。向无谭公镇,我徒尽迁化①。雨霖大别山,一线入天罅。民生不识盐,瘿颈粗可怕。干麸团硬饼,刺喉如吞错。强咽更裹馀,否挨终宵饿。辛勤二十日,牛马宿同舍。洞庭罹寒热,赤白眩抽泻。初时强起频,两日只仰卧。每一将坠时,忐忑心如簸。庸医抖冷手,吐舌嗟肠破。瞑目祝祖德,微生倘一佐。董生我旧友,高义鬼神讶。恶痢日百回,盥涤色无惰。我病不之德,往往睚眦骂。君怀千顷波,豫顺我右左。今来隔君颜,缅想每深喟。虎口夺馀生,一旦勿药贺。支床病骨惊,秃发友朋吓。河溪养残躯,半载成健跨。宣尼借古庙,两载永绥课。灯火二毋堂,风雪众山夜。叮咛说濂溪,恍侍先君座。洗心收昔放,惩杀室新过。觉师旧文雄,愿翁新诗霸。那知属余事,深藏信良贾。春风接播州,顽骨时能磋。振古师树然,奋志吾思颇。修鳞幽渊潜,长翮青空摩。稽首父师恩,驽马期十驾。

① 廿七年六月十五日寇机猛炸流波磕,谭公植菁长省立第一临时中学,敕诸生伏地毋稍动,皆获免,而市民奔窜死者十六七矣。

癸未至日刘四尚经宅作

秋瓜揉粉面,少油煎鼎镬。微饴助其味,一一形馎饦。至日食充肠,来岁无病虐。客游数乡风,念此怀倍恶。故人真知我,枉劳嫂氏作。枯喉一片下,快若淮上嚼。反愿残历上,日日成佳节。娇女鼓目视,嗔我如填壑。摩顶问所须,巧言真可乐。摇头腹已果,再问只喔嚛。饱客家人少,人情多自薄。四龄能忍此,吾心惟惭怍。今年除夕到,果饼听新乐。灯节红绿炫,黄雾迷火爆。开卷授汝诵,快目十行略。一笑捉予襟,起谢灯烬落。

盐村分韵得刀字

各以纵横驱日月,未应叱咤震儿曹。诗书牾世顽如我,歌哭随时唾亦骚。众口息吹天入梦,狂儒气倚笔为刀。优游更笑庄生拙,言驾何须更化尻。

癸未祀灶日作

冷鸡唤梦被生隅,惊走先生一枕诗。诉帝灶君无热祀,登堂左氏谳先师①。愁眉苦对蛇横纸②,冻手频呵砚满溅。一笑那知有我累,酸风射户雨抽丝。

① 上午试左氏春秋。
② 下午试西洋哲学。

早春放晴过桃溪寺

过雨添春色,看山拄颊吟。斋惟诗当酒,闲对水如心。随意原真乐,蛮歌亦好音。东风知客趣,江影乱疏林。

枕上

枕上家山枕外鸡,家山梦断剩鸡啼。听鸡犹唱家山调,无那家山一枕迷。

春日杂诗

残梦依然故枕蘧,忍携疏雨踏新芜。闲情一碧蛮江水,才识春风已半苏。

春至繁声醒旧禽,欲将新雨换微吟。无端却被颠风恶,吹彻诗肠一晌深。

谁将嫩绿缀枯枝,又遣馀青画柳眉。乱散秀螺抽细雨,望春春到只如痴。

无端白玉琢相思,残梦深心觉后疑。帘外轻雷苏倦雨,更凭孤烛理闲诗。

拥鼻朝朝水畔吟,繁花入务又轻阴。东风莫怨流莺老,自爱芳时一片心。

春晴江畔闲步

　　孤城何计望长安,翘首浮云杲日边。溪柳自摇沙步影,春风谁刺古祠船①！黄尘青眼经年梦,旧雨新芜一抹烟。剩有诗情闲似水,蛮山争贡墨曹妍。

　① 吾乡包孝肃祠畔,清溪疏柳,岁时泛舟地也。

家蘷见示新诗次韵奉酬

　　孤鸣酬野鹤,谢汝晓莺行。苦雨醺春醉,新诗洗肺凉。远游天似梦,适意海为乡。亦拟浮槎去,虫鱼浪见狂。

夜坐简家蘷用行字韵

　　客思闲庭树,微风影乱行。雨清中夜月,孤坐一春凉。旧眼惟增白,夷音半变乡。遣愁裁苦语,率寄莫馀狂。

咸斋和余夜坐之什仍以原韵酬之

　　过雨孤云淡,中天自在行。庭阶闲负手,心月有馀凉。世路缘成梦,吾生孰取乡？剩言君应笑,无住更谁狂。

戏效贾浪仙体简咸斋用行字韵

　　年光欺汝我,偷换鬓添行。卷映低檠淡,风吹破室凉。归鸿时叫客,惊梦已无乡。贾岛平生骨,酸吟瘦更狂。

记梦并序

　　年来每梦从东坡先生赋诗,常服其清警而苦觉来遂忘。

甲申三月既望复梦相唱酬独记其三四一联,因卒成一章,亦不自知其何说也。

年来依枕服清妍,得句犹馀耳日鲜。书味浅深风涣水,诗怀盈缩月流天。荒唐笑我徒劳梦,偃蹇非公孰肯怜!湖上一尊他日荐①,要从心地示无全。

① 西湖水仙王庙有东坡先生像。

窗前樱花盛开而色白感赋

客窗枯树活,旧国几春过。瞑色来禽少,青山入梦多。趁愁花乱雪,洗瘴泪悬波。应似高堂发,风梳落鬓皤。

甲申上巳游大觉寺得小松数株感赋

凄风猎寒窗,连雨扫游迹。久恶天亦惭,轻阴卷疏幂。那知春已暮,桃李乱红白。散策发午寺,赤脚寺涧碧。故乡在何许,千山映荠蕺①。不见流觞人,歌破涧底石。

流水入山腹,天光漏馀翠。石隙俯游鱼,乐哉濠梁秘。三年十里外,扶杖数过四。今日忽不见,冥想更深味。万物本自然,虚实等同异。抚掌石上桑,纷纷徒条肆。

青松想幽姿,静夜家南东。先君昔手植,十亩养霜风。岂知耿介子,零落群荒中。孤清夺山骨,直气困顽蒙。泫然移童稚,乐此两俱穷。可怜洛下人,不见王濬冲。

① 乡谚云:三月三,荠菜花,上高山。

夜坐

倦书遮眼过,拢袖夜茫茫。老树巢新月,蛮蛙鼓旧行。云闲轻过雨,花落靓馀香。岁岁薅春手,清吟负早秧。

寒食夜对月

看尽闲云过,流天识旧光。孤心春院静,哀角落花凉。坟墓窥人祭,干戈念故乡。今宵倚闲处,应照泪千行。

喜宋大祚胤游湄潭谒洪自明丈归赋此兼呈自明丈

我身如倦牛,穿鼻傍闲厕。妒君攒云鹘,去游纵孤志。城东洛诵翁,陈编籀遗坠。礼经十三家,众说古今备。江金凌与胡,乡学奋先辈。寒灯照念年,烂腹縻酒藏。岂知今世人,弃此等粪贾。人嗟翁愈穷,四年湄江翠。翁真不自知,心法彻幽邃。人我两俱寂,况此誉与毁!君归定有得,眉宇诧已异。捉臂破君悭,至道安可秘!

甲申四月四日宴王维彬兄宅作

七年万里元修菜,细雨春园忆旧乡。穿鼻自怜牵尾累,燃头谁救洗心忙!伸眉为口惭苏子,实腹无言味古皇①。千箸放空君莫笑,客途相晌胜相忘。

① 今日未能与老子讲席。

月夜怀小舟学士

叩门啄木千山月,步屐空庭一掬寒。应共幽人光熨眼,漫调诗腹养馀澜。

送家龚入蜀用行字韵

一杯和泪酒,别语不成行。鸟路猿声断,诗心道眼凉。艰难同此客,去住总非乡。蜀地秋江险,安流濯旧狂。

雨夜有怀朝玉表弟保山军次

悬军怒水瘴,殊俗可相亲？志猛甘生死,情迷计苦辛。虚斋雨外月,孤枕梦中人。数彻蛮宵柝,悠悠共此晨。

博生尚经竹亭务兰诸子同过夜谈

五株斜月幽人树,影乱空阶似更闲。此夕清尊温旧事,七年归意涌春山。间庭寥落松牵梦,海客荒唐语带蛮。他日弩台同剪烛①,应怜穷巷履声悭。

①　教弩台在邑城东北隅,曹公遗迹也。

敬题愿师为祚胤兄画江山烟霭图

破壁涨孤清,怜师画此情。濡毫无素楮,结习应多生。野艇江边梦,飞泉雨后盟。栖霞山寺在,回首问雄京。

宋生江右望,移去五溪深。几世亲蛮俗,孤愁念旧林。好将壁上观,慰此梦中寻。矮纸师丘壑,惟应住汝吟。

东郊

径熟都忘远,东郊物又华。残春一霎雨,浅水几声蛙。负腹顽儒瘦,能言众鸭哗。儿童强解事,赤脚觅田虾。

甲申夏五赠山樵兄乞愿师墨竹

少日吞牛气吐横,天教穿鼻歇吟声。尘劳倦客书遮眼,昼静空山鸟自名。诗酒光阴成故事,交游尔我妄迷情。凭君更乞师门竹,一扫炎州夏思清。

伯鹰前辈惠寄法书赋谢

炎风郁蒸砂,湿热泻脾胃。端念无医瘳,日兀不饮醉。岂知尺楮间,自有清凉地。健毫黄米真,婀娜松雪外。开缄得春风,想象胸中气。负壁暂忘忧,久对翻深喟。举俗骛近功,六籍贱溷厕。计程耗有年,拙哉生计废。畴肯易米盐,况复溪藤贵。安用此徜恍,孤绝只身累。独能娱顽儒,俱深土炭嗜。微诗享敝帚,言谢公勿弃。有如贮瓶空,要重千里致。一笑想公颜,掀髯此词费。会将无住心,一洗名言蔽。

溪畔

溪影清槐欲过溪,耕牛半出淡烟畦。好诗看久浑忘句,卧听人家唤晚鸡。

金顶山观云有感

晓色将愁思,登临病眼凉。流云浮众岫,溟海认孤航。俯仰怜无褐,缠绵讵可装?因风试回首,终古意茫茫。

哦诗

哦诗看月抽千绪,沉李浮瓜又一秋。怪底南风如有意,好吹清梦古庐州。

晚色

晚色先生馔,群峰醉淡烟。寒流明胆净,瘦木耸秋坚。鱼跳波心月,蛙嚣井外天。支筇欣独笑,枵腹亦便便。

寄怀醒仁学士

小簟新凉暗矮檠,断蛩秋梦不胜情。闲蕉滴碎三更雨,犹似西窗对榻声。

有寄

莫怨宵凉梦短时,多情争合薄情知。相思苦似秋前叶,零落随风不自持。

甲申中秋以尝闻此宵月万里同阴晴
分韵得宵字兼简醒仁云安

客情怜令节,奈尔晚虫嚣。云湿糊天重,诗荒带梦消。孤光伤素抱,清宴破长宵。寄语云安县,还同此寂寥。

敬题愿师风木慈乌图卷

平生弄笔为娱亲,楮墨无言自怆神。爱看林乌存乳哺,故图风木报艰辛。鬓须尽换霜前色,甘旨能忘劫后贫。对此有情皆念母,方知不匮是师真。

戏赠

饥来唯一卧,被冷竟无眠。学士贫犹此,平民孰解怜。休兵思戍卒,划粥愧前贤。感慨成温饱,高吟泌水篇。

哀黄羽仪先生

贪慆独不死,感慨一沾巾。落落如公者,茫茫隔世尘。忧时成痎疾,守道得奇贫。赖有遗文在,辉光异代新。

感事

闲抹双蛾斗柳青,向人欲舞自娱形。浮生久厌红牙板,巧语难污大业经。未爱蚍蜉能撼树,独怜腐草易为萤。薜阶唧唧秋虫满,一夜繁霜仔细听。

甲申九日赠务兰兼怀卜大

总角鸡窗常共舞,堂堂须鬓竟如何!几生桑下同三宿,万死兵馀寄一柯。贫里齑盘为乐少,秋来诗思赠行多。明年我亦巴山去,感慨云山柱梦过。

天公作意怜佳节,冷日清霜扫积阴。断垄蛮花能自傲,故山秋色定谁寻!烂柯不信成今世,黑发终当返旧林。遥想风流卜公子,漫倾茅酒洗诗心。

寄家冀学士合川

牵愁倦梦虫喧室,得句清宵月满楼。明日江头问红叶,可将诗思合川流?

干梧和月脱霜枝,清坐无人影自移。亦恐旅情常入夜,故投淡语换芳词。

书薑斋诗后

平生道义自干城,一苇终看宗社倾。皋羽西台惟恸哭,渊明南亩岂躬耕!千年肝胆秋霜色,破壁江湖夜雨声。绝叹行吟语偏淡,伤情极处是无情。

无题四首

暂得相逢似小醺，何曾青鸟解通勤。深心欲化空阶雨，夜半随风直过君。

惯踏新晴趁浅莎，孤吟着处眼重摩。春流未解相如渴，水荇参差奈汝何？

仿佛春街柳色齐，梦魂相对一沉迷。邻鸡啼彻残更月，又枉新诗倚枕题。

扶头终日倦摇摇，懒漫从知任客嘲。未免有情终作累，漫寻易象玩残爻。

春山

春山娱客眼，雨过一齐青。出郭随幽草，临流逐断萍。日高龟曝甲，沙暖雁梳翎。岁岁还乡梦，何因化汝形？

匆匆

匆匆春梦去无痕，起听庭前鸟雀喧。桃杏漫矜颜色好，须眉渐觉此身尊。难寻十步期芳草，自洗孤心服至言。一卷南华消永昼，不知何处着仇恩。

湄潭杂诗

一诺千金重，鞭车问险阿。乱声翻胃恶，群影掠窗过。理梦难为睡，排愁且独哦。湄潭在何许，长日此消磨。

湄水清如染，三年与目成。分田登岁食，照影洗贪醒。不见洪夫子[①]，依然过北城。解辕无可说，且此濯尘缨。

古洞来朝日，扶岩一径深。清虚不受暑，泉石自成音。小憩生孤咏,神签会众心。掉头忽归去,冷气满闲襟。

野饭依荒寺,开襟坐竹林。两乡连风水,吾辈恣幽寻。蝉噪时移树,云漫忽满岑。题名真细事,归路一沉吟。

江皋几片石,老桧坐班荆。静夜山分月,清歌水送声。薄游人渐少,归去雾初平。邻院喧猞狗,偏能妒此情。

茶社临江岸,稀星动远天。诗肠搜茗涧,渔火斗波妍。语乱情弥切,时艰母益贤[2]。西湖来岁到,清梦此留连。

晨起江逾静,微行稻有香。老农欣互语,好语喜丰穰。一为斯民庆,翻思故国荒。白鸥不解意,天北自回翔。

耽酒张公子,风流实可人。扶持到圣处,坦率见天真。涉世惟轻醉,将书未疗贫。边城足魑魅,慎矣好持身[3]。

夫子畸人特,将诗老更真。肥家仰慈母,款客忆吴莼。白饭能成味,穷居自有春。他年传掌故,回首几悲辛[4]!

归去仍为客,停车湘水浑。空怜一片月,苦费九升魂。觅句孤光冷,回头乐事繁。追遗真火急,清趣半亡奔。

① 癸未之夏,曾过此间,与自明丈游从甚乐。今忽忽三年矣。而丈去岁亦之渝州。重过其门,不胜感喟。

② 连晚皆侍钱伯母饮湄江茶社。

③ 小舟与余别二年,好饮乃加于昔。

④ 琢如前辈惠示诗稿,余尤爱其吃白饭一首,尝以为此亦流落中之掌故,诗虽善谑而情弥苦矣。

闻希魔被歼

倒眼翻魂气欲迷,狂花几日竟淤泥。虚窗一枕收春雨,输与催归自在啼。

端午

炊珠爨桂寓公羞,一醉难为令节谋。莫问中原旧风俗,鲂鱼如雪酒如油。

漫书

几日云垂野,孤寒艰自持。空传失簪妇,生作脱筒龟。乱定家仍远,春归梦渐迟。朝来看病柏,蠹叶尚欹奇。

端阳留别杨生德咸

夫子教无类,犹自行束修。鲁祭膰不至,驾言去悠悠。此岂饕餮徒,礼义固有由。嗟哉今末俗,六籍弃如仇。谁复知此礼,衣冠事沐猴。杨生不羁才,泛驾时摧辀。立身鄙世俗,传家诗礼优。独来贺令节,盘馔罗珍羞。举箸不能咽,百感梗中喉。我本八皖人,负笈来播州。寇平无计归,忽忽如羁囚。传道与授业,亦自稻粱谋。嗟子美玉姿,拙匠惭雕镂。相从二百日,念别涕交流。赠君亦自赠,言行期寡尤。

述和久无书

闲书名字过千遍,不见萧郎一纸来。地老天荒终不悔,此情何处着嫌猜!

大井

余兄弟入城必饮于此,今则颓垣断壁,无复市肆,而兄弟分携,未知聚首何日也,感赋短句。

此地经行惯,今来路已迷。几家依断井,一径出荒蹊。坏壁难呼酒,村翁自祝鸡。所思尚天末,洒涕忆分携。

题玄武湖泛舟照

小叶圆荷出水新,波光漾日碎于鳞。扁舟安稳湖心里,谁识中流把舵人。

杭州杂诗十首忆五

相仍堆案抽身出,来作湖山浪漫游。为惜尘埃污西子,却从雨里认杭州。

吴侬生计泛湖船,休日人多乱索钱。昨止六千今六万,刨瓜风俗只堪怜[①]。

浮生扰扰各饥驱,一饭谁能愿有馀。饱食懒行清水卧,几人得似玉泉鱼!

先生本是墨之徒,装点游春只布祛。不信世人皆粉黛,更将彩色重池鱼[②]。

诗肠久涸归无语,千里书来益汗颜。若问相思底处所,梦魂只在凤凰山。

① 杭俗敲竹杠云刨黄瓜。
② 玉泉之鱼,生趣索然,徒以五色取贵。

赠陈公重寅

陈公真杰士,老矣旧青衫。险语动惊俗,高风未止谗。嗟予苦傲僻,遇子正酸咸。莫便脱身去,秋风草欲芟。

元夕杨继增君招饮感赋

又见茅台酒,恍如饮播州。一灯清夜雨,令节故园愁。此日仍多垒,佳兵讵解忧[①]！主人非俗客,还许醉言不？

① 杨任兵工署长。

晦日过山樵小酌

闭门不出春将半,细雨微风又晚寒。未暇缚船送穷鬼,却思置酒过苏端。寄居近市双盘整,同嗜开怀五斗干。君画我题聊自适,淋漓醉墨壁间看。

春感呈愿师乞画

又是春归杜宇啼,梦魂回首足沉迷。过江岁月空皮骨,刻意饥寒愧母妻。

莫便天心齐得丧,悔将青眼付虫鸡。藏胸丘壑师原富,好乞仙山祓鼓鼙。

七一书怀

朦胧伴食工农血,猛可回头已半生。不是雷霆驱鬼域,岂能肝胆向人民[①]。

迷途乍复行犹怯,落日回光寇尚横。唯有长依共产党,请从七一数征程。

① 借韵。

雨花台感赋

眼中林木已交柯,俯首碑前感慨多。今日花环来异国,当年颈血起沉疴。城边工厂浓烟直,台畔儿童笑语和。幸福有源还自愧,缅怀先烈欲如何！

百花齐放百家争鸣有感

孤峰独树难成画,轻霰微霜总碍春。一夜东风苏冻圃,笑看红紫斗芳晨。

夏雷春鸟各争鸣,翠管朱弦俱有情。安得诗坛补天手,尽翻旧谱作新声!

无端

无端晴海卷狂涛,破雾前航气更豪。稳把舵轮迎晓日,飘风从古不终朝。

题扇

入手方炎暑,凉生一动中。功成身自退,日日望秋风。

自嘲

碰壁经年未褪狂,何须竿木始逢场。为牛为马随呼应,是鬼是人自主张。偶放强颜争曲直,难随众口说雌黄。莫嫌雨雾凄迷甚,暖眼当空有太阳。

送次女内蒙插队

送汝草原去,余怀喜不虚。两年真觉悟,千里好驰驱。勤励雷锋志,精研主席书。牧民如父母,休念旧家居。

寄怀大兄伯萍坦桑尼亚

淮甸师农两遇春,艺蔬儿女饲鸡豚。邮亭日日探消息,专候言归过荜门。

已过言归六月期，何无片语解离思！难堪最是高堂母，夜半声声唤子时。

哀三女小华

床头咫尺远天涯，廿载辛劳镜里华。邻舍相看尚呜咽，怎禁老泪不横斜！

行三自诩最聪明，任性常教阿母惊。十四雪天八百里，病中得意说长征。

聪明脆弱忽成痴，病已膏肓不自知。当世扁和求未得，神伤闭院望亲时。

侈说老年养阿爷，伤心先我骨成灰。北门他日难重到，探汝亲携十往来①。

灵魂生死本无稽，为遣悲怀妄道之。汝去泉台好安息，也无聪慧也无痴。

① 病院、火葬场皆在淮安北门外。

奉役淮城老友季廉方兄偕孙君过访并惠长篇未遑次韵率寄一律借申鄙怀兼为故人一笑之资

晚岁师农兴未央，暂来弄笔寄山阳。欣逢旧雨携新雨，笑语他乡胜故乡。识字子云甘寂寞，荷锄元亮耻栖遑。寻医入务诗全废，三复佳篇愧报章。

何用

师农味永耐参寻，何用高枝占上林。宅傍清溪能乐水，手移新柳自成阴。

寄怀小舟学士

窗前绿满鸟相呼,又向春风笑故吾。涉世频惊肿背马,著书应俟白头乌。称诗发冢珠安在,挟策亡羊计已疏。为问高阳旧徒侣,几时重许过黄垆!

廉方兄见和且有淮城之约

牛马随人漫应呼,避愁无计可忘吾。谬传上舍推眉白,难觅奇方换首乌。满眼世情春冷暖,一灯旧梦雨萧疏。诗来何事关情甚,重访东城醉纪垆。

伯康止戈再和

百岁光阴一吸呼,华章洛诵喜忘吾。俊才共许文中虎,深意真怜屋上乌。势利张陈终互贼,高歌郑杜岂交疏。盈虚消息何须问,残醉重扶过酒垆。

止戈黄山归来邂逅淮城清言竟日闻伯康兄将有南归之庆

倾心竟日话奇山,坐我烟云杳霭间。千仞振衣舒醉眼,一言破的透玄关。兰萧易老凭谁掇,夷跖难齐笑我顽。尚喜盐河诗笔健,眉黄看赐即年环。

感事寄止戈久山

炙手妖氛百卉腓,艺坛创业更艰危。十年祸水方埋塞,五月严霜应断飞。掩袖含沙谋总秘,升天撼树梦全非。醉人消息浓于酒,为报诗翁一展眉。

送幼子参军一九七六

得遂从戎志,亲朋壮汝行。丈夫怜少子,万里看初程。宝剑常磨利,精钢百炼成。相期真马列,慎勿骛虚名。

惊闻总理逝世

震雷天际熄明灯,四海惊呼陨巨星。亿众哀于丧考妣,一生高自树仪刑。殚精马列新环宇,尽瘁工农耻利名。更洒骨灰滋沃土,春浓祖国万年青。

漫成

狂飙吹日瘦,春仲冷于秋。泉脉流还咽,兰芽冻不抽。跳梁看狸狌,呼啸听鸺鹠。薄酒难成醉,陈编漫自讴。谁明伍相枉,空抱杞人忧。太息伤时涕,行吟失路愁。舆人歌子产,路鬼惑黎邱。风火家人蛊,明夷箕子囚。帝阍司虎豹,国步付伶优。陛下长城坏,宫中禾黍稠。冤沉三字狱,迹异五湖舟。已致膏肓疾,难凭药石瘳。辛勤医国手,寂寞种瓜侯。众口金真铄,冰山气正遒。汉宫尊石显,折槛想朱旟。古社娱奸鼠,峨冠哂沐猴。何来尚方剑,快斩佞臣头!耿耿天仍梦,期期骨在喉。出门思一吐,舌咋不能收。

呈林散老

暑寒容两谒,但觉座生春。淑世推三绝,传心守一真。鸡林仰瑰宝,艺苑颂灵椿。凤翼凭谁附,将诗试问津。

至日马德潜乡兄留饮知与亡弟莫逆

饭香酒美鳜鱼肥,投辖情深未放归。今日多君桑梓谊,卅年动我脊令悲。阴凝乍见初阳复,黍熟惊残旧梦非。剩谢盍簪勤寄语,平桥春暖候荆扉。

总理逝世周年天降瑞雪敬赋二律

总理何尝死,光辉耀五洲。日边狂犬吠,心底与人讴。终见妖氛豁,誓将遗愿酬。神州能四化,泰岳峙千秋。

总理何尝死,分明战斗来。丹心昭日月,浩气激风雷。四害狂终灭,群情郁尽开。天人钦共祭,瑞雪报春回。

感事

白头再出为苍生,一障狂澜四宇清。拭目百年功可就,惊心三字狱难明。迅雷既早歼妖孽,公议何迟付老成!安得丹书飞海甸,家家失喜倒瓶罂!

七月廿二日喜讯终来再次前韵

望眼将穿喜讯生,神州此日赋河清。邓林重耀风光好,华岳高标宝鉴明。普举双旗人振奋,永除四害岁丰成。鄙夫鼓腹歌时瑞,击壤还倾酒满罂。

意犹未尽再赋一章

丹书飞遍颂声扬,把酒酣歌喜欲狂。四魅永除群鬼慑,一人有庆万民康。挥毫好写同心赞,陈力终期换骨方。华岳邓林相映美,神州朝日耀新妆。

次北山韵代简

石城同契阔,两见岁星周①。屡愧琼琚报,空惭木李投。酒泉新罢郡,菜茹漫充喉②。但有安心诀,酬君亦自酬③。

① 1953年因编参考书,始识荆州,今忽忽二十四年矣。
② 余近遵医嘱断荤酒。
③ 前曾以苏公因病得闲殊不恶,安心是药更无方句赠君,今亦以自赠。

次久山韵

长忆淮城聚,联床夜雨时。窗明同校稿,韵险共敲诗。大道三杯酒,玄机一局棋。开缄欣有约,引领起遐思。

北山老友惠诗次韵奉酬

雨清溽暑诵新诗,得失心头许共知。风袅蝉声移远树,窗含草色动遐思。茶铛旧梦迷灵谷,丹灶轻烟望钵池。幽冀有才多逸足,看君袖里掣神箠。

代简寄北山

宜人风物近中秋,休沐柴门聚胜流。二客奉君挥麈尾,无肠公子晚甘侯。

高考阅卷有感

欺人岁月去骎骎,旧梦延津剑早沉。但曳泥涂甘一壑,何期敝帚享千金。丽天大日收浓雾,照眼繁花惜壮心。待得衡文头已白,夜灯挑尽未成吟。

止戈调回南京诗以送之

楚州欣把臂,离合岂天欤!厄运牛棚下,全生虎口馀。感时忧社鼠,论学辩濠鱼。世泰君归矣,频书慰索居。

止戈见和且有绿柳居之约再次前韵

全民伤浩劫,尸咎竟谁欤?终见东方白,还惊噩梦馀。卿云升华岳,涸辙活穷鱼。自笑屠门嚼,涎垂绿柳居。

送民儿林女赴南京师院

新天多雨露,沾溉到民林。云路知无忝,骊珠贵自寻。锲期金石镂,学共岁年深。短句聊相勖,悠悠父母心。

敬题林散老江上诗存

落尽豪华气自如,贵从枯淡见丰腴。浣花法乳添新印,万里行程万卷书。

明孝寄示与字韵诗次韵奉酬兼简李挺先

维扬三日陪清话,廿载阴阳计惨舒。绛帐尘凝伤问字[①],中郎女慧好传书。清词有味长怀往,险韵难工勉趁与。尚想青莲诗笔健,抽毫试问法何如。

  ① 君诗有问字胡门同立雪句,今沙公方湖二老久归道山,读之黯然。

遂翁为余友治印赋谢

久耳英名论四维[①],雨窗谈艺更敲棋。陶砖嵇锻君情远,鬼室牛棚我数奇。共话劫灰人幸健,重操铁笔老弥奇。酬君欲效还书例,并向江南献一瓻。

① 君抗战前江苏省国文毕业会考第一。题为礼义廉耻国之四维论。

读诗刊有感寄白桦同志

驱寒起蛰震雷声,一派阳和淑景明。沃土勤浇真汗血,诗坛红紫应时生。

欣从纸上见心声,血泪斑斑耀眼明。自笑颠狂少推许,欲凭杯酒话平生。

代淮阴地委呈李一氓同志请写回忆录

姹紫嫣红淮甸春,刘庄喋血种前因。一碑脍炙留千祀,长忆挥戈染翰人[①]。

淮上曲生谒座来,欢言酣畅泻群瑰。攻坚新战师前武,会见硝烟笔底回。

① 刘老庄八十二烈士纪念碑为李一氓撰并书。

感事

不堪回首恸芝焚,何幸清时再右文!廿载戴盆终见日,他年振翮会摩云。患惟狐鼠除能尽,收在桑榆事已勤。放眼神州歌四化,挥戈返景鲁阳勋。

哭方之二首 并序

君内奸一篇群推杰构,正拟草牛棚春秋,嘱余为牛棚赋将采入其中,庶几禹鼎温犀烛诸魑魅。冗懒因循,未遑属

297

草,而君遽归道山。追念昔游,情何能已。歌以当哭,君其鉴之。

謦言犹在耳,泪血竟沾襟!方脱群魔恶,旋惊二竖侵。探求肝胆瘁,颠到地天阴。湘水魂归处,长依屈子吟。

彩笔铦刀利,人妖莫遁形。深沉推作手,黯黮失文星。轻诺牛棚赋,虚期禹鼎铭。克家知令子,睿目倘能瞑!

画竹

雪压霜欺二十年,虚心劲节总堪怜。今来雨露均行遍,喜见新篁茁瘦鞭。

感事

廿载人间事,苍黄痛染丝。奇冤终大白,元恶竟何词。当道狼豺去,逢春露雨滋。疲民苏有待,呼妇漫倾卮。

寄止戈茗叟金陵

廿年世味冷于冰,暖眼开怀仗友朋。交服止戈穷愈笃,诗输茗叟老弥能。共怜强项经千劫,白濯童心续一灯。霞满摄山秋正好,相将蜡屐上峻嶒。

浩劫十韵

一夫狂疾甚,举国醉如泥。是处俱俱舞,逢人哑哑啼。牛棚多似鲫,士命贱于鸡。刑酷希魔愧,冤沉泰岳低。妖姬方鼓舌,悍贼尽擂鼙。血染乾坤赤,烟霾日月迷。天行终剥复,恶尽乏刀圭。一旦冰山倒,多年画面撕。骨皮馀贱唾,牙爪妄酸嘶。浩劫前无古,伊谁秉笔题!

有感

膏泽倾天下,威权奉一人。廿年翻覆手,几亿冻饥民。狐鼠清钩党,青红费掩真。只应百世下,天怒鬼神嗔。

郭在贻教授惠书知同出驾吾师之门赋此代简兼怀本师

一封珍重过南金,先后门墙结契今。自愧疲驽空伏枥,难追逸足共求琛。世途歧路从夷险,书味灵台试浅深。葛岭烟霞仰乔木,春风相约坐湖阴。

观天云山传奇口占

斑斑泪血染天云,底事兰摧更玉焚!等是直言伤蹭蹬,论心甘自拜罗群。

廿年烈火炼真金,销雪融冰炽热心。入墓晴岚长不死,为栽桃李化春阴。

深心只解忧民瘼,直道何知忤上官。力战狂澜摧砥柱,一思凌曙发冲冠。

坑彼贤良夺彼娇,几多好手愧吴遥。遮天自信乌纱稳,岂料东风一梦销。

弱草临风不自持,宋薇心死宴安时。交亲泪血魔夫掌,待得还魂恨已迟。

瑜贞真玉净无瑕,独向幽岩斗夜叉。毕竟东风能借力,天云日月再光华。

神神鬼鬼人间世,白白朱朱各弄姿。便是廿年真血泪,留将后世作传奇。

中共十二大开幕口号

骇浪惊飙六十年,乌云拨去展青天。江程万里滩多险,指点红灯稳放船。

与守义兄陶然亭酣饮

患难交深未冠年,白头京国话前缘。升沉厌就君平卜,且共陶然乐圣贤。

有感

牧童野火骊山穴,衰草千秋记灞陵。何事独夫还独卧,黄金白玉总生憎。

范熊熊愤正气不张而蹈海

难忘誓旦旦,无愧火熊熊。烛怪温犀烈,怀沙楚客忠。鲁连输义气,精卫想英风。立党魂斯在,典型仰鬼雄。

次韵林生若题画见赠

久钦六法传家秘,此日开缄妙趣横。漱玉诗情新更老,宾虹画境熟还生。青山入座人常健,黄卷忘机鸟不惊。欲报瑶章惭出手,支颐兀坐短长更。

林从龙见示汤阴岳王庙诗次韵奉酬

碑前泪堕土无干,扼腕长摧壮士肝。三字沉冤今古恨,千秋青史斗牛寒。舆情久已明邪正,旧里何当拜剑冠!读罢君诗难入寐,吁天一卷起重看。

闻陈登科报告有感

久钦笔底走风雷,文境原从战火来。妙语传薪惊满座,艺坛一扯百花开。

艺坛立足惟真我,冷眼趋时舞袖长。生活厚深知见博,但求笃实自辉光。

花甲自述

行年六十化,一酌漫悠哉。谬听人呼老,谁怜心尚孩。彩衣犹许着,强项不知回。蹴鞠从儿戏,歌吟共妇咍。夜窗勤校读,时命破愁哀。天道初阳复,神州吉运开。战灾足鸡黍,调鼎得盐梅。善启群英奋,高歌四化催。骥驽齐尽力,青老竞呈材。揩目中华盛,先干庆捷杯。

喜读永璋兄一炉诗稿因忆姑苏联床之雅率题短句兼呈闲堂前辈

久共酸咸嗜,清谈夜向晨。人欣千劫健,诗炼一炉纯。立格融今古,裁言辨伪真。闲堂馀一老,倘许问迷津。

谋身

谋身淡似风行水,绩学艰于蚁撼山。丰草长林惟旧籍,素餐尸位竟何颜!漫言广袖尊前舞,稍喜褴衫劫后闲。说与故人当一笑,清时狂语可须删?

湖南师院为祚胤兄主持论文答辩留别

卧疾丁年避寇行,白头重到若为情。岳云天际看舒卷,湘水山前辨浊清。旧雨绸缪新雨好,先生勇锐后生英[1]。重重岭树无穷绿,倘许他时更送迎。

[1] 研究生皆美才。

兰州留别齐治平吴忠匡教授

嘤鸣声气早相求,天放皋兰五日游。臭腐骄人情共鄙,疏狂次骨世难俦。培风着意搜唐窟,衔命回心探郁州[1]。莫讶分飞轻万里,黄河白塔影长留。

[1] 两公将去敦煌,余因赴连云港讲习先期遄返。

连云港避暑即事呈诸老

莽莽山连海,萧萧夏亦秋。喷云驱百怪,凿石化千楼。杖履陪耆德,诗书接胜流。黄心真乐事,福地此都州[1]。

[1] 郁州亦名都州,见《山海经》。

水帘洞次白匋丈韵

苍崖翠壁树高低,一径才通水洞栖。观物诗翁真慧眼,弥天方丈笔端齐。

次千帆先生韵

爱此海上山,更着秋前雨。我辈即飞仙[1],何劳问宾主!

[1] 借白匋丈句。

负手

炎天凉雨过,负手夜窗虚。群动喧仍寂,孤云卷复舒。世情荣一长,老景着三馀。剩有还童术,咿呀理旧书。

梦中作

莲子花开细细香,微风拂拂送新凉。白头正坐秋无赖,双燕飞来话夕阳。

闻大兄伯萍将离扎伊尔任喜赋代简

天南万里念同生,持节荣归可计程。风雨联床劳入梦,云烟过眼总关情。承欢母老瞻乌喜,报国心丹接浙行。翘首京华洗尘爵,清江何日对君倾?

集美瞻仰陈嘉庚先生故居

缠腰百万不谋身,行止居然我辈贫。兴业育才非一辙,盖棺忧国与忧民。鳌峰翠耸水泱泱,澎湃心潮吊此堂。破弊衣冠真集美,高风永共海天长。

六届人大闭幕喜读公报适得娄斋先生惠诗并新著感赋代简

清话金城情似昨,风烟万里忽经年。日行黄道天终健,人在春台策最贤。短绠我惭封故步,名山君稳着先鞭。娄斋豪气群推仰,诗老由来属醉仙。

戏题当代赤壁诗词

铜琶铁板大江东,万事人间水月风。笑领坡仙无尽藏,不劳辛苦算泥鸿。

亳县感兴

衰飒文坛挺异军,三曹七子振奇芬。河山霸气生诗笔,儿女燕歌咽暮云。骥老岂能甘枥伏,豆烹柱自恸萁焚。春风几岁开汤网,妙手何人与策勋!

皖行杂咏

贤主殷勤古井香,曹王得失费平章。建安文运关时运,玉尺凭谁校短长①。

花戏楼头日再新,笑迎浩劫过来人。残砖惊见龙蛇走,欲唤张钟论草真②。

涮肠麻沸久通神,奇术奇冤总绝伦。医得头风偏见杀,阿瞒自诩负心人③。

小园香满殿春开,涡水清清送客回。榆柳桐槐七百里,摇风迎我故乡来④。

毛空细雨着车斑,路自崎岖意自闲。未拟归休不看岳,穷搜奇句探黄山。

浅深浓淡复斓斑,挟雨揉烟态更闲。忽忆小年临画本,分明好个米家山。

山灵速客表通天,好雨平添百丈泉。更奏迎宾溪水曲,淙淙云谷竹房前⑤。

老松翠滴杜鹃红,百草千花弄好风。仰首嵯峨峰顶上,仙人棋劫斗雌雄⑥。

云梯万丈研青冥,十步攀登五步停。攀到莲花峰顶上,终然人力胜山灵。

八年西海梦中寻,此日排云冷浸襟。莫便天心厌机巧,重重雾幔裹嵚崟⑦。

刘安鸡犬怯升天,躲向峰头玩岁年。笑煞鳌鱼轻出海,吞螺不得口流涎⑧。

玉屏一雨百忧俱,跳足披蓑各戒途。自笑精神输五老,难随年少上天都⑨。

车声碌碌盘千岭,泉石云松半在亡。火急追逋难着语,负他新茗沃枯肠⑩。

① 建安文学讨论会于亳县召开。
② 花戏楼观曹墓残砖,字有作今草及真书者。
③ 华佗庵。
④ 寓居芍药园,临行花始盛开。由亳县至合肥道中皆绿荫。
⑤ 夜宿云谷竹屋。
⑥ 道中观仙人弈棋。
⑦ 八年前游黄山西海,群峰奇极无伦,今日坐排云亭,皆隐浓雾中。
⑧ 天狗望月、金鸡叫天门、鳌鱼吃螺蛳皆黄山奇景。
⑨ 玉屏冲雨下山见青年多冒雨登天都峰,五老上天都为黄山名胜。
⑩ 诗肠枯涩愧负山灵。

呈万云老 有序

华东师大万云骏教授,精于词学,吴霜崖先生高足也。桃李满天下,出席亳县建安文学讨论会者多其弟子。见和愚诗,奖掖过情,且订许昌之约。感而赋此,兼呈徐声老。

霜崖一火沪滨传,涡水春风耳目鲜。自愧俚词污法眼,敢期同气守青毡。门墙械朴瞻新秀,嵩洛追陪卜后缘。遥祝隔篱真二老,优游文苑地行仙。

一炉诗老见和亳县感兴原韵奉酬

诗翁馀勇贾吾军,落笔天葩散异芬。五字闲情工竞病,卅年冷眼觑烟云。赏心自乐能忘老,铸语谁怜似救焚。顾笑青毡无长物,管城终日枉书勋。

次韵一炉见赠

自叹蓬茅久塞心,清诗惠我重南金。因人碌碌何能已,坠绪茫茫倘共寻!掷地有声期迈古,驱鸡无术漫怜今。枯肠搜尽难成和,枉自支床缩颈吟。

胸中

胸中寇盗年方戢,镜里朱颜日在亡。理罢故书长袖手,一窗风月费平章。

赠离休老同志

风雨驱驰不计年,中华崛起着先鞭。功成身退心终热,共展红霞灿远天。

鲁迅先生百岁诞辰

一声呐喊地天昏,力战刀丛夺敌魂。百岁先生原不死,精光长耀集长存。

述和六十生辰余于役湖湘寄诗为寿

结发同心卅五年,可堪屈指算华颠！惯尝是是非非味,难数风风雨雨天。老境人夸真啖蔗,奇文相赏似登仙。一杯遥献生辰酒,喜共呱呱汤饼筵①。

① 前三日为儿媳预产期。

癸亥深秋周易讨论会留题岳麓书院

虚怀研大业,高会聚群英。绩述千秋绪,康歌四化情。天心钦剥复,岳麓变亏成。万古湘江水,明时彻底清。

岳麓诗社约集海内名贤论诗余以事冗不克趋陪座末赋此遥寄

盛世昌诗教,名山集众贤。搜奇穿月窟,揽胜颂尧天。浩浩江流永,悠悠我思牵。尘劳难作语,短句此心传。

黄河感兴 并序

郑州市新辟黄河游览区,有五龙峰、骆驼岭、岳山寺及鸿沟诸胜,发柬征诗。因念抗日战争时当局怯于应敌,竟决花园口妄图阻止日寇,黄泛区人民之惨况,目不忍睹。其后豫省复罹水旱蝗汤之灾,为祸之烈,民生之苦,有非笔墨所能形容者。全国解放,根治黄河,既筑坝发电,又有南水北调之议,以通航运。植草治沟,涵养水源,黄河之清有日,因成三十韵以志感。余旧岁曾有兰州西安之行,途经郑洛,惜无居停,未能一览中州胜迹,临颖怅然,故篇末云尔。

势自云间落,威难世上伦。奔腾穿九曲,咆哮历千春。华夏文明启,人天搏战频。怀襄尧席仄,疏凿禹功陈。营洛周谋远,迁殷盘诰谆。盈畴蕃黍稷,列第聚冠绅。见说人成鳖,空传帝负薪。君歌塞瓠子,士喜附龙鳞。文物中原盛,饥寒众庶辛。豪筵跨鲙鲤,鬼质恸悬鹑。岁岁劳都水,官官赛浚民。徒惊五斗浊,岂见一年驯!史述详难尽,身经具可论。哀兵偏怯寇,洪水妄遮秦。黄泛区民惨,花园口罪真。椎胸枉责水,尸咎讵非人!更肆蝗汤虐,谁怜苦怨呻。愿偕时日丧,难遏万民嗔。竿揭群情奋,原燎野火均。腰镰摧鼎覆,箪食劳师仁。照眼红旗艳,回天夙愿伸。龙羊艰筑坝,江汉借通津。正本清源地,涵林植草茵。俯观鱼戏乐,遥挹鹤觞醇。雄镇驰名久,游区泛棹新。龙峰迎远日,岳寺绝嚣尘。驼岭形能活,鸿沟迹可询。驱驰惭屡过,瞻仰叹无因。寄语期贤主,观光厕众宾。河清谁作颂,一为驻蹄轮。

寄林生若

与俗浮沉度岁年,枯荣去住总随缘。谋身计拙君应笑,生化蟫鱼蠹简编。

六法传家数十年,喜从文字结新缘。风云莫问人间世,且玩蒙庄木雁编。

闽行杂咏并序

甲子暮春淮阴市政协文史委员会赴闽取经,因得游武夷。归途经上海、镇江会旧友,即事为绝句十二首,聊代纪行,借博知交一粲。

晴迎雨送两依依,水色山光各献诗。老我无心与收拾,葛洪岭畔忆师时①。

丁年一别各参商,明圣相逢累十觞。屈指湘江浉水伴,陡惊邻笛起山阳②。

萍水新交浓似酒,茉莉青共蜜沉沉。神州处处春光好,闽岭新花着意深③。

云梯百步上天游,茗饮峰颠影暂留。自笑未除凡骨尽,桃源咫尺竟难求④。

苍鹰饥攫轻王母,双乳峰头啄一尖。剥去下巴终不悔,悬崖兀立赏雄瞻⑤。

比丘僧负比丘尼,豆腐双推过水西。却好石龟强解事,载浮载没两相携⑥。

玉皇留下更衣处,纱帽峰生墨客题。忽自又成三品石,山神水伯也官迷⑦。

晦翁精舍来狐媚,石洞高高置锦茵。说罢诸峰还自笑,艄公原是会心人⑧。

一溪轻漾碧罗文,九曲峰奇似夏云。素愿乘流难舍筏,留香深谢武夷君⑨。

青灯共忆父师谆,叵耐盈颠白发新。问字从今休载酒,一编深羡牖斯民⑩。

深夜一瓶京口酒,卅年往事涌心头。匆匆两日言难尽,更约浉津访旧游⑪。

① 驾师墓在西湖葛岭,水渭松君导余往谒。

② 家模适自芜湖来杭,治孝懋谟招饮,共念同窗,殁者过半矣。

③ 南平、建瓯政协分别出福建名酒茉莉青与蜜沉沉招饮。福建改革速度远超他省。

④ 登天游峰,归寻桃源洞而迷路。

⑤ 双乳峰微缺,鹰嘴崖如鹰咪而无下颚,俗传因啄王母乳房而被拗却。

⑥ 所谓和尚背尼姑背过河西磨豆腐,上水龟、下水龟皆舟人附会之景。

⑦ 玉皇更衣台、纱帽峰、三品石。

⑧ 狐狸洞,传云此狐曾化身听晦翁讲学,后为侍女,无稽之谈,传者亦自哂其妄也。

⑨ 武夷放筏为天下之奇,主人既提供乘筏之便且出名酒武夷留香饮客。

⑩ 小舟驻沪为《汉语大辞典》定稿,归途因得快晤。

⑪ 允中兄相别四十年,在镇江既蒙招饮,复订回肥之约。

西游杂诗 并序

今岁十月十五日随淮阴市政协参观团往徐州、开封、郑州、洛阳、西安、成都、重庆及武汉等地参观学习。行程万里,历时卅日,十一月廿四日返舍。其间多可喜之见闻,然亦小有挫折。触事为绝句若干首,聊以自纪,且俟后游,不足当大雅一粲也。

不琢新词只计程,舟车万里喜还惊。观花走马原非得,留与他时续旧盟。

蹑足分羹史可稽,大风猛士忆张题。刘三别有酬恩美,狗肉鼋汤着手撕①。

几番地震洪波劫,千载金刚不坏身。宝塔即民民即塔,总标华夏铁精神②。

稗官信笔弄雌黄,国恨家仇尽渺茫。几许痴儿夸说梦,一湖两岸界潘杨③。

燕山亭畔尘沙泪,鹿鹤悠悠艮岳灵。辛苦道君花石尽,一拳残孽吊中庭④。

盛馔佳肴不计名,旧颜新貌最关情。包公祠峻州桥阔,再约东风认宋城⑤。

苇来履去果何心,面壁开宗振少林。谁道千年唯拳勇,自参影石自沉吟⑥。

风来虎涧劝开襟,莽莽长河极目吟。满岭诗材难拾取,叮咛异日此重寻⑦。

石窟珍奇系梦魂,惊心尘劫不堪论。龙门恰似云岗惨,难觅全躯佛一尊⑧。

白马经来创释源,弥天浩劫屋空存。他山移得金身在,免使游人拭泪痕⑨。

自嗟无福及花期,漫步王城诵黍离。能化荒郊为乐土,洛阳岂独牡丹奇⑩。

春梦惊飞记白门,劫中相忆几晨昏。华颠喜对长安烛,更检尘编认旧痕⑪。

醉酒嫦娥旋舞新,绿云淑女浅含颦。墨魁应恨时来晚,权放鳌头齐乐春⑫。

千官羽猎马球腾,服饰旗幡信可征。暗诵唐诗参壁画,难忘风雨探乾陵⑬。

凄风冷雨长安夕,十户街头九闭门。逆旅主人怜客意,一盂豆粥众心温⑭。

吟诗爱赏浣花图,合眼草堂开眼无。濯锦江流清照影,白头迎我到成都。

自矜变色善飞腾,鼓舌如簧撼杜陵。底事疮痍偏挤壁,草堂

311

松竹合生憎[15]。

远林红绿竟扶秋,三岛烟云袖底收。不叩天师祈大药,却寻石刻仰前修[16]。

宝瓶口内总安流,天府长无水旱忧。碧玉一溪清不染,二王功应禹王侔[17]。

丹黄紫绿浅深红,无土香浓夺化工。刺眼小名淘气鬼,孙孙可解说翁翁[18]?

卅年滴成化云南,百卷搜奇苦自甘。酬唱齐眉多助力,桂湖不独属升庵[19]。

茫茫浓雾锁天晴,万丈街难五丈平。夜幕一临奇迹见,四山灯火接星明[20]。

支筇鹅岭七层塔,塔瞰渝州百万灯。灯影映山山映水,水天照眼宝光腾[21]。

苍髯夹道凛威仪,翠竹丹枫足护持。力薄怯登金顶客,解嘲聊问小峨嵋[22]。

日日期行总不期,雨窗低诵义山诗。今宵安稳高舱里,竟话听猿下峡时[23]。

水行过峡为搜奇,未下夔门乐不支。江上清风兵子庙,瀼西赤甲杜公诗[24]。

入峡真如礼佛龛,舟中终日纵幽探。披麻斧劈天生就,北派南宗应共参[25]。

昭君溪水尚流香,神女行云入渺茫。莫便西游迷去路,悟空遮眼眺斜阳[26]。

繁生专乞白公词,为惜山川拒咏诗。欲向妻孥说游迹,佛头着粪老何辞[27]。

横流千载一朝戡,万斛龙骧稳入函。已见葛洲灯似锦,几时江水绿如蓝[28]。

百岁人间几是非,每凭鱼鸟说忘机。江鸥岂必真潇洒,为觅残羹趁尾飞[29]。

新城十里吼雷音,耀眼金龙入洞深。自动轧钢如擀面,短长薄厚总随心[30]。

烧汤万里洗征尘,如梦山川记尚新。不愧解苞无粉黛,且欣怀桔奉慈亲[31]。

① 沛县歌风台修葺一新。政协以狗肉享客,不用刀而以手撕。据云当年樊哙屠狗,刘邦白食,哙因避往河西。刘邦乘鼋得渡,樊哙因杀此鼋杂狗肉以烹,味尤鲜美。刘邦感鼋之恩,愤哙之举,遂收其屠刀。今逾两千年,沛县鼋汤狗肉天下无双,而相沿不登刀俎以手撕待客,如因忆宋人张方平咏歌风台诗,戏成一绝。

② 开封开宝寺塔建于皇祐,经地震卅八次,洪水六次,暴风雨雹不计其数而巍然矗立。以其砖色褐黑,俗呼为铁塔云。

③ 所谓潘杨湖,一堤之隔,民间尤信杨家将之说,恰与"满村听说蔡中郎"同科。

④ 大相国寺庭院列艮岳残石一拳。

⑤ 开封市政协盛筵款客,介绍恢复宋城计划,州桥已于地下发现,包孝肃祠奠基,并拟据清明上河图建宋城一条街,且约届时来游。

⑥ 少林寺内陈列达摩面壁影石。

⑦ 郑州市黄河游览区,过老虎洞,上开襟亭,登极目阁,黄河大桥尽收眼底,追追时间,五岭鸿沟皆不及往。

⑧ 龙门石窟象皆破损,余1981年去云岗亦然,殊堪痛心。

⑨ 白马寺经象悉遭文革焚毁,今日所见皆从外地移来。

⑩ 洛阳城市建设,甚可取法。王城公园规模宏伟,游人熙攘,然建筑物极少,以其下为周王城旧址。

⑪ 本濂大兄1950年南京一别,迄未晤面,今过西安往访,值停电,剪

烛话旧。兄出余旧题十八家诗钞相示。抚念今昔,感慨系之。

⑫ 莲湖公园菊展多名种,戏缀成诗。墨魁含苞未放,暂以齐乐春为首选。

⑬ 乾陵章怀太子墓道壁画极精彩,可见唐代衣冠羽仪及马球情状,为读诗之助。

⑭ 同伴思啜粥,晚无市者。招待所同志携小米红豆为粥一器,饮啜极欢,其情可感。

⑮ 观草堂联语有感。

⑯ 青城山天师洞三岛石。洞有黄季刚太老师尊人黄云鹄先生题识及香宋翁诗刻。

⑰ 都江堰二王庙祀李冰父子。宝瓶口内水清见底,沙石皆向外江。水利科学实验符合流体力学原理。天府之土端赖二王开凿之功。叹为观止。

⑱ 月季展览原子能放射育种,无土栽培,色香两绝,命名尤为滑稽,因忆中外诸孙,故有末句。

⑲ 杨升庵黄夫人贤而能文,桂湖公园升庵祠竟无片语及之,殊为遗憾。

⑳ 重庆晴天皆烟笼雾锁。稀见日影。入夜四山灯火与天星相乱,蔚为奇观。

㉑ 夜登峨岭公园两江塔观灯。

㉒ 缙云山夹道皆苍松翠竹,人号小峨嵋。

㉓ 重庆留滞八日,始得登轮。

㉔ 舟过张飞庙,但见江上清风四大字,不知何谓。刘巴鄙张飞为兵子。

㉕ 子瞻诗云连山忽似龛,非身临不知此语之妙。峡中石壁山根皆如国画皴法,平生未见。

㉖ 舟人指似南岸四石如取经四众,孙行者遮眼远眺,尤为逼真。

㉗ 事见《云溪友议》巫咏难条。余则但纪闻见,负白公之言矣。

㉘　葛洲坝船闸落差二十馀米。轮船如入函中。苏诗云"江水绿如蓝",今日江流浑浊,未知何时能根治水土流失也。

㉙　舟尾江鸥成群,飞掠终日,审视乃知为觅舟中所弃残渣,戏纪以诗。

㉚　武钢自动热轧冷轧车间厂房纵深逾百米。

㉛　喜归淮阴,老母康强甚于行前也。

马宇清兄嫂赴美晤其元昆赠别

劳燕分飞四十年,相思万里各云天。紫荆跨海花尤茂,黄菊凌霜色更妍。喜浥神州新雨露,浑忘尘市旧烽烟。白头胜事人争说,比翼长空碧落仙。

教师节感赋

尊师成令节,雨露仰新天。老圃欣陈力,繁花竞吐妍。育才林木茂,构厦栋梁坚。国运期文运,鸿图耀眼鲜。

讲坛今卅载,久历雨风天。喜见新晴稳,重温旧梦妍。国须才孔亟,老励志弥坚。彩笔欣多士,同图四化鲜。

敬次彦威师韵兼呈季龙师

锦江沪渎劫馀人,共忆黔山意倍亲。禹贡山图资定绘,玉溪诗骨善推陈。滋兰早发千丛秀,钓古还垂百丈纶。卅载门墙情似昨,愧无一得可传薪。

季特丈八五大庆适值从教
六十五周年爰缀俚句借申遐祝

词苑尊耆宿,人师表杏坛。身同松柏健,心共海天宽。六五滋兰茂,三千献寿欢。众觞申一愿,老鹤九霄抟。

天柱山三首

匍匐蛇行乱石中,逍遥厅后入迷宫。正愁神秘无从出,忽有天光一线通。

仙人棋罢归来晚,洞口呶呶说未休。馋鳖偷衔灵草去,月牙正上那山头①。

山似云奇云似山,云山掩映有无间。老来渐识云山趣,山顶看云自往还。

① 以景点戏缀成篇。

寿江上师九十

艺苑推尊宿,苍松阅岁寒。郑公三绝妙,杜老一心丹。过海争瑰宝,传家席旧毡。期颐容再祝,写入画图看。

妇病行

四十年前寻旧梦,五千里外会黔中。孰知二竖横生妒,难毕遵湄一箦功①。

天生桥畔石嶙峋,耀眼仙花刺满身。闻说托根瀛海外,锡飞杯渡伫何人②?

暗湖十里放歌行,笑领龙宫百宝呈。回棹遇船齐拍手,何来白发太憨生③!

山蔬野蔌共腥荤,盛设朝朝主意殷。美酒浇肠无俊语,信知此腹负将军④。

话旧探奇乐有馀,老妻体弱困河鱼。夜趋病院心如火,针药多方总不舒⑤。

己身重病却忧人,急难翻欣友道珍。杨郭夫妻何父女,高风斯世共谁伦[6]!

母贤女慧上游村,香软甜酸细细论。饮食随时忘主客,狸奴亦解为开门[7]。

寻梦归来还似梦,友朋忧喜倍关情。簿书堆案吟无绪,信笔聊题妇病行[8]。

① 抗战中浙江大学迁遵义,附中在湄潭。王乐兮女士由美洲函约当年附中级友重游遵义湄潭,名之曰寻梦团。由包头、北京、上海等地与会者十人。老伴偕余同往贵阳会齐,游谈甚乐。至遵义前夕,老伴忽婴胃炎,留滞贵筑,徒唤奈何。

② 安顺天生桥石上满生仙人掌花,有高达寻丈者。此物原产南美,未知何故聚族于此。

③ 龙宫暗河天下奇观。同游白首高歌引来掌声一片。

④ 德威、钟美、芳源、兴藩、业华、筑琼及贵阳市政协、贵州省侨联排日招饮,德成、世隆、钟美复以美酒相赠,愧无诗以谢也。

⑤ 五月十三日夜至贵阳医学院附属医院急诊,十四五日呕吐仍不见停止。

⑥ 德威胃溃疡甚剧,医促住院治疗,而为吾等牵制,何修泽兄肺癌手术三年,闻讯亲率次女来为静脉滴注。

⑦ 十九日抵长沙,老伴仍不能进食。次日住湖南师大医院。咸斋兄张嫂及侄女运芳悉心照料,廿三出院,饮食往其家上游村。一日,偶立门外,所蓄花猫能上书桌,剔去纱门插销,似延客。

⑧ 四月廿六日离淮,六月四日遄返,四十间,真如一梦。

感事二首 并序

某巨公死讯传出,石城居民多有燃鞭炮者,戏成二首。

贾勇曾夸冠万夫,因缘底事握民符!两挖一放情何酷,地下冤魂索债无?

苦雨凄风匝石城,当年得意恣横行。将军终竟非凡响,毕命盈街爆竹声。

题淮海集二首

数行题壁动苏公,对客挥毫气吐虹。国士无双非溢美,黄陈心折此雄风。

胁肩谄笑生犹死,直道亡身死亦生。风义照人千古在,髯秦何意用词鸣!

漳汕道中远望群峰极奇而询之车中竟无知山名者漫成一绝

猿猱狮虎各争先,云里双鬟淡更妍。山色娱人堪醉饱,何劳名字世间传!

赠林家英教授八二年兰州之会交臂失之

金山高会欣同气,妈屿风光拾贝诗。一曲闽吟清老耳,四年陡恨识君迟。

马白教授招饮纵谈文革时事

佛桑怒放草如茵,鮀岛风暄四季春。笑语持螯数尘劫,几多荒诞几悲辛!

永锴弟别三十年今执教汕大共叙遭遇

卅年分手情如昨,万里相逢意倍亲。强项未低毛劫去,喜看南圃育苗新。

漳州木绵庵贾似道殒命之所贾有悦生随钞语多可采
好话说尽坏事做绝千古权奸如出一辙因题二十八字

半闲堂下熏天势,师相威权梦幻泡。当日木绵庵里去,可曾忆得悦生钞?

从教四十一周年感赋

学圃耕耘卌一年,几番风雨几晴天。满园桃李多成实,为惜春阴早粪田。

共谁攀比更谁讥,紫府丹砂自有期。头白书生唯戒得,好回青眼付琼枝。

芦沟桥抗日五十周年感赋兼怀台湾亲旧

青史斑斑迹岂陈,一衣带水结比邻。千秋佳话传徐福,六渡慈航仰鉴真。汉字唐文浸化俗,欧风美雨骤维新。岂知强富翻成雠,竟尔猖狂欲效秦。蚕食惊心闻甲午,鲸吞怵目望平津。芦沟炮响狮真吼,禹甸刀光蠖欲伸。兄弟阋墙终御侮,鬼狐玩火自焚身。弹飞三岛输降表,罪止元凶解困民。尽免赔偿资富厚,应循辙迹慎蹄轮。丘墟早破称王梦,饕餮偏参靖国神。故技岂容飞血雨,神州自合发雷嗔。细思往事明恩怨,更忆战友念齿唇。华夏腾飞情共奋,辅车依托意相亲。一心四化驱穷鬼,两制三通转大钧。翘首台澎金马客,几时同醉故园春。

北行杂咏 并序

1987年夏欲寻胡震亨、朱大启文集,去北京、沈阳、大连等地,经青岛、连云港返淮阴,因为绝句以纪之。

触热专求未见书,寻针海底竟何如!阿兄原住清凉地,叵耐终宵汗不除①。

图书文物久关情,开眼能驱暑气清。僚婿一旬同笑语,叮咛再约盛京行②。

绿林一梦熟黄粱,关外犹闻说陆梁。清静街边元帅府,闵凌旧刻墨生香③。

如蚁游人此日稀,任裁雨景入微机。白头梁孟无颜色,两盖权充古锦衣④。

任他兵俑卫层层,万树葱茏土不崩。过雨苍虬皆自得,祖龙惭悔望昭陵⑤。

废垒徒标旧耻深,数碑陈迹懒追寻。陶情赖有双龙洗,试手泉飞白雪吟⑥。

大连胜地夸星海,东道高情海样深。新雨一堂苏皖客,灯前陡起故园心⑦。

远航琴海静无波,夜半相迎愧若何?寄迹湛山欣傍海,惊涛裂岸起酣歌⑧。

夜迎晨送日相随,更自倾囊馈土仪。不惜饩羊存旧礼,盛吴情义耐寻思⑨。

山房翠拥金镶玉,云雾清泉舌本甘。力疾相陪寻胜迹,满心感激满怀惭⑩。

墟沟镇日车如水,化石千楼语未虚。难向连云寻旧迹,五年面目已全疏⑪。

万里行如诵异书,神州着处绘新图。枯肠搜尽无奇语,留供他年记道途。

① 今夏北京奇热,大兄住处原极凉爽,岂料夜间亦需电扇。

② 葛起新兄自杭州来,同会于孙启真处,相聚十日,更订后期。

③ 辽宁省图书馆设于张作霖元帅府,善本库中闵凌套印本极夥。

④ 雨游北陵,省政协文史办赵君为摄彩照多幅,惜余夫妇衣无华彩,而持伞一张差强人意。

⑤ 皇太极遗令凡帝王陵寝之仪卫皆代以树木,葱葱郁郁,因忆许浑过秦皇陵诗,用其韵。

⑥ 旅顺博物馆藏宋代双龙洗,以手摩其环则洗中水涌如沸,声如龙吟。

⑦ 大连市政协钱别,任主席曾在淮海区工作,蒋副主席为张家港市人,合肥市政协萧副主席同宴。

⑧ 青岛市政协夜三时即至码头相迎,寓湛山宾馆。

⑨ 盛君建棠七十年代学生,吴澄君则为五十年代学生,多所馈赠,情意难却。

⑩ 连云港市政协李川副主席腰疾而陪游花果山,环翠山房竹名金镶玉,泉茗尤甘美。

⑪ 五年前至连云饭店有句"喷云驱百怪,化石起千楼"。今来则见高楼鳞次栉比矣。

病院即事

病床一挂十瓶水,镇日相随几卷书①。杜叟湖湘贫绝粒,坡仙岭海食依蔬。三餐味美吾何幸,二老诗神鬼可驱。暂得清闲聊自慰,华灯日日送欢娱②。

① 余住院挂水,十瓶为一疗程,惟以杜苏两集自遣。

② 晚间为探视时间,必有人至。

病中得本濂大兄手书并诗怅触旧游感慨系之次韵奉酬

病中惯忆儿时事,万里书来倍怆神。白下倾杯犹昨日,长安剪烛已前尘①。蹉跎岁月催人老,迢递关山入梦亲。珍重遣愁消底物,欲烦诗语送清新。

① 1984年余至西安,曾蒙招饮,剪烛话旧,今忽忽又三年矣。

戊辰除夕

烟花爆竹众童呼,抚事衔杯意未舒。物价迅如脱缰马,民心急似挂钩鱼。济时竞奉弘羊策,淑世谁思孟轲书? 献岁发春申一愿,壤翁鼓腹戏康衢。

欲赴武夷诗会忽为事阻怅然赋寄

丹山碧水仙游地,盛世高才发兴多。方幸攀天同击钵,忽伤失脚独行歌。崇桃积李依芳草,风洞虹桥出女萝。想得奚囊诗料满,南金遥掷许频摩。

厦门即事

六年重访鹭江滩,五八元谋一夕安。目瞪人言如鸟语,心忧夏热复春寒。凄迷雨雾飞无准,错杂篇章妥许难①。四日同心欣得道,鳌峰权放小盘桓。

① 至厦门为古代汉语教材确定章节,而上海、南昌两地班机均误点。

游鼓山

天公劝我鼓山游,苦雨兼旬一夕收。满耳松涛清影里,俯看浩浩大江流。

金身香火旧因缘,历劫难摧颂涌泉。多事道人轻喝水,摩崖倚杖失潺湲①。

联军五省恣横行,青史人间足骂名。何事山灵容妄语,大书霖雨济苍生[2]！

① 涌泉寺前原有水流甚猛,传为高僧喝往他处,溪流遂绝,而多摩崖大字甚可观。
② 鼓山有孙传芳书"霖雨苍生"四字。

漫成

浮生谁念隙中尘,大国槐安小欠伸。灯下孜孜书味永,人间赫赫孔方神。朱公货殖荣公乐,赐也车高宪也贫。物论难齐蒙叟教,自惭梼昧妄生嗔。

寄务兰美洲

曾期花甲手重携,谁道而今欲古稀。翘首孤云瀛海外,几时可傍故山飞！

重游五岛公园 并序

1970年余于役淮城,往游五岛公园,则一湖臭水,不可向迩。今岁重来,清涟绿柳,令人徜徉不忍去,因赋四韵。

五岛昔曾经,凄迷难久停。天笼妖雾暗,水泛毒龙腥。秽浊终成往,炎黄幸有灵。因风一长啸,草木动芳馨。

题横县秦少游纪念馆

挥毫当日擅风流,钧党投荒失首丘。椒桂自焚香自烈,光华一笑足千秋。

小园

纵横难十步,四季趣无涯。百本葱分翠,一株榴吐霞。随孙

323

寻蚱蜢,助妇剥丝瓜。举首惊还喜,枇杷已试花。

挽李绶章同志

病院偶逢情倍洽,惊传二竖据膏肓。方期吉士逃凶厄,更引清淮革旧章。壮志抟云鹏翼折,赤心谋国口碑扬。书生风范清如水,廉政他年史笔详。

雨中敬悼胡耀邦同志

升沉荣辱等空华,直道廉能众口夸。忽漫骑星归紫府,人天雨泣总如麻。

追悼大会感赋

此际哀荣极,天心道义张。照人肝胆彻,阅世雨风狂。耻作谋身计,苦求利国方。盖棺真不朽,青史耀辉光。

文场

文场刺鼻泛铜腥,走穴风贪卷暗星。影像惊心淫盗录,书篇眩眼马牛经[①]。竞夸兽欲戕人性,甘拜胡儿咒祖灵。祸水横流谁作俑,恢恢天网许逃刑?

① 《文摘报》载某出版社吹牛术、拍马术广告。

七事感赋

苦雨盲风欲断春,京华雾锁倍伤神。鱼龙杂理迷群目,狐鼠猖披窃要津。雷奋三军终已乱,人欣七事共图新。清源义利须严辨,莫纵钱瘟再疫民。

精英十二韵

酣舞麒麟楦,深藏驴马形。自由台面曲,民主口头经。谄笑求洋籍,谰言污祖庭。媚人狐善幻,据社鼠称灵。利口玄成白,阴谋渭变泾。乘时掀浪恶,惑众仗铜腥。肆虐真无惮,欺天直犯刑。通衢游魑魅,赫怒奋雷霆。狼狈逃天网,苍惶哭鬼廷。胁肩咒邦国,俯首作螟蛉。自炫精英号,人嗤腐草萤。履霜思往训,除恶慎听荥。

电视节目弹指一挥间观后

弹指光阴不惑年,人民勋业史无前。钢花夺目龙腾海,核技超群鹗戾天。四项深谋春浩荡,一张白纸画鲜妍。神州专列奔驰疾,断臂螳螂枉泪涟。

春节团拜

马跃蛇藏又一春,扫黄除秽岁图新。神州早计惟勤奋,十亿同心稳逐贫。

次本濂大兄韵

朴园煮茗赋幽兰,长记当年试马肝。万里分飞头早白,几时吟共月团团。

题画马图

当年逐日更追风,晚服盐车峻阪中。汗血利民心自足,昂头一笑夕阳红。

盐城自然保护区观丹顶鹤并参观林场

傍海茫茫老碱滩,十年养护展新观。未闻旧曲翁头白,喜惬闲情鹤顶丹。俯啄便存千里态,阴鸣终见九霄抟。巧栽花木融南北,四季林场秀可餐。

寄日本今鹰真教授渠为小儿博士导师

文史欣同嗜,鸿鱼缺寄声。岂知藤茑弱,得倚柏松贞。作育期君力,艰难愧我情。临风书短语,无计缔诗盟。

喜见长征三号火箭发射亚洲商业卫星

又见长征力,亚商稳上空。穿云三火艳,缩地五洲通。科技开新域,华洋赞大功。神州春色好,万马正嘶风。

黔游杂诗并序

1990年夏屈原学会年会召开于贵阳,余夫妇于五月廿一日离淮,经南昌、株洲至筑。归途取道岳阳,六月十八日始平安返里。途经六省,时将匝月。偶为七绝以志鸿爪,不复计工拙,因名曰黔游杂诗云。

寻梦当年一箦亏,灯前重许检征衣。关山万里浑闲事,头白追遥老燕飞[①]。

高阁临江几废兴,今看杰构似鹏腾。千秋一序人何在,柱上重楼到十层[②]。

夜深生地总堪愁,忽喜专车接站头。觅票劝餐如旧雨,难忘仓卒过株州。

考史征文议卓然,力排迷雾展青天。二毋教泽黔山永,喜服同门四子贤③。

四载龙宫到枕边,天池重喜弄潺湲。酣歌击水豪情在,白发人惊老少年④。

扑面飞泉脚底雷,游人魄动眼难开。瀑中观瀑惊奇绝,私庆水帘洞里来⑤。

绿发遵高厕讲筵,满堂桃李各翩翩。骆驼任重驰千里,共数征途一粲然⑥。

四山翠滴一江清,面貌全新诧播城。高屋如云街似砥,殷勤难觅旧坊名。

祠屋唐家只断垣,街头柳色杳无痕。当年情话清吟处,唯有听涛水尚喧。

王髯幸老久为邻,杯酒欣逢劫后春。求是求真坚一念,卅年风雨未迷津⑦。

一会回天决众疑,娄山赤水出奇师。红军传统原无价,布被芒鞋动我思。

千间黉舍遵湄永,今日重寻什九无。细读丰碑怀教泽,白头求是指征途⑧。

遵湄求是久传薪,史实搜罗足苦辛。娓娓滔滔谈不绝,精详愧我过来人⑨。

播州识面两无猜,几度潭边坐绿苔。头白同寻携手处,相温旧梦一相咍。

丁年卧疾夜曾经,白首还欣醉洞庭。不傍钧天听帝乐,却携疏雨吊湘灵⑩。

杜诗范记光千古,应有威神护此楼。笑我枯肠无俊语,尽将烟景雨中收⑪。

327

舟车六省几关山,风雨阴晴暖又寒。妥善安排烦政协,老来行路未知难[12]。

① 四年前至筑,因妻病未赴遵湄。
② 滕王阁新修十层,势如鹏骞,极为雄伟。
③ 南华、在福、耿光、闻玉皆二毋师黔中高足。
④ 四年前曾游安顺龙宫,叹为奇绝。
⑤ 导游劝六十者勿入水帘洞,余将七旬毅然穿洞,遂饱眼福。
⑥ 1945年余为遵义高中国文教员兼骆驼班级任导师。1946年余复员归来。1947年该班毕业会考成绩为黔省之冠。其后各有建树。此番由德威弟通知在贵阳者杯酒叙旧,相得甚欢。出席者包中、光前、远富、盛治、友民、楚才及华碧。世隆出差未见。蹇人诚兄继余为导师,亦力疾与会。
⑦ 王树仁、幸必达两兄共话劫灰。
⑧ 浙大黔省校舍碑亭在湘江之滨。
⑨ 湄潭筹备浙江大学西迁史迹陈列,县政协主席洪星县委宣传部长喻朝璧尽力研求,熟精当年情况,令人叹服。
⑩ 1938年夏余卧病舟中夜泊岳阳楼下。
⑪ 雨登岳阳楼,楼外苍茫一片,不辨景物。
⑫ 各地政协热情接待,使此行功德圆满,感荷无已。

游织金洞 并序

　　1986年余至贵阳,得游黄果树瀑布及安顺龙宫,叹为观止。或告以打鸡洞之奇远胜二者,心颇疑之。今岁六月二日贵阳屈原学会既毕,同门程在福、张闻玉两兄邀余等专程往游织金洞(即打鸡洞)。贵筑诗人冯济泉欣然偕往,贵阳至洞所仅百五十公里,皆盘山上下,路况极差,几撞车者屡矣。至则洞门已闭,次晨乃得以纵观,洞中奇异非人所能想象，然后知往者所闻不虚。因为长句以纪游，恨不能彷佛其百一也。

黄果树瀑世共知，宽能百米高五之。车离两舍闻隐隐，天晴十里沾丝丝。水帘洞里穿云出，瀑布腹中观奇瀑。飞泉扑面挟雷鸣，目眩神骇难久立。更行百里参龙宫，天池舟入山穴中。十里光怪不暇接，千汇万状言难穷。或见珍禽戏绝壁，或见天魔舞苍穹。金莲法座忽见前，鬼子母王身青红。几厅装修各斗艳，谁为设计谁施工？昔闻龙王嗜烧燕，后殿蓄养遮天空。方思何计快朵颐，龙神逐客口吐飞瀑声轰轰。我游龙宫叹观止，黔客胡卢笑不已：先生未见打鸡洞，安识贵州溶岩美？我闻此言半信疑，四年初窥织金奇。洞门曲折下无底，赫然突出双狻猊。点头示意迎客人，初历崎岖后坦夷。大厅轩敞宴千众，高台恰与琴相怡。斗折蛇行山渐深，眼前矗立金塔林。佛徒小劫曾至此，参修坐化无从寻。望山湖畔目一纵，仙桃大如五石瓮。无心阑入寿星宫，寿星笑迎还笑送。何物老牯角峥嵘，啮草饮水似有声。牛郎今宵会织女，任汝自在眠且行。洞里山高将百丈，南北天门屹相向。一线扶危盘复盘，匍匐汗湿心胆丧。天王宝殿号灵霄，根根玉柱撑天眩眼光摇摇。庞然一物竟何似，头盔置地十人高。玲珑百宝光四射，离娄般垂穷镂雕。不知何故遭弃置，众言天王眠未起。未曾洗盥未裹头，头盔置此有所俟。吾恐当年齐天大圣闹翻天，天王战败丢却宝盔落荒烟。山鬼拾得藏此洞，留与游人结胜缘。天宫亦有凡人地，一坐一俯态各异。俯者高髻巧梳妆，坐者安详眼微闭。姑坐媳俯果何为，姑背肌酸媳为搔。迩来俗薄妇姑勃溪寻常事，山灵塑此还深思。自然景观观不尽，雪山雨林相辉映。银雨树高石竹坚，直节凛凛尤堪敬。世传钟乳皆

329

直垂，石笋石柱石塔与石芝。雪香宫中卷曲石,恰如摩登烫发更多姿。钟乳生长百年一米厘,科学陈说确不移。当年一乳尖敲折,六年竟长四寸如凝脂。百年陈说当改写,留待地质地貌地理溶洞综合作课题。半日奔波疲已极,全程仅得五之一。生成自应夸天工,开发尤须赞人力。同门程张导我游,诗翁相伴发兴遄。此洞皆已三度来,一回入洞一开眸。初来泥泞无道路,手足并用难寻幽。再来险巇稍平治,游人欲歇泥中留。今来石阶并石凳,攀行憩息百无忧。我问石从何处来,洞外开凿搬运全凭人力无车牛。一石重逾百公斤,赪肩伛背汗不休。我今登此尚呀喘,回思筑者心怀羞。电瓶车道铺已就,行见扶老携幼坐而游。人生世路有通塞,昨日今朝变莫测。昨来道路真艰险,谷底山颠伤逼仄。峻坂远过百八盘,几欲撞车时变色。今朝入洞来仙境,游目骋怀畏日仄。道路艰危磨意志,溶洞珍奇长见识。归途忽诵柴翁诗,贵州多山诚佛国。

即事

淡泊端宜养性真,还怜结习墨磨人。寒斋消夏无长策,挥汗灯前对史晨。

教师节听薛守琴发言有感赋赠

人多争墨绶,子独恋青毡。衔命初从政,陈情复教鞭。厄穷精力瘁,拚搏蕙兰妍。师范真无忝,高风永世传。

亚运开幕复值国庆中秋感赋

圣火高燃起激情,长城内外总欢声。六龙矫首凌空舞,万鼓扬威动地鸣。国庆中秋连令节,台澎港澳会群英。同场竞技同胞乐,沧海波澄月更明。

夜间忽梦文革时事

无端劫火漫神州,十载妖风梦尚愁。燕蝠几番争夜旦,萧兰一夕变薰莸。纷纷蜂蚁皆雄长,磊磊贤豪忽罪囚。搔首苍天谁作俑,山河不语泪横流。

院中黄菊盛开

惯傲严霜节自奇,凛然正色耀东篱。羞同名品争头角,好劝幽人泛酒卮。

客有告余香港某报将余十年前所作札记攫为创获者

难除结习堕书淫,掇拾丛残直化蟫。人得人亡何必楚,云归云出总无心。亏成万象谁宾主,风月一窗自古今。欲问灵台存底物,春莺秋鹤伴长吟。

士风

士风如侩竟谁尤,攘利倚门闹不休。从古续貂多狗尾,于今斗富仗鸡头。洋洋巨著原翻水,赫赫雄名只泛沤。赖有潜夫甘豹隐,寒窗冷几绎春秋。

蠡园吊彭大将军幽居

横刀立马想英风,浩气长存曲院中。遥认行宫烟水里,仁民爱物竟谁雄!

中共成立七十周年

七十年前一举旗,燎原星火大山移。送穷卌载今方觉,正道新民共富期。

西川杂诗

喜向西川续旧盟,老妻临发不偕行。白头破戒飞天上,俯视流云百感生①。

神奇蜀道论纷纭,特置金牛策异勋。笑我古稀稀所见,高标裸女竟何云②!

八法专精世共珍,三篇惠我句通神。归来光彩生蓬荜,艺苑高风袚世尘③。

自矜竿木惯随身,赤手输君巧艺陈。五十虔诚求送子,故留佳话锦江滨④。

故园泚水各西东,盛会蓉城喜暂逢。快作乡谈情更洽,草堂留影记泥鸿⑤。

丁年清梦每从公,白首欣能拜下风。不羡雄名高百代,但祈直道证微躬⑥。

五十年前发聩聋,乌尤复性倡儒风。低徊石壁参楠树,俯首长思马湛翁⑦。

翠竹苍松画不如,千盘百折仗轻车。忽传妙喻惊全座,丹壁重重迭架书⑧。

高会全球耀众星,雄文博学各通经。笑闻月旦真知我,开卷原为享受型⑨。

茫茫迷雾塞云天,安见毫光照大千。未得普贤真愿力,强登金顶总徒然⑩。

厌作人间鼓吹音,何时避俗此操琴！万年青草池边坐,一曲悠然逗我吟⑪。

荆州景物常萦梦,归路襄樊兴未涯。岂料天公嫌独往,雷风相劝早还家⑫。

① 余曾发誓不乘飞机,今番破戒,人多怪之。
② 金牛宾馆塑一裸女踞雄牛之背,人皆不知何所取义。
③ 徐无闻先生书法名家,慨然惠我山东纪游三绝,书既足珍,谊尤可感。
④ 陈祖美女史年逾知命,膝下见孙,而随众拜求送子观音,逢场作戏,余当甘拜下风。
⑤ 台湾大学王保珍教授为肥东人。
⑥ 眉山三苏祠坡仙座畔留影。
⑦ 抗日战争时马一浮先生创复性书院于乌尤寺,壁上有马老乌尤楠树歌石刻。
⑧ 峨嵋道中有人惊呼丹壁削立恰似满架线装书,全车叫绝。
⑨ 国际宋代文化研讨会出席多知名士,若干青年闲评某为开放型,某为研究型,而评余之读书为享受型,可谓中肯。
⑩ 力疾登金顶,但有浓雾,他无所见。
⑪ 万年寺池中有琴蛙,鸣声为哆唻咪,应乎乐曲。
⑫ 归途原拟取道襄樊宜昌,一览鄂中风物,岂料暴风雨七五次特快临时停开,乃径返南京。

采石燃犀亭

翠螺山色趁人青,千载遗踪吊此亭。何用燃犀深烛水,世间魑魅善逃形。

浙游杂诗

起伏群峰耐俯看,欣如画卷展新安。须臾云雾真颠米,默志沉吟愧笔端①。

显圣仙人又避烦,洞中容望不容扪。灵溪沉碧含羞瀑,妆点雁山第一门②。

登陟如飞众共惊,席间忆旧若为情。薯丝筒菜邻州学,为惜新鞋赤脚行③。

峭岩孤树特红酣,目眩魂摇意未谙。莫便麻姑施狡狯,灵芭插石供人参。

敛翅峰头夜似年,几回侧脑向玄天。朝阳一出凌空起,入谷穿云任击鲜④。

峰头玉立髻螺青,软语夫归夜未停。底事翁姑劳远望,顽童石后正偷听⑤。

朦胧夜色石崔巍,巧说天伦费剪裁。逗得老夫诗兴发,一声喝道却惊回⑥。

剪刀成笔卓虚空,啄木须臾又化熊。移步换形山有意,殷勤归送满帆风⑦。

宴坐经行迹久泯,楼公诗趣望难真。雁山胜境须天水,一线龙湫待雨新⑧。

阳坡满是李衡奴,丹实垂垂翠叶扶。会得曲江诗意美,枝前留影记征途⑨。

选堂诗老笔如椽,看写韩陵力透毡。名讳避书深意在,前儒风范个中传⑩。

旧雨欣逢陈蔡林,洁泉新识语无尘。双参赠别情难尽,五夜连床见性真⑪。

神州是处巨流横,滚滚滔滔各去程。莫向楠溪问深浅,濯缨恋此一江清⑫。

阵变鸳鸯倭丧魂,戚公勇略史长存。我来殿下瞻遗像,归向妻挈说海门[13]。

南食朝朝已惯尝,欣知虾狗跳名详。辣螺更数椒江美,老友尊前见杜康[14]。

老柏沧桑干似枯,仰惊浓翠照庭隅。相看一笑忙留影,三乐同参味道腴[15]。

俗尘连日满衣襟,专谒名山欲洗心。惭愧无缘参妙善,却欣棒喝海潮音[16]。

喜见洪甥汗血驹,玉泉问字叹勤劬。外家宅相须成就,莫恤时流讶异趣[17]。

老友金华恰在杭,不游山水不称觞。竺公象下留双影,永忆黔中教泽长[18]。

胜友名山得趣多,金陵夜色叹如何。天公吝与人全美,故使归车扰众魔[19]。

① 飞温州机中口占。

② 显圣门峭壁洞中天生石象三人,只可伸望,下有含羞瀑,石刻雁山第一门。

③ 周素子女士登山健步如飞,席间述幼年勤苦事,众为之动容。

④ 夜观灵峰雄鹰敛翅,神态毕肖。

⑤ 导游丁雪英巧于言说,诸峰连成一气,颇为动听。

⑥ 灵峰夜游极耐品味,数十米平路偏有轿车鸣号,有类松间喝道,殊为败兴。

⑦ 剪刀、木笔、啄木、懒熊、石帆实皆一峰,因角度而异,皆逼肖。

⑧ 余求宴坐峰经行台皆无知者,久旱大龙湫唯存一线,攻愧诗境几疑其真,为之怅然。

⑨ 桔园留影。

⑩ 孟县请饶老书韩公陵园,原稿出名讳,先生不肯落墨,余建议仅书韩陵二字,饶老欣然命笔,不特书工,老辈风范尤堪钦仰。

335

⑪　从龙、厚示、祖美皆与会。吉林师院宋洁泉教授与余雁荡宾馆同室五夜,相得甚欢,临别惠我双参,物重情尤重也。

⑫　永嘉小楠溪水清见底。

⑬　椒江原名海门,戚继光以鸳鸯阵法大破倭寇于此。市政协张庆康主席导余参观纪念馆。

⑭　连日南食,有虫类水蚤而宽,皆不能得其真名。椒江市政协招饮为疏其名曰虾狗跳,盖脊似虾、首如狗而善跳也。席上有瓷瓶杜康酒颇润燥吻。

⑮　至舟山,老友李隆华君杯酒夜话,论及老年当三乐,知足常乐、助人为乐及自得其乐也。次日导游普陀法雨寺,庭中一老柏枝干全枯而顶端翠叶如盖,因忆三乐之语,相视而笑,留影其下。

⑯　李君偕余访妙善法师未遇,同游潮音洞,海面波平,忽有大风鼓浪,水花溅衣,潮声震耳,李君云虽数度来游未遇此境。

⑰　洪甥再新为浙江美院美术史博士生,不趋时尚,欲从古汉语筑根基,甚可嘉赏。

⑱　老友张叶芦为浙江师大教授,因事来杭,因约于竺藕舫师铜象前留影。

⑲　宜兴归来,中途流氓数辈赌博斗殴,车至派出所耽误二时许,抵南京车站已晚七时半,接站人早回城矣,乃赶乘末班车,颇为狼狈。

晋祠圣母殿女伎彩塑

半含浅笑半深颦,舞态心容妙入神。怪得梅郎观卅日,千秋伎艺此留真①。

①　导游介绍京剧大师梅兰芳云此为宋代旦角,遂日日揣摩,凡四十七日。

**厦门国际唐代文学研究会台湾阮廷瑜教授
出示与家君述教授唱和七律**并序

词清情挚,怅触余怀,因次韵志感。南普陀寺置功德宴,以庆圆满,故末句云尔。

胜流高会海西东,纵论三唐一代雄。此日白头怜画虎,当年豪气许屠龙。方欣旧雨交新雨,更拜诗风仰士风。鹭岛欢娱难细述,月明长忆普陀松。

石翁大字

神州真见如椽笔,一笔书连纸百张。气运丹田舒铁臂,心游天阙跃龙章。多君毅力金能镂,资我中华艺有光。欲颂奇才搜俊语,灯前叉手意茫茫。

寿潘力生成应求伉俪八十

龙华修慧业,鸾凤自和鸣。睛点山川美,手栽桃李荣[①]。问年惊耄耋,睹貌赛童婴。仁者原长寿,期颐故里行。

① 潘擅联语,成长诗赋,祖国山川题品殆遍,而余以为名山胜景得佳联点缀犹画龙点睛。成原为湖南大学教授,潘亦为客座教授。

闻女排失利赋赠

胜骄败馁两非宜,陵谷东西互变移。尝胆卧薪心力健,名花终见耀芳姿。

感事

尽情圈地却抛荒,目眩神摇逐孔方。瓮算筑巢迷引凤,心疯剜肉任肥狼。非关险语期惊俗,为惜坚冰叹履霜。差幸庙谟明察早,措民磐石系农桑。

次韵兴中见寄

情深意切句飘香,洛诵回环引兴长。历劫灰飞身幸在,忧心国运鬓先霜。痴愚年少追星热,贪黩钱瘟卖地忙。何计烟霾能净扫,神州共庆日重光。

敬悼王气中先生

耕耘逾九十,桃李育三千。汲古操修绠,治生席旧毡。人师群共仰,厚德世争传。耻作随人计,羞看媚灶贤。桐城扬正论,兴化见真诠①。乡里闻名旧,连云捧手缘。屡欣陪杖履,时许拜吟笺②。孔乐期寻践,庄狂任泄宣。小儿惭薄劣,三岁赖陶甄。粗识龙门义,方深石室研③。大恩期久报,疢疾忽惊缠。观化心怀淡,敲诗友道全。范张然诺重,李杜梦魂牵,八首倾心语,一吟出涕涟④。短歌今当哭,祭向墓门前。

① 先生论桐城派诸文及艺概笺注为士林所重。

② 余为先生乡晚辈,1982年夏连云港避暑讲学始得陪杖履,其后屡蒙惠示诗什。

③ 小儿先民为先生硕士研究生治《史记》,现在日本名古屋大学读博士,继续钻研。

④ 先生与业师张汝舟先生为至交,病中尚为春思八首悼念汝舟逝世十周年诗,结语用杜甫《梦李白》诗意,情深词挚,读之涕下。

喜得俊德消息

一封天外报平安,老泪纵横反复看。千劫共经家幸在,赠君两字善加餐。

泪落

放眼登龙客,焦心只位钱。品多张德贵①,众盼海青天。大款金如土,穷民日似年。逃虚寻古训,泪落大同篇。

① 事见《李有才板话》。

九月十一日书事

尊师佳节过,老泪忽潸然。战略高悬的,运行软着鞭。华楼喧宠物,小教索工钱①。舌敝虚夸辈,何时痛改弦?

① 大楼举行名犬展览,而清河区小学教师群集区政府索欠薪。

报载古月一毛不拔

一毛不拔原心死,豪语装腔更可哀。读罢报章思古月,学深厚黑亦奇才。

闻京华欲选名犬

选美才完选犬来,京华大款闹喧阗。洋邦垃圾夸珍宝,邪种从知出怪胎。

晓庄师范招小学实验班收费三万元普通职工二十年工薪也感赋

晓庄当日驰声誉,劳动艰辛育正材。今日登门唯大款,陶公地下有馀哀。

北京牡丹厂庆不请歌星而捐十八万元于希望工程喜赋

不炒歌星只济贫,牡丹厂庆树风新。文明榜样非凡响,荡浊清淤带路人。

戏题鱼乐图

娜隅得意戏清涟,掉尾扬鳍尽可怜。笔底心声君识否,莫贪钓饵上盘筵。

青岛杂诗

回头海道六经年,琴岛风光耀眼鲜。欲效伯牙赓绝唱,刺船无计访成连[1]。

傍海岚光洗市氛,嵯峨汉柏翠凌云。留仙旧梦无寻处,空对山茶忆茜裙[2]。

依山起伏似游龙,映日还穿雾雨蒙。何异乐园欢笑处,凌空对对老顽童[3]。

衰翁弱女命相依,何物妖魔诈娶妃。血泪流翻琴海浪,老身化石望儿归[4]。

长记清明祭享堂,血衣国耻断人肠。栈桥今日思洋务,功罪千秋孰论量[5]?

雁荡椒江美味殊,雅名今始识虾姑。有涯无限蒙庄教,扪腹还应笑故吾[6]。

[1] 1987年余偕内子由大连至青岛,今大变矣。
[2] 崂山蒲松龄作《聊斋志异》处山茶一株特茂。
[3] 崂山索道为绞盘式轮椅,有似儿童乐园之高架车。
[4] 石老人观海传说令人发指。
[5] 李鸿章栈桥。抗战前清明节合肥中学多参拜享堂李公血衣,以明国耻当雪,今五十馀载矣。
[6] 余往岁于椒江席间闻所谓虾狗跳者,今番席间始知名虾姑,较前

所称雅驯多矣,信乎知识之无限也。

读政协报贫县富车感愤

浇愁倾老酒,无计使心宽。车富多贫县,民贫有富官。媚人豺解事①,得道虎能冠。目断诛妖剑,何时快斩看!

① 娄师德事见(《太平广记》卷四九二)。

七二周岁感怀

艰屯屈辱华年去,七二星周本不期。孔思姬情劳入梦,蔡琴荀铎漫逢时。河山四化添新景,揖逊千秋感旧仪。随分浇书摊饭过,齐眉献寿共敲诗。

京黔杂诗

久耳名山龙虎尊,一封诗柬动吟魂。天师谢客难相揖,故使登车错午昏①。

为误车程改日程,提前廿日会燕京。午时站外亲迎候,难写纯真妯娌情②。

美酒朝朝伴独倾,灯前相对数来程。共欣子女全成立,寡欲清心话养生③。

全球胜景一园中,原大微型各斗雄。年及古稀掉臂入,绝怜首善树新风④。

模拟科技立新功,设备研成气更雄。精业业精群彦美,难忘卅载一相逢⑤。

晓月芦沟举世名,全民抗日著雄声。今朝半景温前事,彪炳千秋战宛平⑥。

桥边狮子无心数,六十年来气未平。共话当时流浪事,黔山湄水总伤情⑦。

小晏清词久绝尘,核能报国得通津。新诗示我存深意,无住随缘好立身⑧。

少长咸来为饯行,珍羞盛设笑声声。时清心泰人长寿,世纪新开拜阿兄⑨。

随车喜雨正欢腾,屋漏床床困杜陵。软卧包厢逢水厄,世间忧乐本无凭⑩。

故人本拟锦江游,迟我黔来十日留。六十年间沧海事,朝朝暮暮语无休⑪。

追寻旧梦忽生愁,天外相思王子猷。欲倩飞鸿频寄语,几时同作蜀黔游⑫!

天河潭水入山中,仄巷幽寻趣不穷。两处龙宫齐擅美,莫将小大论雌雄⑬。

叫亭响洞苦无声,赖有湖光照眼明。白首同游非易得,黔灵春色笑相迎⑭。

四年重叙骆驼情,杯酒狂言一座倾。白发相看犹赤子,随时歌哭总心声⑮。

映天红紫烂云霞,漫谷连山看未涯。他日重排花品第,神州第一杜鹃花⑯。

摩挲枝干老龙鳞,商略丰姿洛水滨。堪笑道人殷七七,鹤林狡狯枉劳神⑰。

回车夜探沙冲路,元老潘庄第一家。饱眼充肠皆妙绝,赏花品狗服南华⑱。

黔中举国夸名酒,酒味应无友味浓。半月流连难一别,殷勤更约潾阳逢⑲。

① 鹰潭龙虎山诗会折柬相邀,余夫妇决计赴会,岂料十一时车票误

当夜晚,因而车票作废,三十年老娘倒绷孩儿,可笑可笑。

② 原拟先贵阳而后北京,因误车遂先行北上,大嫂亲往车站迎候,以妯娌七年未见也。

③ 阿兄因病止酒,每午伴余独酌。

④ 北京世界公园门票四十元,年及七十者皆免票,敬老之风甚为感人。

⑤ 王精业君1953至1954受业于内子,现为装甲兵工程学院仿真研究室主任。引进设备需三百万美元,王君与同伴刻苦攻关,自制设备仅费人民币五十万元,深得军委嘉许。四月八日约集在京级友专车约余夫妇去该院欢叙。诸君各有建树,至为喜人。

⑥ 宛平半景电影再现当年实战情景,至为逼真。

⑦ 张筑琼、夏永霖夫妇陪余等漫步芦沟桥上,共忆当年情事,无心赏玩。

⑧ 吴征铠丈核能专家,科学院院士,青年时善令词,酷似小山。四月九日招饮,赠余恒山诗墨宝,中有句云佛寺建半空,自有安身处,深可讽味。

⑨ 兄家在京子孙咸来饯行,相约2000年再来祝阿兄八十大寿。

⑩ 乘八七次特快赴贵阳,车中喜闻夜雨声,岂知车厢漏雨,枕被皆湿,地下积水几无下脚处。可谓奇遇。

⑪ 老友张俊德君1934年芜湖中学同窗,前数日计委机关离体老干部游成都,君为余而留筑相候。

⑫ 与俊德话旧,辄及务兰,同作书寄之。

⑬ 在福兄导游天河潭,号称小龙官,曲径通幽有似江南园林,较之安顺龙宫未易优劣。

⑭ 俊德兄偕游黔灵山。

⑮ 骆驼班同学邀于湘山寺叙旧,饮于新华招待所,虽年皆早过六十,童心犹未泯也。

⑯ 耿光、南华具车,卢亮、包忠夫妇陪游百里杜鹃,壮观未易形容也。

⑰　百里杜鹃树干皆似老松而花色达十六种,形态妖娆绰约,令人想象洛神风度。

⑱　百里杜鹃中心为大方黄坪。南华兄挥车至其绝佳处。夜品沙冲狗肉,烹制最佳称元老第一家者,亦南华兄指引也。

⑲　留别黔中诸友,更约他年共游号称小三峡之潕阳河。

悼久山 并序

　　1972年冬,余于役淮城。大风雪中,故人季廉方伯康忽偕孙肃久山见访于淮清园小酌。其后常国武止戈供职县教研室。四人者诗酒唱酬,情如手足,人或名曰山阳四友。其间曾与君校阅词语解释,于胜利饭店同室者匝月。"四害"既除,三君皆归南京,孙君教授于省教院,退休后复去云南、新疆任教。偶相逢于南图古籍部,情意拳拳。邀余过饮,余则已有他约而未果。1991年忽得止戈书云君患肺癌且已扩散。十一月,余往肿瘤医院探视,一室翛然而犹不废批览。1992年五月君转省中医院,余去长沙,又偕内探视,岂知竟成永诀。伯康兄见示二绝,凄惋不忍卒读。追思昔游,成诗七绝以代哭,工拙非所计也。

相逢雨雪地天昏,杯酒淮园慰客魂。煮茗论诗成四友,山阳故事典型存。

胜利店中同室居,辛勤校读一编书。豕肩浊酒时欢饮,健啖我犹叹弗如。

四害烟消日月新,淮城置酒送归人。传经省院长才骋,喜见成书过海滨。

西北西南万里行,边疆三载育群英。偶逢古籍南图内,茶酒相邀愧盛情。

二竖无良久见侵,止戈一纸忽惊心。肿瘤病室凄凉甚,犹见披书用意深。

支离诗骨病维摩,省院探君叹奈何。一面竟然成永诀,恨无妙手起沉疴。

两诗读罢泪盈襟,怅触前尘没处寻。聚散死生原一梦,难逢易失恸知音。

挽咸斋宋祚胤兄

陡来噩耗震雷惊,难掣交颐涕泗横。五五年前同舍事,永绥文庙尚分明。

湘西数县夸才子,云影天风秀句新。忽欲求师寻至道,二毋门下许相亲①。

早闻内助称贤嫂,膏火欣然助友朋。孟大盘桓曾逾月,严寒薪炭化霜冰②。

长忆湄潭洛诵庐,执经问字辨虫鱼。更谈儒佛天人际,蔬食藜羹乐有馀③。

相争一字较雄雌,两载播州句斗奇。忘却异乡身万里,愿堂门下欲传诗④。

君开绛帐辉桑梓,我为谋生寄石头。一旦携儿忽见访,尊师更送去杭州⑤。

直言无忌堕黄河,语法钦君得誉多。回首当年欢乐事,观棋未罢烂樵柯⑥。

弥天劫火遍神州,四害初除会石头。不向六朝访胜景,为寻师友欲消忧。

滁州两宿又杭州,零雨凄迷夏似秋。惆怅愿堂师已化,断桥湖畔涕交流⑦。

专谒觉师上莫干,经旬零雨怯衣单。口诛某氏逢君恶,惊起同门刮目看[8]。

作计平生耻后人,欣看哲理溯先秦。荀卿周易成新著,力角群雄觅道真[9]。

岳山淮水难亲奠,南望湘云自怆神。想得及门多俊彦,慰君含笑看传薪。

① 君幼而工诗,曾有句云"影掠波山一发,天风吹梦月三更"。同县翰林张公窝为子婿。抗战中八中高二部迁永绥(今名花垣)文庙。君家县城,来从二毋张汝舟师求性理之学,因而相识。

② 孟兄醒仁曾屡得膏火之助。

③ 洪自明先生时在湄潭。

④ 余等从郦衡叔师学诗甚勤苦。

⑤ 1955年君由湖南来南京,复去杭州谒王、郦二师。

⑥ 我被扩为右派,君研语法著声。

⑦ 1979年夏君由长沙专程至南京约余同访本师,二毋师时在滁州,愿堂师已化于浩劫。

⑧ 觉师在莫干山参加省政协常委会,约先后及门诸弟子于剑池茗叙。余痛斥某氏逢君之恶,1965年即提烧书之说,语惊四座。

⑨ 君晚岁专治先秦哲学,卓有建树。

哀陈北溪

卅年缠痼疾,一卷著新诗。忧国伤时涕,呕心沥血词。孤芳难共赏,直道永堪师。翘首江南岸,哀君只泪垂。

苏州采珠即事

姑苏真得采珠游,买棹金鸡乐事幽。爱煞四龄伢魏仔,殷勤扶客出舱头。

国旗颂为庆祝国庆四十五周年作

照眼红旗艳,先驱血染明。高扬卌五载,永励万千英。核卫争前列,弱贫除旧名。成城标众志,猎猎起雄声。

温州江心屿

谢公诗句中川媚,丞相祠堂浩气存。古寺门前恩爱树,朝朝长长看潮痕。

莫愁湖观海棠有怀吴白匋丈

长记诗仙赋莫愁,温存玉像海棠稠。人归紫府风流在,名句名花韵自幽。

洛阳国际汉诗吟诗节及牡丹花会即事二首

为迎诗会洛阳来,魏紫姚黄竞早开。亭畔朗吟倾众耳,南音楚调总舒怀。

映日烘云露未销,牡丹园里涌春潮。老年未损颠狂性,遍绕花丛觅二乔[1]。

[1] 牡丹新品,一朵中红紫各半称二乔。

泗洪红楼梦学会成立

明时兴显学,群彦聚虹州。俗厚分金美,醪香引客稠。工农齐乐业,文质两丰收。来岁秦淮会,相期夺状头。

即事

攲枕庭前鸟雀喧,反秋天气众心烦[1]。养生勇断杯中物,觅句懒飞天外魂。远地亲朋惊问疾,耐心妻子细探源。胸中万虑驱除尽,尚带扶桑一抹痕[2]。

① 立秋后既凉忽热,吾乡谓之反秋。
② 日本名古屋大学拟约访问讲学。

书种瓜轩诗后寄邵川

尝钦高士传,喜读种瓜轩。世浊交征利,风清自灌园。逸才诗味永,友道古风存[1]。泉下应含笑,传薪有令孙。

① 先生与林散老莫逆,有古人风。

七五初度

蝶梦光阴四过三,此身已似再眠蚕。人疑伏枥思千里,自遂初心守一憨。罔极母恩难尽述[1],无穷世味已深谙。生朝冷淡还堪乐,旧熟苏诗喜再参[2]。

① 母恩难忘约稿完成。
② 是日既未约客,亦未家宴。

观深圳驻港部队检阅有感

精英队里选精英,一展雄姿举世惊。榕树三株心一片,伊谁谱此爱民情。

春日偶成

炙背闲看日影移,昭苏万象各怡怡。小池水暖鱼排阵,曲径风柔柳弄姿。得意纸鸢争下上,贪春木叶竞参差。沉吟难觅前人句,自惬幽情自咏诗。

扶桑吟草 并序

日本名古屋大学今鹰真教授《史记》研究专家,1990年小儿先民自费赴日留学,先生主动为其经济担保人,并辅导其日语,次年遂为先民博士生导师。先生致力于中日文化交流,名古屋大学文学研究室中国留学生莫不交口称赞其为人。1995年三月先民获得文学博士学位,余曾为文称道载于当年六月十四日人民日报海外版。近几年南京、成都、厦门等地召开国际性学术会议,余皆应邀参加,冀得一面而未果。先生曾至三峡及西安,因未取道南京逗留,故余终未能一晤。小女先林亦在先生及杉山宽行助教授指导下攻读博士学位。儿女等欲余夫妇往日探亲,请先生为经济担保,先生主动提出以高级访问学者邀余讲学(名古屋大学文学部每年可请一位外国教授访问讲学)。先生于教授会上极力相荐,获得通过。几经周折,余夫妇终于四月十三日飞抵名古屋,得以面谢其对小儿女之培育。先生百忙之中又专程陪余等访问京都大学,因得一览京都名刹。其后松户葛饰吟社约余讲唐绝欣赏,遂得观光东京。四月二十九日飞返上海。杜甫壮游诗有云:"东下姑苏台,已具浮海航。到今有遗恨,未得穷扶桑。"余夫妇皆过古稀,而得日本半月之游,触事兴怀,为绝句以纪,因名曰扶桑吟草云。

杜陵遗恨未能穷,白首同欣过海东。数载神交终觌面,春光骀荡乐融融[①]。

楼台馆舍当时物,四处移成明治村。假日游人如潮涌,富强教育植深根[②]。

仰头惊见巨鱼浮,直意潜身水底游。炎夏隆冬瞬息变,海洋万态个中收③。

仿佛登轮待启航,机房餐室尽繁忙。细看文字方清醒,栩栩惊呼尽蜡装。

船首昂然太二郎,探寻南极业辉煌。立功塑像含深意,永励游人当自强④。

天白长川彻底清,群鱼得意溯流行。长桥俯看寻真乐,细味当年庄惠情⑤。

曹溪一勺远流馨,古寺龙安拜石庭。跌坐空阶沙似水,诗心禅意入苍冥⑥。

头白乘风跨海行,喜来松户缔诗盟。异邦雅道欣同气,共向三唐嗣正声⑦。

暮色苍茫为导行,车中不绝笑谈声。殷勤助我添诗料,言问桥边细绎名⑧。

圣堂巨桧绿参天,铜塑先师举世传。礼义兴邦终化俗,杏坛回首倍凄然⑨。

温泉浴罢归来早,渔市摊头阅海珍。无料任尝小女子,骇人名字只纤鳞⑩。

半月匆匆耳目新,开筵九朗意尤殷。计程难我天伦聚,三代同为席上宾⑪。

① 喜晤今鹰真教授。

② 名古屋明治村博物馆,所有建筑皆当时物,从各地移来,供人观览,想见当年创业之情况。其中对小学及师范教育之重视,尤耐人深思。

③ 参观名古屋水族馆。

④ 日本首艘南极考察船退役后供人观赏,船内蜡人皆可乱真。船首耸立太郎二郎两犬塑像,以其曾立大功,发人深省。盖处处皆寓催人奋

进精神之教育也。

⑤ 天白川长桥观鱼。

⑥ 龙安寺为京都古刹,属临济宗。石庭为瞻仰中心。一庭白沙,错落数石,引人遐思。

⑦ 松户葛饰吟社约讲唐绝欣赏。

⑧ 今田述先生引路至东京寄宿处,谈笑风生,为讲述沿途地名掌故,云可为诗料。

⑨ 东京圣堂孔子铜像为世界之最,日本已将儒家文化精华融为民族精神。回思国内情况,不胜慨叹。

⑩ 日本称免费为无料。

⑪ 今鹰先生设宴九朗为余夫妇饯行,因考虑全家难有团聚之期,故将儿女两家七人全部请来以叙天伦之乐,用心深细,尤足感人。

次韵中山荣造见寄

飞鸿天际报佳音,枨触前尘感慨深。葛饰诗缘成莫逆,和平友好永同心。

抒怀寄孝敏叔

华章远掷胜南金,大阮风流正始音。齿楚兼旬疏竞病,肠枯触处感人琴①。沉浮世事原无据,肮脏书生独赏心。遥想新篇传沪渎,愚园春好供长吟②。

① 叔抄示与本濂大兄唱和之什。

② 叔寓上海愚园路。

一九九七年六月三十日午夜口占

子夜全球候大声,亚东此际震雷鸣。百年梦醒珠还浦,亿众欢腾天洗兵。米帜终随颠舰杳①。五星长照紫荆明。九霄邓老应含笑,两制新图次第成。
① 不列颠尼亚号载末代港督悄然离去。

次韵懒牛自嘲

多君千里缔诗缘,沪渎淮滨共性天。拔尽俗尘摅剑胆,懒牛才思涌清泉。

代宋季文赠朱镕基

成竹胸中语贯珠,满堂侧耳听新途。千言诘难三言解,共叹长才应世需。

平桥即事

离别平桥二十秋,暂来酒店一宵留。清晨缓缓街头步,入耳声声唤老周。

谭嗣同变法殉难百年祭

昆仑肝胆死囚身,壁上留诗感鬼神。故国魂归应笑慰,百年终见艳阳春。

小院即事

水泥墁地废犁锄,点缀盆栽得自如。无技莳花姑艺草,迎来生意满庭除。

改革开放二十年

廿载春风奏改弦,战洪决胜史无前。江河驯服山重绿,鱼跃鸢飞谱次篇。

今岁战胜特大洪水,赖于改革开放二十年国力之增强,灾后反思,益感环保之要,封山育林,涵养水源,长江之灾可永除,感赋二十八字。

卜九谟八十寿[①]

抗日曾陈力,安民久著声。离休亲笔砚,述作寄忠贞。耄耋童心炽,简编正义明。期颐容预祝,寿酒此盈觥。

① 作于1998年十二月二十一日。卜九谟(1921—2002),涟水县梁岔镇人,民主革命人士,官至江苏省电业总调度基建处处长、党委书记。以正厅级离休。晚年编撰《中华五千年社会发展史》,主修《涟水西河堂卜氏族谱》,市诗协会员。

北京即事三题

千里专程赴寿筵,白头共乐子孙贤。前尘如梦随缘过,忠厚传心自一天[①]。

戒坛潭柘久驰名,帝树龙松倍有情。梵吹沸天新殿宇,石鱼竞触百灾清[②]。

惜别金陵五五年,京华小聚特欣然。劫尘历尽乾坤朗,共喜朱霞灿晚天[③]。

① 伯萍大兄八十寿,共忆几十年经历。

② 戒坛寺、潭柘寺均系京都古刹。帝王树、九龙松、石鱼等传说优美,今日香火之盛更引人遐思。

③ 南京一中高中五五级二班毕业生在京者约余小聚,共话别后情况。虽均已白头而报国之情怀犹甚炽烈。

奉化三题

雪窦寺

弥勒名山雪窦开,庄严妙相异哈哈。将军楠树亭亭立,默仰当年兵谏才①。

① 雪窦寺为弥勒道场,列第五名山,而弥勒像作菩萨装,非如他寺之作五代布袋和尚坦腹嬉笑之状。寺中有张学良将军移栽楠树,群众号为将军楠。

丰镐房

司令荣归扩宅基,街坊老屋刹时夷。誓存祖业轻权势,丰镐今看一角亏①。

① 蒋家旧宅丰镐房原甚湫隘,蒋介石为粤军总司令衣锦还乡,扩展旧宅,街坊老屋纷纷售与,有周姓者誓存祖业,坚不价售,故丰镐房东南一角独亏。

千丈岩

千丈飞流一线悬,雨中遥对亦怦然。衣单风疾难停步,险径归来互笑颠。

戏题懒牛吟草续集

书来喜报续编成,又见风云笔下生。千亩纵横耕不辍,问君何尚懒为名?

喜迎澳门回归

语燕飞来竞报春,积年归梦一朝真。五星照海平如镜,菡萏清香更醉人。

寿徐老九十 并序

鸣谦徐老章黄嫡派,朴学宗师,著述等身;主讲坛坫七十年,成就学者何啻三千;性喜提携后进,乐为扬名,硕学懿行,海内景仰,尊为人师。余屡从问学,析疑赏异,如坐春风,小女先林忝列门墙,过蒙培育。今值先生九十华诞,爰献俚词,借申遐祝。

善继前贤学,喜扬后进名。先生真大老,上舍耀长庚。百万传承广,三千化育精。多年容问字,弱女仰培成。祝嘏期颐近,劬书耳目明。新筹添海屋,芜句寿杯呈。

词

忆江南

虫语沸,零乱断墙边。照影檠孤寒柝静,乡愁如水梦如绵。残月一庭烟。

满庭芳

甲申正月二十三日郊行遇野梅,因折数枝,词以志之。

云弄残寒,嶂收僝雨,乳莺唤起闲情。苦吟诗倦,负手且徐行。撩乱新芜旧草,西风紧,吹过还生。销凝处,疏香暗裛,羞影数枝横。　　盈盈。思旧国,荒园一树,空负幽盟。纵绽红先绿,芳意谁惊。不分东君取去,忍攀得,几许娉婷。归来晚,春随野屐,回首淡烟平。

踏莎行

晚晴江畔玩月作

素月初圆,碧天如洗。新波皱影凉生袂。细看应是故乡妍,为谁映彻蛮州里。　　悄悄孤心,依依嫩觜。春来九畹知何似。

遣愁无计漫沉吟,空山幽响鸣归屐。

蝶恋花

何事闲庭连月雨。换取花来,依旧和春去。满眼离愁兼宿雾。深心向晚凭谁诉! 欲问悬蛛还解语。几片殷勤,留得春归路。幽意不遮人去处,梦魂空度山无数。

清平乐

乡愁织柳,叶叶和诗瘦。春退残红如病酒,几片雨前风后。 殷勤折下南枝,深心诉了还疑。千嶂好遮流水,泪波莫过洳西。

满庭芳

倦柳揉烟,闲蕉肥雨,梦馀哀角吹凉。晓窗风困,双蝶舞空廊。撩乱幽情密意,漫遮眼、婉婉春光。牵帷处,飞红堕影,依约辨残妆。 思量。今日事,衣宽卫玠,诗瘦崔郎,费尊前多少,别绪回肠。拟棹虚舟溟海,长吟对、云水苍茫。浑不管,人间今古,芳草共斜阳。

壶中天

闲阶凝伫,又回黄转绿,年年风意。手种幽兰劳燕问,几畹寒香开未?角语吹凉,莺声弄柳,春远浑如醉。浮云终日,旧欢回首千里。 怕看绕廊群峰,长波遮断,耿孤情难寄。一片斜阳红不管,楚客依依憔悴。喧壑鸣琴,斜桥赋雨,倦梦江南事。而今明月,笑人和梦无计。

鹧鸪天

憔悴难堪别思侵。忍将清泪铸黄金。孤城残角秋多少,一枕新凉梦浅深。　　溪畔柳,雾中岑。杖藜幽趣懒重寻。沉吟且共尊前月,莫向闲人说古今。

满庭芳

　　甲申正月郊行遇野梅有词一阕。乙酉人日扶病重来,则含苞未放,惘然久之,因次前韵。

冰蕊藏春,玉容开雪,倦游经岁关情。自怜痴绝,扶病此重行。惆怅芳心不展,深深问、端为谁生。荒烟漫,攀条未折,珠泪已纵横。　　沉思,能几日,鸾笺象管,暗缔诗盟。算何郎归去,尘梦堪惊。便欲移根旧国,长吟伴、凉月娉婷。空凝伫,花期易负,幽根总难平。

踏莎行
寄述和湄潭

才得闲来,顿看归去。离情脉脉凭谁诉?梦魂夜夜绕重山,相思却在山何许?　　返照迎潮,轻烟拥树。孤吟又到经行处。鲦鱼依旧两从容,为谁消得分离苦!

玉楼春

沉沉断角吹清晓。屋上馋鸟饥更闹。午窗几阵落梅风,红杏一枝开渐好。　　多情莫怨红犹少,若待红稠春已老。眼前幽恨已粘天,那更斜阳醮细草!

临江仙
林散老惠赐法书赋谢代笺

束发从师钦姓字,卅年空叹缘悭。草堂诗句梦吟边:春归牛渚月,江隔马鞍山。　落笔龙蛇惊海内,南天一纸遥颁。及门高第许追攀。芜词聊献赘,湖上拜芝颜。

踏莎行
赠止戈

白日悠悠,余怀渺渺。县南县北何时了!眼中时事几番新,朱颜镜里人长好。　满腹虫鱼,半生枯槁。荣名为累休为宝。金刚不坏爱闲身,得钱沽酒今须早。

临江仙
回合肥,有怀务兰美州

满眼高楼车似水,旧来街巷全非。逍遥津畔看新姿,风调杨叶嫩,雨逗杏花肥。　卅载还乡身是客,朝朝笑语倾卮。亲朋无恙谢明时。相思瀛海外,何日手同携。

临江仙

务兰与余别二十八年,今秋归省,盘桓廿日,用前韵赋此惜别,兼订后期。

二十八年常入梦,几回梦觉还非。者番真个见丰姿。摩颠评黑白,把臂较癯肥。　笑语兼旬还惜别,眼前莫负深卮。殷勤共约再归时。故园春更好,花甲手重携。

临江仙

单人耘君抄示二毋师寄林散老临江仙词,远明兄书告师已返乡,即用其韵赋呈。

避寇从师犹昨日,青毡黄卷慈眉。祁寒溽暑总无违。短檠花雨座,矮屋绛纱帷。　廿载风期难定准,花溪消息常非。白头喜得共春归。无因陪杖履,西望梦魂飞。

鹧鸪天
酒后戏书

谁道人间行路难。醒乡路狭醉乡宽。三杯大道谈方剧,一枕黄粱睡正酣。　扫愁帚,钓诗竿。还从霜鬓换朱颜。齐眉大胜刘伶妇,甘旨频添苜蓿盘。

临江仙

用务兰家嫂唱和韵,务兰词及今秋合肥之聚,感慨系之。

一举十觞真不醉,谁言世事茫茫。此生此会最难忘。孤鸿飞万里,卅载一还乡。　拙计谋身师尺鷃,蓬蒿容我翱翔。待君携手上濠梁。观鱼参物化,殊俗话扶桑。

临江仙
喜读家嫂新词,走笔奉和

一曲新词惊旧梦,卅年尘迹茫茫。清才逸句未能忘。山为余簟枕,海乃汝家乡。　闻道双飞多快意,临风雏燕回翔。待看春色满平梁。逍遥津树下,把酒话沧桑。

临江仙
单人耘君见示新词,赋此寄之

读罢鱼笺温旧梦,去年今日淮城。谈诗论史小窗明。看君盘礴裸,炎暑退无声。　自笑白头真没窍,痴人呓语谁听?半生尘饭共泥羹。世途今渐觉,南亩寄深情。

沁园春
欢呼除四害

一手遮天,一阵阴霾,一枕黄粱。恨尸魔逞幻,封狐助虐,贪狼恣肆,社鼠嚣张。覆雨翻云,掀风作雾,蠹国谗贤舌似簧。丧心甚,更蚍蜉撼树,鸦翅遮阳。　罪行擢发难详。笑用尽机关反速亡。看迅雷初击,画皮顿褫,妖氛横扫,玉宇重光。鼓乐喧天,凯歌动地,亿众军民竞举觞。除四害,喜红旗耀眼,万载高扬。

临江仙
寄千帆前辈乞涉江词

久服涉江诗思好,共传漱玉前身。断肠彩笔恸胡尘。汉皋伤佩女,南海泣珠人。　天妒白头摧比翼,他生再续前因。暂凭梨枣寿千春。不嫌唐突甚,乞我一编新。

踏莎行

乍暖还寒,才晴又雨。恼人春色凭谁主?窥园满眼欲开花,遮天竟日狂飞絮。　枕上莺啼,梁间燕语。惊残好梦无寻处。起登小阁看朝阳,曈曈可省消愁雾!

乳燕飞
次务兰韵,约同参名山

世法真如幻。算前缘,几生共守,短檠寒砚。国事沸羹家何恃,天怒神愁鬼怨。长记取,连年离乱。湘山黔水漂萍久,万千难,终有知音伴。添苜蓿,供盘馔。　君乘宝筏登西岸。喜归来朱颜黑发,眼明身健。晤语啸歌连晨夕,无奈风抛絮散。又五度,春回庭院。九子山头清凉境,更灵岩,南海潮音劝。花甲也,同参见。

满庭芳
母校浙江大学八五校庆

八五春秋,万千豪俊,总沐求是恩光①。瀛环今日,歌舞共称觞。尤喜神州再造,数奇迹、炳炳琅琅。青云路,抟风展翅,四化看鹰扬②。　难忘。当日事,黔山翠霭,湄水朝阳。纵枵腹,琴书自乐洋洋。漫道浮沉卅载,空搔首、惭对门墙。桑榆景,愚公志业,休问鬓边霜③。

① 浙大以求是为校训。
② 浙大校徽以鹰为志。
③ 四月一日校庆,西俗为愚人节。竺藕舫校长尝以甘为愚公勖勉诸生。

临江仙

家冀女史别已卅载。往岁仆过杭州,君先数日离去。今夏余至南京,君过沪上,电话交谈,各以事阻,未能一面。昨日忽以旅行钟表见惠。赋此代笺。

湘水黔山曾负笈,苍茫瀛海西东。卅年无计一相逢。蹉跎灵隐月,惆怅石城风。　怜我白头多远兴,遐方异物情浓。眠安客馆许从容。不劳鸡戒晓,听唤枕边钟。

鹧鸪天
务兰见示家冀新词并其和作,因次原韵

尘海茫茫困算沙。妄将有限逐无涯。半生浪迹惟霜鬓,一念回心渐识家。　李斯犬,召平瓜。升沉荣辱总空花。葛藤快断须真慧,凭仗新词胜莫邪。

浪淘沙
务兰新赋悼亡,次韵广之

廿载喜相从。春意方浓。问君何事太匆匆。撒手人间西去也,难觅芳容。　夜月照孤踪。头白梁鸿。福田净业火莲红。百岁龙华还赴会,含笑重逢。

临江仙
务兰、家冀屡以《临江仙》相唱和,至十馀迭犹未止。务兰来书云未知何日了,因以此阕报之。

莫问临江何日了,临江又诉离情。黔山湘水数归程。卅年记此月,鸟路共宵征。　覆辙惊心鹅翅膀,千难万险同经。那堪一雨滞桐城。桃溪挥手处,魂梦尚分明。

踏莎行
十二日大风,与止戈久山访伯康兄,因怀赵遂之。

城旦新黔,竹林旧好。漫从初地参玄妙。同心但觉座生春,空庭莫讶终风暴。　　画肚辛勤,镂冰工巧。青毡黄卷垂垂老。广文趣语典型存,令人长忆江南赵。

踏莎行
遂之见和,再用韵酬之

松雪书工,悲盦篆好。运筹君更参神妙。传家劲节有南星,群儿莫倚风雷暴。　　守我心愚,从伊言巧。狂歌浊酒能娱老。报公一事可伸眉,临池晚欲方罗赵。

踏莎行
喜得德威弟长书述其遭冤情况感而赋此寄之

恍似昨天,真同隔世。一封书信千行泪。赤心谋国不谋身,高才直道多遭忌。　　雷荡群魔,春回大地。同冤师弟还同喜。共将热血绘新图,神州未可轻魑魅。

蝶恋花
挽季特丈兼题桐阴词社

细数人生谁得似。著述如林,教泽千秋被。小住尘环九十岁。坦然驾鹤群仙侣。　　半世从游容问字。缓语温颜,长坐春风里。今日传薪才济济。霜崖真火光无际。

蝶恋花
寄务兰

十五年间多积愫。盼得归来,却又无缘诉。惆怅寻仙瀛海路。三山在眼风飘去。　　万里思君朝复暮。望尽行云,不见飞鸿度。再卜佳期天应许,联床共听浥津雨。

踏莎行 有序

冰弦先生浙大中文系早余三年毕业。敦品立学,卓有建树,为杭州大学古籍所教授。潜心学问,举凡古史诗词稗官科技资料均有论述,饮誉士林。浩劫既去,君主编联谊诗词沟通海内外,余数度往来杭州,均往拜晤。论学谈艺,相得甚欢。君于腐败之风深恶痛绝,抨击尤力。此景犹如昨日,而君遽归道山,因为此词。

敝屣功名,殚精左史。一生目标惟求是。已看著述等身高,传薪更喜多彦士。　先后同门,诗词联谊。共经浩劫心无忌。访君几度最关情,白头慷慨抨时弊。

水调歌头
国庆五十周年感赋

五十年间事,历历在心头,大军摧枯拉朽,惊散石城鸥。荟萃八方豪俊,共议中兴伟业,赤帜遍神州。楼上一声吼,革命画新畴。　四亿众,同欢庆,志初酬。援朝抗美,正义壮举耀千秋。道路艰难曲折,费尽辛勤探索,开放善谟猷。两制回归好,濠水继香流。

临江仙
赠双柳诗老

双柳高情难数说,六年终上灵山。为迎诗侣犯宵寒。徘徊车站外,两夕枕无安。　晚会欢腾歌舞热,往来提调回环。才多湘女态千般,羡君鸾凤侣,吟啸入云端。

临江仙
代束寄醉菊诗老

放筏泸溪同水厄,多君妙语连珠。一编醉菊世情疏。赤心憎腐恶,健笔肆征诛。　　自笑耄年诗苦涩,依然结习难除。妄思趁韵替修书,夜深敧枕倦,空撚白髭须。

曲

仙吕一半儿

愁云绕日落天低。倦柳随风弄影齐。清话缓寻归路迷。响回溪。一半儿人声一半儿水。

一春愁思梦如麻。历劫痴情饭作砂。哀乐过时空暗嗟。这生涯。一半儿聪明一半儿傻。

诗肠困酒睡初平。暑雨生窗梦不清。隔墙人唤三四声。此时情。一半儿模糊一半儿醒。

山头日色满青芜。水面繁声散小鱼。吟到浅溪真画图。巧难摹。一半儿晴天一半儿雨。

联语

敬挽本师王驾吾先生

弟子恸山颓，约礼博文，训诲犹萦耳畔；
先生观物化，光风霁月，典型长在人间。

代人挽战友

革命记终生，想当初除暴锄奸，鬼神难测，如虎如罴，敌伪闻名皆丧胆；
论交成隔世，算从来同甘共苦，手足何殊，斯人斯疾，友朋伤逝尽吞声。

挽叶恒足同志

五十年克己奉公，革命留一身正气；
千万事治穷理水，盖棺无半点私心。

挽季特丈

七十年辛苦耕耘，德艺化群伦，同仰千秋教泽；
数百卷辉煌论著，声名扬海宇，永怀一代宗师。

朱慕萍烈士牺牲四十周年

十年北战南征,卓著勋劳,热血长留江畔;
卅载春祠冬祀,缅怀英烈,雄风永振人间。

贺文廿苏旸嘉礼

几砚情深,此日谐欢鱼水;
亲朋望重,他年比翼云天。

杜甫祠堂

穷饿一生,造次不忘民众;
馨香千祀,光辉何止诗章。

盐城宋曹蔬坪故居

书苑千文,八法楷模珍此石;
蔬坪半亩,百年名节仰斯人。

南京乌龙潭公园太虚幻境

弹指现楼台,幻境妙成真境;
赏心疑梦寐,人工巧夺天工。

怎样学好语文

第一章　为什么要学好语文

一、语文指的是什么

解放以前,小学里读"国语",中学里读"国文"。中华人民共和国成立以后,才有"语文"这门功课。"语"指的是"语言","文"指的是"文学";"语文"就是"语言"和"文学"两个词合起来的"略语"。

在苏联学校中,"语言"和"文学"是分成两科的。现在我们国家根据社会主义建设的需要,吸取苏联的先进经验,也要把原来的"语文"分成"汉语"和"文学"两科。"语言"和"文学"究竟是什么一回事呢?下面我们分别说明一下。

斯大林在《论马克思主义与语言学问题》一书里说:"语言是工具、武器,人们利用它来互相交际,交流思想,达到相互了解……没有社会成员共同的语言,社会便会停止生产,便会崩溃,便会无法继续生存。在这个意义上说,语言既是交际的工具,同时也就是社会斗争和发展的工具。"这就是说,语言是人类相互交际的工具;没有这个工具,一切社会活动都不可能进行。人类的劳动经验、科学思想都必须依靠语言来传播;没有语言这个工具,人类也就无法接受前人和当代人的经验,当然就谈不到进步和发展了。

"文学"是真实地具体地反映社会现实的艺术,文学作品是通过形象来教育人民和打击敌人的。凡是读过《钢铁是怎样炼成的》的人,没有不被保尔·柯察金的英雄形象所感动,从而增加生活的力量,鼓舞前进的勇气和信心。永远活在我们心里的苏联女英雄卓娅就是以保尔·柯察金为榜样的。她把保尔·柯察金的名言抄在自己的日记本上,牢牢地记着它。在法西斯匪徒侵入她的祖国的时候,她就像保尔·柯察金一样顽强地为祖国战斗,使自己年青的生命放射出英雄的火花。

用不着繁琐地举例,我们就可以了解这个真理:"文学"的的确确是教育人民、打击敌人的强有力的阶级斗争的武器。

了解了"语文"是什么一回事,我们就好来谈一谈为什么要学好"语文"这个问题了。

二、为什么要学习语言

1951年6月6日,《人民日报》曾经发表了一篇社论,号召我们"要正确地使用祖国的语言,为语言的纯洁和健康而斗争"。社论指出:"语言的使用是社会经济政治文化生活的重要条件,是每人每天所离不了的。学习把语言用得正确,对于我们的思想的精确程度和工作效率的提高,都有极重要的意义。"社论又指出:"正确地运用语言来表现思想,在今天,在共产党所领导的各项工作中具有重大的政治意义",只有"用正确的语言来表现思想,使思想为群众所正确地掌握,才能产生正确的物质力量"。

这篇社论发表以后,广大群众,特别是干部,认识提高了,对待语言的态度有了很大的变化。在全国范围内,学习语文的空气逐渐浓厚起来,国家专门出版了语文杂志来帮助大家学习语文,学校里加强了语文教学,特别是语言的教学。这样,学生的语文水平也有所提高了。这是一种可喜的现象。

但是,是不是每个人都能理解学习语文的重要性,每个同学都能自觉地学好语文课呢?我们说,这里面还是有些问题的。不少同学还不了解学习语文的重要,因而,学习的态度就不够自觉和积极;在表达能力上,问题可能更多,作文词不达意的现象,在各个学校都普遍存在。这些,都说明我们还有进一步提高认识、端正态度的必要。

对一个中学生来说,学好语言,有什么意义呢?我们觉得至少有这么三点。

首先,学好本国语言,是一种热爱祖国、热爱人民的表现。"汉语是伟大的汉族人民的共同语言,也是中华人民共和国各兄弟民族间相互交流的语言。它是世界上使用的人口最多的一种语言,也是世界上历史最悠久、内容最丰富、最富有表现力的语言之一。它反映了汉族人民的创造才能和无比雄伟的力量"(初级中学汉语课本第一册教学参考书第二页)。我们珍视我们伟大祖国的历史,尊重劳动人民的创造,就该热爱自己民族的语言。努力学好汉语,正是这种爱国主义情感的表现。

第二,党号召我们青年向科学进军,这已经成为我们青年战斗的口号了。学好语言是胜利地向科学进军的一个先决条件,是学好各门功课的基础。因为,一切都必须通过语言来表达,没有语言这个工具,一切科学都不可能存在。就中国的实际情况来看,语文课不好的同学,别的功课也就不可能真正学好。有些同学这样想:"现在向科学进军,数理化最重要,别的学科都可以马马虎虎。"于是重理轻文的思想滋长蔓延起来了。这种想法是很片面的。我们碰到不少考入大学理工科的同学，他们现在很懊悔中学时代没有把语文学好。他们深切地感到语文水平不高的痛苦：听课记不好笔记，看参考书不会摘要点，特别是演算文字题非常吃力。有一位同学，感到自己学习时间不够的主要原因是语文水平太低，每个题目往往要瞅上五分钟才能弄懂题意。很显然，语文好的同学，就不会有这个"负担"了。更严重的是有时看不懂题目，因而会用的定理、公式也都用不上。有一个初中毕业生演算一道物理题，题中说"绳的两端各悬一个物体"。他不懂"两端"是什么意思，因此，这道题目就只好空着。一道立体几何题里有"两两相交"这个词语。一个高三同学弄不清谁同谁交，结果当然做不出来。有一位语文老师，曾经搜集该校学生因为语文水平较差而影响数理化学习的突出事例，一共有几百条，结果写成了厚厚的一本材料。这些，都足以从消极方面说明学习语言的重要。

反过来从正面看，也是一样。"语文"学得好，学别的功课也方便得多。我们常常碰到这样的同学，解放前停了好几年学，土改以后生活好转了，又来读书。别的功课差不多忘光了，只有语文因为常常运用，比停学前反而有了进步。他们初到中学来复学感到很吃力，但是因为语文较好，学习其他学科就比较省力，经过一段时间的努力，别的功课也赶上了，有的还成为优秀生。当我们问到他们的学习经验时，他们都说有这样一条经验：语文学得好，给学习带来了很大的便利。我们还可以从初一同学的成绩中看出问题：差不多各科好的同学都是在小学里语文和数学学得比较好的。语文和数学是学习其他功课的基础，而语言又是一切科学文化的基础。要想向科学文化进军，首先必须掌握语言这个工具。

第三,语言是表达思想感情的唯一有力的工具,如果学不好,就无法正确地表达自己的思想感情,甚至疏忽了一点,就会造成政治上的错误。有一个学生听惯了"忘我的劳动",却不知道"忘我"的意思和写法,居然在作文上写成了"万恶的劳动",这是多么糟糕啊。有些词语,本身就含有褒或贬的意思,不理解这一点,也会犯错误。有的同学用"奋不顾身"来形容美国强盗向我们侵犯。也有同学把志愿军的顽强战斗的精神说成是"疯狂地抵抗"。还有一个华侨同学写信告诉父母,举了很多生动的例子,说明祖国的欣欣向荣。但是在一连串生动事例的末尾,却用了这样一句话来总结说:"祖国的建设,真是一言难尽!"用错了"一言难尽"这个成语,就把好事说成坏事,把爱的情感写成恨的情感了。因为"一言难尽"总是用来表示痛苦和不幸的遭遇的。至于一般的用词不当,句子不通,话说得不够明白的情况,在同学的作文中就更是"不胜枚举"了。

同学们运用语言的能力不强的现象,在口头表达上更为严重。有不少学生,说不到五分钟,结构错乱和不完整的话就有十多句。有一个高三同学回答老师的问题,三十几句话中,没有一句没有毛病。最严重的情况是:一件不太复杂的事情要同学简明扼要地叙述出来,即使在高年级,也是有困难的。

造成这种现象的原因是很多的,但一部分同学对语言的重要性认识不足,因而不认真学习语文,却是最主要的一条。毛主席在《反对党八股》一文中谆谆告诫道:"语言这东西,不是随便可以学好的,非下苦功不可。"我们应该好好体会这句话的意思,从而下决心把语言学好。

三、为什么要学习文学

青年学生一般都比较爱好文学作品,但也有少数同学对文学还不感兴趣。他们说:"我又不想当文学家,何必要学文学呢?"他们自己的志愿是参加工业建设,现在要多学点数理化,学习"文学"是白费时间。于是学习的时候很被动,语文老师督促严一些,就钻一下;老师不催,自己也就算了。其所以如此,主要是对文学的作用和学习文学的目的缺乏认识。下面我们从三方面来谈谈为什么要学习"文学"。

首先,我们已经知道"文学"是阶级斗争的武器;好的文学作品不但能给我们人生的知识,而且它永远给我们前进的力量。我们的文学,是用社会主义共产主义的精神来教育人民、培养人民的共产主义道德品质、鼓舞人民建设共产主义的热情的伟大力量;是反对资本主义和它的反动思想的有力武器。今天的青年一代,谁都知道卓娅、奥列格、马特洛索夫这样一些光辉的名字。在他们完成自己的光荣的英雄事业时,《钢铁是怎样炼成的》这本书的作用,是不可估计的。奥列格的母亲在写给奥斯特洛夫斯基的母亲的信中说:"奥列格把奥斯特洛夫斯基的书当作解决一切难题的一种参考书。只要同志中有谁害怕了,或忧愁了,他就从书架上把《钢铁是怎样炼成的》取下来,总是能从里边找到合适的章句给他念……奥列格接着就补充说:'如果还需要再装弹药,那末就请去找那永生的尼古拉·奥斯特洛夫斯基来帮助。地址是:奥列格的住室,书架,第一格,小说第一卷'"(见中国青年出版社《奥斯特洛夫斯基传》)!

我国著名的工业劳动模范王崇伦,曾经谈到他自己怎样受到文艺作品的鼓舞,逐步克服困难,创造了万能工具胎。他说:

"我很喜欢阅读文艺作品,我也喜欢看电影和喜剧,这里边的一些英雄形象鼓舞了我,他们给我以前进的力量。我爱惜每一分钟,因为每一分钟对我们建设社会主义都是很宝贵的。我从不愿让一分钟白白地溜过去,但是还尽量抽出一些业馀时间来看看文艺书籍和电影戏剧。虽然看得不多,但是一些英雄的形象给我的鼓舞是很大的……"(王崇伦《英雄的形象鼓舞着我前进》,见1955年第十期《文艺学习》)。著名的青年女农业劳动模范徐建春也说:"文艺作品鼓舞我克服困难,它也帮助我锻炼品质和性格"(见同期《文艺学习》徐建春文)。这一类事例可以说"俯拾即是"。由此我们可以看出,好的文艺作品给了人们多么深刻的教育,给了人们多么巨大的力量。

其次,真正的文学艺术会影响人的感情,会促进人的个性的发展。伟大的生物学家、进化论的创始人达尔文,在他的《自传》中就曾叙述他年青时对文学作品的爱好。他曾经热爱过莎士比亚的戏剧,中年以后又特别喜欢读小说。在《自传》的后面,他这样写道:"如果我能够再活一辈子的话,我一定给自己规定读诗歌作品,每周至少听一次音乐。要是这样,我脑中那些现在已经衰弱了的部分就可以保持它们的生命力。失去这些爱好,无疑就会失去一部分幸福,它会影响智力,更确切说,会影响精神性格,因为它削弱了我们天生的感情"(见1958年8月号《译文》206页)。

从达尔文这段话中,我们也可以想到文学艺术对人生的作用。它不但能培养人们的性情,而且也能培养人们掌握和控制自己情感的能力。因此,在学校中,美育(艺术教育)是和智育德育紧紧地结合在一起的,如果没有一定的艺术教育,要想成为全面发展的人,那是不可能的。在中学里,文学是我们接受艺术教育的重要方面,因为文学就是最好的艺术之一。

　　第三,中学里的文学课可以培养我们阅读、理解、欣赏文学作品的能力;发展我们的想象能力、认识能力和运用语言明确地表达思想感情的能力;它能使我们树立社会主义政治方向,培养我们辩证唯物主义世界观的基础和共产主义的道德品质;它还能培养我们正确的审美观点,使我们对社会生活具有明确的是非、善恶观念和强烈的爱憎情感。这些难道不正是每一个要求进步、要求自己成为全面发展的青年所迫切需要的吗?我们怎么能够不重视"文学"呢?

四、学好语文并不是太难的

　　学习"语言"和"文学"的重要性搞清楚了,最后还有一个疙瘩:"语文太难,出了力还不见效,不像数理化,学会一个定理就是一个定理。"这是把语文看得太神秘了。产生这种畏难情绪的根源不外两方面:一方面是对语文的特点认识不足,学习不得法,因而丧失了信心;还有一方面就是找快捷方式,从急于求成变成消极畏难。学习语文的具体方法,我们在下面还要讨论,这里只谈一下认识上的问题。

　　学习是一种艰苦的劳动,学习任何学科都不是轻而易举的。"只有那在崎岖小路的攀登上不畏劳苦的人,才有希望到达光辉的顶点。"马克思的这句名言,是值得我们深思的。学习本身就意味着不断地向困难作斗争。"困难,但是有趣味。"这是苏联英雄马特洛索夫的口头语。新中国的青年,也应该有战胜困难的乐观精神,不应该被困难吓到。"知难而退"是懦夫的格言,和我们是毫无瓜葛的。这是第一点。

　　其次,"天下无难事,只怕有心人。"从来没有学不好的功课,语文也和别的功课一样,只要肯钻研,而且钻研得法,一定可以学好。有好多青年,在中学毕业以后参加了工作,别的功课可能荒了,语文水平却由于不断学习而有了提高。可见"语文"完全不是有些人想象得那样神秘,那样高不可攀。

宋朝有一个大学者叫朱熹,他曾经举过一个例子:宋朝有一个姓李的,一天只能读五十个字,人家都笑他笨。他却一点也不灰心,每天还是坚持读下去。结果越读越聪明,到后来竟"无书不观",成了一个全国闻名的大学者。

法国的短篇小说家莫泊桑说:"天才不过是不断的思索,凡是有脑子的人,都有天才。"我们应该记住这句名言,只要肯努力,每个人都是有学好语文的天才的。

第三,语文是谁努力谁都能学好的,对于在校的同学来说,条件更为有利。学校里有经验丰富的老师,有教科书,有教学大纲,有教学计划,学起来"事半功倍"。只要自己肯努力,怎么会学不好呢?哪个学校都能找出一些语文学得好的同学来。这就足以证明,学好语文并不是一件有多大困难的事。

为了建设社会主义,为了向科学进军,我们一定要学好语文;只要不断地努力,刻苦钻研,循序渐进,我们一定能够学好语文。这就是结论。至于怎样才能学好语文,"汉语"和"文学"究竟包括哪些内容,从学生的角度来说,在学习过程中应该注意哪些问题等等,这都是读这本小册子的人最关心的问题,我们将在下面一一讨论。

第二章　怎样学好语文

怎样上好课

学校里的"汉语"和"文学"课,是同学们学好语文的最有利的条件。要想学好语言和文学,首先必须学好"汉语"和"文学"这两门功课。就上课的一般要求来说,应该注意下面这几方面。

第一,要明确学习这两门功课的目的,才能有经常鼓舞自己前进的动力,不致被困难吓到。"汉语"和"文学"有什么用,为什么必须学好它们,这一类问题,我们在前面已经谈过了,这里不再重复。

第二,上课所以不同于自学,首先在于有教师的指导。因此,要上好课,就必须充分尊重教师的劳动,虚心接受教师的教导。这是学好每一门功课的关键。教师受国家的委托,依照国家的教学计划来进行教学;尽管教师之间的水平有高有低,但是,既然是教师,他对于所教的这门功课总比学生知道的要多得多。因此,同学们必须尊重教师,按照教师的指导去进行学习。只有这样,学习才能"事半功倍",不致走到弯路上去。遗憾的是,现在还有少数同学对老师的话高兴就听,不高兴就不听,这是非常错误的。这种态度如果不立即改正,必然要影响自己的学习,也就势必影响到未来的工作,到那个时候,再懊悔也来不及了。

第三,要学会独立学习的本领,积极参加课堂活动;不能单纯依赖教师,被动地接受知识。在课堂学习方面,容易产生两种偏向:一种是自以为是,不听教师的指导,瞎摸乱闯;另一种是一味依赖教师,囫囵吞枣,自己不发挥主动性和积极性。这两种倾向又以后一种偏向较为普遍。例如,有些同学没有学会查字典和拼音的能力,遇到不识的字或者不懂的词,就去找老师问;有的在预习时,连课本的注解也不好好看,只是等待老师讲;有些问题,明明自己可以解决,但是他不加思索就去问人。这些都是不正确的。老师不能跟你一辈子,在学校不学会独立学习的本领,将来就无法独立继续钻研,即使可以,至少也要多走弯路。所以学会查字典、运用工具书等方法,能够独立进行预习,思索一些问题,这是学好"汉语"和"文学"课的必要条件之一。

在课堂听讲的时候,也有两种不同的用功方式。有的同学把全部精力集中在记笔记上,而不去深入理解老师讲的内容。我们碰到这样一个同学:他上了三节语文课,就记了二千多字的笔记。结果,他自己感到非常吃力,然而课文并没有充分消化,学习成绩受到了一定的影响。这种吃力不讨好的学习方法,是不好的。另外,我们了解了几个语文成绩比较好的同学,他们上课时有一些共同之点:集中精力思考老师所讲的中心问题,积极参加课堂活动,静听别人的回答和教师的订正;一般笔记,仅仅记最扼要的几点,作为复习时的参考。这样,在课堂上已经把学习内容基本上消化了,课后复习就方便得多。这种学习方法比埋头记笔记要好得多。专心听讲,积极思考,适当地做一些笔记,这是上一切课程都应该注意的,上汉语和文学课也应该如此。

第四,要注意实践,注意运用。同学们在学习语文的时候,还有一种偏向,就是只注意书面的学习,不太注意口头表达能力的培养。实际上,无论对哪一种工作来说,口头运用语言的能力都非常重要。在学习"汉语"和"文学"的时候,我们不但要培养"下笔成章"的能力,还要学习"出口成章"的本领。积极参加课堂活动,是培养口头表达能力的十分有效的方法。每一个同学都应该充分准备,大胆发言。当然这在一开头是有困难的,特别是本来不大敢发言的同学,总是抱着观望的态度,想举手又不敢举。这是习惯问题,但也有其思想认识的根源。我们要仔细想想学好语文的重要性,想想口头表达能力和革命工作的关系;从而下定决心,克服胆小羞怯的弱点,勇敢地发言。勇气是可以用坚强的毅力锻炼出来的。在任何条件下,口头练习总比书面练习机会多,我们必须充分利用一切机会,锻炼自己口头发表的能力。

复习巩固的工作,是学习任何知识都应该注意的。学语文也是如此。复习巩固的最好的方式,就是运用。不但要按照教师的指示进行复习,而且要尽可能去联系实际独立运用。比如学了一些词语和修辞造句的规律,就注意在写作中去实践;学了一些文学理论的知识,课外阅读时就可以试着加以验证和运用。

总之,明确学习目的,虚心依靠老师,学会独立学习的本领,积极参加课堂活动,锻炼口头表达的能力,设法把学到的知识运用起来,这是上好课的一般原则,学习语文当然也不能例外。

学习汉语课应该注意什么

"汉语"是一门新的课程。学习"汉语"的主要目的有二：
一、学习有关汉语的基本科学知识，提高运用汉语和理解汉语的能力。具体的说，就是：了解现代汉语的基本规律，掌握足够的词汇，学会标准的发音，养成正确地写字和正确地使用标点符号的能力，具备熟练的阅读能力和正确地表达自己的思想的能力。
二、认识祖国语言的丰富、优美和雄伟有力，从而热爱自己的语言和创造它的伟大的汉族人民，培养自己的民族自豪感和爱国主义热情。

汉语课的内容主要有语音、词汇、语法、修辞、文字和标点符号等六项。下面想就这六项来分别介绍一些学习上应该注意的问题。

一、语音方面

"语音"是语言的物质材料，学习语音是学习语言的必要基础。为了社会主义建设的需要，现在在全国范围内正在大力推广"以北京语音为标准音、以北方话为基础方言、以典范的现代白话文著作为语法规范的普通话"。而方言和普通话的差别，主要在语音方面，因此学习语音就显得特别重要。

我们说惯了方言，乍一改说普通话，感到很不自然，以致说得"南腔北调"。有些人因为怕人讲"南腔北调"，就索性不学普通话了。这是不对的。学习任何东西，都有一个从不会到会、从不熟到熟的过程。"南腔北调"、"怪腔怪调"是我们学习普通话的自然的过程，是我们学习普通话的实际表现，为什么要怕人笑话呢？笑"怪腔怪调"的人，是保守思想和旧习惯作崇。我们不但不应该怕他们笑，因而就不说，而且还要做出榜样，带动他们也说起来。今天说得不好，也许过一个时期就说好了。如果想一开口就能说标准的普通话，那是不切合实际的。只要我们了解了学习普通话的意义，打破顾虑，大胆地顽强地学习，普通话是一定可以学会的；何况在学校里，老师会教给我们必要的语音知识和学习方法，这不更是我们学会普通话的一个有利条件吗？

语音这门学问，过去叫"声韵学"。古人曾经把"声韵学"叫做"口耳之学"，意思是说学习时要特别注意用嘴说，用耳朵听。学习语音，如果光记得道理，不注意用嘴去说，用耳朵去听，那么标准语音一辈子也是学不会的。怎样有步骤地利用口耳呢？我们应该注意这几个步骤：

第一步，一定要下苦功把字母读准。字母是拼音的基础，字母读不准，拼音就不可能准确。不是长期生活在北京的人，对于标准音的字母的读法，总有几个字母是感到特别吃力的。譬如南京方言里 n 和 l 分不清；n 和 ng 分不清，因而 an 和 ang、en 和 eng 也分不清。吴语区（以苏州为代表）的方言里没有 zh、ch、sh 等"声母"，我们必须根据教师的指导，按照这几个字母的发音部位和发音方法进行反复练习，一定要把它们读准。在练习的时候，必须掌握方法。有的人用镜子照着练习，一面观察自己口腔里发音器官的变化，一面用耳朵注意分辨发出的声音。这样效果会更好些。

学习语音是学习语言的基础，学会字母又是学好语音的前提。学字母发音的时候，弄清发音的道理，加上勤学苦练，就一定能学得好。

第二步，要学会拼音，用前面一个声母和后面一个韵母拼成一个字音叫拼音。我们用的汉字不是拼音文字,以往没有养成拼音的习惯,因此学的时候要多多注意。拼音首先要注意每个声母的本音和名称的区别,要用声母的本音去和韵母相拼,而不用声母的名称去和韵母相拼。譬如我们发"b"这个声母的音,实际上发的是名称"bo",这就是说,每个声母的名称都是它的本音加一个韵母变成的。这一点知道了,在拼音的时候就要注意把声母名称中的韵母去掉,使它成为本音。实际上,把这个韵母去掉,声母的名称就读不出来了。所以在拼音的时候声母要读得特别轻,韵母要读得特别重,所谓"前音轻短,后音重长"。最好的办法是口腔先做好发这个声元音的准备,然后很快地读出韵母来。譬如用"ba"两个字母拼,我们先把两片嘴唇闭拢做出要念"b"的样子,然后很快地发出"a"的音来,这样,"巴"的音就准确了。起初可能有些困难,但是多练习几回,就能掌握这个规律了。

在理论上,任何一个声母都可以和任何一个韵母拼,为了学习拼音,我们可以这样练习。但另一方面我们的标准语里只有四百一十一个拼法,因此要学普通话,还必须把这四百一十一个拼法读熟。

第三步,要学会辨调。同是"ma"两个字母拼成的音节,我们会发出"妈"、"麻"、"马"、"骂"四个声音。这就是"字调"的区别。这是每个字音高低变化的结果。字调是汉语的特点。每个字究竟有多少个调子,各个方言区都有不同,但"普通话"里只有四个调子即阴平、阳平、上声、去声。我们学字调的目的是学会普通话的字调。字调是按照自然趋势排列的,所以练习字调的办法是按照普通话的"阴阳上去"的次序来读。读准了并且读顺口了,耳朵自然就养成了辨别的能力。自己可以选择十多组汉字用字母注上音来反复练习，一两天的工夫就可以掌握的。下面举几组练习的例子。

Ti：梯、啼、体、剃，

Tan：贪、谈、坦、炭，

Tong：通、同、桶、痛，

江苏除徐州等少数专区以外，字调都比普通话至少多一个"入声"。在学字调的时候，一定要把这个"入声"分配到北京音的阴平、阳平、上声、去声里去。

第四步，学会了字母、拼音、辨调，就能根据字典或教材的注音读出北京音了，有了这个基础以后，进一步还要注意说话和朗读的语调。有时候，每个字的发音都很准，但听起来仍然很生硬，不像普通话，原因就在语调上。每个字音的高低轻重，必须在整段话和整个语句里去揣摩。平常收听广播，看电影，听文学朗读唱片，都是学习正确语调的好机会。我们应该抓住这些机会努力学习，提高说普通话的能力。

学习北京语音还要注意下面几点：

掌握规律和艰苦练习相结合。方言区的人学习北京语音虽然不太简单，但总是有规律可循的。如果能够掌握这些规律，学习起来就会便利得多。汉语教师会告诉我们一些方言和北京语音之间的对应规律，告诉我们怎样发标准音。有关的专书也会介绍一些规律给我们的。但是纠正方音是一项非常艰苦的工作，需要不断地练习。我们要把规律通过练习运用起来，并在练习中去体会它们。只有这样，才能牢固地掌握规律。

要学会普通话，记住一些常用字的标准音是非常重要的。记住这些标准音得用一定的方法。这里提供一个方法供大家参考：这就是要借助汉字中形声字的结构去掌握标准音。我们以南京音来说,"n"、"ng"在收尾时分不清,"an"和"ang","en"和"eng"读成一样。我们能够区别这两个音节的发音了,但是哪些字的后面是"n",哪些字的后面是"ng"呢?我们可以用汉字偏旁来帮助记忆。譬如"尚"的收音是"ng",那么从"尚"得声的字如淌、躺、堂、当、裳、尝、赏等字的收音就都是"ng"。"占"的收音是"n",那么从"占"得声的站、沾、粘、拈、点等字的收音就都是"n"。"青"的收音是"ng",那么从"青"得声的清、晴、睛、请等字的收音就都是"ng"。"林"的收声是"n",那么,从"林"得声的淋、霖、彬、焚等字就都以"n"收声。苏州方言里本来没有"zh"、"ch"、"sh"的声母,这一组的字都读成"z"、"c"、"s"开头。我们学会了"zh"、"ch"、"sh"的读法,就要注意哪些字读"zh"、"ch"、"sh",哪些字还读"z"、"c"、"s"。用汉字偏旁也可以帮助记忆。如"朱"是"zh",蛛、珠、朱、洙都属于"zh"、"ch"、"sh"这一组;"曾"是"z",增、憎、赠、甑、僧等都属于"z"、"c"、"s"这一组。这样的办法比一个一个的硬记要好得多了。

语音变化的现象是很复杂的,老师或书本告诉我们的规律只是相对的,一般的,它们常常还有例外。如"叟"是"s",搜、艘、飕、嫂等字都是"s"这一组,但"瘦"在普通话里却变到"sh"里去了。这"瘦"就是例外。因此,除了记住一些规律以外,还要勤翻正音的字典,用一个小本子把例外的记下来,勤加练习。既掌握了一般规律,又记住了例外,就基本上可以发出标准音了。

二、词汇方面

"词汇"是语言的建筑材料。汉语的发达、优美和雄伟有力,是和它的词语丰富有直接关系的。要想使自己的语言生动有力,必须注意积蓄词语,提高运用词语的能力。怎样积蓄词语,怎样丰富自己的语言,怎样提高表达能力呢?下面就来谈谈这些问题。

首先该注意"理解"。所谓"理解",应该包括一个词的词义、用法、感情色彩和它的构成形式等等。

很多同学欢喜以词释词,总想老师把这个词的意思写出来,让他们好记忆。其实,这个方法是最不可靠的。譬如"美丽"、"漂亮"、"好看"、"标致"等词,都是"美"的意思,如果只是以词来解释词,就难免不出"俊俏的花朵"、"标致的词句"等等笑话。比较可靠的办法是注意它们的用法,把一些"义近词"放在一定的句子里去比较。这样,就容易分辨它们的意思了。

譬如"爱戴"、"爱护"、"爱抚"等,都有"爱"的意思,但是它们也有区别。这个区别,我们从下面三个句子中就可以比较出来:

一、我们爱戴我们的领袖毛主席。
二、我们要爱护公共财物。
三、我再也得不到母亲的爱抚了。

再如"深刻"、"深厚"、"深奥"都有"深"的意思,但是它们的意思也各有不同。我们只要把它们下面这几句话里比较一下,就可以看出来了:

一、他给我的印象很深刻。
二、他对我的感情很深厚。
三、他说的道理很深奥。

这样的比较,就会帮助我们牢固地掌握一些词语的用法。

我们还要注意词与词的"搭配"。某些动词专门带某些宾词,某些附加成分只能附加在某些词语上,这是长期以来群众的语言习惯造成的,应注意掌握这些规律。譬如大家都说"明确目的"、"改进方法"、"提高质量",如果有谁说成"改进目的"、"提高方法"、"明确质量",就要闹成笑话了。我们注意这种"搭配"关系,也可以帮助区别一些"义近词"。如"改进"、"改正"都有"改"的意思。我们把"改进方法"、"改进技术"和"改正错误"、"改正缺点"的配搭关系搞清楚,也就不会把"改进"和"改正"用错了。

在使用词语的时候,还要注意词语的"感情色彩",就是要分清好字眼和坏字眼。譬如"后果"和"成果"是两个情感色彩不同的字眼。"后果"是指坏事而言的,"成果"是从积极的一面来说的。我们可以说"严重的后果",绝对不能说"严重的成果"。又譬如"牺牲"和"完蛋",也是两个感情色彩不同的字眼。用"牺牲",是表现了说话人对死者的崇敬;用"完蛋",就表现了说话人的厌恶情绪。不注意好字眼和坏字眼的区别,弄得不好,就要犯原则性的错误。

有两个以上的音节的词,我们称它为"复音词"。它们绝大多数是由单音词合成的,我们称这一类词叫"合成词"。合成的形式不同,用法的变化往往也就有了区别。"马虎"和"粗心"意义是相近的,都是形容词。但是我们能说"马马虎虎",却不能说"粗粗心心"。因为"马虎"是"联合式"的合成词,而"粗心"却是"偏正式"的合成词。这就是说,我们可以从词的构成方式上来掌握一些词的区别。

"成语"特别多,这是汉语的特点之一。成语是用几个字确切地表现出深刻的内容或复杂的感情的。"刻舟求剑"、"守株待兔"、"缘木求鱼"、"自相矛盾"、"井底之蛙"等等,它们原来都是专指具体的一件事,然后引申出来,在类似情况下都能使用。我们学习这些"成语"的时候,应该一方面注意弄清它的来源,一方面还要了解它在什么情况下才能使用。只有这样,才能掌握牢靠。"成语"也不全是有一个具体的故事的,但它的构成有一定的道理,我们不能随便改动它。学习"成语",一定要搞清它的含义、构成和用法,否则信手乱用,就会闹出笑话来。譬如有一个同学,批评另一个同学对班级工作"漠不关心",他把"漠不关心"写成了"莫不关心"。仅仅一字之差,意思就完全相反了。还有的同学把"老谋深算"写成"老猫深算",把"实事求是"写成"事是求实",人家怎么能懂得他的意思呢?

词语看起来是一个一个的,但实际上它并不是孤立的。我们一定要利用各种方式使词语系统化起来,这样才容易掌握。譬如依照上面的叙述,我们可以从词的构成方面来把它们分成联合式的合成词如"清白"、"觉悟"等,偏正式的合成词如"小心"、"大意"等;又可以从词的意义方面分成同义词如"母亲"和"妈妈"等,反义词如"热爱"和"痛恨"等,义近词如"改正"和"改进"等;还可以从词语的感情色彩来分成好字眼如"牺牲"、"成果"等,坏字眼如"完蛋"、"后果"等,本身不表示好坏的中性词如"结果"、"希望"等;当然还可以从词性方面、词的配搭方面来把一些词儿系统化起来。这样弄出条理,分类记忆,掌握起来,就比硬记一个个孤立的词语方便得多了。

为了丰富自己的词语,必须学会独立运用字典、词典的本领。查出一个解释,必须经过自己的选择、理解和运用,绝不要照抄和硬搬。

学习了一些词语以后,一定要在实际生活中大胆运用。这是进一步理解词语和提高词语运用能力的最好方法。运用词语的方式是多种多样的,而用词语来造句(造最恰当、最生动的句子,而不是硬造)最为简便,也最为有效。大家碰到生词或成语都不妨多做做。有不少同学原来词汇很贫乏,就因为经常这样练习,他们的词汇才逐渐丰富起来,运用词语的能力也提高了。

三、语法方面

"语法"是汉语课里的重点。语法是词的变化规律和用词造句规律的综合。学习语法,可以帮助我们自觉地掌握这些语言规律,在说话和写文章的时候,把我们的思想表达得更正确、更清楚。同时,学习语法也跟培养我们的逻辑思维能力有密切的关系。因此,"语法没有什么学头"的看法是不对的。我们必须学好语法。

语法是由复杂的语言现象中归纳出来的规律,反过来又能指导语言的实践,促进语言的纯洁和健康。学习语法时最要密切联系语言实际。过去有这样一些同学:他们只注意死背语法定义,主语、谓语、宾语、主要成分、附加成分等等记得很熟,但是碰到一个稍微复杂一些的句子,就不会分析了,甚至很简单的句子也分析得不正确;出现在自己作文上的语法错误,也分析不出来。这样学习语法,是没有什么用处的。

上面已经说过,学习语法一定要联系实际,但是怎样联系呢?我们认为可以从两方面入手。一方面用自己学到的语法知识,随时去分析看到的、听到的语句。例如有的同学学习语法,有了一定的分析能力以后,听到同学说一句话,看到报纸上的一个标题,碰到一些有问题的句子,都去试着分析一下。尽管起初分析得不一定都对,但是久而久之,就有了一定的分析能力。另一方面,随时随地以语法规律为标尺,来检查和纠正自己说话和写文章时所犯的语法错误,这样做也是好的。事实证明,从这两方面入手,不断练习运用,对于牢固地掌握语言规律,是会收到很好的效果的。

在学习语法的过程中,还必须注意循序渐进,不能躐等,不能急于求成。语法是一门科学,它研究的对象是活的语言。

语言本身是非常复杂的,并且在不断地变化和发展着,因此语法的研究也是很复杂的。我们不要把问题看得太简单了,希望今天学了语法,明天就能解决一切语法上的问题;应该特别注意循序渐进。语法的规律不像自然科学的公式和定理,它经常会有例外。一般的例子还没有弄清楚,千万不要去抓特殊的例子;否则就会搅杂不清,越学越胡涂。例如我们学习简单句的结构,在你还没有弄清一般结构的时候,决不要急于去搞"省略"和"倒装";简单句的概念还未搞清楚,决不要去搞复合句。如果不遵守这个原则,开头就急于求成,想一口气吸尽三江水,结果则贪多嚼不烂,越学越胡涂,甚至会失去信心。

语法教科书和其他教科书一样,是按照科学的顺序编辑的。循序渐进的基本方式,就是在教师的指导下,顺着教科书的次序,一章一章地学下去。每章每节的内容,都要仔细钻研。前面学好了,后面才可能学好。

在学习语法的过程中,还要注意遵照一个系统,不要兼收并蓄,弄得头绪纷繁,事倍功半。今天我国出版的语法书籍很多,各有各的体系,各用各的术语。作为学术上的研究来看,应该说是可以的。在语法方面有修养的人,可以博览群书,达到取长补短的目的;但这不是初学语法的人所能办到的。初学语法的人也去博览,就会把自己弄得头昏眼花。因此,中学的同学们学习语法,最稳当的办法是首先学好语法教科书,把教科书里的语法内容弄清楚了,可以在教师的指导下,适当地看些有关的参考书;但是在教科书还没有消化之前,千万不要乱看别的语法书,免得走冤枉路。这是学习语法的既踏实又省力的有效办法。

四、修辞方面

"修辞"是为了把我们的思想表达得完美,以便获得更大的效果。写文章要讲究效果,必须注意三件事情。"第一要清楚,为的是要读者正确地了解你的意思。其次要简洁,为的是要读者费最少的时间和脑力就懂得你的意思。又其次要生动,为的是要在读者脑子里留下一个鲜明而深刻的印象"(吕淑湘、朱德熙:《语法修辞讲话》第五讲《表达》)。我们学习"修辞"的目的也就在这几方面。"修辞"可以分"消极"(防止毛病)和"积极"(表达得更为生动有力)两种,下面我们就分别举例来谈一谈。

母亲逝世离现在整整九年。
这样问东问西,谈七谈八,不觉就走了十多里路的距离。

这两句话,从语法结构来分析,并不是不通。但有些累赘的词儿,影响了表达的效果。如果把"离现在"、"的距离"删去,反而显得精炼、利落些。

这几天来,图书馆门口呈现着空前的拥挤。
讲起他的婚姻问题,所经过的路线是复杂的。

这两句话,也不是语法不通,而是滥用了一些字眼。把它们改成"这几天,图书馆门口非常拥挤"和"讲起他的婚姻,经过是很复杂的"，句子就简洁明了得多。像纠正这一类毛病的，我们叫它"消极修辞"。当然，"消极修辞"不止这些，这儿不过是举例而已。

学习消极修辞是为了防止一些表达不周的毛病。我们平时作文，要多做些词语上的斟酌，不能恰切地表达自己思想的词语就把它去掉，换上一个恰当的；不必要的词语也要勇于摒弃，不必吝惜。老师替我们批阅的作文，我们要仔细研究：为什么老师要这样改？这样改有什么好处？经常这样做，就可以逐渐减少表达不周的毛病了。

积极修辞的方式更多，学习它的目的是更加生动有力地表达一定的思想内容。宋朝的王安石曾经做过一首七言绝句：

京口瓜州一水间，钟山只隔数重山。春风又绿江南岸，明月何时照我还？

其中的第三句原来是"春风又到江南岸"，他后来把"到"字改成"过"字，又改成"入"字，改成"满"字，一直改了十几个字，最后才改定为"绿"字。这个"绿"字，非常生动和形象，不但告诉我们春天到了，而且把春天的一片生气也给描绘出来了，这就是积极修辞的结果。

在郭沫若先生的剧本《屈原》里，婵娟骂宋玉的一句话原来是"你是个忘恩负义的小人"。这句话不够有力。后来，有人建议把这一句改为"你这个忘恩负义的小人"。只是把"是"改为"这"，这句话的力量就增强了，效果就大得多了。这也是积极修辞的结果。

掌握积极修辞的最有效的方法之一是联系实际，加以比较。读作品的时候，你觉得哪些语句特别精彩，不妨用另外的说法跟它比一下。"不怕不识货,就怕货比货",一比,你就会发现原作的好处了。我们在自己的习作中,也可以用同样的办法多推敲,多研究,努力去找最恰当的字眼来表现思想。

但是,形式是为内容服务的,一切修辞的手法都是为了更好地表现内容的。学习积极修辞必须联系作品的思想情感,不能孤立地去欣赏和记忆几个漂亮的词语,或者离开中心思想去"咬文嚼字"、"舞文弄墨"。比如鲁迅先生在《祝福》中,一再描写祥林嫂述说儿子被狼衔去了的悲惨故事,这在修辞学上有个术语叫"隔离反复"。如果我们不从作品对于祥林嫂的心情和命运的刻画来理解这样"隔离反复"的作用,而只记"隔离反复"这个术语,那是没有什么用处的。又如赵树理同志在《小二黑结婚》中描写三仙姑的打扮时有这样几句话:"只可惜官粉涂不平脸上的皱纹,看起来好像驴粪蛋上下上了霜。"这样的语句,不但很生动地写出三仙姑打扮得很难看,而且有力地表现了作者对这位"神仙"的讽刺。但是,如果我们不管作品的思想感情而乱套这个比喻,那就非常不恰当了。

五、文字方面[①]

"文字"是记录语言的符号。我们使用的文字是方块汉字。汉字对我国悠久的历史有过伟大的贡献,我国的丰富悠久的文化遗产主要是靠方块汉字保存下来的。但是由于汉字本身笔划复杂,存在着难写,难认、难用等缺点,所以必须改革。改革的初步办法是简化,根本的办法是走拼音化的道路。我们学习"文字"这一部分,是应该知道这个趋势的。

目前,我们还在使用方块汉字,我们学习各种学科也还是依靠汉字这个工具。即使在拼音文字正式公布以后,汉字也还要被使用一个相当长的时期。所以我们还应该重视汉字的学习和运用,不要以为汉字马上要改革了,在学习和使用时就马虎起来。如果信手乱写,别人就不容易识别,就不能正确地表达我们的思想。在任何时候,写错别字、字迹模糊、写得歪歪斜斜等现象都是应该纠正的。在苏联的学校里,对"正字法"非常重视。字写得正确、清楚、美观,不但是知识技能的问题,也是劳动态度的问题。因此,我们每个人都应该严肃地学习和使用汉字。

汉字的笔划比较复杂,记忆和应用起来有困难,在同学们的作业上,经常发现有多一笔少一笔的现象。但是如果能理解汉字字形结构的规律,就会比硬记一笔一画要简便得多。举个例来说,汉字里百分之九十以上是形声字,它的构造总是一个是与意思有关的形旁,一个是与读音有关的声旁。我们正可以根据偏旁的特点来记忆。"衤"和"礻",两个偏旁只有一点之差,最容易相混,但是它们的意思是各不相同的。"衤"旁的字,多与衣服有关;"礻"旁的字,则与祭祀、鬼神等观念有关。懂得了这一点,那末神、祝、祖、祈、祷、礼、福、禄等字都是"礻"旁;袖、被、补、褥、袒、裸等字都是"衤"旁。"衤"就是"衣"字,它又可以拆为"衣(上下分开)"。知道这一点,也就不会把裹、褒、裏等字的笔划写错了。这样按照偏旁来记忆汉字,比硬记一笔一画要好得多。但是汉字由于流传时间太久,有许多字的结构规律已经变化得很难掌握,因此,有些字一笔一画地记,也是需要的。特别是一些经过简化的汉字[2]。

① 按照汉语教科书的次序,"文字"应该在"语音"和"词汇"之间。这儿为了说明方便,同时,文字和标点都是书面的,因此,根据汉语教学大纲草案的说明次序,把它放在"修辞"一节的后面。

② 汉字简化方案已经公布了,上面我所举的汉字中,有的已经简

化,如"裹"简成"里"。但国务院的指示中提到将来翻印古籍还会用一些繁体字。根据高中文学教学大纲说明部分的草案,高中文学课本中有二分之一的篇幅是古典文学作品。那么同学们还要接触一些繁体字。所以为了说明问题的方便,在文字这一部分里,我们并未完全按照简化字的第一第二两表中的字来举例。同学们在日常使用时,一定要以简化的为标准。

六、标点方面

标点是表示语音停顿和语气的书面符号。说话时有停顿,停顿有长有短;说话时又有种种不同的语气,如直陈、命令、疑问、感叹等:这些语气用书面形式表达的时候,就要依靠标点。"你来。"、"你来?"词儿完全相同,表达的意思却不同,这就是标点所起的作用。所以标点很重要,不能看轻它。

标点既然是表示语音的停顿和语气的,那末学的时候就必须结合语言环境来学;孤立地记住每种标点的定义而不能实际运用,是没有什么作用的。拿句号和逗号的用法来看。"我在古巴歌唱。"这里该是句号;但如果是"我在古巴歌唱,在牙买加歌唱",那末原来在"我在古巴歌唱"后面的句号,就该变成逗号了。所以要学好标点首先要注意的,就是要密切联系语言环境。

其次,要注意运用语法知识来理解一些标点的变化用法:

"肃反"运动的具体政策是:坦白从宽;(,)抗拒从严;(,)立功者将功折罪;(,)立大功者受奖。

这就是坦白从宽、抗拒从严、立功者将功折罪、立大功者受奖的政策。

这两句中"坦白……受奖"是相同的,但中间用的标点不同,原因是它们在原句里的作用不同,停顿的长短也就大有区别。在第一句里,那些话是并列的分句,所以中间用分号(因为这种分句本身很短,所以分号也可换成逗号);在第二句里,它们只作为并列的名词附加成分,所以中间只能用顿号。像这样的例子,只有从语法角度加以分析,才能够理解并容易记牢;凭空去理解和记忆,是无效的。

学习标点符号还应该分清主次,循序渐进。标点符号本身就有十四种,但句号、逗号是最基本的,首先得把这两种搞清楚。有些标点符号有一般的用法,也有特殊的用法,我们也要像学语法一样,在正例未弄通之前,不要学变例;否则也会越弄越胡涂。

最后,学习标点,一定要严格要求自己,经常运用。平常一下笔就要用标点,用的时候一定要想通"所以然",找出理论根据,不要去"碰运气"。平时看书读报的时候,也要多注意研究。这样不断地钻研,就一定能够熟练地掌握标点符号的用法。

以上,简单地介绍了汉语课的主要内容和学习时应注意的地方。在这一节的最后,还要提出三点作为补充说明:

第一,这一节里所说的内容和方法仅仅是举例,所以不能接受它的限制,应该"举一反三"、"触类旁通",充分发挥自己在学习上的创造性。

第二,学好汉语课,仅仅是学好汉语的一个主要方面,而不是全部;光靠汉语课本来学习汉语是不够的,还必须注意和其他课程、特别是文学课的联系。文学是语言的艺术,成功的文学作品也是最好的运用语言的范例。文学课和汉语课的关系非常密切,一定要注意这两门功课之间的联系:利用文学课本来丰富汉语课的材料;利用汉语课里的理论知识来研究文学作品里的语言规律。这是非常重要的。

第三,为了避免重复,在本章第一节里所谈的上课应该注意的事项,在这一节里都没有提,但是那些原则对上汉语课也是适用的。汉语是一门科学,汉语课本除了语音一编而外,主要是通过若干例句的归纳来得出某一方面的结论的。它的绝大多数章节都是通过练习来巩固旧知识、启发新知识的。因此,事先了解这些材料,初步熟悉下一节练习的内容,对听讲会有很大的帮助。多做练习,是学好汉语的必要条件。同时,在复习巩固的基础上,通过练习,适当地进行预习也是有好处的。但必须在教师的指导下,循序渐进。

学好文学课应该注意什么

在第一章里,我们已经谈过了文学的作用,现在我们要简略地介绍一下文学课本的内容和学习时应该注意的地方。

新的文学课本要给同学们以全面的文学教养。全面的文学教养包括两个方面:一方面要指导学生学习文学作品;一方面要指导学生结合文学作品,学习文学理论和文学史的基本知识。

在高初中的文学课本中,以各种类型的文学作品所占的比重最大。怎样学好这一类课文呢?我们想分现代文学和古典文学两方面来谈。

一、现代文学方面

在现代文学方面,我们着重谈谈预习、分析、朗读和联系实际等几个问题。

1. 预习 过去我们对预习是注意得不够的。拿"语文"来说,差不多每一课都是老师嚼烂了喂给学生,学生只要张着嘴吞下去就是了。这样,就使同学们养成了一种依赖心理。

新的文学课本教材很丰富,一般都要求高速度地进行教学。课本中有许多很长的教材,如初中文学课本第一册里的《岳飞枪挑小梁王》,教材有五十四页,教学大纲规定五教时教完。这样,如果学生在课前不做好充分的预习,听课时就会摸不着头脑,大大影响学习效果。

同时,预习不但可以提高自己的理解作品的能力,而且可以训练自己的概括能力。比如预习一篇较长的故事,学习用自己的语言把它扼要地叙述出来,尽量抓住最主要的部分,把次要的统摄在主线之中。这就会逐步培养起综合概括的能力。预习还可以训练记忆,发展自己的语言能力。对于短篇教材,尽量要求接近原文来叙述故事,把原文里生动的语言组织到自己的叙述中去。对于长篇,也可以选择最精彩的一个片段来进行这样的练习。

功课学得好的同学,不但注意复习,而且也在预习上下过一番功夫。

文学课怎样进行预习呢?这要根据具体教材和教师的要求来确定。现在就一般情况,提出几个原则。

首先应该由浅入深,由具体到概括。比如一篇小说,先要把它的时代背景、故事本身的时间、地点、人物和情节弄清楚,然后才能谈到分析人物和主题。搞清楚了人物和事件,再进一步考虑:这个人为什么会说这样的话,做这样的事,这里面有什么道理。

其次,教师布置的预习题,同学们在预习时也是必须考虑的。但在考虑这些题目的时候,一般来说,应该先阅读课文,在熟悉课文的基础上来考虑这些问题的答案。否则,脱离课文去凭空乱想,只是浪费时间;即使想对了,对理解课文的作用也不大。有些同学,为了寻找答案,不先看一遍课文,只是机械地去找几个一鳞半爪的有关字句,这样,就不可能达到预习的目的。

2. 分析　分析作品,是文学教学中的主要工作;学会分析也是学习文学课的目的之一。怎样去分析一篇作品,这不是几句话就可以说清楚的,甚至也不是一本书所能说完全的。但最基本的原则还是有的,那就是必须根据文学作品的特点来进行。

文学作品是通过生活本身的形式来反映生活规律的,它与通过观念的形式来反映规律的哲学不同。所谓生活本身的形式,也就是作品里的人物、事件或情感等。生活是人创造的,作品反映生活是以人物为中心的。因此分析作品应该以分析人物为中心。人物的性格是通过他跟环境(包括自然环境和社会环境,即除那个中心人物以外的一切)的关系表现出来的。是通过他的言语、行动、思想情绪反映出来的。因此,我们在分析人物时就不能脱离作品中具体的题材,不能忽略作品的细节。主题思想是一篇作品的灵魂,它是把作品的各部分组织成一个统一的整体的,它又是贯串在各个部分之中的。因此,分析主题思想也必须注意作品本身的具体材料。拿《小二黑结婚》来说,我们不但要注意两个青年的恋爱,两家父母的迷信,还必须注意作品对金旺、兴旺的描写,注意两位神仙在区上的狼狈像……注意这许多部分的共同的中心。只有这样,主题思想才是具体的而不是抽象的。

所以,分析作品最主要的原则,就是不能忽略作品的具体内容。

有一种偏向是必须防止的,那就是不对具体作品进行具体分析,不管作品的具体内容,不管人物本身的丰富形象,而一律用几条干巴巴的政治口号来硬套。有的同学说:"分析主题三个宝,两大主义(爱国主义和国际主义)一个领导;还有他的品质多么崇高。"这是对完全脱离作品内容进行分析的一个尖锐的讽刺。对具体作品作具体分析,还包括一个历史主义的态度问题。有的同学以为一切作品都能概括为一两句政治口号,甚至捕风捉影,生拉硬扯。例如有人说:《井蛙和海鳖》的中心思想是"反对私有财产制度";说《守株待兔》是"号召人民打倒封建剥削制度"。这太牵强附会了。

当然,经过具体的分析,最后是会概括成几句比较抽象的话的。但是我们应该学习的是如何对具体的材料作具体的分析,然后再综合成结论;而不是记着几句抽象的结论,作为公式去到处乱套。

分析作品的时候,除了要注意作品具体分析以外,还要注意分清主次,不要流于烦琐。任何复杂的作品,都有一个中心,如果不注意抓住这个中心,而是孤立地对待一些细节,那必然也要犯错误。比如我们读《小二黑结婚》这课,对于三仙姑的描写,如果不从作品的整个意图来考虑,而只是孤立地欣赏个别的细节,那就会歪曲了作品的内容。有人读《钢铁是怎样炼成的》,只追求保尔和冬妮娅的"奇遇",而不考虑作品从这件事中表现出来的保尔的原则性。这样的分析,是不能达到分析作品的真正目的的。我们应该知道,作品的所有题材都是围绕一个中心的,忽视这一点就会把作品弄得支离破碎。正确的方法是,先通过对作品各个部分的具体的分析找出中心,然后再回过头来研究作品的各部分又是怎样围绕这个中心的。这样反复研究,才能加深对作品内容的理解。

一切作品的表现形式都是为内容服务的。分析作品的表现形式,不能脱离它对表现内容所起的作用。也就是说,不能孤立地分析作品的表现形式。拿"王永淮"来说,作者是用第一人称来写的。我们不能只知道第一人称,我们还应该研究为什么要用第一人称来写,这样写对表现山区人民思想面貌的变化有什么作用,这样写对表现主题有什么好处。这样,每学习分析一课,就会在某些方面增长一些实际技能。

分析和欣赏文学作品还该注意发展自己的想象能力。当我们阅读一篇文学作品时,应该尽可能地身列其境,去参加作品里所展开的斗争,去体会人物的感情。比如读《保价邮包》,我们可以设身处地去想象少先队员们读巴斯土霍夫的文章、讨论怎样支持运河工程、收集种子、写信和缝寄包裹时激动的心情。这样的想象,一方面加深了对作品的体会,一方面也发展了我们的想象能力。我们读一篇作品,读到最紧张的地方,可以停下来,想象主人公应该怎样行动,他将说些什么,做些什么,然后再看下去,看看自己想得对不对,回过头来再检查对或不对的原因。这样也可以逐渐培养自己的阅读能力和想象能力。在听老师分析作品之前,也可以这样做。自己有一个看法,再参加课堂的研究,听听老师怎样引导我们做出结论。这样每学一课,自己事先都花一些劳力,学习的体会,必然会深刻得多。不动脑筋,死记结论的方法是要不得的。

分析文学作品,还应该尊重老师的指导,注意循序渐进,在课堂上注意积极参加活动等等。这些,我们在前面已经谈过,这里就不再重复了。

3. 朗读 古人说过这样的话:"读《书》百遍,其义自见。"意思是说,我们要重视朗读,反复朗读,熟了自然就懂了。这个方法虽然不是最科学的,但却有部分的真理。我们应该批判地接受。有一个女同学语文学得很好。她叙述一个很重要的经验说,上课前,至少朗读两遍。有些本来不大理解的地方,一朗读却懂了。这个经验是很好的。文学作品本来是完整的,老师分析的时候,因为受到时间的限制,可能会丢弃了一些次要的部分,强调了一些主要的部分,所以不可能分析得面面俱到,特别是不可能对整个原作的语言详加分析。可是朗读却可以欣赏整个作品,当然也包括整个作品语言的欣赏。因此,朗读可以加深我们对整个作品的理解;同时,有表情的朗读,还可以加深自己的感受,因此容易巩固。我们反对不去理解内容而一味地死记硬背;我们主张理解和背诵相辅而行。在初步理解的基础上朗读和背诵,这种朗读和背诵反过来又加深了自己对作品的理解。当然,篇幅过长的作品,不能做一般的要求,但我们至少要选择一些最精彩的片段来朗读和背诵。

对于欣赏诗歌这一类作品来说,朗读背诵和发展想象就更为重要。诗歌的语言特别精炼、形象和富有音乐美,不通过朗读就不容易领会诗的思想感情。不会想象就不能成为诗人,不会想象也不能欣赏诗歌。"白日依山尽,黄河入海流。欲穷千里目,更上一层楼。"王之涣这首登鹳雀楼的诗,只是二十个字就写出了这么丰富的内容。它写出了鹳雀楼的形势雄伟,也写出了诗人豁达的胸怀。这里我们看到联想的作用。鹳雀楼下不过是黄河,但诗人却联想到大海,这就更有力地写出了鹳雀楼的形势。楼的雄伟和他登楼的心怀是相互映衬的。我们一面朗诵这首诗,一面要想象诗人登楼的心情。只有这样,我们才能体会这首诗的意境。

4. **联系实际** 学习文学作品还应该联系实际。好的作品不但会给我们生活的力量,而且会给我们以美的感受。它会告诉我们什么是美的,什么是丑的,我们应该爱什么和怎样爱,我们应该恨什么和怎么恨。这种感染作用对我们世界观的形成和道德品质的培养，有很大的关系。我们说学习文学作品应该联系思想实际，主要是指的这一方面。作品中的人物有他普遍的精神质量，也有他的特殊的生活环境和个性特点。我们应该学习他们的好的进步的东西。但对他们的具体表现却不能机械模仿，否则一定会闹乱子。阅读古典文学作品的时候，尤其要注意这一点。现代文学作品里的英雄人物，就是在我们这个时代产生的。他们的思想品质我们比较容易领会。但我们也应该根据我们自己的生活环境，来向他们学习，以他们的高贵的思想品质，作为我们进步的动力，决不能机械地模仿他们的某些具体行动；否则，看了《卓娅和舒拉的故事》，就学了把这一道代数题做到早上四点钟，那有什么好处呢？文学作品是从精神上教育人的，虽然它为了表现某些先进人物的品质也会写到一些工作方法、技术经验等等，但这些方法和经验却只是为了表现人物精神面貌的，我们不能拿他们当做经验介绍来看待，我们不应该去机械地模仿某些主人公的工作方法，也不应该要求作品从这些方面来满足我们的需要。阅读文学作品应该联系自己的思想实际，但更应该注意文学作品的特点，不能把它庸俗化。

总之，作品能够给我们以生活的力量和美的感受，也就是作品的思想感情和我们的思想感情起了共鸣。这应该看成是联系思想实际的主要方面。

阅读作品还会丰富我们的语言材料，提高我们运用语言的能力。文学是语言的艺术。作品丰富生动的词语，可以医治我们语言贫乏的毛病。有人专门把一些生动的词语分类摘录，同时通过造句和作文来运用，从而来熟悉这些词语。这样就为自己积蓄了语言材料。从文学作品里更可以学习一些表达思想的技巧，来提高自己的表达能力。属于修辞方面的，在本章第二节已经谈过了，这里再举一个篇章结构的例子。文学作品总要给人最明朗、最集中的印象，因此它的结构总是很紧凑的。拿《保价邮包》来说，这里面叙述到的事件可能要经过几个月的时间，但作者把它压缩在一天里，从工程师真正取到包裹的前后来写，这样不但节省了篇幅，而且给人的印象非常突出。我们学习了这篇作品处理材料的方法，就应该联系实际，克服自己写作上的记流水账的毛病。

学习文学作品还应该联系课外阅读的实际。怎样联系，下面再谈。

二、古典文学方面

新的文学课本中，古典文学作品占了很大的比重：在初中的文学课本中占三分之一，在高中的占二分之一。我们中学同学为什么要学这么多的古典文学作品呢？

我们知道，历史的发展是有其继承性的。祖国的现代文学和她昨天前天的古典文学有着密切的关系。我们祖国的现实主义文学传统已经有三千年的光辉历史。在这三千年中，出现过许多优秀的作家，产生过许多杰出的作品。这是我们的光荣和骄傲。我们应该去学习、继承和发扬这笔宝贵的遗产。通过学习，将培养我们的民族自尊心和民族自豪感，使我们更加热爱我们的祖国。

选入课本的这些古典文学作品，不仅思想性较强，而且艺术技巧也是很高的。我们可以从中获得艺术的感受；同时也可以学习到许多好的表现方法，这对我们写作能力的提高也是有很大帮助的。

因此，我们不但要学好课本中的现代文学作品，而且也要学好课本中的古典文学作品。

古典文学和现代文学既然都是文学作品，那么，我们前面说的学习现代文学作品的方法，也适用于学习古典文学作品。但是，古典文学和现代文学又各有其特点。现代文学是用现代语言来反映现代生活的，它的语言对我们来说没有什么障碍；它里面表现的人物和事件，是我们同时代的，因此了解起来也不太困难。古典文学作品就不同了。它是用古代的语言来反映古代的生活的。语言的古今变迁很大，如果不懂古代的语言，就没有办法理解古典文学作品的内容；同时古典文学作品是反映古代人民的生活的，我们如果对古代人民的生活不熟悉，那么，要深刻地理解古典文学作品，也就会发生一定的困难。因此，学习古典文学作品，又要特别注意一些问题。

首先，要扫除语言障碍，注意古今语言上的差异，也就是要把古典文学作品中的字句弄懂。比如就字义来说，《诗经·木瓜》篇有"匪报也，永以为好也"的话（初中文学课本第三册）。"匪"字在现代语言里当"盗匪"讲，可是在《诗经》里却是"非"（不是）的意思。我们如果不懂"匪"的意思，或是把它的意思理解错了，这整个句子的内容就无法懂得了。这个问题怎样解决呢？教科书上有注解，有些地方还有注音，这就帮助我们解决了语义和语音的问题。但是，每个同学的问题，不可能都在注解中得到解决，因此我们必须学会运用工具书，要有查字典、查辞典的能力。

古今语言中的不同，还表现在语法上。比如古代语言中主语经常省略，宾语在否定式中常常提到动词前面来，如"不我知"（不知道我）等，我们读的时候就要特别留心。最好自己能够备个本子,把那些语法结构和今天的习惯不同的句子摘录下来,分分类,这样就能比较迅速和经济地掌握一些古汉语的语法规律,比一句一句孤零零地记忆和理解要好得多。当然,老师会告诉我们这些规律的;但是,我们不能专门依靠老师,我们应该用更多的例子,来充实它;用更多的劳动,来理解和消化它。

第二,要具备一定的历史知识,要用历史眼光,不要用现代的要求去要求古人。比如有很多作品描写了古代爱情的悲剧,主人公常常双双牺牲(如《孔雀东南飞》等)。我们如果有历史眼光,了解封建社会里家长的权势,了解那时青年男女的处境,就会觉得他们的以死殉情就是最激烈的反抗,最深刻地揭露了封建社会的罪恶;而不会责备他们"懦弱无力"、"消极反抗"等等。这样,我们不但会同情他们的不幸,而且还会从他们的反抗中汲取精神力量。

第三,在学习中一定要防止机械模仿、食而不化的偏向。古典作品中的英雄人物,由于受到一定的历史条件限制,他们的行动在当时是对的,但我们不能机械模仿,必须有批判地去学习。同时,古典作品的语言虽然很优美,但和今天的口语有一定的距离,我们也必须有选择的采用,否则会影响表达的效果。

三、文学理论和文学史的基本知识方面

在学习现代文学和古典文学作品的同时,我们必然要接触一些文学理论和文学史的知识,也必然要理解文学批评的基本原则。比如学习某一时期的作品,要知道它的时代背景,还要了解这个时期的社会生活对文学作品的影响,了解这个作品是怎样反映那个时期的生活的,这个作家的创作道路和特点又是怎

样,这个作品属于什么文学形式,这种形式的特点又是什么等等。不过在学习每一篇作品的时候,尽管我们要接触这方面的知识,但是这些知识还是零星的、片段的,必须使这些知识系统化之后才能牢固地掌握。所以,新的文学课本在若干篇作品之后,都有文学常识或文学史概述之类的课文。这一类课文一方面要求我们系统地掌握每一个单元作品的某些知识;另一方面又由浅入深地教给我们关于马克思列宁主义的文艺理论。所以尽管它们在课本中的数量不太多,但是仍然应该注意学好它。

这些课文是有关的一些作品的知识的系统化,因此学习这一方面的课文,必须联系已经读过的作品,不能只记几个教条。作品永远是文学理论的土壤,读的作品多,学的文学理论知识也才容易巩固。那些文学理论的课本举的是我们刚读的作品的例子,我们固然要对照作品来消化它;即使举的是很久以前读过的例子,我们也应该拿作品来对照研究,不能偷懒。这些课本也许只举一两个例子来说明一个问题,但是,我们的理解就不应该只停留在这一两个例子上,应该"举一反三",多想一些例子来理解和论证这条规律,从而消化它、充实它。这是学这一类课文时要特别注意的地方。

这一类的课文,主要是在叙述事实,说明道理,它和文学作品的塑造形象是不同的;同时,这一类课文越到高年级,内容越复杂,教学时数却很少。因此,学习时更要特别注意弄清条理,明确概念。根据课文的内容顺序,列出扼要的提纲,是帮助理解和记忆的好办法。当然,教师在讲授这一类课文时,是会帮助我们列出提纲的;但我们自己也要学着做,以提高自己的概括能力。根据课文列出提纲,又依照提纲来复习课文,这样,理解既易深刻,记忆也易巩固。

文学理论课文的编制是由浅入深的。我们学习这些理论时也必须注意循序渐进。不要贪多求快,食而不化。

　　总起来说,文学课本里的课文虽有两大类,但他们是互相密切联系的。学好作品是学好文学理论的基础,同时学好文学理论又会加深我们对于作品的理解,所以必须把这两方面的学习结合起来。这样才能保证获得全面的必要的文学教养。

第三章　课本以外的语文学习活动

一、参加各种课外活动

学好《汉语》课和《文学》课是学好语文的主要方面。但是，仅在课堂上学好这两门课，还是不够的，我们还应该注意课外的学习。

学校里的课外活动，是课堂教学的继续。它能够使我们把在课内学到的知识运用到实际中去，扩大我们的眼界，巩固和丰富我们正课学习的内容。所以，要想学习得好，除了要学好正课以外，还要继续参加课外活动。

语文的课外活动范围很广，形式也是多种多样的。我们可以根据自己的兴趣和需要来选择。譬如，为了学好普通话，我们可以按照方言区，组织普通话学习小组。这样，方音相同的许多同学在一起学习普通话，找对应关系，就比一个人学习更有效些。一个班级的同学，可能来自不同的地区，教师在汉语课上只能照顾大多数同学，因此有些同学的方音在课堂上得不到应有的纠正，学习普通话就有一定的困难。组织了这种学习小组就能克服这个困难；同时，也为教师的指导创造了有利条件。

参加朗诵小组的活动,对学习汉语和文学都有很大的作用,因为它一方面锻炼了我们运用语言的能力;一方面又提高了我们朗诵的兴趣和能力,加深了我们对作品的体会。朗诵又是向广大群众进行文学教育、提高革命热情的文艺活动形式,我们如果在中学时代养成这种技能,将来从事宣传教育工作就会便利得多。广播小组也可以看作朗诵的另一种组织形式。参加广播小组,进行朗诵活动,也是非常有益的。

文艺小组是综合性的文学活动小组。它可以有多种多样的活动内容。例如组织作品阅读后的讨论,举行朗诵会,出文学墙报等。这样做,就能满足我们课外文学学习的要求。由于这种小组有专门的活动计划和指导人员,因此,参加这种小组对提高我们的文学兴趣和修养有很大的帮助。

除了参加固定的课外活动组织以外,还可以参加一些不定期的活动,如参加故事会,文学讲座等。经常参加这种活动也会受到教育,得到提高。我们听一个故事,故事本身固然会给我们一些教育,就是讲故事的技巧也值得我们学习。我们应该把这种活动看成是语文学习的一部分。

语文的课外活动可以有各种样式,不限于上面说到的几种,还有演讲、演戏和参观展览等等,这些活动都能提高我们的语言文学修养,扩大我们的知识领域,因此都可以参加。不过有两点要注意:第一,要尽可能地把课外活动和课内的学习结合起来,这样,收效才会更大;第二,课外活动不能参加得过多,以免过于疲劳,影响了正课学习。

课外活动最主要的一项是课外阅读。下面我们就专门来谈谈这个问题。

二、课外阅读

课外阅读对于同学们的身心发展和知识增长来说,都是非常重要的。假如说一个学生的知识仅仅限于几本教科书,那无论如何是不够的,而且,没有课外阅读,就不能扩大知识领域,对于教科书的理解也要受到一定的影响。

课外阅读,一直是同学们所喜爱的,差不多每个同学都在努力进行课外阅读。有的阅读的数量甚至非常惊人,一个学期能读二三十部长篇作品。但是我们能不能说中学同学们都已经明确了课外阅读的重要性,都已经收到了应有的效果呢?恐怕还不能这样估计。在课外阅读中存在的问题还是很多的。

有些同学不懂得阅读是为了什么,也不懂得怎样去阅读,只是一味地追求数量,贪多求快,走马看花。一本书看完了,连书里的主要人物还没有弄清楚。有一个学校,高二(一)班有十七个同学看过《暴风骤雨》,但当老师问到这部作品的上半部谁是中心人物的时候,十七个人中间只有一个人记得赵玉林这位英雄的名字。这样粗枝大叶的阅读,会有什么实际效果呢?

有的同学阅读作品只是追求生动的情节,碰到描写的地方就大段地略过去。他们阅读的速度很快,但却没能很好的消化。更重要的,还有极少数同学喜欢低级趣味,到作品里去找满足,例如他们在看《水浒》的时候,专门去读潘金莲的故事。这样的阅读不但无益,而且有害。

造成这些盲目阅读、不追求效果的原因是多方面的。其中很重要的一条,就是旧的语文课本的课堂教学和课外阅读指导脱节。新的语文课本堵住了这个漏洞,把课内教学和课外指导统一起来了。在教学大纲里结合各年级课本内容和学生年龄特点,指定了课外阅读的书目。譬如初一同学开始时要多读一些童话作品和部分故事性特别强的长篇;高中同学则按照文学史的顺序进行课外阅读。这样,把课外阅读和课内学习紧密地结合了起来:课堂教学为同学的课外阅读提供了有利条件,课外阅读又丰富了课堂学习的材料,扩大了知识领域。同学们如果能根据老师的指导,循序渐进地阅读,收益是会很大的。

教学大纲里规定的课外阅读书目很多,其中有几部是每学期的重点读物。老师对这几本书要在课堂上进行阅读指导,并且要领导同学进行讨论,每一个同学都必须认真阅读和钻研。大纲里规定的另外一批书目可以根据个人的条件来选择。阅读是越多越好的,但是一定要克服我们在前面谈到的那种粗枝大叶、走马看花的缺点,应该以严肃认真的课堂学习态度去进行课外阅读。我们在第二章里谈的学习文学作品的方法,都可以作为个人阅读时的参考。

好的作品应该多读几遍,细加钻研,才能使自己得到更大的帮助。不要以为读过一遍就行了。有些书我们每读一遍都会有新的体会。宋朝有个大文学家苏轼在他的诗里这样说:"旧书不厌百回读,熟读深思子自知。"这是经验之谈。阅读不能只追求速度,追求生动的情节,还应该注意对某些书的重点钻研。要在读过这本书之后,真正地获得一些知识。

写阅读笔记,是巩固课外阅读成果的重要方法。阅读笔记的形式可以是多种多样的,同学们可以根据自己的能力和阅读某一本书的具体要求来选择。我们可以摘录作品中最精彩的某些片段,便于以后温习;也可以分类摘录作品中生动丰富的词汇;也可以写长篇作品的故事提要,一方面便于记忆作品的梗概,另一方面也可以培养我们的概括能力;我们可以为人物比较多、关系比较复杂的作品列出人物表来,还可以对作品中的某些主要人物形象进行分析;也可以根据文学批评的原则来评论自己阅读的这本著作;当然,我们也可以写某本书的读后心得……

对教学大纲中指定的阅读作品应该如此,平时阅读的书报杂志上的作品也可以如此。这种阅读是每个学期随时都该进行的。因为这些作品大都是反映今天的生活,指导今天的斗争的。我们应该关心现实的斗争,不要忘记了对这些作品的阅读和钻研。

总体来说,课外阅读应该和课内学习紧密地结合起来,根据教师的指导,循序渐进;应该有明确的目的,克服粗枝大叶的偏向;尽可能养成写阅读笔记的习惯来巩固阅读的成果。课内学习到的文学理论和分析作品的原则,对课外阅读都有实际的指导意义,应该努力运用这些理论和原则去指导课外阅读。这是同学们进行课外阅读首先应该注意的地方。在课外阅读方面还有一些具体的问题,因为有不少这一类指导阅读的专书,所以这里就从略了。

三、练习和作文

汉语课本里有一半以上的篇幅是练习。这些练习对学习这门课程是非常重要的。汉语是一门科学,它是从大量的语言现象中归纳出来的语言规律,这些练习往往就是归纳语言规律的具体材料。不做这些练习就无法掌握课文告诉我们的语言规律。还有一些练习是将几节课文中的片段知识系统化起来的,不做这些练习就无法系统的掌握所学的知识。所以每一个同学都应该认真做好课本上的练习。文学课本上也有练习。这些练习题是根据教学大纲的要求拟订的。认真做好这些练习,对系统掌握文学知识和理解文学作品有很大关系。因此,文学课本中的练习也是不能忽视的。

不管是汉语课的练习,或是文学课的练习,都是作文的基本训练。没有一定的语言知识和运用语言的能力,没有一定的文学知识和文学修养,是不可能写出好的作文来的。汉语和文学课在这个意义上算是为作文准备了有利的条件。因此,要想写好作文,首先必须学好汉语和文学课的课文,做好汉语和文学课的练习。

作文分两种:一种是结合课本学习来命题的作文,又叫练习性的作文;一种是从生活中去寻找题材来写的作文,又叫创造性的作文。在低年级,练习性的作文要多做;到了高年级,创造性作文的比重,就要逐渐增加。练习性的作文也是多种多样的,如叙述故事,分析一个人物,评论课文主题,把几个人物放在一起来综合评论等等。要想写好这一类作文,首先应该熟悉要写的材料——课文。在熟悉课文的基础上,选择必要的材料,再通过自己的语言把它们组织起来。这种作文,实际上等于比较复杂的练习,所以平时如果养成了能够有条理地、通顺地回答练习题的能力,对这种作文就不会感到多大困难了。

创造性的作文和练习性的作文不同:我们首先要从复杂纷纭的生活现象中去找值得写的材料,这就需要有敏锐的观察力。如果找的材料没有意义,写出来就一定不能动人。找到了材料还要善于组织和表达,这就需要运用一定的修辞方法和组织技巧。同时生动的内容是通过生动、丰富和优美的语言来表现的,没有足够的词语也是不行的。这种创造性的作文,不但和汉语、文学课本的学习有密切关系,而且和课外阅读也有密切关系。那些方面做得有成绩,也就为做好作文准备了有利条件。作文是我们语文能力的综合表现，我们应该认真对待。

怎样才能写好"文章"呢？这里提出几点应该注意的地方。

一、要深入了解所写的材料，不能捕风捉影，以臆测来代替生活的真实。鲁迅先生在回答"北斗杂志社"的信里提到他的写作经验有八条，第一条就是"留心各样的事情，多看看，不看到一点就写"。这就是说应该关心生活、深入生活、要留心，要多看看。目前青年同学们的作文有一种倾向：不注意写具体的有意义的事，喜欢说些空话，不管什么题目都喜欢发些尽人皆知的不痛不痒的议论，而一件简单的事实反倒说不清楚。这种倾向是不好的。

二、要组织好材料，必须写作文提纲，这样才能把文章写得有条有理。但是，也有些同学不重视作文提纲，以致写了前面，后面还不知道怎样写；写了上句，下句还不知道写什么。这样信手写来的文章，必然结构混乱，层次不清。苏联的学校非常重视作文提纲。学生没有写好提纲，是不可以动笔作文的。在开始时甚至只写提纲送给老师来修改，等到会写提纲以后才开始作文。这样严格的要求是非常对的。因为这样做可以训练大家有条理地表达自己的思想。在新的文学课中有编制课文提纲的练习。做好这种练习，对写作文提纲会有很大的帮助。

三、注意语言的纯洁和健康。"生造词语，滥用术语"的毛病，在一部分同学的作文中是存在的。鲁迅先生教我们"不生造除自己之外谁也不懂的形容词之类"，我们应该注意这一点。运用词语要注意正确，不要滥用词语。现在同学中滥用词语的毛病还是相当多的。例如有同学写出了"尊贵的树木"；还有的写出了"特务分子逃不出人民的魔掌，在人民中留下了不可磨灭的臭名"。前者还只是用词不当，后者的问题可就严重了。

作文时不要造没有把握的长句子。同学们作文中的语句不通，除了用词不当外，很多毛病是出在造长句子上。不少同学希望一口气把话说完，结果，一个句子长达五六行，语法结构不完整，意思表达得不明确。少造长句，对某些同学来说是非常重要的，这样可以减少一些错误。滥用两个动词并列的办法也常常发生错误。例如有的同学写出了"我们明确和端正了学习态度"。两个动词在一起，只照顾到后一个动词和宾语的搭配而忘记了前一个。同样性质的例子也发生在造并列宾语的句子上："我端正了学习态度和方法"，"方法"怎么好端正呢？像这一类的习惯，都要改掉。该拆开来说的，绝不要硬捏在一起说。在这一点上，学好汉语课，跟作文的关系是非常大的。我们应该把那些有关的知识应用到作文的实践中来。

四、必须重视修改和练习。修改是写作的重要部分。鲁迅先生说："写完后至少看两遍，竭力将可有可无的字、句、段删去，毫不可惜。"俄国的大文学家托尔斯泰曾经把四百页的原稿删成五页。这是多么严肃认真的写作态度啊！同学们一方面应该尽可能地多修改自己的作文，一方面要重视教师批改的地方。要认真研究教师为什么这样改，为什么要批这些话，这样才能帮助提高自己的写作水平。有些同学作文很马虎，自己事前既缺乏必要的修改，对于教师的批改也没有足够的重视；有的只看一看分数和批语就往抽屉里一塞了事；有的甚至连批语也不认真看。这是非常不对的。这不但没有尊重教师的劳动，而且也没有尽到自己对祖国应尽的学好功课的义务。

"熟能生巧"，文章要多做才能熟练。但在学校里，一学期的作文次数是有限的，只靠规定的几次作文来养成熟练技巧，还是有困难的。因此，我们必须自觉地多找机会进行作文练习。

写日记是一种很好的训练。学校里虽不硬性规定要我们写日记，但如果我们自己能养成写日记的习惯，对自己的品德修养和语文能力的提高，都有很大的帮助。除了书面作文的练习以外，还应该注意口头作文的练习。平时在课堂上、会议上的发言，日常的谈话，参观了一个展览会，看了一部电影，回来对亲人或同学谈谈自己的感想，或者介绍展览会或电影的内容，这些都是很好的作文练习，我们不要放过这些的机会。在实际生活中，口头作文比书面作文练习的机会多，应用的机会也多。口头叙述能够很有条理，书面作文的结构也就不致紊乱；口头叙述得很生动，书面作文也就不会枯燥。口头训练对书面表达的帮助很大，而且一次口头作文比一次书面作文所费的时间要少得多，我们必须重视这种口头练习。

宋朝有一个大文学家欧阳修。他总结文章写得好的经验说要有三多——看多、做多、商量多。所谓"看多"，就是多阅读，认真地阅读；所谓"做多"就是多练习，做各种各样的练习；所谓"商量多"，就是多修改，自己修改和征求别人的意见。欧阳修自己写好一篇文章，总要把稿子贴在墙上，时时玩味修改，有时甚至改得一字不留。他这个经验是很宝贵的，每一个想写好文章的人，都应该注意这个经验，在自己的作文实践中体现"三多"的精神。

结束语

我们已经谈了学习语文的重要性,谈了怎样上好汉语课和文学课,谈了汉语和文学课的课外工作。是不是这就是学好语文的全部工作呢?我们可以这样说,这是最主要的工作,但还不是全部的工作。我们还要在生活中学习。生活是语文的源泉,而且是取之不尽、用之不竭的源泉。毛主席在《反对党八股》一文中告诉了我们要学好语言的重要,还指示我们提高语言修养的途径。他说:"第一,要向人民群众学习语言。人民的语汇是很丰富的,生动活泼的,表现实际生活的……第二,要从外国语言中吸收我们所需要的成份。我们不是硬搬或滥用外国语言,是要吸收外国语言的好东西,于我们适用的东西……第三,我们还要学习古人语言中有生命的东西。"(《毛泽东选集》第三卷858—859页)遵照毛主席的指示,我们一方面要从阅读中去吸收这三部分的精华,一方面还要在各种生活中学习。"到处留心皆学问",首先就是指的语文的学问,听一个农民或者工人的谈话,里面总有一些生动的词语可供我们吸收、消化和使用;听一段广播也可以帮助我们学习普通话。

看话剧、看电影更是学习语文的好机会。我们可以根据学过的文学知识来评论影片和剧本,我们也可以从中学到优美精粹的文学语言。拿《玛丽娜的命运》这部影片当个例子吧：当女记者席尼娅问起玛丽娜的私生活的时候，玛丽娜痛苦地拿出来过去结婚的照片，并且伤心地说"他（杰连季）抛弃了我。"席尼娅却马上更正说："不是他抛弃了你，是他失去了你。"这一个词儿的调换，该有多深刻的意味？这不是最好的文学语言吗？

同学们！在整个生活里都有学习和运用语文的机会，一切学科都需要运用语言文学这个工具，因此，学习任何学科也都包含着学习语言的因素。在做别的科目的作业时，在别的科目的课堂上的回答问题时，都必须注意自己语言的纯洁和健康；一动笔就必须注意语言文字和标点符号的正确使用。在各方面对自己严格地要求，虚心地学习，那么，语文能力就会迅速地提高起来。

总体来说，"语文"是我们生活和战斗中不可缺少的工具和武器，我们必须很好地掌握它。对中学同学们来说，掌握语文的主要阵地是"汉语"和"文学"这两门课。我们首先应该学好它们；学好这两门课仅仅靠课内是不够的，我们还要注意课外的阅读和学习；生活是语文的源泉，同学们的全部生活都有学习语文的机会，我们应该不放松一切学习语文的机会。这样把课内和课外的学习结合起来，把理论和实践结合起来，语文是一定能够学好的。

为了社会主义建设的需要，为了响应向科学进军的号召，亲爱的同学们，认真地、迅速地掌握语文这种工具吧！天才就是不断地思索，胜利属于勇往直前的战士。我相信你们一定会在语文学习的战线上，打开通向胜利的大门。这本小册子就作为预祝你们胜利的献礼。

短文一束

艺高人更高
——忆恩师林散之

林散老仙逝已经十几年了,但老人的音容笑貌还像昨天那样亲切,南大已故教授洪诚先生"林老艺高人更高"的评价永远留在我的心间,百子亭、大庆路亲承教诲的往事至今还历历在目。

张先生的德荫

我的高中国文教师张汝舟先生和林老是几十年的莫逆之交。张先生经常提到林老肃然出世的风度、热心家乡水利的忘我精神、江上草堂散木山房的清幽景色,令人悠然神往。可惜几十年都没有机缘拜谒。1957年张先生在贵州大学响应助党整风号召,大胆直率地指出了"三化"(肃反扩大化、干部官僚化和辩证唯心化)的问题,被诬为极右分子。"文革"中被遣返故乡南张村(原属肥东,后划归全椒)。1969年我下放淮安县平桥公社,结识了常国武。林老的晚辈单人耘和常是金大好友,从林老学过书画。单经常带常去谒见林老求教书法,谈到我是张先生的学生,林老立即写张字让常带给我。这张字在淮安县城就被

大力者截去了,我并未见到,但听到常告诉我这件事,我仍然感奋异常,就填首《临江仙》代简请单人耘君代呈。全词如下:

> 束发从师钦姓字,卅年空叹缘悭。草堂诗句梦吟边。"春归牛渚月,江隔马鞍山。" 落笔蛇惊海内,南天一指遥颂。及门高第许追攀。芜词聊献赘,湖上拜芝颜。

那两句诗是林老抗战中寄给张先生一张小横幅山水上题的两首五律中的一联。两首诗如下:

> 门外垂垂柳,江寒草阁阴。帆从天际远,水向岸边深。悱恻青山梦,蹉跎黄卷心。繁声久不弄,好鸟有同音。
>
> 年来消息断,无处保平安。有客方垂钓,何人独闭关。春归牛渚月,江隔马鞍山。多少闲诗草,将谁可共删。

林老二十几岁画名震皖东,是黄宾虹先生的入室弟子,黄老有时命其代笔。三十年代求林老画已不易,而林老隔些时候就寄张画给张先生,以致我在永绥(今花垣县)见到那张小幅留下非常深刻的印象。那首词请单人耘代呈。据云林老看了说不俗,就收到抽屉里了,又说"芝颜"二字不够好。

后来暑假中我从乡下买几只小公鸡,专程赴南京请单人耘引见林老当面致谢。林老详细地询问了我的情况。这年寒假我住南京韩家苑女儿家,离单人耘牙檀巷住处很近。听说林老生日临近,我仓卒间没有礼品,就写首五律呈上:

> 暑寒容两谒,但觉座生春。淑世推三绝,传心守一真。鸡林仰瑰宝,艺苑颂灵椿。凤翼凭谁附,将诗试问津。

那个阶段林老家里慕名来访求诗者特别多,不可能详细笔谈。几次拜访之后我对林老百子亭住处已经熟了,可以径直去拜访不再麻烦单君陪了。有一次早晨七点多我就到了百子亭,家人说林老今天上午要出去开会,我想既然来了总得进去打个招呼。林老一见到我非常高兴,叫坐下来。我写道:"听说您要开会,我一会就走。"林老叫人打电话不去开会了。他说:"我是聋子,开什么座谈会,你坐下来谈谈。"那天大概人们都以为林老不在家,所以没人上门,谈得比较从容。林老把诗稿拿出来让我欣赏。我看完诗稿就写两句诗赞叹:"奸穷怪变得,往往造平淡。"林老很开心,以为搔着痒处。大约十时左右,有几位亲戚从上海来求墨宝,带了一小捆帘文宣。然后看林老写字,一口气写了五张,我只旁观。林老忽然问我:"你有没有?"我说我未带纸。林老说:"纸这里多的是。"马上叫人拿过一张,写他的太湖纪游诗:"日长林静路漫漫,红叶如花最耐看。我比樊川腰力健,不烦车马上寒山。"上款写:"本淳同学留正"。我受宠若惊,因为林老已经把我当学生了。一个用印章的把一方钟鼎文的图章打倒了,非常惶恐,林老却偏偏把那张字放在地板上端详说:"这张好。"又说:"那五张里有一张好。"后来我把这张字带到芜湖去裱,因为那家裱画店专裱当今名家作品,里衬都用宣纸。原来想把那个图章挖正,但店家说,保持原样更有意思。这是林老当面赐我的第一幅字。以后我去看林老写字,林老往往赐我一张。

粉碎"四人帮",林老异常兴奋。亚明画四蟹图,三公一母。林老题诗说:"面虽赤,心何黑!惯横行,栖草泽。国之殃,民之贼。捕而食,实上策。"我到林老家,他特别指给我欣赏。

一张小幅七个印

张先生1972年退休回到故乡,林老正好在和县长女荪若处小住数月。张先生特地去探望老友,联床夜话,写了一大本十行纸:"我耳已聋君更甚,一番对话仗毛锥。"张先生称之为"双龙会"。1975年我曾两次到合肥,听同学说张先生不在了。后来才知道是师母过世误传的。1978年我得到确息,张先生健在全椒女儿家,通了两封信,我决定亲自去拜望。1978年深秋我取道南京,到林老处说明去看张先生,问林老有没有什么事。林老说代问候起居。从南张村回来,我特地向林老详述张先生的近况,把三十年代林老送张先生的一张条幅和题的五言律诗,献给林老。林老非常激动,从里屋取出写好的《八十自述二首》:

　　余生今八十,奋发忆华年。谢朓江山兴,王维书画缘。仙葩天外有,奇句手中捻。时学东方朔,偷来不费钱。
　　食得神仙字,蠹鱼有旧魂。书丛千页过,池水一时翻。河汉思牛女,机丝误子孙。谁言名教罪,未敢负天恩。
　　丁巳初冬书于玄武湖畔。聋叟时年八十。

右上角钤"大年"闲章,尾用"散之私钵"、"江上老人"二方印章。据说林老写自己作品总要留两份自己喜爱的。拿出这张小横幅,林老在上面用小行书批道:"余少时即喜幽居读书,结屋江上,汝舟来去即过我江上草堂,时方暮春,万木垂阴,绿窗人静,与汝舟纵论古今事,极一时之乐。后汝舟别去,曾作一画寄去,至今犹存箧中,感慨人生,时何能及。诗曰,四月江南暮,离离草木阴。虚堂一夜雨,破卷十年心。结习君难改,孤情我自深。相思不相见,尺纸证跫音。散之又录。"钤了一方"林印散之"的小名章。接着又用稍大的字体写道:"本淳专程去田埠南张村访其本师张汝舟先生,归来过我,述其近况,并出四十年前所作书画示之,使人感动。余今年已八十,所学未成蹉跎已老,愧何如之。检八十自述二首以赠。本淳好学,应有以教之。丁巳冬至后散耳识。"又钤了两方图章"林散之印"、"半残老人",最后又在右下角加了一方"散之八十以后作"。散老数了数笑着对我说:"打了七个印。"一张小横幅盖了七个印,在林老作品中恐怕极为少见,这里透露着两老的古道真情。

听林老谈往事

跟林老越来越熟之后,我过南京一定去拜望,有时专门从永和园买点甜酥烧饼送去,因为城北买不到。他高兴起来和我谈起往事,印象最深的有几件:1946年安徽省主席李品仙爱好字画,想让林老替他掌眼,就要他到合肥挂个省府顾问的虚衔,一月一百块光洋。林老不肯,还是回到乡间,乡人都说:林五爹读书读迂(呆)了,一百块光洋不要,却回来教蒙馆吃臭腌菜。

1948年一个学生活动要当乡长,林老跑到县里表示反对,乡长未当成,该学生恨死了。解放以后乡长都镇压了,那个学生跑到林老跟前磕头谢恩:"如果不是老师把我弄掉,我今天也早没命了。"土改前一天夜里,林老一位表侄拼命擂门,林老披衣起来开门。只见表侄气喘吁吁大叫:"表叔,大事不好,赶快到外地躲躲。"林老问他什么事,他说今天于政委发狠了,说一个乡斗不倒你,联合八个乡一定把你斗倒。还是到外地躲一躲。林老反问说:"往哪躲?在哪儿欠人民的就在当地还,我哪儿也不去。"那个表侄急得直跳脚,林老却上床打呼了。

一天,乡里忽然通知林老带铺盖到县里。林老以为去蹲监狱,叫家人不要急,就上路了,哪知是去开人代会。林老家乡经常发洪水,为了抗灾,林老终日一身泥带领群众保圩,所以威信高,做了几届人民代表。1956年他被推选为副县长,分管民政。林老笑着对我说:"我跟共产党工作,就学会了研究研究。"原来,林老分管民政救济,小王来申请三十元,林老就批二十元,小张申请二十元,就批十五元。其实两人都不是特殊困难,一个想买手表,一个想买条西裤。民政科长就把实情告诉林老:"林县长,民政科救济款非常有限,这两人都不该救济。"林老说:"我也知道他俩不是真困难,但你不批,他就缠着你,不能看书画画。所以没法子,只好打点折扣批了。"科长说:"哪些人困难该救济,我们心里有数。下回人打申请,你都先收下来,说等我们研究研究,打发走了,我们再把实情报你批。"这一招果然灵,从此再没人纠缠不走。所以林老说:"我当县长,就学会研究研究。"说罢纵声大笑。那样子今天还如在眼前。

被　骗

田原给林老画作书图,颇具神似,林老在图上题一首趣味盎然的五古,用镜框悬在座位后边,曾经指给我欣赏。一天忽然不见了,林老非常着急,悬赏两张字画给知道下落找出来的人。过几天有人把画找回来了,林老十分高兴,兑现了两张墨宝。后来有人告诉林老内情,其实就是找回来的人偷的。林老哭笑不得,写了两首《骗局》痛斥这种无耻行为:"骗局年来计更奇,防虞空忏画中诗。人间偷窃寻常事,巧托青毡卖献之。""真作假时假作真,还诗即是盗诗人。偷来不费丝毫力,骗取丹青异样新。"

好学求精　老而弥笃

　　林老对诗真是呕心沥血,好诗已深入骨髓。他告诉我,冬天夜半忽然得句,马上披衣起来写下再睡。家人有时发现不知出了什么事,过来一看才知道在写诗。诚如他在《戒诗》中写的:"推敲常夜半,苦思不能睡。魅力一何深,有如醇醪醉。"林老的好学和不耻下问的精神非常感人。他写好诗稿总爱给人看,征求意见。在大庆路期间,有时身体很不好,我去探视,他颤颤巍巍到里房枕下取出诗稿给我看,我知无不言。他认为有道理就立刻在诗稿旁边注下来。在百子亭时,林老有一次被人逼着讨字甚为苦恼,向我倾诉,我就写道:"柳子厚有《囚山赋》,您老可写《囚书诗》。"林老笑着说:"囚书诗,好题目!"对书法他也是随时鞭策自己,正如他《玄武湖书展兴言》诗的结句所说的:"岂敢惜衰老,学习再学习。"这最后一句他自己在旁边画上浓圈以表达这种奋发进取的精神。

我的心愿

　　林老曾经把贺高二适先生孙女结婚的诗稿给我,涂抹满纸,即使一篇应酬性作品,他也不轻易拿出去。他还为要我帮苏若买一本我校当时编的《活页文史丛刊》而写了一封长信。我在林老过世之后就想着不该存我箧中,应该送到纪念馆去。于是自己复印一份留为纪念,而把原件请苏若代为捐献。可惜马鞍山和江浦两处纪念馆我都没机缘前去。写到这里,我就许下心愿:一定要到两处去瞻仰。因为林老生前告诉我江浦为他修陈列馆,平时陈列复制品,真品在重大节日再展出。思绪万千,语无伦次,读者谅之。

2002年6月写于淮安市淮阴师院

王驾吾教授

王驾吾先生(1900—1983)讳焕镳,江苏南通人。早年毕业于东南大学,1936年至浙大任教,抗战开始后随浙大辗转搬迁,到了遵义。我1941年进浙大中文系,秋天到遵义,听了王先生三年的课,印象至深,终身难忘。二年级时,王先生教"唐宋文"。王先生是范肯堂先生再传弟子,得桐城派的真传,古文写得特别好,教得也自然精采。主要是朗读,其声震屋瓦而高低顿挫,使人听着,那文章的神味就出来了。无怪乎中文系人数不多,而王先生讲唐宋文不但满屋是人,而且窗外也围满人,因为那不是听课,是一种艺术享受。

三年级王先生开的是"春秋三传",四年级开"三玄"(《老》、《庄》、《周易》),是选修课,我也都选的。王先生开这些课,都能贯彻学以致用的原则。那时正是抗日战争艰苦阶段,各种投降理论时时有所表现,而王先生在《思想与时代》上撰《春秋攘夷说》,大义凛然,气节高昂。抗战快胜利时,国民党将领王耀武,通过王先生老友刘子衡先生找到王先生,登门求教,并且盛宴招待包括我们在内的人。王先生和他恳谈了很久。事后王先生告诉我们:"我劝王耀武持盈保泰,功成名遂身退,但他官瘾正浓,恐怕听不进去。"抗战胜利后,王耀武在山东又请先生去讲学,王先生还是以老子之道开导王耀武。

在对人方面,王先生笃于友谊。记得有一位叫陈秉炎的同志在浙大体育系保管器材。熟悉情况的同志告诉我,陈的父亲原是江苏省国学图书馆的工友,王先生当时是馆员,两人是南通同乡。陈秉炎父亲死了,王先生就把这个孤儿带出来,教育他,并为他找了工作。当时王先生和郦衡叔(承铨)先生都住在遵义大悲阁五号,经常来作客的是费香曾(巩)先生。费先生有一年休假要去重庆,王先生苦苦劝阻不住,一直为费先生安危担心。后来才知,费先生一去就被国民党秘密杀害。那时我们以为王先生是道学家、古文家,哪知道王先生早已出版了《曾子固年谱》、《首都志》和《国学图书馆书目》等书。那部书目,把丛书打散见于各类,在编目上是创举,嘉惠士林。后来为编目者所沿用。直到五十年代我到南京图书馆查阅古籍,一些老工作人员提到王先生莫不啧啧称赞,一致称道他学问大、笔头快。但王先生自己从不向学生谈这些。后来我又去看王先生,谈到那本目录时,王先生总是谦虚地说:"那是柳翼谋先生指导的。"王先生还受托撰写了《浙江大学黔省校舍记》碑文。

对学生除课堂教育外,课外只要有机会,王先生总是设法让学生多一些收获。遵义在清代后期最有名的学者是郑子尹(珍)、莫子偲(友芝)和黎莼斋(庶昌)三先生。郑子尹墓在子午山,离遵义城有六七十里,王先生带我们一道去瞻仰,并且要大家一齐写文章,既开拓视野,又锻炼文笔。

几年受业,终身受用。从王先生身上我才体会到什么叫光风霁月。今天回忆这些还像昨天发生的一样。所以,1983年年底接到王先生的讣告时,我专程赶到杭州看他老人家最后一眼,并且写了一副挽联以寄托自己的哀思。文曰:

弟子恸山颓,博礼约文,训诲犹萦耳畔;
先生观物化,光风霁月,典型长在人间。

我想王先生的胸怀、业绩是会长在人间永不沦没的。

母　亲

母亲离开我们整整十年了。我们老弟兄二人也早已年过古稀。碰到一起谈起往事，犹如昨天一样。回想起我们两兄弟能够在各自岗位上有所贡献，主要归功于母亲的严格教育。

决不姑息溺爱

母亲从小读过几年私塾，她深知孟母三迁的古训。我们的堂弟兄们从小娇生惯养，读几年家塾，从"毛哥"到"少爷"到"老爷"，守着几百亩田产，坐吃山空，甚至抽烟赌钱，称豪乡里。母亲对此深恶痛绝，认为要使儿子成才，必须跳出这个环境。我们外家在肥东六家畈，离我家一百华里，那里办有吴氏养正小学。我俩虚龄才七八岁，母亲就毅然将我俩送往六家畈上小学。别人当面或背地议论她"心太狠"，她毫不动摇，直到读完初小。这是我们成长的第一步。后来家搬到城里读高小，父亲不幸病死。我们住在祠堂的房子里。两人高小毕业，同时考上省立六中初中部。那时学生一律住宿，一学期学费要交一百多银元。母亲一方面尽量省吃俭用，一方面向娘家求援，供我俩读书，说宁可卖尽田产也要供我们上学。1937年夏，哥哥在南京安徽中学读完高一，我刚考取苏州高中备取,日寇进攻上海,江南学校都未开学,我们失学在家半年。次年春,安徽省立第一临时中学在流波疃(今属金寨县)招生,离家四百华里,母亲不听别人劝阻,让我俩去报考。合肥危急时,我从流波疃赶回家中探望母亲。当时哥哥在六安安徽省财政厅财会班受训。母亲坚决不要我留在身边,叫我告诉哥哥千万不要恋家,跟着单位走。这对我们的成长又是关键性的一步。我后来跟着学校到湘西,在国立八中高二部毕业,又考取浙江大学文学院中文系。哥哥分配到皖东北后,毅然参加了革命,搞财经工作。如果当年母亲舍不得儿子远离身边,那这一切不可能。

坚韧的毅力

我原来还有一个妹妹和弟弟留在母亲身边。后来不幸相继病死,这对老人家的打击该多大。那时我远在贵州,哥哥在解放区,母亲怕影响我们的学习和工作,强忍着悲痛瞒着我们。一九四六年夏我复员回到乡下,看到母亲的头发已经全白了,那时她才五十多岁。一位那几年朝夕陪伴老人家的堂侄女告诉我,那两年的夏天,她陪着老人家在地里摘棉花或菜园里劳动,太阳落才回家,然后又默默地在灯下纺纱,用劳动来排遣。她的坚韧还可举两个例子。解放了,哥哥任苏南行署财经处副处长兼粮食局长,后来又任华东粮食局局长。中央成立粮食部,哥哥任办公厅主任,母亲跟着他住到北京。邻居教她一套锻炼方法,一早一晚捶自身各个部位共几百下。她老人家一直坚持到九十多岁。哥哥在国外作了几任大使,母亲随我们下放到淮安农村。哥哥每年有两个月休假,我让孩子们轮流送老人家去北京小住。哥哥不出国了,任国家计生委副主任,母亲就住到北京。九十岁时,下台阶不小心跌成骨折。医生要她住院。她因耳聋不便和医生交流,同时又怕添哥嫂们麻烦,因此拒绝住院。只根据大夫意见,卧硬板床不动,三个月骨头居然长好了,大家都惊为奇迹。这也反映她老人家的坚韧和毅力。

勤劳节俭的习性

　　解放以后,母亲的生活是愉快的,但她毫不改变勤劳的习惯。还在一九四八年我爱人怀孕时,她从乡下来到南京,忙着做小衣服。她从前并未学过针线活。但她相信,别人能学会的,自己也一定能学会。不会裁剪,就先用报纸剪个样子再照着裁。就这样,她晚年的中式衣服全是自己亲手做,直到能翻新皮衣。母亲严格教子和勤俭持家在我们族里是有名的。"一粥一饭,当思来处不易","人无远虑,必有近忧","有日当思无日苦",这些话几乎成为她老人家的口头禅。裁衣服剩的一点碎布,她留下来衬鞋底,并且自己学会了绱鞋。我们耳濡目染,也养成爱惜物品的习惯,一张纸也不轻易丢掉。

　　母亲是平凡的家庭妇女,但她知书明理,把大半辈子的心血倾注在儿子的教育上。解放以后,她认真读报,学习时事。我们下放农村时,她常常在太阳下读报纸,那时哥哥在外做大使,她特别关心国际消息。农村妇女不识字,看到她老人家每天读报,就传说她是"大学教授"。八十五岁时白内障摘除后,我们订的报纸她看得最认真,从头到尾,一条不漏。她虽然离开了我们,但她的坚韧和毅力,勤劳和好学,永远激励着我们。

(原载《母恩难忘》,中国妇女出版社 1996 年)

晚年忆旧

我们弟兄俩都出生在老家合肥西乡（今为肥西县）烧脉岗康湾圩。哥哥1920年三月十五日出生，我是1921年十二月二十二日。圩子对面二、三里地是旗杆山，红壤丘陵长些松树。老百姓传说朱洪武时刘伯温发现这儿有"天子气"，就放火烧了龙脉，山岗都烧红了，所以叫烧脉岗。康湾圩的来历得从肥西周姓谈起。

合肥周姓有好几族，我们叫山周。原住江西瓦砾坝。明末大乱，安徽一带遭灾尤重，几至人烟灭绝。后来从江西和山东两地移民，江西来的左脚小拇指甲分岔，山东则否。我想今天习惯称江西老表，可能表明原来是亲戚。我们记得谱上的辈分一共是20个字："国有文方盛，家行孝本先。典章从法守，礼乐在心传"。据说祖上在江西是烧窑的，俗称窑蛮子。听母亲说，有一次她在曾祖母房里擦煤油灯罩，失手掉到地上居然未碎，就信口说了句："这么结实是老窑蛮子烧的。"曾祖母就认真地批评说："你犯上了，不能说。"然后叙述老祖先就是烧窑的。又活灵活现讲祖坟的灵验。哪家子孙要办事用碗盏等等，头天天黑前在坟前焚香默祷，放个筐子在坟前，第二天天未亮前来就有一筐精美碗盏用，用过归还，家家都能借到。后来有家媳妇贪小，藏下了几件,第二天夜间就听到坟前有骂声,从此就再也借不到器皿了。曾祖母讲得非常认真,母亲后来讲给我们听,非常有趣。

迁到肥西后,世代务农兼开油坊榨油。"国"字辈"有"字辈都还住在油坊中。"盛"字辈大房二房还是如此。

"盛"字辈正当太平天国时期,地方兴办团练。老太祖一共生了六个儿子。老大老二本分务农。我们高祖盛华公行三,武艺特棒,在乡办团练。老四盛波、老五盛传跟着干。华公领头,当时住在罗坝圩。有一次老四老五带着队伍出发在外,仇家伺机要偷袭罗坝,事前有人通知华公避一避。华公依仗自己的武艺和威势说:"三爷把大腿伸到枪眼外边,他们知道是三爷,一根汗毛也不敢动。"后来走出圩子,他仍蹬着厚底靴,披着皮袍,架副金丝眼镜,大摇大摆地走,遇到大批敌人,众寡悬殊遇害了。四弟五弟带队伍回来报了仇。这支队伍后来成为淮军四大主力的盛军,另三支为鼎(潘鼎新)、铭(刘铭传)、树(张树声)。老四老五都积功至提督(武官一品),盛波赐谥刚敏,盛传赐谥武壮。《清史稿》和《中兴将帅别传》里都有传。传里都特别提到华公的首创之功。周氏成为肥西望族,用砖石修了周老圩,老四居北头称北头圩,老五居南头称南头圩,老母亲特别疼爱的小儿子老六居中间称中间圩。特别奏请朝廷建专祠在合肥后大街(今名安庆路)卫衙大关前奉祀华公,称老周公祠。门前有石牌坊、石狮子、石鼓等,很气派。正殿非常高大,神龛里供一个大牌位。祠的东边隔壁是昭忠祠,供奉许多小牌位,都是阵亡的军官。

我们的曾祖名家宽,跟在其叔父军中为基层军官,因为违反军纪被叔父失手打伤,不久就死了,还不到三十岁,叔父后悔不已。曾祖母守着两个儿子。四五两房对她非常尊重,每次从北京回来都到康湾看望,馈赠珍贵药品。

曾祖母在康湾置田产大约三四千亩,筑一个很大的土圩子,周长好几百米,挖有很深的壕沟。大门外有木吊桥,白天放下来通行,晚上抽掉跳板收在大门里。

祖父行成住东头,二叔祖行箴住西头,各成院落。中间几间高大瓦房曾祖母住,我们称之为大堂屋,看火柜等都在大堂屋。祖父习武,二叔祖习文,据说曾祖母特别疼小儿子。祖父武功很好,力气又大,他喜欢耍钱,曾祖母管得严,他能抓住一条桌腿一跳就到围墙外面和一些人耍钱。好像做过一任知县之类,任满在南京四房的朴园里候补,热天一夜暴病而卒,尚未满五十岁。现在想来可能是心脑血管的毛病。

我们出世时,祖父母都已过世。只在二伯父家堂屋里看到祖父半身影像在一个大镜框里,像是画的。祖父一共三房儿子,大伯父孝楣,号龙溪,原来在保定清江武备学堂和蒋志清(介石)同班,毕业前一年,家门口一位同学因为跳马坑摔死了,曾祖母害怕长孙出事,就找关系花银子把孙子赎回家来。他没有什么事干,忽然异想天开开牛行。因为完全依靠别人,家产慢慢赔光了。大伯母姓孙,是祖母的内侄,生有一男二女。儿子本寿,在圩里是老大,倍受娇惯,不肯学习,但水性特好,又会打牲。因为我们母亲很迟才生育,所以他算过继给我们母亲,后来我们兄弟出世了,他有时还叫我母亲"妈妈",正常叫三妈。记得我们住在城里,佣人老张从乡下进城,他告老张等一会,他去打只野鸡给三妈,果然兑现。他尤其擅长摸鱼踩鳖。在壕沟里听人喊一声大老爷来了,他立刻潜到水下,一两个时辰可以不露头。大伯母死了,大伯父经人做媒续娶一个姓丁的。其有梅毒,传染了大伯父,两人不久相继死去。本寿后来从大堂屋搬到圩西小

443

子开漕坊做酒,因为好赌,家产慢慢败光了,土改时划为中农。他有一个儿子叫先平,进农校,"大跃进"时,同胞五六个除先平和大姐先荣嫁在外地活着外,在家的全饿死了。先平现在肥西化冈供销社做营业员,三个儿子皆已长大。先荣丈夫是裁缝,原来教过书,两人勤苦务农,改革开放后可以温饱。

二伯父孝椿字树萱,南京高等师范毕业,在老六门中是第一个大学毕业生。但毕业后不到外面谋事,而是在北头圩教几个小兄弟学英语,为家庭教师。我们小时候还看到他家里有好多厚厚的洋装书。他后来迷上了斗蟋蟀,秋天到城里养有上百只蟋蟀,对品种如数家珍。家产也在这中间消耗了。二伯母家是孔家圩的,祥字辈。生有一女一子。儿子叫本固,属马,父母都非常溺爱。他聪明能干,体育特棒,打拳跳跃玩单杠都非常利索,大伙称他"老划当"。后来我们家搬到城里老周公祠住,他在我家读六中实小,毕业后没有继续升学。国民党招收教导总队,他考上了就去南京当兵。抗战初南京沦陷,他从下关抢根木头浮过长江跑回家,后来参加游击队。抗战胜利后四十六年,我回到合肥,他当连长负责西门城防,见过面。他原来妻子叫李德贞,未生育,后来又娶个姓余的也未生。解放后他依政策劳改,期满留场就业。八十年代病死在农场,大约七十岁。

父亲排行第三名孝植。年轻时曾进小书院读书,因高度近视无法跟班学习就退学了。他对乡邻比较宽厚,人们说他是"烂好人"。后来吸鸦片,田产渐被变卖。但有个最大的优点,家里大事小事都交由我母亲管。据说他喜欢吟诗,非常敏捷,常和圩内塾师唱和,一晚可以写一大本。可惜到今天我只记得一首七律的上半:"人到无求品自高,风清月白乐陶陶。苑中响彻催花鼓,户外香飘夹竹桃。"后来他听从母亲的劝告戒了鸦片,为了我们读书搬到城里，不幸未到一年就病死了，才四十岁。

母亲吴元玲是肥东六家畈人。吴氏在肥东也是大族，因为地处巢湖边，早已通了小火轮，接受新事物比较快，有很多人在外面读书。外祖父做过道州知州，很懂中医，专门刻过李时珍《本草纲目》，死在任上。外祖母是南头圩昂四太爷（武壮公长子名家驹字子昂）的女儿，父母的亲事是昂四太爷做主的，所以我们家跟南头圩更亲一些。圩里鼎盛时期，小钢炮有上百门，家丁要吹号开饭。昂四太爷过世时，老六门中的晚辈个个都给孝服，布匹用了不计其数，办饭是四十八桌长流水。家后来慢慢衰败了。

哥哥是母亲结婚十年才解怀的，所以是特大喜事。我的下面又生了一个妹妹本愚和小弟本孥，不幸都在抗日战争中病死了。我由邓奶妈带到五岁才断奶。听说小时候特别淘气，从外面到家一定要把搬得动的椅子凳子翻个四脚朝天。如果奶妈把它还原了，我一定大吵大闹非翻倒不可。

小时候我双脚长脓包疮，厉害时到大腿甚至下半身，别的地方很快平复，只有两只脚一年到头都不好。家里人带到合肥芜湖等洋医院治疗，花了很多钱总不得断根。记得医院的办法都是用药水洗，用硬板刷把疮全刷破，再用纱布缠得严严实实。脚包得很大，小时候的照片脚前总摆个花盆遮起来。发一回换个医院，人吃苦总不得好。后来烧脉岗来了个蛇花子，下巴挂着个肉瘤，人们叫他"老包"。他看着我的腿脚说，给一斗白米包好。家里人说，治好给你三斗。他的办法和洋医院截然相反，把患处包裹全部去掉，让患处全暴露在外面，用自配的药搽几回就好了，也就断了根。这件事给我的印象特别深刻，对江湖郎中治外科很佩服。抗日战争中我在永绥（今名花垣）小腿胫上生了湿疹，奇痒难忍，一抓就破，接着灌脓。校医搽药膏再用纱布裹起来总不见效，就说是脓疮腿治不好。后来赶场，遇到一个卖草药的，他说一角钱就能治好。叫我把绑腿松开，让患处通风，痒时不准用手抓，要用老姜擦。然后包一小包象茶叶末的草药撒到患处，果然几天就好了，一包药末还未用完。这是小时老包给我的启发。

八岁以前我们在圩里长大。圩子的自然环境很美，周长有好几百米的大土圩墙，是土夯的足有一米多厚，外面是很深的壕沟。大门朝南偏东，东西北三面各有一个两层的更楼，上下都有枪眼，围墙上也有枪眼，用大土铳子防御。这种铳子连托带筒有丈把长。先填火药再装铅弹，用引信点火轰出去，射程有几十米，范围有大团簸大小。铳子架在枪眼里，后面有三根树棍做成的枪架托着，保持平射用以防御壕外敌人的强渡。为了供应弹药，在西头有一间弹药库储存弹药，平时门锁着，但也有偷火药玩的。记得有一次毛狗子（大名本噢，四爷家的老二）弟兄几个偷火药玩，轰的一声把眉毛都烧了，以后就不再有人偷火药玩了。大门很气派，有四根门楣，上有"簪缨门第"四个大字，老百姓管它叫蓑衣桩。大门口两个大石鼓。大门很厚重，下面是门闸，有几十公分高。先上门闸，再关大门，门闩下面有一根木头顶着。大门两边有一副十字长联："山之高，水之清，清高门第；书也读，田也耕，耕读人家。"门外是壕沟，有吊桥，晚间把跳板抽回大门内。在东边还有一个小码头，放块跳板，可以在上面淘米洗菜洗衣服。门内有一尊大铁炮，下面有些轮子可以推动。也是用火药引信发射的铅弹，人们尊称它为大将军。小孩们喜欢骑到它身上玩，以至有一大段炮身磨得铮亮。大炮是平的又不太高，所以想爬高的孩子觉得不过瘾，就到大门口骑石鼓。圩外东南二三里处有旗杆山,红壤长些松树,据说原先那里有狼,放羊娃曾经找到狼窝抱回几只狼崽到圩内,老狼彻夜哀嗥,大人白天就叫把小狼送回去。

圩内四周都是大树,鸟雀很多,有十多种。我的印象中大家喜欢把鸟也人事化,比如称山蛮子(灰喜鹊)为贼(小偷),喜鹊为总甲,专门抓贼。叱克郎(杜鹃)为大老爷,黄鹤是军师等等。体型最小的只有一节拇指大,黄绿色,我们叫"大瓣溜溜",不知学名叫什么,好像百鸟园里也没见到过。至于斑鸠、鹧鸪有好多种,最普通的叫火球子,一身红毛,稍微大点的叫鹧鸪呆,比较稀罕的是珍珠斑。画眉铜嘴善于鸣叫,常被养在笼中。壕沟边上有绿翠注视水中,忽的一下插下去就是一条小鱼。鹞鹰苍鹰在天空盘旋,有时也到院中攫小鸡雏。因为树枝茂密,鸟雀兴旺繁育。人们认为树多鸟多是人家兴旺的象征,所以比较爱护,圩内终日鸣声不断。除我家外,他们都养鸽子,四爷最爱花鸟,他家花园里还栽有芭蕉。他家的八哥很灵会说话,有时本焘到东头玩,要吃饭时,八哥会飞来喊:"大毛哥回家吃饭。"

壕沟水很深,鱼虾多,在码头跳板上淘米,只要淘米篮稍微放下水面几寸然后一提,里面准有许多小鱼。如果想吃大虾,用一只破旧的竹篮子放根咸肉骨头或糊锅巴,系根丈把长的绳子,用砖头压着沉到水下面,等几分钟迅速将篮子一提,里面准有十几只甚至几十只大虾,关键在出水时一定要迅速,稍一迟疑大虾就会溜掉。

稍微大一点就进私塾发蒙。先认字然后背蒙童课本《三字经》、《百家姓》和《千字文》之类。主要是上半天,下午没事就在圩里到处玩。家家都养有狗,常常唆使他们赛跑咬架,赢了就直叫。我们哥俩也各认一条,哥哥的叫黄爪子,全身黑色,四只脚

447

却是黄的。我的叫大花,一条大花狗。这两条狗很机灵,冬天居然能共同逮到野兔拖回来吃。

东头有专门的砻坊,擂稻舂米都在里面。稻先擂去壳成糙米,然后放石臼里舂,两人一递一石锤并且唱着数,很好玩。有一次我们俩在那里看舂米,忽然发现东边角落里有一窝小狗,非常好玩,就各抱一条玩。不料母狗从外面回来发现了就猛扑过来,我们吓得赶快放下小狗就跑,却已经来不及了。正在舂米的家广眼快,一下窜过来,一手抱一个把我俩从窗户塞出去,我们吓得一身汗。家广的背上被母狗咬得鲜血淋漓,至今记忆犹新。家广姓叶是我们家的长工,很能干又肯干。后来我们在城里听说他得了噎食病(食道癌)一两年就死了。乡里人的土方子说是用七付啄木鸟的心肝就能治好,实际没用。我们家先后请过几个长工,主要任务是挑水(从圩外土井中挑到大水缸里)、种菜和擂稻舂米。我们唯一记得名字的就只有家广,那次危险给我们的印象太深了。古人说伏鸡搏狸、乳犬搏虎,动物爱护幼崽的天性太令人感动。

那时童年相仿的常在一起玩捏泥巴打磕等。有个表兄赵裕逊,兔唇,但人非常聪明,手尤灵巧:泥巴在他手里,捏什么象什么,如牛羊猪鸡人等。我们只会做泥炮掼。天不冷又有月亮的夜晚在月下唱着:"兔一兔二兔三四,我们家有兔小弟。"更多的时候是唱:"好大月亮好卖狗,卖个铜钱打烧酒,走一步,喝一口,哪个要我的小花狗?"一个人装卖狗的,一个装狗被拖着玩。天冷了外面不能玩,就在门房里听伙计们"聒蛋"。一个大树根在门房中间烤着了,大家围着听,满屋子的浓烟也不怕。他们有时讲盛军当时被称为叫花军,刚敏公武壮公如何打仗如何机警勇敢等。更多的是讲《西游记》、《封神榜》、《济公传》、《三国演义》、《岳飞传》、《说唐》、《七侠五义》、《小五义》和《粉妆楼》等。他们有的人并不识多少字，但说起来绘声绘色，津津有味，有时为一个细节争得面红耳赤。我们听得更入神，每夜都要到家里人来喊才肯离开。很多小说里的人物印象最初都是从这里得的。

我们就这样一天天长大，堂兄弟们一概如此。小时候称为"毛哥"，成人了就称为"少爷"，学着抽烟耍钱等恶习，守着几百亩田地坐吃山空。我母亲认为这样的环境不利于成长成才，根据娘家的情况，她断然决定把我们送到六家畈去上洋学堂。

六家畈离康湾圩有百里之遥。我们虚岁才八九岁，就一顶小轿被送到六家畈姨外婆家。六家畈以吴氏宗祠为中心，最热闹是祠堂门口，吴氏养正小学就建在左边。另外还有湖滨中学。妯娌们都劝我母亲：孩子太小，到这么远怎能放心，不如过几年再说。我母亲认定的事就坚决不动摇。我们到六家畈住在中间门，有七进瓦屋，院子里还有天竹腊梅等。我们住在最后两间，前面几进都空着，我们从后门出入。后门外不远处有一个很大的坟堆，像小山似的，孩子们可以爬滚打闹。

养正小学里全是姓吴的学生，只有我们两人姓周。学校是复式教学，二三年级一个教室。开学第一天，一个同学的砚台弄脏了我们的白布衫裤，一言不合就打起来。被级任吴蕴智老师打了几下手板，这是我进洋学堂最难忘的印象。后来我在遵义读浙大时，吴老师在遵义酒精厂工作，居然会了面，共谈往事，别有一番情趣。

到了阴历腊月二十三左右，姨外婆家就雇顶小轿把我们送回康湾圩过年。我记得轿夫是郑洪江和他家老二，他当过华工去过法国，见多识广。那时雨雪载途，有时积雪厚过一米，走路

449

要防跌到雪窝里。一般中间都要在饭店歇一宿,烧火烤衣服,热水烫烫脚等。回家过了年初五,母亲就派一顶小轿把我俩送回六家畈。那时弟兄俩开始学会下象棋,在小学里很得意,好像还得过奖。那时象棋棋子就是剪硬纸片糊上红绿纸写上字,如果有电报纸卷的厚厚的棋子就算很高级了。

有一年端午节,中午让我俩喝点雄黄酒。一只瓦酒壶装了大约半斤烧酒,放在草火上燎一燎,两人对饮喝醉了,大吵大闹,后来知道这叫发酒疯。

在四年级时,正值"九·一八"事件发生,全校热血沸腾,纷纷宣传抗日,不做亡国奴,下乡宣传嗓子都喊哑了。这是第一次参加政治运动,也是在养正小学最值得提一笔的。

五年级时,母亲说服父亲从康湾搬到合肥城里,我转学到城西二完小。碰巧养正小学的吴天华是班主任。我亲切地称呼声:"华老师",同学一起惊笑。原来在养正小学老师多姓吴,只能用二三两字来称呼不称姓,现在换个学校就得称姓了。在二完小和王务兰同班。哥哥到六中实小是五年制就上五年级,和冯远明同班。实小的师资特棒,记得国语教师叫王希鲁,曾经把岳飞《满江红》词改成抗日内容传唱,譬如"驾长车踏破富士山缺"、"壮志饥餐倭虏肉"之类,学生都唱得很起劲。春天父亲不幸病死,才四十岁。我们回乡安葬父亲之后,搬到老周公祠住。祠堂西南角有一座小院落,石库铁叶门,上面有"金城钱庄"一块大石头匾额。这里是开过钱庄的,所以地面都是站砖,大门内一块大青石板上有很深的车辙。院子有三进,一扇后门可以通向祠堂院落,东边一个角门通往祠堂的二进。那时大门为六爹爹家开香店。我们常看到做线香的全过程。二进的厢房是萃林三妈家,有个大哥叫本初,三姐叫本英,后来和本初的军校同学吴忠信结婚。还有个弟弟叫本德,后来参加了国民党部队,1948年去了台湾。

祠堂大殿前一个院子特别大,是条石和方砖铺成的,夏天没有蚊子,所以各家晚上洗澡后都把凉床放到大院里乘凉,到下半夜大多数人回屋去,贪凉的就用单被或夹被盖着防止打新露。乘凉时也可听到大人们讲的许多趣闻,学着叫:"风娘娘,雨娘娘,起阵大风我凉凉。"有时真来阵凉风。现在想来是天气的自然变化,但儿时的心理竟然信以为真。因为是老房子,一种被老百姓尊之为"三老太爷"的小狐狸在阁楼天花板上闹得很凶,特别在祠堂最后的楼上供着它的牌位,每月初一十五要供鸡蛋。第一天把二十个蛋毕恭毕敬装到盘里送到楼上的案上,第二天早上去取盘子一个不剩,更外增加了神秘感。那时合肥城里家家都不敢得罪它,即使在街上碰着了也不敢惹,人们互相渲染更觉神得不得了。

暑期中,我俩都考取了六中初一,在小书院,一律寄宿,一学期要交一百二十块银元。这对仅靠三四百亩田租收入的家庭来说是相当困难的。但母亲觉得宁可举债卖田,也要保证孩子们上学的费用。仅仅一年,哥哥因放假前闹事被劝退学,转到芜湖芜关中学读初二。我因伤寒病休学半年,次年春去芜湖中学读初一下。小学考初中时,我算术全对交卷最早,六中初一时算术小代数也特好。芜湖中学数学老师徐慕云强调学生必须交练习本,我自以为完全会了何必做练习。徐老师警告我,不交练习考得再好也算不及格。月考时我考了九十五分,他告诉我只算五十九,不及格要通知监护人。我非常反感,上课不注意听,低头看桌屉中的《江湖奇侠传》,幼稚无知,害了自己。

地理老师姚星华上课极为生动。他打网球曾经进入全国决赛。每天下午两节课后爱好网球的老师都到山下网球场打球，我也上了瘾，一下课就奔到山下网球场。以致校长向四姨、七姨说，你们外甥来了，学校可以少雇一个看球场的。

英语教师柳子范选用开明课本，大部是童话故事，非常吸引人。我对英语发生极浓厚的兴趣，用英语记日记，遇到不会的单词就查《汉英字典》。记得有一次参观菊花展览，菊花这个单词未学过，我就从字典上翻出来。要不是抗战，我可能就学英语专业了。

在芜湖中学最难忘却的有两件大事。一是初一下砸伤了腰椎。大考前突击复习，高年级同学都爱开夜车，饭厅夜间不熄灯，就都在饭厅里。因为蚊子厉害，大家都把双腿裹起来放在并排的长凳上，而背靠着饭桌。忽然听到窸窸瑟瑟落下尘土，大家惊呼"不好"，轰然一声我就失去了知觉。后面大桌子被大梁压垮了，我被埋在瓦砾中。等到醒来，我已经住在钟寿芝医院的病房里了，原来腰部被砸伤。那时四姨、七姨都是医院的助产士，他们住在饭箩山，也是医院的房子。住了一周多，哥哥放暑假就到医院陪我，因为只能侧卧不能下床，他就陪我下棋。有时找本小说看看。到能下床走动，一同乘船回合肥。那时只有小火轮，中间还得在巢湖住一夜。伤虽暂时好了，但一直留下隐患，天阴常发，严重时甚至直腰也费劲，到现在还要注意避免太吃力。

第二件事，那时高一下同学为反对军训要剃光头，就全体罢课跑到外面去叫"护发运动"。我觉得很有意思就跟着瞎哄，被勒令退学。写了检讨，等到暑期勒令转学，发个转学证书，可以考别的学校。正好1936年暑假庐州中学初三招插班生，我考取了，又和王务兰同班。哥哥在芜关初中毕业，保送进南京安徽中学高一。中秋节前他忽然寄一盒广式月饼孝敬母亲，我们才知道月饼还有这种厚的。原来合肥的月饼都是一个大扁圆，从小到大一个形状。

庐州中学初三一年级时，我没有吸取芜湖中学的教训，经常和老师顶撞，以致报考高一时教导主任胡苏民就对我说："你何必来考呢？"后来学校考试分两次发榜，第一次全凭考分淘汰一半，我未被抹掉，第二次综合评选，尚未发榜时北头圩艮峰二爷让管家章传寅送本濂去考苏州中学，劝说我母亲让我一同去考，我算是大开眼界。过南京，第一次乘公共汽车吐得一塌糊涂，在朴园住一夜。到苏州一切听传寅安排。住定旅社后就去拜见李伯琦。他是李鸿章的侄孙，做过南京造币厂厂长，是苏州安徽同乡会会长，是本濂的舅公，又是母亲的姑父。儿子李嘉晋在苏州中学高二，向我们热情介绍考试应注意事项，第二天晚间李伯琦本人假座广州酒家盛宴款待我们两个小鬼。在这之前我们从未吃过粤菜。在合肥我们认为虾子最好吃法就是虾仁炒腰花，哪知道广州的呛虾盘子里的虾子还在动。吃饭时每人送一柄纸团扇，上面写着"食在广州"，可以算第一次见了世面。考试是七月七日至十日，考完了仍由传寅送我俩回合肥。

庐州中学第二榜出来了，我当然未取。思孝大舅在庐中高三品学兼优，他把我落榜的原因告诉了母亲。母亲气坏了，对我不理不睬，日子非常难过。幸好苏州高中寄来了录取通知备取第十名，母亲怒气消了。我又要求去考安庆高中，从芜湖乘怡和轮。由于好奇，买了瓶怡和啤酒，打开来一股酸不溜的怪味，我就准备摔向江里，一个老者说："给我吧。"我就没摔，原来啤酒和我们喝过的烧酒不是一个味。安庆考完后回到合肥。"八·一三"日寇进攻上海，苏州高中无法开学，安庆高中录取通知书我未收到。哥哥在安徽中学高一下要到孝陵卫军训，因为敌机

453

空袭就回来了。合肥也开始有空袭,为了安全,我家又回到康湾圩住。我俩常到城里探听消息,从家里带些熟食,我记得最多的是盐鸭煮黄豆,红烧鱼冻,两人对饮。

后来看到安徽临中在流波疃招生,1938年春天,我俩和几个人一道雇个骆驼驮行李,取道六安去流波疃。看骆驼慢吞吞地行步,但一天九十华里不费劲。从六安经苏家埠、麻埠到流波疃,只要是学生一律录取。哥哥进高二,我进高一。后来哥哥回六安去参加财政厅的训练班,要我留在流波疃。五月份听说合肥吃紧,我们几个同学想回去看看,头天下午从流波疃到麻埠三十五里,第二天到六安一百零五里,走到城外太阳还老高,只剩十里路了,但一直到天黑定了才到北大营见到哥哥,这才真正体会到"行百里者半九十"的道理。哥哥因为集训走不开,我回到康湾只住两宿,母亲就催我回校,并要我告诉哥哥千万不要回家,到外面才是正路。我回到六安告诉哥哥,哪知从此一别竟然隔十一年才见面。

2002年4月完稿

浙大学习生活之回忆

1941年秋季,我考入浙大文学院中文系,一年级时在湄潭永兴场、二年级起在遵义。1945年7月毕业,又在遵义高中教一年国文,次年自费随浙大复员归里。时间过去四十多年了,但浙大的学习生活情景还历历在目。1982年母校八十五大庆,我有幸被邀,曾填一首《满庭芳》,对当时的学习生活颇感自豪:

  八五春秋,万千才俊,总沐求是恩光。瀛寰今日,歌舞共称觞。尤喜神州再造,数奇迹,炳炳琅琅。青云路,抟风展翅,四化看鹰扬。　难忘。当日事,黔山翠霭,湄水朝阳。纵枵腹,琴书自乐洋洋。漫道浮沉卅载,空搔首,惭对门墙。桑榆景,愚公志业,休问鬓边霜。

"纵枵腹,琴书自乐洋洋"九个字确是当时生活的实录而毫不夸张。那时住的是会馆或民房,一年四季一床四斤重的棉被,很多人多半时间赤脚穿草鞋。吃的呢?经常是"八宝饭",泥沙俱下,但大家学习的劲头很大,都有"以天下为己任"的气概。新生入学以后,竺可桢校长都要亲自讲一次话。竺先生是国际知名的科学大师,但他不只谈科学,却偏要提出王阳明的"致良知"学说,要大学生重视道德修养,这给新生留下深刻的印象。

生活再苦,学习始终不懈,和强调精神教育是分不开的。

那时的师生关系,可以说十分美好。老师千方百计鼓励学生学好。谭其骧先生教"中国通史",为了多充实一些知识,他把自己的《资治通鉴》借我阅读,因而我的通史成绩达到优异。王驾吾先生是古文大家,他教"唐宋文";郦衡叔先生教"杜诗"、"苏黄诗",课堂听讲,课后自动习作。有作必改,决不嫌烦。郦先生生了一场肺炎,我们自动延医、守护,轮流照顾,认为理所当然。我们那时都无家可归,老师们处处关心,视同子弟。一件小事,我至今记忆犹新。四年级的端午节前,物价腾跃而囊空如洗,我信笔写了一首绝句发感慨:"炊珠囊桂寓公羞,一醉难为令节谋。莫问中原旧风俗,鲂鱼如雪酒如油。"被郦先生知道了,就一定邀我到他家过节,大打牙祭。在那艰难岁月,一顿酒饭谈何容易!

浙大的教学,强调打基础,强调学用结合。拿中文系来说学古文要能作古文,学诗要能写诗。王耀武请王先生写《七十四师抗日阵亡将士纪念碑》,王先生要我们同时写,然后比较点拨。春秋佳日,登临赋诗,更是家常便饭。我有一首怀念哥哥的五律,中间一联原为"又逢风雨夜,难听短长鸡"。郦先生启发后改成"一般风雨夜,是处短长鸡",比原句浑融多了。一次去山间采桂花,未见桂花却拣了一篮蘑菇,回来我写了一首七律:"细路固山新雨滑,葛衣跣足稻风凉。天私吾觉能同野,气入顽心等是香。不见秋花来旧眼,漫堆朝菌活枯肠,闭门括口锄诗思,老树窥人月半床。"

王先生一看,指出"来"字对不住"活"字,改为"横"。郦先生说"月半床"太平淡,改成"月上床"情趣就好得多。那时学韩愈诗文就模仿韩愈,学东坡诗就模仿苏诗风格。这些看似"迂腐"的训练,我却认为终身受用不尽。我坎坷半生,终于厕身高校诗文讲席,业馀从事古籍整理,拿自己所学为文化建设作贡献,不能不归功于浙大的教育,归功于老师们的教诲。

现在我已年将古稀,竺、王、郦诸先生先后作古,浙大回到杭州建成金碧辉煌、大楼林立的一统校舍,远非在遵义时可比。但遵义时那种不怕生活艰苦而一心向学的精神,学用结合的教学方式,我以为还是永远值得纪念并加以发扬的。

我的治学经验（六题）

做人为本

记得进入高中以后，第一篇作文题就是《为学与做人》，这个最平常的论题便支配了我一生的道路。明末清初大思想家清朝一代学术的开山祖师顾炎武就坚持"士不立品必无文章"的观点。他正是以人品的卓绝造就了学术的辉煌。道理很简单，一切工作都是人做的，以人为本。如果不注意人品，那么一切都无从谈起。从明末的才士看，阮大铖文笔是一流的，他不但有《燕子笺》，而且《咏怀堂诗集》里的诗篇水平也都很高，可是到现在他究竟是哪县人都不能确定：桐城人推论他是怀宁（安庆）人，安庆人坚持说他是桐城人。这和安徽、浙江、江西三省争着抢朱熹，正成鲜明对比。两人都是名人，但一个三省争着要，一个两县互相推，关键就在人品上天地悬殊。如果不重视做人这个根本问题，那么一切学术都无从谈起。只有坚持老老实实做人的原则，学识上才能坚持真理，不趋时，不媚俗，咬定青山不放松，才能在浩如烟海的古籍中做一点微薄的贡献。现在时髦的名词叫"炒作"，有似于奸商的哄抬物价，实际是文艺界的一股浊流，一时炒得热火朝天，好像是老子天下第一，什么"大师""名家"等桂冠一顶顶往头上套，套到最后连自己也晕晕乎乎，不知姓啥了。一旦时过境迁，除了浪费光阴留下笑柄之外，还会落下些什么呢？要做人应该尊重自己，千万不能被商品大潮冲昏了头脑，把堂堂的人民教师，降到普通商品或高价商品的可悲境地。陶行知先生的名言："千学万学，学做真人。"这说起来容易，要细细想想，真不简单。要做个真人，就得像孟子所说的"富贵不能淫，贫贱不能移，威武不能屈"。许多人辉煌过一时却不免沦为阶下囚，不是才能差了，错就错在忽视了"做人"这个根本问题。许多山村小学的教师，能够无私地为孩子们奉献自己的青春，就是在"做人"这个问题上站住了脚，尽管清贫，衣食拮据，但精神世界却异常充实，赢得人民的尊重。这些正是我们学习的榜样。不但学文科要重视品德的修养，理科也不例外。1941年我考浙大文学院，当时一年级新生都在永兴场，校长竺可桢是大科学家，他对新生讲话，不是讲科学而是大讲王阳明的"致良知"思想修养的问题。浙大的校训是"求是"，核心也是做真正的人。

熟读深思　打好基础

苏轼在《送安惇秀才失解四归》七言古诗开头说："旧书不厌百回读，熟读深思子自知。"这可以说是名言。我总爱向学生提起这两句。盖屋子首先要打基础，基础坚实了，房屋才能牢固。研究古典文学也一样，没有深厚的根基就想一鸣惊人，那是靠不住的。学识是靠积累的，一目十行、过目成诵的奇才毕竟是极为罕见的。对一般人说，只有靠勤奋。对学习古典文学来说，我以为打基础就得熟读深思。首先是对名篇要背诵。因为只有熟读背诵，才能慢慢咀嚼出味道。而且很多词汇是诗文中常用的。熟读篇章越多，掌握词汇也越丰富，阅读能力自然会在不知不觉中提高。如果有志于钻研古代文学，我看首先下点功夫把《论语》（一共才二万六千多字）背熟，一生受用不尽。因为后世很多语汇是从这里来的，很多文章的核心思想是从这部书的篇章中出来的，乃至一些叙事抒情的方式，人物个性的传神写照都能从中有所发现。杜甫谈到学诗要"熟读《文选》理"，因为作为词章的根基，唐朝人十分重视《文选》，对今天来说，可能难一些，因为开头几篇大赋就让人望而生畏。我的经验是熟读杜诗和苏诗。因为他们用事广，诗篇中几乎包括整个传统文化。熟读它们，有时碰到陌生的问题，一想在杜诗和苏诗中有过类似的东西，翻一翻诗注往往迎刃而解。有一大家诗集做基础，再去泛览前后各家，往往事半功倍。我看出《苕溪渔隐丛话》许多断句问题，就是因为苏诗比较熟因而能够一眼看穿，一针见血，以至人民文学出版社约我重订这部书，大大提高了原校点的质量。我所以提倡以杜诗或苏诗代替"熟读《文选》理"的要求，主要从容易接受出发的。杜诗苏诗你只要认真读下去，就会感到其味无穷，想丢也舍不得丢。不但得到诗的享受而且受到他俩品格的熏陶，受益不尽。

学会查书　勤于查书

人在学习中，总要遇到一些不懂的东西，怎么办？一般去问老师，这没有错，但必须学会自己去找解决问题的方法。我的想法是，相信老师是好事，但不能依赖，因为老师不能随时随地跟着你。所以在大学学习,总结为一点,就是学会查书。拿中文专业来说,中国学术门类广,要有点目录版本的常识,碰到问题知道到哪类书去找。文献检索是必须学会的本领。我回忆自己学识的积累,在大学主要是打基础,毕业后,在工作中不断遇到问题,又不断自己解决问题,逐渐增长了才能。学会查书是第一步,以后应该养成勤于查书的习惯,在查书中会有许多发现。有些工具书编得粗糙,为了抢市场,匆忙付印,错误百出。如果轻易相信,就会受骗而以讹传讹。即使过去出的很有影响的工具书,也不是绝对可靠,有时得查它的根据。譬如"平仄"一词,日本《大汉和辞典》说是出于沈约的《四声谱》,实际上这是抄自旧版《辞源》、《辞海》,是站不住脚的。因为沈约的《四声谱》唐朝就失传了,沈约虽是音律说的倡导人,但他自己使用的却是"浮切"、"宫商"之类名称,新版《辞源》讲"平仄"时就没有引用沈约。词语的意义在古今有变迁,如果不注意这一点,拿后来的意义去解释古代的情况,就会闹笑话。譬如"居士"一词,古代指"处士",佛教传入以后,用这个词称在家而信奉佛教的人。有人不了解这一点,就因为欧阳修晚年自号"六一居士",就说欧阳修也皈依佛教,要修正史书欧阳修辟佛的说法,实际上是自己弄错了。如果这位大胆的作者从工具书上查一查"居士"这个词条,就不致闹这种笑话。最近还看到小报上一位先生考证岳飞《满江红》必为伪作。这本来是词史上相持不下的聚讼。那位先生却找出一条"铁证",说"臣子恨"一句露出马脚,因"臣子"是起源于石敬瑭称契丹为父,自称儿皇帝。这位先生自称是创见的证据,实际是缺乏常识的草率鲁莽之举。《唐书·柳冕传》就有这样的话:"乡国,人情之不忘也;阙庭,臣子之所恋也。"所以,我们碰到一些自称创见的议论时,最好去查一下资

461

料，就不会被一些狂妄无知的议论蒙蔽了。

"博"与"约"

由约及博和由博返约，是每一个治学的人都必须经历的过程，同时两者又是互相交错的。人的学习总是从最基本的知识开始，打好一门基础，再逐渐扩充，这就是由约及博。到一定阶段，所涉猎门类渐多，精力有限，必须收缩目标，回到最基本的一个门类乃至一个分支深入探究，这就是由博返约。因为有了前面一个阶段的广泛涉猎，再回到原先学的基本知识方面，必然有不同于原先的感受。拿中国古典文学来说，典籍浩如烟海，一个人精力不可能全面钻研，这就得有所选择。比如想以中国传统诗歌为重点，对于其他作品来说，这是由博返约了。传统诗歌也是广博无垠的海洋，假定选定唐诗，这又缩小了一大步。唐诗作家二千三百多人，作品近五万首，不可能面面俱到，这又得再缩小范围到其中的一个阶段甚至一个作家，如中唐的孟郊。选定孟郊，这就是反归于约了。但要了解孟郊，就得了解他的时代的特点，他受前面诗人作品的熏陶，对后来诗人诗风的影响等等，这又得广泛读书，收集材料，又由约及博去扩展视野。然后归结到孟郊诗这一点上。所以在实际治学中，由约及博和由博返约两个阶段是交替进行、互相渗透和互相为用的。如果先不从约的方面打牢根基，那么广泛阅读就会飘浮不定；反之，如果不广泛阅读而只就一点想深入下去，也会障碍重重，难有结果。记得胡适之有句白话诗说："为学当如金字塔，要能博大要能高。"只有根基广博，才能攀登高峰。那种过早地只钻一个问题的做法是不会有大成就的。回到大学生的实际来说，应该学好每一门课程,因为这是广泛拓展的基础,千万不要只凭兴趣主义,或者急于出名不肯在基本课程上下功夫,到后来书到用时方恨少,再来补救就要事倍功半,何苦来呢!

勤于思考　勿囿成说

古人常说《诗》无达诂。一首诗的解释常常是各说各的,难得一致。就拿《诗经·魏风·伐檀》里的两句,"彼君子兮,不素餐兮"来说,有说是赞美的,有说是讽刺的,不素餐甚至有说成"不吃素"的。当然后世成语"尸位素餐"是贬意,指白吃干饭,但全诗是美是刺还是难有定论。这种情况,在古代作品的解释方面是屡见不鲜的。

还有一种情况,大家意见似乎没有问题,但是认真想一想就会有疑问。如王昌龄《从军行》:"青海长云暗雪山,孤城遥望玉门关。黄沙百战穿金甲,不破楼兰终不还。"这最后一句,很多人都说成是壮语,表现志在破敌的决心。甚至有人据以推论王昌龄早期歌颂开边政策。但是如果细心想一想,他为什么不说"不破楼兰誓不还"呢,而用个"终"字,有的本子甚至是"竟不还"。因此,尽管很多人都把这句当成志在破敌的壮语,但却不一定符合作者的原意。清朝沈德潜《唐诗别裁》于这句诗下注说:"作豪语看亦可,然作归期无日看,倍有意味。"沈的意见显然是侧重后者。《从军行》是一组绝句,在这前面一首是这样的:"边城榆叶早疏黄,日暮云沙古战场。表请回军掩尘骨,免教兵士哭龙荒。"这哪里有豪壮的意味? 所以可以肯定是对归期无日的惆怅之情。

《陌上桑》是解放后一直入选的古典名篇。但对罗敷的一段话却很值得怀疑。罗敷的年龄"二十尚不足,十五颇有馀",但夫婿已是"四十专城居",相差二十多岁;而夫婿"十五府小吏,二十朝大夫,三十侍中郎,四十专城居",官也升得太快!甚至过去有人批评,这个女子盛夸夫婿,如果夫婿不是高官,她就会跟使君共载而去。这真是天大的冤枉。罗敷这位夫婿,实际是杜撰的。使君凭什么要罗敷共载,依靠的是权势。对这种人只有权势才能使他清醒,这不是最简单的道理吗?所以根据文字内容,开动脑筋,常常会发现问题,而自己能力也就会随之提高。

勤于探索,勇于改正

《老子》里有句名言:"知人者智,自知者明;胜人者有力,自胜者强。"读书为学也是如此。要不断地积累,增长知识,又要不断地汲取新知,改正自己过去不正确或者不完整的某些观点。积累知识,不但在书本上,到处留心皆学问。有些问题,看来很复杂,书里弄不清楚,在生活中往往迎刃而解。朱庆馀《近试上张水部》:"洞房昨夜停红烛,待晓堂前拜舅姑。妆罢低声问夫婿,画眉深浅入时无?"首句"停红烛"的解释,当年曾争论不休。广东有位诗人举出许多例子,认为"停"就是成双的意思,表示洞房里有一对红烛,是喜庆气氛。问题好像解决了。但仔细琢磨,这和昨夜有什么关系呢?后来我到兰州,听到当地同志说,甘肃人把点灯叫作"停灯",于是全句诗就讲活了。本来夜晚应该熄灯安寝,但为了要拜姑舅,所以停烛待晓,不是合情合理吗?白居易新乐府里有首《缭绫》一直选为中学教材。我在南京教师进修学院为中学教师备课时,对其中一句"丝细缲多女手疼"

的"缲"字觉得费解。课本上注为同"缫",但这首诗讲的是"织"怎么扯到缫丝上去了呢?有位老师是浙江吴兴人,做过织绸女工,她告诉我,"缲"就是织绸时的毛缲头,要一点一点用手拣掉,我才恍然大悟"丝细缲多女手疼"的道理。可见知识要从多方面积累。

　　有时候由于有了新的知识,会发现自己原来说法的毛病,就要勇于改正自己的观点。下面举个例子。《苕溪渔隐丛话》的序注明是戊辰(绍兴十八年,1148),我相信这个说法。因此我原来写的《读校随感录》里认为那里面引了洪迈《夷坚志》是错简。后来发现我错了,那篇序是书成以后补写的。因此我修正了自己的看法。又如我原来认定"绝句"一名是起于唐初。但是我忽略了徐陵《玉台新咏》卷十里早有了绝句的名称。因此我就修改了自己原来的说法。这样心里才踏实。学问是一生的事,必须有老老实实的态度,不断地探索新问题,加以积累。一旦发现原先的认识有问题,就要勇于自我改正。这大约也是"自知者明"、"自胜者强"的表现吧!

　　　　　　　　(以上六题均刊于1997年《淮阴师专报》)

自传

周本淳字謇斋，1921年出生于安徽合肥县西乡烧脉岗（今改为肥西县）。八九岁时随兄本厚由家塾赴外家肥东六家畈吴氏养正小学。1932年移家县城，慈父见背。1933年毕业于合肥二完小，1937年初中毕业。抗战开始，辍学乡居。1938年春，入安徽一临中于流波疃。同年六月十九日敌机十九架次狂轰滥炸，市民尸骸狼藉，惨不忍睹。次日凌晨，冒雨沿大别山流亡武汉。后学校将迁湘西，途中罹恶疾几死。至乾城县河溪镇（当时名安徽第一中学）。次年至永绥（今湖南花垣自治州）文庙，改为国立八中高二部。高中期间，得遇名师张汝舟先生（1899—1982，名渡，以字行）。张先生给余影响最大者为两点：一是桐城姚鼐义理、考据、辞章三者并重，"必义理为之主，而后文有所附，考据有所归"之观点，强调做人为本，勿为名利所囿；二是张先生治学主张自出手眼，切勿随人俯仰。此皆对余之以钻研古籍为职志奠定根基。

1941年一月高中毕业，迫于生计，去里耶镇小学教书。六月份，与同志四人步行八百里，穿越湘川黔交界之群山，至遵义投考浙江大学文学院中国文学系，录取为公费生。从王驾吾先生（名焕镳，南通人）学桐城派古文，从郦衡叔先生（名承铨，南京人)学杜韩苏黄诗。其时家国多难,飘泊西南,乡关万里,读杜老乱离诸什,犹如为己而作,行走坐卧,不离吟诵,耳目所接,莫非诗材,触事成篇,形诸梦寐,几入痴迷之境。怀宁潘伯鹰先生于《时事新报·副刊》辟"饮河集",专刊旧体诗词,余亦以"塞斋"笔名,厕身诸老之间。

1945年七月毕业,获文学士学位。日本虽降,道路未通,留遵义教书。先在遵义师范,后至省立高中。学生一心向学,余亦尽心尽力,师生相得。今学生皆近古稀,仍未断联系。次年六月,自费随浙大复员返回故乡。八月份,接南京一中聘,任高中国文教员。1947年钱煦浙大毕业来南京,亦供职一中,东坡生日,结成伉俪。南京解放,两人皆留用。长兄本厚参加革命后改名伯萍,过江时任苏南行署财经副主任兼粮食局长。余侍奉老母至无锡,目睹干部之艰苦廉洁,与国民党判若天渊,乃一扫疑虑,积极投身革命。其后伯萍任华东粮食局长,老母随之住上海。当时工作学习极为紧张,上海均未暇省侍。抗美援朝时,余曾于《新华日报》介绍语文课贯彻思想教育之经验。南京郊区土改,余在浦口区参与。归来任一中教育工会副主席。国家成立粮食部,伯萍任办公厅主任。1953年往京探视,得览古都风貌。担任一中教研组长期间,全身心摸索经验。1954年冬,江苏省召开语文教学会议,除代表一中介绍经验外,还与钱震夏同志共同起草江苏省语文教学纲要。1955年江苏教育代表团赴江西,其中多为省内重点师范及中学之领导骨干,语文、数学教师各两名,我负责听课之总结工作。语文课试行汉语、文学分教,南京一中为试点校,我与颜景常副组长分教初一文学和汉语。1956年春在苏州高中召开全省第二次语文教学会议,我虽已调至南京市教师进修学院,仍然代表一中介绍分教经验。暑期全国语文教学会议,余亦被邀出席,并参加文学课本修订工作。为适应分教,我写《怎样学好语文》小册子,江苏人民出版社一版再版。我亦被推为南京市先进教育工作者代表。

此一阶段以教改为中心,全力以赴,古典文学则不暇顾及。上海古典文学出版社约编《宋诗选》,订立合约,业馀时间全部投入,星期日总在颐和路南图古籍部阅览抄录。全部选目,曾请汪辟疆先生过目审订。文学课本古典分量大增,余开设"文学概论"及"中国古典文学"两门。搁置多年,忽开专课,饥汉得食,涸鲋逢泉,其乐无对。方期温故知新,尽力耕作,整风号召鸣放,余自恃清白,胸怀坦荡,据实陈词,罔顾当局颜色,遂遭不白之冤。1958年六月补为右派,五类处理,降薪三级。《宋诗选》二月份即催稿发排,出版社以政治理由撕毁合约。从此写稿不许署名。九月份,成立南京师专,余调管图书。1960年摘帽,工资调一级,1963年又调一级。两年右派,受害多端,但我以老庄自我排解,不为痛苦得失所困扰。管图书,正可借机多接触古籍,过去闻名而未见之书,可以按图索骥。比起同冤者,我时间最短,未离单位,聊以自慰。1965年去盱眙马坝劳动锻炼,亲眼见大跃进、人民公社之恶果,群众之贫困,绝非城居所能想象。劳动回来,长女初中毕业,幼子幼儿园结业,余携上北京。单位党委书记见告,伯萍已确定出国任大使,来人了解我之政治情况。心里暗忖,右派冤案可以了结。于是北京归来,游济南,登泰山,心情大快。岂知浩劫之来,摘帽仍为右派,仍受批判,然余怀坦然,心宽体胖,日饮无何。惟珍藏字画付诸劫火,不能忘情。1969年单位撤销,皆入市五七干校。干部下放,全家主动要求,余夫妇为厌倦城市之尔虞我诈,老母则向往自然。十一月份至淮安平桥公社孟集大队陆庄生产队落户。原拟力耕自给,岂知

"一打三反"，又为宣传队，领导社直机关运动。1972年又至平桥中学任教。老伴先我半年至平中。

"四害"既除，高校恢复。淮阴地区成立南师分院，1978年二月调余至政文科，8月老伴亦来，举家迁清江市。十一届三中全会平反冤假错案，余恢复发表权。分院改为淮阴师专，余在中文科。1981年，评为副教授，先是已为学术委员会主任。1982年初兼副校长。1983年淮阴撤区改市，成立政协，被推为副主席。1988年连任一届。1986年被评为教授。1977年接受上海古籍出版社之约，校点《唐音癸签》。我借机读书，四处求索，凡胡书所引材料能见原书者必取以检对，钩稽胡氏史实成《胡震亨家世、生平及著述考略》发表于杭大学报，获江苏省第一届社科优秀成果三等奖。《中国年谱综录》收入其中以代胡氏年谱。该书1981年印出，1985年再版，为余最初校点之书，用者称便。其后陆续出书，罗列于下：《震川先生集》(1985，上古)，《唐人绝句类选》(1985，浙古)，《唐才子传校正》(1987，江古)，《小仓山房诗文集》(1987，上古)，《诗话总龟》(1987，人民文学)。又主编全国师专通用教材《古代汉语》(1990，华东师大)，《读常见书札记》(1983年以前论文选集，1990，江苏教育)，重订《苕溪渔隐丛话》(1992，人民文学)。享受政府特殊津贴，获曾宪梓教师奖。1993年底退休，仍为学报编委。1996年应日本名古屋大学邀请前往讲学，相交几位汉学教授。为中日友好尽其绵薄，亦退休后一乐事。

纵观余之一生，少罹忧患，中历坎壈，晚如啖蔗。但不管忧患或得意，余所求者不失读书人之本真。守此勿失，不问升沉荣辱，是为信条。

1998年6月写于淮阴师院

信札一束

致唐圭璋先生（十三封）

一

圭璋前辈先生侍右：

不亲教诲，七载于兹。仰慕之情，时萦梦寐。近晤孙肃、国武兄，得知杖履绥和，德业日新，不胜欣跃。晚自1969年单位撤销转入市五七干校。入冬响应号召，举家下放淮安平桥公社。广阔天地，耳目一新。方思勠力畎亩，躬耕自资。何期投身运动，遍历社直各单位，旋又重理旧业。晚夫妇均在平桥中学任教。乡村质朴，颇洽本怀。课务不多，行有馀力，差足告慰。暑中重读苏诗一过，转思苏诗既有施注于宋，入清又有查慎行、冯应榴、王文诰等家，虽未尽善，固已十得其九矣。苏词亦一代大宗，旧唯龙榆生先生《东坡乐府笺》语焉不详，难为今日之用。晚不揣固陋，颇欲以教课之略，参以诗文时事，为坡词作一详笺。非敢著述，聊以收其放心，俾三馀有所寄托。不知当否。尚祈前辈有以教之幸甚。乡居得书甚难，拟烦前辈代为物色《龙笺》一部。书价见示，当即奉寄。如一时难觅，千祈代借一部，当备加爱护，转录后即行奉璧。《彊村丛书》本《东坡词》亦盼借下一阅。《全宋词》中无出朱书之外者，统祈见示。诸费尊神，容后

473

趋谢。秋高

　　　维祈

珍摄

　　　　　　后学周本淳顿首上,(1976年)9月10日。

　　编者注:此信毛笔书写。原信落款均无年份。现大多根据信封邮戳补出,少数根据信件内容或存放顺序推测。因家父自1969年下放苏北淮安,故年份由"不亲教诲,七载于兹"推知。

二

唐老:

　　奉读手示,甚感不安。偏头疼颇难治,但闻雅片有效,可通过医药部门一试。针灸似亦缓解。尚望积极治疗,安心是药。

　　匆此敬请

痊安

　　　　　　后学周本淳再拜上,(1980年)10.1.

三

圭璋前辈先生左右:

　　手示奉悉。仁老词原文确为"弓刀",晚誊录时粗心致误,甚歉。《冬饮老人传》已脱稿,由驾吾师过目后已寄《南师学报》。材料依据为王绵先生辑印之文集。包括诗文书跋及附录。子原先生所为之行述、钟山先生挽诗、小石先生在重庆时之长篇七古皆在其中。另驾吾师应王绵之请,删削子原先生之行述约五百字,著其梗概。晚即以为全文纲目。知关远注,谨此奉闻。

先生两脚浮肿,当系气血失和所致。久坐或久立均非所宜。室内缓步或较便于老人。此类疾病求之中医当较西医易为功。未知先生以为然否。天气渐凉,仰祈

为道自珍。　敬请

康安

后学周本淳再拜,(1981年)10月11日。

四

圭璋前辈先生左右:

迭蒙惠赐大著,感何可言。闻小儿言先生体质远胜去年,尤为欣慰。家驹来函云,吴白陶先生允为郦愿堂师作传,惟文字材料为难。闻先生处有北平图书馆刊毛氏汲古阁《六十名家词跋》,意欲晚借出复印几份。一份送白陶先生处。晚近日无暇来宁,先生能否嘱助教一办?晚此间有《白雨斋词话》,为王驾吾师所赐。先生校《词话丛编》如需用,当嘱小儿奉上。此请

春安

后学周本淳敬上,(1982年)1月21日。

编者注:年份系由置于上封信之下推测。

五

圭璋前辈先生左右:

手示奉悉。家驹通信处为北京社会科学院历史研究所辽金元研究室。渠即主持此段工作。闻《南师学报》主编已无意续办"江苏学人传",然《江海学刊》当可继续此事。若得白陶先生一文,愿堂师之名自可为今日学子所了解,实所企盼。《文史丛刊》晚与宋祚胤共选愿堂诗二十首刊布,即将发稿。然刊出尚

须数月也。张汝舟先生本月廿二日凌晨于滁州逝世。廿四日上午八时半开会追悼,晚廿三日赶到。老成凋谢,思之黯然。尚祈先生多加珍摄。专请

春安

后学周本淳再拜,(1982年)1月27日。

编者注:年份系由张汝舟先生逝世时间推知。

六

圭璋前辈先生左右:

前奉手示并图书馆刊,因弊处无复印机,故立即转寄家驹并嘱其印完后璧还先生。本应即复,因冗烦无暇,乞宥。附呈小词两首。烦为斧正赐还。春寒诸祈

珍摄　敬请

春安

后学周本淳再拜,(1982年)2月12日。

编者注:年份系由信四和五推测。

七

圭璋前辈先生左右:

奉读手示并《冬饮老人词笺》,无任感激。

先生奖掖过情,深感愧赧。"冬饮老人传"《南师学报》已取消"江苏学人"一栏,改由《文教资料简报》出专辑。日前在宁,俞润生同志曾嘱选"冬饮诗词"二十首左右刊入辑中,并思觅得照片制版。晚去杭州驾吾师处未能如愿。由柳定生先生函王绵先生寻求,未知能如愿否。今日忽接杭州师院政文系束际成先生寄来《金文丛编》、《颜氏家训汇注》、《冬饮庐藏龟》等书,云

从驾师处知晚为老人作传,故以此奉酬。受之实有愧于心也。《唐诗纪事》前数年中华有整理本,晚七八年曾于扬师中文系借用,南师亦必有其书。《诗话总龟》日内可交稿,出版社列入今年发稿计划,以简体字排,明年或可出书。知关远注,谨以奉闻。
渐暖,诸祈
珍摄

后学周本淳再拜,(1982年)5月3日。

编者注:信封邮戳为1982年2月21日,与信内容不符。

八

圭璋前辈先生侍右:

暑间去北图校书,归来匆匆,未克趋谒。《诗渊》抄本破损殊甚,现正摄制微型胶卷,故亦未能寓目。惟得见缪艺风手校本之《诗话总龟》,殊为难得。中间参观扬州画派展品,有禹之鼎绘纳兰小像,夏仁虎先生有《金缕曲》题词,另纸录呈。

前辈关心乡邦文献,或亦所乐闻也。如有来宁之缘,定当趋前请安。匆祝
健康

后学周本淳再拜,(1982年)9月9日。

编者注:邮戳为1982年9月29日,略去信中所录夏仁虎先生《金缕曲》题词。

九

唐老前辈先生:

手示奉悉。黄先生及先生跋语已抄就。候萧兵同志返校即交去。请释念。惟此间印刷条件极差,迁延时日乃意中事。便

中烦函告黄墨谷先生并代致谢意。学期届终,诸事冗杂,不多渎。敬祈

珍摄　此请

冬安

后学周本淳拜上,(1983年)1月24日。

十

唐老前辈先生左右:

惠寄稿件已妥收,编入上次黄墨谷先生文中,请释念。黄先生是否任教香港大学,盼示知。因《文史丛刊》例于作者前列单位名称也。中华出《苏轼诗集》极为荒唐,竟将《苏文忠公诗编注集成》之诗总案部分删去,而王见大之书精华正在总案。否则殊不如冯注也。匆复即请

春安

后学周本淳再拜,钱煦附叩,(1982年)2月4日。

编者注:年份系据中华书局《苏轼诗集》1982年出版年份推测。

十一

唐老前辈先生左右:

手示奉悉。嘱改之处当遵命办理。原稿已交萧兵兄。渠迄今未归,俟见面即改妥。因恐先生悬念,故特上报。春寒料峭,诸祈

珍摄　敬请

春安

后学周本淳敬上,(1982年)3月1日。

十二

唐老前辈先生左右：

　　北山兄归来，闻尊体违和，幸占勿药。尚祈加意颐养，为国自珍。

　　惠赐大著已妥收，珍袭藏之。改日至宁，当趋前拜谢。专肃敬请
康安

后学周本淳再拜，(1986年)10.1.

十三

唐、孙二老、金公左右：

　　奉读三月七日手示，敬悉。一是前次来函，当即由中文科主任商之于公本人覆函贵校。敝校于此事理应尽力协助，早觊厥成。如于公本人愿意，敝校即乐于支持，如本人不欲，则敝校亦不宜勉强；故参与与否均取决于于公本人，学校决无阻遏之意。请鉴原为祷。专复即请
撰安！

周本淳敬覆，(1983年)3月15日。

　　编者注：信由孙望先生女儿提供。因抬头唐先生在前，估计系由唐转交孙。因无信封，不知年代。根据代表学校回信，且谈及请于北山为《宋代文学史》审稿事的内容，推测写于任副校长的1983年。

致张汝舟

汝舟吾师侍右：

　　去岁匆匆一谒，归来久未见消息。暑中忽接大著《周历考年》并赐书，得知白内障已除并能亲自属稿。欢快之情诚非笔墨所能形容。《周历考年》发前人所未发。受业于天算一窍不通，然亦觉言之成理。讲授"七月"即据以立说。惟"夏小正"之名见于"夏本纪"，恐难断为唐人所加，未知当否。家岳钱琢如先生曾专攻天算历法算史，惜乎七四年已归道山，不能读此稿矣。掩卷叹息。小妹今年想能取入安大。受业子女二人均考入南师中文系（按，实际小女考入政教系），可免后顾之忧。今春上海古籍出版社曾约修订排印本《唐音癸签》，暑期中忙于交稿，又加儿女辈考试未见分晓，故稽迟未复。本学期课务较轻，现已授完。十月下旬南京师范学院有科学讨论会。受业将去旁听。届时拟抽空再访南张，但不知吾师届时是否他住。如能于二十日后赐一信由南京南师院学报编辑室常国武同志转，当考虑争取一谒。行前当再向林老招呼一声，或有诗画相赠，当为携呈。本学期受业全家已迁至清江分院内新居。内子亦在中文系拟教古汉语。知念附禀。日者忙于校书，诗兴全无，最近小儿女入学，好友常国武兄仍回南师。赋得五律几首，另纸录呈。乞赐

斧正。渐寒诸祈
珍摄　专颂
合府清吉
　　　　　　受业周本淳拜上,(1978年)10月13日。

致缪钺

彦威吾师侍右：
　　日前奉到元朗世兄寄赠《冰茧彩丝集》,林林总总,美不胜收,足见吾师望重学林,沾溉无际也。五十年前,情景犹如昨日。上月又接萧仲珪师论文集。当日师尊惟吾师与仲珪师健在耳。岁月如流,令人慨叹。受业学无所成,愧对门墙。惟淡泊自守,不屑趋时逐利,差堪告慰师尊耳。益则天府,气温宜人,尚祈为道珍摄,期颐人瑞当可预卜。敬请
冬安
　　　　　　受业周本淳、钱煦,(1994年)12月11日。